완벽한
결혼

THE PERFECT MARRIAGE
Copyright © 2020 by Jeneva Rose
All rights reserved.

Korean Translation Copyright © 2025 by BY4M Studio
Korean edition is published by arrangement with Blackstone Publishing
through Imprima Korea Agency

이 책의 한국어판 저작권은 Imprima Korea Agency를 통해
Blackstone Publishing 사와의 독점계약으로 바이포엠에 있습니다.
저작권법에 의해 한국 내에서 보호를 받는 저작물이므로
무단전재와 무단복제를 금합니다.

완벽한
결혼

The Perfect Marriage

제네바 로즈 지음
박지선 옮김

v

일러두기

1. 본문 속 각주는 모두 옮긴이 주입니다.
2. 책 제목은 《 》, 영화 제목과 TV 프로그램 명은 〈 〉로 표기했습니다.
3. 외래어는 국립국어원의 외래어 표기법을 따랐으나 필요한 경우 관용에 따라 표기했습니다.

프롤로그

 그 남자는 그 여자를 사랑했을까? 남자는 여자가 자신을 바라보는 눈빛을 사랑했다. 절정에 올랐을 때 아랫입술과 발을 떨며 전율하는 모습을 사랑했다. 그의 위로 올라왔을 때 크고 아름다운 갈색 눈앞으로 쏟아지는 긴 적갈색 머리카락을, 그리고 뒤에서 깊이 들어갔을 때 초승달처럼 휘는 호리호리한 등을 사랑했다. 그 남자는 그 여자를 사랑했을까? 여자의 일부를 사랑했다. 하지만 문제는 그가 그녀를 사랑했는지가 아니다. 정말 중요한 문제는…… 그 남자가 그 여자를 죽였을까?

1장
세라 모건

"또 안 된다는 거네."

애덤의 목소리에서 흘러나온 실망감이 방 안을 가득 채우고 옅은 안개처럼 애덤과 나를 흐릿하게 감쌌다. 나는 안개를 마셔버리듯 숨을 깊이 들이마신 다음 곧바로 내쉬어 우리 사이에 다시 길을 냈다. 굳이 쳐다보지 않아도 그가 낙담한 눈빛으로 입술을 굳게 다물고 있음을 안다. 애덤을 탓할 수는 없다. 내가 또 실망시켰으니까. 나는 잔머리를 쓸어넘겨 단정히 정리했다. 늘 그렇듯 한 올도 흐트러지지 않도록 단단하게 올린 머리다. 나는 흰색 재킷을 걸치고 펜슬 스커트 매무새를 다듬었다. 애덤과 눈이 마주치자, 우리는 기분이 풀려 평소 관계로 돌아갔다.

"미안해." 나는 시선을 피하며 고개를 숙였다. 애덤이 다가오게 하는 방법이었다. 애덤은 미끼를 물고 내게 걸어왔다. 190센티미터나 되는 애덤의 몸이 아담한 내 몸 위로 우뚝 솟았다. 애덤은 내 뺨을 어루만지더니 턱을 살짝 들어올려 다정하게 키스했다. 그러자 온몸의 털이 곤두섰다. 결혼한 지 10년이 지났지만 애덤은 내게 여전히 매력적인 존재였다.

나 역시 애덤에게 여전한 존재였다. 즉, 실망을 안기는 사람이었다.

"원래 어제 호숫가 별장에 가기로 했잖아. 오늘은 갈 수 있다며."

나는 포옹을 풀고 서류 가방을 챙기기 시작했다. 애덤에게 미안한 마음보다는 일에 대한 책임감이 앞섰다. "그래, 그랬지. 그런데 일이 너무 많아. 아주 중요한 최후 진술도 준비해야 하고."

애덤은 안방 문으로 걸어가더니 문틀에 기대 팔짱을 꼈다. 골치 아픈 법정 소송에 휩싸이는 것보다 지금 당장 그의 품에 안기고 싶은 마음이 컸지만, 어쩔 수 없는 일들이 있는 법이다.

"당신은 항상 일이 너무 많아. 언제나 중요한 소송을 맡고." 애덤은 장난스럽지만 은근히 비난하는 듯한 눈빛으로 눈을 가늘게 떴다. 내가 재판정에 선 피고인이라도 된 것 같았다.

"누군가는 돈을 벌어야 살지." 나는 이렇게 말하며 살짝 미소 지었다. 이 말이 애덤을 자극했다. 그는 티 나지 않게 고개를 살짝 저었는데 하마터면 눈치채지 못할 정도였지만 놓치지 않았다. 나는 애덤의 어깨에 손을 올렸다. 애덤은 내게 입 맞추지 않을 것처럼 행동했지만, 나는 결국 그가 입 맞추리라는 걸 알고 있다. 애덤은 나를 거부할 수 없다. 내가 그를 거부할 수 없듯이.

밀고 당기던 순간은 잠깐이었다. 이내 애덤이 미소 지으며 몸을 내게 기울였고 우리의 입술이 다시 포개졌다. 이번에는 더 열정적이었다. 입술이 벌어지고 혀가 부드럽게 얽히며 그의 손이 내 등을 따라 위아래로 천천히 움직였다. 그 순간 모든 걸 그만둘까 하는 생각이 들었다. 회사를 그만두어야지. 이 집을 팔고 버지니아의 호숫가 별장으로 이사 가서, 우리가 만든 동화 속을 단둘이 손잡고 뛰어다녀야지.

하지만 현실이 비집고 들어왔다.

"이제 가야 해." 나는 몸을 살짝 떼어내며 그의 귓가에 속삭였다. 먼저 물러나는 사람은 늘 나였다. 언젠가 나는 꿈꾸는 모든 걸 이룰 테지만, 그게 오늘은 아니었다.

"하지만 내일은 결혼 10주년 기념일인걸." 애덤은 인상을 썼다. 그에게는 내가 사랑에 빠졌던 소년 같은 매력이 여전히 남아 있었다. 그 모습에 반하지 않았다면 아마 짜증이 났을지도 모른다.

"내일은 어떻게든 가도록 노력해 볼게." 나는 한 걸음 물러서서 그의 실망한 얼굴을, 내가 준 상처를 살폈다.

애덤은 발끈했다. "10년 동안 이렇게 살아서 내가 익숙해졌을 거라고 생각하는 모양인데…… 그렇지 않아." 그는 무슨 말을 할지 고심하듯 턱을 문질렀다. "세라, 난 정말이지 이런 상황이 지긋지긋하다고." 그러더니 고개를 푹 숙인 채 가로저었다.

나는 애덤에게 다가가 그의 가슴팍에 얼굴을 묻었다. "미안해. 나 때문에 실망한 거 알아. 하지만 이번 소송만 끝나면 일주일 동안 휴가 낼 거야. 켄트에게 이미 말해놨어." 나는 애덤이 기뻐하기를 바라며 눈을 크게 뜨고 그를 올려다보았다.

애덤은 희미하게 미소 지었다. "진짜 지킬 수 있는 거야, 아니면 늘 그렇듯 말로만 약속하는 거야?"

"그러지 마." 나는 애덤의 가슴팍을 살짝 쳤다.

애덤은 내 손을 잡더니 키스하려는 듯이 나를 끌어당겼다. "당신이 안 그러면 나도 안 할게." 그는 킥킥대며 말했다. 우리는 다시 키스했다.

"맞다, 깜빡할 뻔했네." 나는 벽장에서 포장된 작은 상자를 꺼내 그에게 내밀었다. "당신 거야."

애덤은 선물 상자와 나를 번갈아 보았다. "안 그래도 되는데." 애덤은 완벽히 포장된 선물을 받아들며 말했다. 결혼 5주년 이후로는 더 이상 결혼기념일 선물을 하지 않기로 했지만 참을 수 없었다. 그동안 애덤에게 소홀했다는 걸 잘 알고 있기에 이렇게라도 조금이나마 마음을 풀어주고 싶었다. 애덤은 잠시 머뭇거리더니 조심스레 포장을 뜯었다. 상자를 열자, 악어가죽 밴드에 달린 파텍 필립 그랜드 컴플리케이션 손목시계의 금빛 앞면이 모습을 드러냈다. 애덤의 입이 떡 벌어졌다.

"몇 년이나 이 시계를 눈여겨보긴 했지만…… 너무 과한데." 애덤은 이렇게 말하면서도 시계의 정교함과 디자인에 감탄했다.

"과하다니. 10주년이잖아." 나는 시계를 상자에서 꺼냈다. "여기 각인도 있어."

애덤은 시계를 뒤집어 뒷면에 새겨진 '5,256,000'이라는 숫자를 매만졌다.

"이게 뭔데?" 그가 물었다.

"10년을 분으로 환산한 거야." 나는 그의 입술에 가볍게 키스했다.

"그걸 세고 있었어?"

"언제나 세고 있지." 나는 웃음을 터뜨리며 시계를 채워주었다.

애덤은 손목을 내밀면서 감탄했다. "당신이 늦거나 날 바람맞힐 때마다 시간을 확인하라고 주는 거야?" 놀리는 듯한 그의 말에 나는 못마땅한 표정을 지었다.

"농담이야." 애덤이 말했다.

"아닌 거 같은데."

애덤은 다시 나를 바라보며 내 어깨에 손을 올리더니 천천히 어루만지듯 팔을 쓸어내렸다. "그래, 농담 아니야. 그래도 사랑해, 세라." 애덤은 내게 열렬히 키스했다.

우리는 뜨겁게 달아오른 분위기에서 빠져나와 아래층 주방으로 내려갔다. 스테인리스 스틸 가전제품, 크림색 그릇장, 화강암 조리대가 놓인 주방은 널찍하고 세련된 분위기를 자아냈다. 나는 아일랜드 식탁에 서류 가방을 놓고 냉장고를 뒤져 파인애플 슬라이스와 산 펠레그리노 탄산수를 한 병 꺼냈다. 비서가 점심을 사 올때까지 이걸로 버텨야 한다.

애덤은 커피를 두 잔 따르더니 내 검정 보테가 서류 가방 옆에 한 잔을 내려놓았다. 그리고 커피 머신에서 사용한 필터를 꺼낸 다음 쓰레기통으로 가서 뚜껑을 열었다. 필터를 버리려는 순간, 은빛으로 반짝이는 무언가가 잠시 애덤의 시선을 사로잡았다.

"이게 뭐지?" 애덤은 쓰레기통에서 반짝이는 것을 꺼냈다. 카드가 들어 있는 찢어진 봉투였다.

"어머님이 보낸 축하 카드야." 나는 휴대폰을 보며 대답했다.

"그걸 이렇게…… 버렸다고?" 애덤의 얼굴이 일그러졌다.

"다 읽었어. 감사 인사도 했고 내용도 완전히 이해했어. 내가 뭘 더 어떻게 해야 하는데?"

애덤은 찢어진 봉투에서 카드를 꺼내 큰 소리로 읽었다. "너희가 결혼한 지 벌써 10년이라니! 사랑하는 애덤과 세라, 결혼기념일 축하한다. 추신. 손주는 언제 볼 수 있는 걸까? 사랑을 담아, 엄마가."

애덤은 미소 지으며 냉장고로 다가갔다. "엄마는 참 다정하다니까." 애덤은 자신이 찾아낸 소중한 축하 카드를 스테인리스 냉장고 앞면에 고정해두려고 서랍을 뒤져 자석을 찾았다. 나는 냉장고에 쓰레기를 추가하는 애덤을 보며 눈을 굴렸다.

"오늘은 뭐 할 거야?" 나는 대화 주제를 바꿨다. 이번에는, 그러니까 애덤의 어머니 일은 그냥 넘어가기로 했다. 커피잔을 집어 들어 입술로 가져갔다. 혀가 데일 것처럼 뜨거웠지만 기분이 좋았다. 살아있음을 느끼기 위해서는 이따금 작은 불길이 필요하니까.

"음, 이제 남는 건 시간뿐이라……." 애덤은 새 손목시계를 보고 킥킥대며 말했다. 나는 그 형편없는 농담에 예의상 잠시 웃었다. "호숫가 별장에 가서 글을 쓸까 해. 대니얼이 분량을 늘려야 책을 낼 수 있다고 해서."

나는 고개를 끄덕이고 커피를 한 모금 더 마셨다. "지난번에 쓴 작품 정말 좋았는데. 출판 에이전트가 좋아할 거야. 지금 쓰는 것도 내게 꼭 보여줘야 해."

"진심이야?" 애덤은 의심스럽다는 듯이 눈썹을 치켜올렸다.

"내 말은 다 진심이야…… 특히 당신에 관한 얘기는." 나는 애덤을 향해 대꾸하며 윙크했다.

애덤은 커피잔을 내려놓더니 내 뒤로 다가와 양손으로 조리대를 잡았다. 그리고 내 엉덩이에 골반을 밀어붙이며 목에 코를 비비고 입 맞췄다. 나는 아이처럼 깔깔 웃었다.

"내일 와. 하루라도 좋으니까."

"노력해 볼게. 몇 시간밖에 못 있더라도."

"노력하는 걸로는 부족해. 호숫가 별장을 장만한 지 1년이 넘었는데 당신은 거기에서 하루도 잔 적이 없잖아."

"노력해 본다고 했잖아." 나는 커피를 한 모금 마셨다.

애덤은 내 목에 대고 낑낑댔다. "제발."

"내일 갈 수 있도록 최선을 다할게. 드디어 호숫가 별장에서 첫날밤을 보낼 수 있도록." 나는 장난스레 대답했다. 그러자 애덤은 나를 꼭 안고 목에 입 맞췄다.

"이제야 마음에 드는 말을 하는군." 애덤은 나를 돌려세우고 온몸을 어루만졌다.

"기다려줘서 고마워." 나는 진심을 알리려고 수줍은 강아지처럼 촉촉한 눈망울을 한 채 그를 바라보았다. 애덤이 나와 눈을 맞췄다.

"당신을 위해서라면 평생보다 더 긴 시간도 기다릴 수 있어." 애덤은 내 이마와 코끝과 입술에 차례로 입 맞췄다. "최소한 525만 6천 분은 더……." 그는 히죽히죽 웃었다. "자, 어서 일하러 가야 빨리 돌아오지." 그는 미식축구 경기에 출전하는 선수에게 하듯이 내 엉덩이를 두드렸다.

나는 서류 가방을 들고 현관문으로 향하며 애덤에게 사랑한다고 말했다.

"내가 더 사랑해." 애덤이 말했다.

2장
애덤 모건

키보드를 몇 번 두드리다 보니 어느새 태양이 지구 이쪽 편에 하루의 마지막 빛을 남기고 있었다. 산들바람이 불자 가을빛으로 물든 나뭇잎이 떨리며 바스락 소리가 났고, 호수의 물이 찰랑대며 호숫가를 부드럽게 스쳤다. 나는 하루 동안 쓴 글을 저장하고 노트북을 닫았다. 3천 단어를 썼으니 이만하면 괜찮았다. 일할 때 쓰는 검정 테 안경을 책상에 던져놓고 이마에 흘러내린 회갈색 머리카락을 쓸어올렸다. 미지근하게 지속된 긴장성 두통을 완화하려고 관자놀이를 잠시 문지른 다음 한숨을 깊이 내쉬었다. 팔을 뻗고 목을 돌리며 스트레칭하는데 마당을 가로질러 뛰어가던 검은 다람쥐가 눈에 띄었다. 검은 다람쥐를 처음 보는 건 아니었지만 좀처럼 보기 힘든 광경이라 유심히 관찰했다. 책상 뒤쪽 큰 창문 밖에서 동물들이 먹이를 찾아 이리저리 뛰어다니는 모습을 지켜보았다. 그들은 목적과 방향을 완벽히 알고 있었다.

호숫가 별장은 워싱턴DC 외곽에 있는 우리 집에서 한 시간 정도 떨어져 있었지만, 다른 행성처럼 느껴졌다. 이곳은 조상들에게 익숙했던 신록이 우거진 땅이었다. 콘크리트와 경적으로 뒤덮여 이 나라의 수도 역할을 하는 흉물스러운 도시와 달랐다. 호숫가 별장은 예상치 못한 손님이 찾아올 일이 없게끔 도시에서 멀리 떨어져 있으면서도 혼자 있고 싶을 때는 언제나, 아니 꼭 혼자가 아니라도 언제나 찾아갈 수 있을 정도로 가까웠다.

버지니아 프린스 윌리엄 카운티의 숲에 둘러싸인 머내서스 호수에 자리 잡은 이 외딴 오두막은 작가인 내게 꼭 필요한 곳이었다. 적어도 세라를 설득하려고 말한 바에 따르면 그렇다. 이 별장을 샀을 때, 나는 1년 조금 넘게 글을 제대로 쓰지 못해 힘들어하고 있었다. 이 집은 내게 또 다른 세상을, 글을 쓸 수 있는 세상을, 손에 넣을 수 있는 욕망으로 가득한 세상을, 내가 제 몫을 충분히 하지 못한다는 끊임없는 압박에서 벗어날 수 있는 세상을 열어주었다. 게다가 주변의 아름다운 자연을 글에 반영할 수도 있었다. 여기에 있으면 다시 태어난 기분이었다.

호숫가 별장을 꾸밀 때 원목 소재를 주로 사용해서 사람이 사는 공간이라기보다는 나무 위에 올라간 기분이 들도록 했다. 탁 트인 거실에는 호수가 내려다보이는 커다란 돌출형 창문과 다채로운 색의 돌로 장식한 대형 벽난로가 있다. 주방과 거실은 소파와 큰 곰 가죽 러그를 중심으로 나뉘었다.

주방 아일랜드 식탁과 조리대 상판은 모두 짙은 황록색 마블 문양이 들어간 화강암이었다. 그 위와 아래에는 캐러멜색에 가까울 정도로 진한 갈색 소나무 수납장을 놓았다. 소파 바로 옆, 벽난로에서 3미터도 떨어지지 않은 창가에 내 책상이 있었다. 덕분에 숲에서 일어나는 모든 일을 온전히 관찰할 수 있었고, 좁은 사무실에 갇히지 않고 자유를 느낄 수 있었다.

워싱턴DC의 집에서 멀리 떨어진 이 별장을 사야 한다고 세라를 설득하는 데는 그리 오래 걸리지 않았다. 내가 정신적, 감정적으로 어디론가 떠내려가고 있다는 사실을 세라가 알아차린 것 같았다. 아니면…… 단지 이 별장을 살 수 있다는 걸 내게 보여주고 싶었을 수도 있다. 나를 금전적으로 지배하고 있다는 걸 다시 한번 일깨워 주기 위해 권력을 과시하듯 자신의 능력을 휘두른 것뿐일지도 모른다. 이유가 뭐든 이 별장을 손에 넣었으니 상관할 바 아니다.

우리는 이 별장을 워싱턴DC의 집에서 멀리 떨어진 둘만의 공간으로 삼을 생각이었으나 결국 나 혼자만의 공간이 되었다. 세라가 주말에 온다고 약속했다가 취소한 횟수는 몇 번인지 세다가 잊을 정도로 많았다. 결혼 10주년 기념일인 이번 주말도 예외는 아니었다. 세라가 오늘 하루만이라도 오기를 바랐지만, 조금 전 다시 사무실에 가야 한다는 전화를 받았다. 세라는 여느 때처럼 내게 사랑한다고 했다. 나는 손을 내밀고 새 손목시계를 들여다보며 감탄했다. 이 시계는 내게 비싼 선물 이상이었다. 가격도 가격이지만 그녀의 마음이 담긴 사려 깊은 선물이니까. 세라는 그런 사람이었다. 곁에 있지는 않지만 사려 깊은 사람.

그저 살아남으려고 애쓰는 나와 달리 세라는 언제나 세상에 당당하게 맞서며 앞으로 나아가는 사람 같았다. 세라는 주인공이 되고 싶어 했다. 인생이라는 쇼에서 압도적인 존재감으로 혼자 모든 것을 헤쳐 나가는 사람. 나는 어쩌다가 그 쇼에 캐스팅된 보조출연자였는데, 늘 그랬던 건 아니다. 듀크 대학교 학부 3학년 때, 1학년이던 세라를 처음 만났다. 세라는 정치학을, 나는 문학을 전공하고 있었다. 그때 우리는 둘 다 훌륭한 사람이 되겠다는 꿈을 꾸었다. 세라는 변호사로 성공하기를 바랐고 나는 우리 세대의 위대한 작가로 기록되고 싶었다. 15년이 지난 지금, 그중 한 사람은 아직도 때를 기다리고 있다.

내게 성공은 순식간에 나타나 잠시 깜빡였다가 빛의 속도로 사라졌고, 그 후 다시 모습을 드러내지 않았다. 결국에는 언제나 깨어난다는 것이 꿈의 재미있는 점이다. 내 첫 책은 성공을 거두었다. 주류 문학계에 편입되거나 상업적으로 성공한 것이 아니라 문학적 관점에서의 성공이었다. 어느 평론가는 나를 '차세대 데이비드 포스터 월리스'라고 부르기까지 했는데, 나는 그 말이 마음에 들었다. 지금까지도 내 첫 책을 광적으로 좋아해 주는 사람들이 있다. 나는 당시의 성공을 재현할 수 있으리라 생각했지만, 두 번째와 세 번째 책은 문학적인 관점을 포함해 모든 면에서 완전히 실패했다. 출판 에이전트가 계속 나와 함께하는 게 놀라울 지경이다. 지금 쓰는 책이 성공하지 못하면 곧 잘리겠지만.

나는 승리를 조금 맛보았을 뿐 꿈을 이루지는 못했다. 세라의 꿈은 최고의 형사 전문 변호사가 되는 것이었다. 지금 그녀는 여러 훌륭한 변호사 중 한 사람이 아니라 단연 최고였다. 나는 세라가 성공할 거라고 늘 믿고 있었다. 내가 그 성공에 이렇게까지 분개할 줄은 몰랐지만.

하지만 말했다시피 늘 그랬던 건 아니다. 어쨌든 지금 나는 틈만 나면 별장으로 도망치고 세라는 사무실에서 살다시피 한다. 남편을 사랑한다고 해서 최고의 형사 전문 변호사가 되는 것은 아니니까.

고독하게 살면서 자기 연민에 젖어있으면 현대판 소로나 헤밍웨이처럼 위대한 작가가 될 수 있지 않겠느냐고 생각할지도 모르겠다. 하지만 지금까지 헤밍웨이처럼 온갖 술을 마셔댔는데도 성공은 조금도 따라오지 않았다.

세라도 나도 각자 할 일이 있다. 우리가 서로를 온전히 소유했던 시절은 지났다.

우리는 파티에서 만났는데, 운이 정말 좋았다. 나중에 세라가 그날 밤을 이야기하며 파티에 참석하는 일은 흔치 않다고 했기 때문이다. 세라는 대학교 기숙사 지하실에서 호르몬의 노예가 되어 질척대는 사람들 틈에 섞이기보다 책에 파묻히는 쪽을 훨씬 좋아했다. 그런 그녀가 파티장 한구석에 서서 일회용 컵에 따른 싸구려 맥주를 아무렇지 않게 홀짝이고 있었다니. 파티장에 온 세라는 사창가에 온 수녀보다 더 어울리지 않아 보였다. 불편함을 감추려고 살짝 미소 지었지만 몸짓에서 불안함이 드러났다. 다리를 꼬고 벽에 기대선 그녀는 한 손을 다른 팔 아래에 넣은 채 일회용 컵을 입술 가까이 가져가며 파티장을 살피고 있었다. 자신을 최대한 작게 만들고 배경에 섞여 눈에 띄지 않으려는 모습이었다. 하지만 내 눈에는 파티장에 세라 혼자 있는 것처럼 보였다.

어깨 길이의 금발은 2000년대 중반 대학교 파티에서 빠지지 않던 시커먼 조명 아래에서 그야말로 빛나고 있었다. 군데군데 작은 노란색 점이 보이는 초록색 눈동자에는 세상의 온갖 신비가 담겨 있었다. 세라는 날씬한 몸에 꼭 맞는 흰색 티셔츠와 부츠컷 청바지를 입고 있었다. 나는 티셔츠와 청바지 사이로 살짝 드러난 맨살에서 눈을 뗄 수 없었다. 조명 아래 비친 우윳빛 피부는 전 여자 친구의 벗은 몸보다 더 강렬했다. 나는 세라를 계속 지켜보았다. 아니, 아주 자세히 뜯어보았다. 세라에게 말을 걸기도 전에, 우중충한 지하실에서 그녀를 독차지하듯 바라보며 몸의 굴곡과 선과 주근깨 하나하나까지 눈에 새겨 넣었다. 옷 속에 감춰진 모습은 어떨까 상상하기도 했는데, 그 상상이 틀렸음을 나중에 알게 되었다. 세라의 몸은 내 상상의 한계를 뛰어넘었다. 그녀는 내가 마음에 품을 수도, 이해할 수도 없을 정도로 완벽했다.

세라는 한 시간이 지나서야 마침내 내 시선을 알아차렸고, 나는 그제야 용기 내 다가가서 말을 걸었다. 세라는 아담한 체격이었고 내 키가 훨씬 컸지만, 처음부터 그녀는 언제나 나보다 더 큰 사람처럼 느껴졌다. 그리고 나는 그녀가 그 사실을 깨닫는 순간, 그 어떤 것도 그녀의 앞길을 막을 수 없다는 걸 알고 있었다.

처음에 세라는 단답형으로만 대답하며 쌀쌀맞은 태도를 보였다. 내가 이름을 묻자 세라라고 대답했다. 누구와 함께 왔느냐고 묻자 댄스 플로어에서 술에 취해 춤추는 갈색 머리 여자를 가리켰다. 춤추고 싶으냐고 묻자 싫다고 했다. 아름답다고 하자 어깨를 으쓱했다. 내 이름은 애덤이라고 말하자 맥주를 한 모금 마실 뿐이었다. 전공이 뭐냐고 묻자 잔을 톡톡 치며 맥주를 채워야 한다고 알리더니 자리를 떠나려고 했다. 나는 세라의 컵을 잡고 가득 차 있던 내 잔의 맥주를 따라주었다. 그러자 그녀는 미소 짓더니 자기 잔을 가져가 아까처럼 다시 벽에 기대섰다.

"선수네요." 그녀는 맥주를 한 모금 마시며 이렇게 말했다.

나는 세라 옆에 나란히 섰다. 아무 말 없이 서 있는 찰나의 순간이 유난히 길게 느껴졌다. 처음부터 세라와 함께 있는 시간은 언제나 영원같았다. 세라는 무심하게 맥주를 마시며 파티장을 살펴보는 한편, 술에 취한 친구를 계속 지켜보았다. 나도 파티장을 둘러보는 체했으나 내 눈은 세라에게 향할 뿐이었다. 19분이 지났을 때 세라의 친구가 그날 밤 내내 춤추던 남자와 함께 가겠다고 했다. 머리카락으로 얼굴을 반쯤 가린 세라의 친구는 혀가 꼬이고 눈동자는 흐려진 채로 곧 밤을 함께하게 될 남자의 손을 잡고 있었다. 세라는 탐탁지 않은 표정이었지만 친구에게 즐거운 시간 보내고 아침에 전화하라고 했다. 그날 밤 내가 들은 그녀의 말 중 가장 길었다. 세라는 다시 차분하고 무심하게 맥주를 홀짝였다.

20분이 지났을 때 그녀는 맥주를 다 마시고 더러운 지하실 바닥에 컵을 버린 다음 구석으로 차 버렸다. 그리고 잠시 그대로 서서 파티장을 살피다 시선을 내게 멈췄다. 약간 불안한 듯 몸을 들썩였는데, 내게 가까이 오려는 것인지 멀리 떨어지려는 것인지 알 수 없었다.

21분이 지났을 때 나는 어느 쪽인지 알아내기로 결심하고 같이 나가겠느냐고 물었다. 세라는 좋다고 대답했다. 그녀를 기숙사 방까지 무사히 데려다주고 뺨에 가볍게 입 맞추며 잘 자라고 할 생각이었다. 세라는 충동에 몸을 맡기는 유형이 아닌 것 같았으니까. 하지만 내가 뺨에 살짝 입 맞추려고 다가가자 그녀는 나를 방 안으로 끌어당기며 내 옷을 찢다시피 했고, 그날 밤 내내 숨을 헐떡이며 "좋아"라고 외쳤다.

3년 뒤, 내가 청혼하자 이번에도 세라는 "좋아"라고 했다. 그 후에도 수없이 여러 번 "좋아"라고 말했지만, 진심으로 대답한 건 청혼했을 때가 마지막이었던 것 같다. 그녀가 로스쿨을 졸업하고 변호사로 일하는

데 몰두하지 않았다면 아마 우리는…….

산들바람이 들어오는가 싶더니 현관문이 쾅 닫히는 소리가 났다. 그 소리에 잠시 깜짝 놀랐지만, 그녀가 온 걸 알았다. 온종일 카페 야외 테라스에서 일하느라 주근깨가 도드라져 보이리라는 것을 굳이 쳐다보지 않아도 알았다. 커다란 갈색 눈망울이 희망과 기쁨으로 빛나리라는 것도 알았다. 올가을이 시작될 무렵에 직접 뜬 모자 아래로 헝클어진 긴 머리가 내려와 있다는 것도 알았다. 헝클어진 머리는 물론이고, 모자를 벗었을 때 드러나는 꾸미지 않은 모습이 아름다워 보이리라는 것도, 몸에 붙는 상의와 허벅지 중간까지 오는 치마를 입고 브래지어를 하지 않았다는 것도 알았다. 하루 종일 앞치마를 두르고 있어서 셔츠 허리 부분이 구겨져 있으리라는 것도, 나를 보면 미소 지을 테고 내가 60초도 지나기 전에 그녀 안에 들어가리라는 것도.

"자기, 카페에 남은 빵이랑 과자를 좀 가져왔어." 그녀가 현관에서 외쳤다.

신발과 무릎까지 오는 양말, 그리고 재킷을 벗느라 부스럭대는 소리가 들렸다. 나는 바 테이블에서 잔을 두 개 꺼내 위스키를 따랐다. 그리고 그녀가 들어서자마자 한 잔을 건넸다. 그녀는 통통 튀듯이 빠르게 걸어와 잔을 받아들고 단숨에 들이킨 다음 내려놓았다. 돌로 만든 벽난로의 열기에 피부가 따뜻해지자 팔에 돋은 소름이 사라졌다.

내가 두 번째 모금을 마시기도 전에 그녀는 내 바지 단추를 풀고 지퍼를 내렸다. 그리고 무릎을 바닥에 대고 앉아서 짓궂게 씩 웃으며 나를 올려다보았다.

　　　　　＊　＊　＊

　나는 그녀를 안아 올려 침대에 내려놓은 뒤 욕실로 들어가 문을 닫았다.

　문 저편에서 가쁜 숨을 가라앉히려는 듯 헉헉대는 소리가 계속 들려왔다. 이윽고 그 소리는 잦아들었지만, 그녀는 여전히 침대에 누워 있는 것 같았다. 힘들어하는 게 아니라 황홀함에 젖어있는 것이라면 좋을 텐데. 나는 가끔 지나칠 때가 있다. 의식이 아득해질 정도로 지나치게 밀어붙이다가 비로소 정신이 돌아오고 나서야 내 방식이 과했다는 것을 깨닫는다. 어쩔 수 없다. 켈리는 내게 그런 사람이었다. 켈리와 함께 할 때면 나도 모르게 동물적 본능에 휘둘렸다.

　한때는 세라도 내게 그랬다. 하지만 이제 세라와 함께 있을 때는 남자 취급받는 일도 드물었다.

　나는 헛헛한 마음으로 거울에 비친 내 모습을 보았다. 오후 5시의 그림자가 얼굴에 드리워진 채 머리카락이 제멋대로 뻗쳐 있었다. 평소 파랗던 눈동자는 충혈되어 붉은 기가 자욱했다. 곧바로 시선을 돌릴 수밖에 없었다. 스스로가 부끄러운 건 아니었지만 그렇다고 딱히 자랑스럽지도 않았다. 나는 얼굴과 가슴, 배와 아랫도리에 차례로 물을 뿌렸다. 샤워하기에는 너무 피곤했다. 나는 수건으로 대충 물기를 닦았다.

　"자기?" 켈리가 문밖에서 외쳤다.

　"응?" 나는 대답하고 양치질을 시작했다. "자기 아내에게 메시지가 왔어."

나는 세면대에 치약을 뱉고 입을 헹군 다음 손으로 입술을 문질러 닦았다. 침실로 돌아가자 불이 켜져 있었고, 켈리는 나이트가운을 입고 침대에 앉아서 내 휴대폰을 쥐고 있었다. 나를 본 켈리는 미소 지었다.

"뭐라고 보냈어?" 나는 랄프 로렌 잠옷 바지를 입었다.

"뭐 하고 있는지 궁금하대."

나는 침대로 가서 켈리 옆에 앉았다. 그녀의 긴 갈색 머리카락을 뒤로 넘기며 목덜미와 어깨에 다정하게 입 맞췄다.

"내 이상형과 한 번 더 할 거라고 해." 내가 속삭이자 켈리는 웃음을 터뜨리며 메시지를 입력하기 시작했다.

"원하는 대로 해주지." 켈리는 키득키득 웃었다. 나는 장난스레 휴대폰을 가로채고 침대에서 일어나 재빨리 답장을 보냈다.

당신이 못 온다니 내가 오늘 밤에 집으로 갈게. 안 자고 기다리진 말고. 사랑해.

휴대폰을 내려놓기도 전에 세라의 메시지가 왔다.

나도 사랑해. 시간이 나서 당신이 점심시간에 보내준 원고 읽었는데 정말 잘 썼더라. 당신이 자랑스러워.

나는 잠시 미소 지었다. 이내 죄책감이 파도처럼 덮쳐왔다. 그러자 한숨이 나왔다.

당신이 최고야. 내일 같이 저녁 먹으러 나가자. 좋다고 해줘.

휴대폰이 진동했다.

좋아.

가끔 이렇게 예전 우리 모습이 얼핏 보일 때면 다시 그때로 돌아갈 수 있지 않을까 생각했다. 하지만 그러기에는 내가 너무 많은 것을 망쳐버렸고 세라에게는 언제나 일이 최우선이었다. 나보다도, 가족을 비롯한 모든 것보다도 먼저였다. 그건 앞으로도 바뀌지 않을 것이다.

아이를 낳으면 속도를 늦추겠지 싶었는데, 5년 전 세라는 아이를 원치 않는다고 했다. 그녀의 마음을 바꿀 수 있을 줄 알았는데, 끝내 그럴 수 없었다.

나는 서랍장 위에 휴대폰을 내려놓고 충전기를 꽂았다. 켈리는 내게 유혹하는 눈빛을 보내고 있었다. 켈리는 나를 아무리 가져도 만족하지 못했고 그건 나도 마찬가지였다. 하지만 이것도 영원하지 않으리라는 걸 알았다. 세라와 나 역시 서로를 끝없이 원하던 때가 있었지만 그 시절은 이미 지난 지 오래였다. 이따금 그때의 감정이 다시 떠오르는 순간도 있지만, 주로 술을 마셨거나 떨어져 있을 때였다. 오해하지는 않길 바란다. 나는 세라를 사랑한다. 그게 아니었다면 오래전에 떠났을 것이다. 세라가 제공하는 생활비, 안정감, 고급 저택, 호숫가 별장이 아니라 바로 그 사랑이 나를 붙잡고 있었다. 켈리는 세라가 더 이상 줄 수 없는 사랑을 내게 주었다. 나는 세라와 켈리, 두 사람이 있어야 완성된다. 역겨운 소리라는 걸 알지만 사실이 그렇다. 내게는 둘 다 필요하다.

"아내에게 우리 얘기 할 거야?"

"남편에게 우리 얘기 할 거야?" 내가 쏘아붙였다.

켈리는 씩씩대며 팔짱을 끼었다.

"그건 다른 문제야."

차분한 목소리였다.

나는 침실에서 나가 위스키를 두 잔 가득 따라와서, 켈리에게 한 잔을 건넨 다음 옆에 앉았다. 그리고 한 팔로 켈리를 감싸고 다 이해한다는 뜻으로 끌어안았다. 켈리는 나지막이 흐느끼더니 눈물이 흐르기가 무섭게 다시 삼키며 평정을 되찾았다. 위스키를 크게 한 모금 마시고도 그 짜릿한 느낌에 전혀 동요하지 않았다. 그녀는 내게 기댔다. 사랑하는 사람에게 뒷전으로 밀리는, 사랑 없는 결혼 생활에 갇힌 우리는 그렇게 말없이 앉아서 위스키를 마셨다. 켈리와 내가 함께 할 때면 우리는 서로에게 일순위였다. 나는 두 번 더 술잔을 채웠고 우리는 다시 섹스했다. 이번에는 욕정을 해소한 것이 아니라 사랑을 나누었다.

3장
세라 모건

나는 사건 서류를 자세히 검토하고 있었다. 서류는 눈사태 직후에 쏟아지는 눈처럼 이리저리 흩날렸다. 원래 주간 업무 준비만 몇 시간 하고 퇴근할 생각이었지만, 지금 이렇게 열두 시간 전에 가져온 커피를 홀짝이고 있다. 커피에 둥둥 뜬 기름을 보고 얼마나 오래 일했는지 깨달았다. 내 사무실은 14층이었는데, 워싱턴DC에서 워싱턴 기념탑보다 더 높은 구조물을 세우지 않는 한 이보다 더 높을 수는 없었다.* 바닥부터 천장까지 이어진 통유리창을 낸 이곳은 회사에서 가장 큰 공간이었고, 내가 이 사무실을 쓰는 데 이의를 제기하는 사람은 아무도 없었다.

세간의 관심이 집중된 사건을 몇 건 맡고 소속 변호사 중 가장 많이 승소한 덕분에, '윌리엄슨 앤드 모건 법률 사무소'라는 회사명에 이름이 들어가는 파트너 변호사로 자리 잡았다. 나는 손끝으로 이마를 문지르다가 관자놀이를 천천히 마사지하며 평소의 평온한 상태로 돌아가려 애

---

* 워싱턴DC에서는 워싱턴 기념탑보다 높은 건물을 짓지 못하도록 고도를 제한한다.

썼다. 일할 때 쓰는 안경을 벗어 책상 위에 내던지자 좌절한 내 마음을 대변하듯 요란한 소리가 났다. 휴대폰 시계를 확인하니 저녁 8시 4분이었다. 듣는 사람은 아무도 없었지만 내가 얼마나 스트레스 받고 있는지 알리려고 짜증스럽게 씩씩댔다.

재빨리 애덤에게 메시지를 보냈다.

미안. 오늘은 정말 당신과 함께 있고 싶었는데. 보고 싶어.

휴대폰을 다시 책상에 내려놓고, 스티로폼 용기 위에 놓인 포크를 집어 들어 몇 시간 동안 그대로 놓여 있던 중국 음식을 찔렀다. 재빨리 몇 입 먹고서 통째로 쓰레기통에 밀어 넣었다. 열세 시간 동안 일했지만 목 뒤로 낮게 말아올린 머리는 한 올도 흐트러지지 않았다. 나는 평소와 달리 몹시 어질러진 책상을 정리했다. 재판과 증언 녹취가 다가오면 어느 정도의 너저분함은 피할 수 없었다. 나는 창밖을 내다보며 도시의 불빛과 일사불란하게 움직이는 차, 그리고 몇 시간 남지 않은 주말을 즐기러 나온 사람들을 감상했다.

"앤, 아직 밖에 있어?"

사무실 문이 열리더니 비서 앤이 상냥한 표정으로 고개를 들이밀었다. 앤은 자그마한 몸에 갈색 머리를 어깨까지 길렀는데, 지나가는 사람들이 고개를 돌려가며 쳐다볼 정도는 아니지만 수수하게 예뻤다. 그녀는 눈동자를 희미하게 빛내며 내 비위를 맞출 준비가 되었다는 듯이 미소 지었다. 지금처럼 회사에 나 혼자 있는 늦은 시간에도, 내가 업무 이메일을 보내면 앤이 서둘러 일을 시작하곤 했다.

"부르셨어요, 모건 씨."

나는 책상에 두 손을 올리고, 이해는 하지만 딱하다는 뜻으로 미소 지었다. "앤, 내가 수없이 말했잖아? 내가 말도 안 되게 오래 일한다고 해서 같이 남아 있을 필요는 없다고. 게다가 모건 씨가 뭐야?"

"죄송합니다. 모건…….." 앤은 내가 손을 올리며 일어서자 말을 멈추었다. 나는 앤에게 다가갔다. 사무실에는 푹신한 카펫이 깔려 있었는데, 맨발에 닿는 느낌이 무척 부드러워서 직접 고른 것이었다. 집 같은 느낌으로 사무실을 꾸미고 싶어서 푹신한 소파와 안락의자, 커피 탁자, 쿠션을 갖다놓았고, 책장에는 업무 관련 책은 물론이고 재미 삼아 읽을 책까지 꽂아두었다. 벽에는 아름다운 예술 작품도 걸었다. 내게 사무실은 또 하나의 집이었다. 지난 8년 동안 진짜 집보다 이곳에서 보낸 시간이 더 많았다. 워싱턴 기념탑이 보이는 한쪽 모퉁이에는 러닝머신도 설치해놓았다.

나는 앤에게 다가가서 그녀의 어깨에 한 손을 올렸다. "앤, 나랑 5년이나 일했잖아. 금요일마다 점심도 같이 먹고. 가끔은 퇴근하고 술도 마시고 출장도 같이 가지. 우리 집에도 셀 수 없이 여러 번 왔어. 넌 내 동료이기 전에 친구라고. 그러니 제발 부탁인데 다시는 날 '모건 씨'라고 부르지 말아 줘."

앤은 고개를 끄덕이며 미소 짓고 나를 지나쳐 소파에 털썩 앉았다.

"미안해요. 밥의 비서가 그만두는 바람에 일을 두 배로 하고 있어요. 자기를 '밀러 씨'로 불러 달라고 하더군요. 그래서 입버릇이 됐나 봐요." 앤은 이마를 문질렀다.

나는 앤 옆에 앉아서 맨발을 커피 탁자에 올리고 길게 한숨을 내쉬며 단단히 말아올린 머리를 풀어 내렸다. 앤도 발을 툭툭 털고는 하이힐을 벗더니 커피 탁자에 발을 올렸다. 우리는 유대감을 느끼며 이해한다는 표정으로 서로를 바라보았다. 나와 앤은 거의 모든 면에서 달랐지만 남자들의 세계에서 성공하려고 애쓴다는 면에서는 같은 처지였다. 우리는 남자들보다 조금이라도 앞서려고 두 배로 노력했다.

"그건 밥이 재수 없는 사람이라서 그래. 다음 주말까지는 새로운 비서를 채용하라고 말할게. 다음 비서도 못 버티면 그땐 밥도 여기 못 나오도록 해야겠어." 나는 농담하듯 말했지만 진심이었다. 밥은 제법 괜찮은 변호사지만 자존심이 너무 셌고, 자기보다 돈이나 권력이 많은 사람을 제외한 다른 사람을 전혀 존중하지 않았다.

"고마워요. 이렇게까지 잘해주다니요."

"아니, 잘해주는 사람은 내가 아니라 앤이지."

"그거 알아요? 아무에게도 잘해주지 않는 사람도 있어요."

"누군데?"

"밥이요."

우리는 함께 웃음을 터뜨렸다. 오랜만에 기분이 좋아졌다. 그동안 사건 서류를 검토하는 데만 너무 몰두했던 탓인지 이런 순간이 그리웠다. 어깨에 짊어진 무거운 짐을 벗어 던지고, 내 손에 누군가의 인생과 미래가 달려 있다는 부담도 잊은 채, 그냥 편하게 시간을 보내고 싶었다.

"참, 이걸 보여주고 싶었어요." 앤은 휴대폰을 꺼내더니 사진 앱을 열어 손가락으로 화면을 몇 번 넘겼다.

나는 휴대폰을 받아들고 길을 건너는 남자, 링컨 기념관 계단을 오르는 여자, 호수 위로 낮게 날아가는 매, 워싱턴 기념탑을 올려다보는 아이 사진을 한 장씩 살펴보았다. "앤, 정말 아름다운 사진이야. 시선이 남달라." 나는 사진을 넘길 때마다 감탄했다.

"고마워요. 소소한 취미인걸요."

"취미로만 하기엔 아까운데. 정말 재능 있어."

휴대폰을 돌려주자 앤은 얼굴을 붉히며 입술을 꼭 다물었다.

그때 내 휴대폰이 진동했다. 나는 책상으로 가서 애덤에게 재빨리 답장을 보냈다. 그가 그리웠다. 우리가 그리웠다. 몇 차례 메시지를 주고받은 끝에 애덤이 늦는다는 것을 알게 되었다. 이미 결정된 일이었다. "나가서 술이나 마시자."

"괜찮겠어요? 내일 아침까지 최후 진술을 보내야 한다면서요." 앤이 보내는 눈빛에서 친구로서의 바람과 부하 직원으로서의 불안이 동시에 느껴졌다.

"그럼. 괜찮고 말고." 나는 씩 웃었다.

"그럼 택시 부를게요." 앤은 손뼉을 치고 일어나 다시 하이힐을 신더니 약간 들떠 보이는 걸음으로 문을 향했다.

4장
애덤 모건

 자동차 문이 쾅 닫히는 소리에 잠이 깼다. 집 안팎이 온통 캄캄했다. 켈리와 보낸 밤이 어떻게 마무리되었는지 전혀 기억나지 않았지만, 아랫도리에 시멘트 바닥에 끌린 듯한 따가운 느낌이 드는 걸 보니 또 한 번 격렬하게 섹스한 모양이었다. 침대 옆 탁자의 시계를 얼핏 보니 빨갛게 빛나는 숫자가 밤 12시 15분을 알리고 있었다.
 "젠장."
 집에서 세라와 함께 있어야 할 시간이었다. 나는 정신을 차리려고 손으로 이마와 얼굴을 문질렀다. 어떻게 이렇게까지 엉망일 수 있지? 캄캄해서 코앞도 보이지 않았지만 옆에 누워 있는 켈리가 느껴졌다. 나는 그녀가 곁에 있다는 걸 항상 느낄 수 있다. 가까이 가서 켈리의 뺨을 쓰다듬었다. 켈리는 죽은 듯이 잠들어 있었다. 깨워보려고 귓가에서 이름을 불렀지만, 미동도 없는 걸 보니 나보다 더 심하게 위스키에 취한 것 같았다.
 "켈리." 조금 더 크게 불렀는데도 움직이지 않았다. 켈리의 휴대폰 진동과 벨소리가 계속 울려서 머리가 지끈거릴 만큼 시끄러웠지만, 이 정도로 피곤하다면 그냥 자도록 놔두는 게 나을 것 같았다. 어두워서 몸의 윤곽만 보였는데, 누에고치처럼 담요를 몇 겹 둘둘 감고 있어서 몸집이 두 배로 커 보였다. 밤이 깊어지자 추워진 모양이었다.

나는 살그머니 침대에서 나와 까치발을 하고 켈리 옆쪽 탁자로 가서 그녀의 휴대폰을 집어 들었다. 켈리가 깨지 않도록 무음으로 해두려고 휴대폰을 들고 방에서 나갔는데 화면 속 메시지 알람이 눈에 들어왔다. 비밀번호 4357을 입력하자 제시라는 여자에게서 온 최근 메시지가 보였다.

미안해요.

화면을 내려 다음 메시지도 보았다. 모두 남편 스콧이 보낸 것이었다. 나는 밤 10시 17분에 도착한 첫 메시지부터 차례로 읽었다.

집에 오면 좋겠어.
왜 이렇게까지 해야 하는데?
자기…… 제발 대답 좀 해줄래?
정말 사랑해. 왜 이걸 몰라줘?
절대 진심이 아니었어. 날 믿어야 해. 다시는 그런 일 없을 거야. 약속해.
지금 어디 있는지 알려줘.
대답만 해주면 오늘 밤에는 가만히 있을게.

제기랄. 이 멍청한 년.

당신 나한테 거짓말했어. 아직 일하는 게 아니던데. 좀 전에 카페에 전화해 봤어.

내 눈에 띄기만 해봐. 단단히 벼르고 있으니. 어젯밤의 고통이 차라리 나았다고 빌게 될 거야, 이 쓸모없는 년.

나는 화가 나서 근육이 뻣뻣해졌지만 계속 읽어 내려갔다. 이건 켈리의 일이고 켈리는 내가 자기 일에 끼어드는 걸 원치 않겠지만, 이 순간만큼은 기회만 있으면 이 개자식을 죽이고 싶었다.

너무 늦었어. 이제 당신은 빌어먹을 추억일 뿐이야.

밤 11시 45분에 온 이 메시지가 스콧이 보낸 마지막 메시지였다. 맙소사. 완전 정신병자였다. 나는 침대에서 켈리를 일으켜 꼭 안고, 우리는 스콧처럼 형편없는 사람이 아니라고 안심시켜주고 싶었다. 대신 답장해 버릴까 싶었지만, 이 남자를 화나게 해봤자 켈리에게 좋을 게 없다는 생각에 멈췄다. 나는 침실로 조용히 돌아가서 켈리 옆 탁자에 휴대폰을 엎어 놓은 다음, 그녀의 뺨에 입 맞췄다.

다시 거실로 나와 불을 켜지 않은 채 눈이 어둠에 최대한 적응하도록 놔두었다. 벽난로에 타고 남은 불씨가 은은하게 빛났다. 주방을 가로질러 화강암 조리대에 기댔다. 창백한 달이 내뿜는 희미한 빛 때문에 집 앞쪽 통유리가 음울해 보였다. 나는 메모지와 펜을 찾아서 쪽지를 남겼다.

켈리.

내겐 당신뿐이야. 지금까지는 아니었을지 몰라도 앞으로는 언제나 그럴 거야. 당신은 내가 평생 쓰고 싶었던 이야기의 문장이야. 오늘 밤에 난 그 이야기의 결말을 정했어.

- 당신을 사랑하고 당신이 사랑하는 애덤

추신. 아침 9시에 청소 도우미가 올 거야. 그 전에 가야 해.

조리대 위에 쪽지를 놔두고 현관 입구로 가서 소지품을 챙긴 다음 조심스레 현관문을 닫았다. 검은색 레인지로버에 타기 전에 휴대폰을 보았다. 밤 12시 30분이었다. 빌어먹을. 그냥 켈리와 함께 있을까 했지만 오늘 밤에 집에 가겠다고 세라에게 약속했다. 아무리 빨라도 2시가 다 되어서야 도착하겠지만 적어도 세라가 잠에서 깼을 때 옆에 있을 수는 있었다.

한 시간이 조금 더 지난 뒤, 워싱턴DC 칼로라마에 있는 우리 집에 차를 세웠다. 방 여섯 개, 욕조 딸린 욕실 세 개, 세면대와 변기만 있는 화장실 한 개가 있는 튜더 양식 저택은 세라와 둘이 살기에는 너무 넓었고 내 주제에 누리기는 너무 호사스러웠다. 하지만 세라는 이 집을 보자마자 사랑에 빠졌다. 울타리에 둘러싸인 널찍한 뒷마당과 멋진 초대형 테라스를 보고 황홀해했다. 나는 당연히 세라가 아기를 갖기로 마음을 바꾸었기 때문에 이렇게 큰 집을 선택했다고 생각했다. 하지만 우리는 방 두 개를 각자의 사무실로 꾸몄고, 나머지 방은 침실, 서재, 운동실, 손님방으로 사용했다. 세라가 마음을 바꾼 것이 아니었다.

나는 마당으로 진입해 커플로 구입한 세라의 흰색 레인지로버 옆에 차를 세웠다. 집 안으로 들어가서 대리석이 깔린 웅장한 현관과 곡선형 계단을 지나 고급스럽게 꾸민 주방으로 갔다. 그리고 크로스 백을 조리대에 내려놓고 불을 켰다. 냉장고에서 물을 한 병 꺼내 2층 안방으로 향했다. 세라 쪽 탁자의 조명을 제외하고 불이 모두 꺼져 있었다.

　문을 열고 들어가자 아주 편안하게 엎드린 자세로 깊이 잠든 세라가 보였다. 평소 입는 잠옷이 아니라 얇은 검정 탱크 톱과 검정 레이스 끈 팬티를 입고 있었다. 나이트가운을 입고 있을 줄 알았는데. 나를 자극하려는 걸까? 혹시 나를 원해서? 아니면 좋아하는 보드카 소다를 너무 많이 마셔서 기절했나? 비단결 같은 금발은 젖어있었고 한 올도 흐트러지지 않게 아래로 묶은 채였다. 자고 있을 때조차 완벽하게 정돈된 모습이었다. 내 시선은 세라의 등 곡선과 탄력 있으면서도 부드러운 엉덩이를 지나 조각같은 다리로 내려갔다. 지난 몇 년 동안 세라는 나를 외면했지만, 몸 관리는 절대 소홀히 하지 않았다. 세라는 약간 뒤척였지만 깨지는 않았다.

　나는 바지와 셔츠를 벗으면서도 세라에게서 눈을 뗄 수 없었다. 세라는 나를 형편없이 비참하게 만드는 동시에 한없이 행복하게 했다. 나는 세라를 사랑하는 만큼 미워한다. 세라는 이걸 알까? 아니, 신경 쓰기나 할까?

　탁자에 시계를 너무 세게 내려놓는 바람에 세라가 깰 정도로 큰 소리가 났다. 세라는 눈을 번쩍 떴고 내가 낸 소리라는 걸 알고서 안도했다. 나는 세라가 다시 자기를 바랐지만 그녀는 눈을 꼭 감은 채 살며시 미소 짓더니 내 옆 탁자의 알람 시계를 흘끗 보았다. 새벽 1시 45분이었다. 세라는 나를 다시 보고서도 집에 늦게 온 것에 대해서 아무 말도 하지 않았다. 세라는 내게 눈짓했다.

"알아. 늦어서 미안해." 나는 침대로 들어갔다.

"괜찮아." 세라는 내게 속삭이며 옆자리를 토닥거렸다.

나는 가까이 가서 세라의 뺨에 입 맞췄다. 그러자 그녀가 옹알이 같은 소리를 냈다.

"보고 싶었어."

이렇게 말하며 끌어안자 세라는 나를 보았다. "나도."

내가 이마에 입 맞추자 세라는 내 다리를 휘감고 맨살이 드러난 가슴에 파고들며 더욱 꼭 끌어안았다. 그리고 내 배를 어루만졌다.

"일은 어땠어?" 내가 물었다.

"오래 걸렸어."

말이 끝난 뒤 침묵이 길어지자 세라가 무슨 생각을 하는지 궁금해졌다. 머릿속으로 사건 서류를 검토하고 있을까? 나에 대해 생각할까? 우리에 대해? 우리의 결혼 생활이 금 갔다는 걸 알아차린 걸까? 그걸 다시 붙이고 싶어 할까, 아니면 계속 모른 체하고 싶어 할까? 마치 내 존재를, 우리의 존재를 외면하듯이.

"우리 아이 낳자." 세라는 반짝이는 눈으로 나를 올려다보며 반응을 기다렸다. 나는 표정을 숨기지 못하고 환한 얼굴로 세라에게 미소 지었다.

"진심이야? 정말 준비된 거야? 그러니까 음······ 예전 일을 전부······.

난 당신이 아이를 절대 원하지 않는다고 생각했어." 나는 세라가 마음에 없는 말을 한 건 아닌지 그녀의 얼굴을 자세히 살폈다. 세라가 아이를 낳고 싶어 하기를 늘 바랐다. 하지만 그녀에게 있었던 일을 감안할 때, 그 날이 오지 않을 수도 있다고 생각했었다.

"응." 세라는 고개를 끄덕였고 나는 그 말이 진심이라고 생각했다. 나는 눈물이 뒤섞인 웃음을 터뜨리며 세라에게 키스했다. 흥분을 참을 수 없었다. 우리는 서로의 몸을 어루만졌다. 내 입술이 세라의 목을 따라 내려갔다. 그녀의 검은색 탱크 톱을 벗기고 가슴과 몸 구석구석에 키스했다. 세라를 올려다보니 팬티를 벗기는 나를 보며 미소 짓고 있었다. 나는 세라가 잔뜩 흥분할 때까지 키스하고 물고 빤 다음 그녀의 안으로 들어갔다. 세라는 내 아래에서 숨을 헐떡이며 신음했다. 내게 고정된 커다란 두 눈에는 희망이 가득했다.

"세라, 사랑해."

"나도 사랑해, 애덤."

잠시 후 나는 세라 안에서 폭발했다. 희망에 차 가쁜 숨을 몰아쉬며 세라 위로 무너진 내 눈에서 눈물이 한줄기 흘러내렸다. 세라에게 이런 짓을 할 순 없었다. 켈리와 끝내야 했다. 세라는 내 아내이자 가족이자 내 전부였다. 세라는 줄곧 나를 사랑했다. 거리를 둘 때도 있었지만 나를 사랑한 건 변함없었다. 나는 세라 옆에 누워 그녀의 배를 다정하게 어루만졌다. 세라는 아직 태어나지 않은 내 아이의 엄마다. 더 많은 것을 받을 자격이 있고 나는 그걸 줄 것이다.

"고마워." 내가 속삭였다.

세라는 내 이마에 입 맞추고 나를 안았다. "우리를 위해서야. 당신이 원하는 건 나도 좋아." 그녀는 내 품에 안겨 눈을 감고 서서히 잠들었다.

5장
세라 모건

애덤은 옆에서 깊이 자고 있었다. 나는 미소 지은 채 그의 얼굴을 쓰다듬으며 이게 옳은 걸까 생각했다. 하지만 옳고 그름은 주관적이다. 나는 배를 어루만지며 애덤은 아빠가 될 자격이 있다고 다시 한번 생각했다.

아이를 가지겠다는 생각은 일주일 전에 계시처럼 불현듯 찾아왔고 어젯밤에 앤과 술을 마시며 확실해졌다. 나는 삶에서 직함이나 건물에 새겨진 내 이름 이상의 것을 원했다. 사랑을, 가정을, 삶의 의미를 원했다. 모두 가지려면 뭔가를 포기해야 했다.

나는 침대에서 나와 흰색 실크 가운을 걸치고 허리를 느슨하게 묶었다. 휴대폰 화면에 앤이 보낸 읽지 않은 메시지가 깜빡거렸다.

집에 잘 들어갔어요?

나는 재빨리 답장을 보냈다.

응. 이따 봐.

앤의 답장이 왔다.

어젯밤에는 미안했어요.

나는 앤 때문에 조금 난감해졌던 순간이 떠올랐지만, 재빨리 머릿속에서 지워버렸다.

괜찮아. 누구나 취하면 실없는 짓을 하잖아.

＊ ＊ ＊

몇 시간 뒤, 사무실에 출근하니 앤이 커피 한 잔과 미소로 나를 맞이했다. 그녀는 활기차 보였다. 어젯밤에 술을 얼마나 마셨는지 생각해 보면 지나치게 생기가 넘쳤다.
"행복한 월요일이에요!" 앤이 씩 웃으며 말했다.
"그러게, 정말 월요일이네. 밥은 출근했어?"
"안타깝지만 아직이요." 앤의 말에서 비웃음이 느껴졌다.
"밥 문제는 내가 처리할게." 나는 커피를 집어 들었다.
내가 문 두 개를 지나 밥의 사무실로 향하는 동안 앤이 내 가방을 받아 들었다. 그의 사무실도 좋았지만 내 사무실에 비할 바는 아니었다. 밥과 나는 비슷한 시기에 입사했지만, 그와 달리 나는 파트너 변호사가 되었다. 이 일로 밥이 자격지심을 느낀다는 걸 알고 있다. 그래서 내 비서인 앤을 빼가려고 했던 것 같다. 처음 일을 시작할 때만 해도 밥은 나를 경쟁자로 보지도 않았다. 하지만 이제는 확실히 달라졌다.

노크도 하지 않고 사무실로 들어가니, 책상에 앉아 태평하게 달걀 샌드위치를 먹고 있는 밥이 보였다. 평범한 외모였지만 약간 못돼 보였는데, 큰 키에 눈동자와 머리카락 색이 어둡고 턱선이 날카로워서 그런 것 같았다.

"안녕, 밥." 나는 밥의 책상 앞 의자에 앉았다.

밥은 고개를 까딱하고 샌드위치를 내려놓았다. "세라, 여기엔 무슨 일로?" 밥의 적갈색 눈동자가 반짝였다.

"밥, 내 말 잘 들어. 하루 종일 앤에게 심부름시키고 복사해 달라고 하고 음식 사다 달라고 하는 거 그만해. 앤은 내 비서야. 아무리 비서를 속옷 갈아입듯이 수시로 갈아치운다고 해도 내 비서까지 넘보면 안 되지. 무슨 말인지 알아들었지?" 나는 눈을 가늘게 뜨고 밥을 보았다.

"앤은 회사에서 월급 받는 직원이야. 내가 일 좀 시키는 게 어때서." 밥은 축축해 보이는 샌드위치를 한 입 베어 물었다. 그리고 자기 대답이 만족스러운지 샌드위치를 마저 씹으면서 씩 웃었다.

"사실, 당신이 잘못 알고 있는 거야. 앤이 회사에서 급여를 받기도 하지만 나도 앤에게 따로 챙겨 주는 걸."

"하, 말도 안 돼. 왜 그런 짓을 해?"

"난 사람을 사람답게 대접하니까."

"그게 무슨 헛소리야?" 밥은 고개를 저으며 입에 가득 넘치게 베어 문 샌드위치를 계속 씹었다.

"밥, 잘 들어. 곧 파트너 회의가 열릴 거야. 지금 하는 비서 훔치기 게임을 중단하지 않으면, 회의에서 당신을 내보내자고 제안할 거야. 회사에 도움이 안 되는 사람은 필요 없어." 나는 일어서서 그를 내려다보았다.

"지금 당신 얘기하는 것 같은데."

"제법인데. 하지만 지금 난 그런 식의 말도 안 되는 힘겨루기를 할 기분이 아니야. 그러니까 이 일로 나 건드리지 말고 이번에는 시키는 대로 해. 알아들었지?" 나는 커피를 한 모금 마셨다.

밥은 코웃음을 쳤지만 더 이상 아무 말도 하지 않고 남은 샌드위치를 쓰레기통에 내던졌다. 나는 밖으로 나가서 내 사무실로 돌아갔다. 앤은 자리에서 전화를 받고 있었다. 내가 잘 해결되었다는 뜻으로 고개를 끄덕이자 앤이 미소 지었다. 책상 위에는 커다란 빨간 장미 꽃다발이 놓여 있었다. 나는 고개를 숙여 향기를 깊이 들이마셨다. 미소가 절로 나왔다. 꽃병에는 다음과 같은 내용의 카드가 붙어 있었다.

세라, 내겐 언제나 당신뿐이었어. 사랑해.

　　　　　　　　　　　　　　　　　　　　　　　　－애덤

"아름다워요." 앤이 문간에 서서 꽃을 보며 감탄했다.

나는 카드를 내려놓고 앤을 보았다. "고마워. 애덤이 보낸 거야."

"음, 그럴 것 같았어요. 아니면 또 누가 꽃을 보냈을까 싶었죠. 무슨 좋은 일 있어요?"

"별일 아니야. 아기를 갖기로 했거든." 나는 수줍게 미소 지었다.

"뭐라고요! 세상에!" 앤은 흥분해서 그야말로 사무실로 뛰어들었다.

"아기라…… 그런 꼬마 장식품을?" 누군가의 목소리가 들렸다.

나는 누구인지 이내 알아차렸다. 제이 크루 니트 스웨터와 치노 팬츠를 입은 매튜가 문간에 서 있었다. 200달러짜리 이발로만 연출할 수 있는 너저분한 금발을 한 그는 살이 빠진 브래드 피트 같았다. 회색빛이 도는 파란 눈동자는 단번에 시선을 사로잡기보다는 서서히 끌어들인다. 그래서 그 속에 깃든 마법을 천천히 감상하게 된다.

매튜는 런웨이 모델 같은 자세로 뽐내듯 걸으며 다가왔다. 자신이 있는 곳은 어디든 무대로 만드는 사람이었다. 그는 이런 식으로 공간을 지배했다. 바로 그 점 덕분에 제약회사 로비스트로서 몸값이 어마어마했고, 그는 늘 돈을 가장 많이 주는 회사로 옮겨 다니며 일했다. 매튜와 나는 예일대 로스쿨 시절부터 친구였지만, 마지막으로 본 지 1년이 넘었다.

"세상에!" 우리는 누가 먼저랄 것도 없이 얼싸안았다. "여긴 어쩐 일이야?"

"어제 막 도착했지." 매튜는 한발 물러서서 내 손을 계속 잡고 말했.

"어디 보자." 나는 반 바퀴 빙그르르 돌았다. "여전히 끝내주네." 매튜가 칭찬했다.

나는 몇 발짝 떨어진 곳에 서 있는 앤을 바라보았다. 그녀는 한 손으로 다른 팔꿈치를 감싸 안은 채 마치 어딘가에 잘못 들어온 사람처럼 서 있었다. "내 비서 기억하지?"

"당연하지." 매튜는 앤에게 다가가 손을 내밀었다. "애나?"

앤은 고개를 끄덕이며 악수했다.

"아니야, 매튜. 애나가 아니라 앤이야." 내가 바로잡아 주었다. 앤도 아닌 것은 아니라고 말하는 법을 배워야 할 텐데.

"미안해요, 앤. 다시 보게 되어 반가워요." 매튜는 왈츠를 추듯이 걸어가 내 의자에 앉았다. "여전히 이 건물에서 가장 큰 사무실이군."

"아닐 거라고 생각했어?" 나는 눈썹을 치켜올렸다.

"그럴 리가. 세라 모건인데. 그런 세라가 꼬마 장식품을 얻자고 이 모든 걸 버릴 계획이라니 안타깝네." 매튜는 실망스럽다는 듯이 고개를 저었다.

"꼬마 장식품이라고요?" 앤이 매튜를 향해 몇 걸음 다가가며 물었다.

"모르는 게 좋을걸. 얘 말 시작하게 하면 안 돼." 내가 웃음을 터뜨리며 말했다.

매튜는 다리를 꼬고 몸을 숙였다. "난 동물과 아기는 우리 삶의 자질구레한 장식품이라고 생각해요. 보기에 좋고 모으면 재미있지만 실제로 쓰임새는 없죠."

"그런 끔찍한 말을." 앤이 정말 싫다는 표정으로 말했다.

"맞는 말 아닌가요?" 매튜가 물었다. "왜 굳이 짐을 더해서 삶의 속도를 늦추는 걸까요? 난 이타주의자라 세라에게 가장 이익이 되는 일을 바랄 뿐입니다."

"말했잖아. 모르는 게 좋을 거라고. 이런 점만 빼면 매튜는 완벽해."

나는 책상에 기대서서 매튜의 무릎을 토닥였다. "유일한 흠이지." 그리고 웃음을 터뜨렸다.

"동성애자라는 것도." 매튜가 킥킥대며 덧붙였다.

"그건 흠이 아니야."

"너에겐 그렇겠지." 매튜는 윙크하며 내 옆구리를 간지럽혔다.

"어쨌든 아기를 갖기로 노력하는 건 정말 대단한 일인 것 같아요." 앤이 미소 지으며 말했다.

"정말 그럴까? 정신 나간 게 아니고?" 나는 확신을 달라는 눈빛으로 앤과 매튜를 보았다.

"정신 나갔지." 매튜가 말했다.

"그럴 리가요! 왜 그렇게 말해요?" 앤이 말했다.

"글쎄. 난 한 번도 아이를 원한 적이 없어. 어린 시절이 멀쩡하지 않았거든." 내 말을 들은 매튜가 고개를 끄덕였다. "그런데 지난주에 어느 카페에 앉아 있는데 문득 아이를 가지고 싶다는 생각이 든 거야. 유아차에 아기를 태우고 가는 어떤 여자를 봤는데, 이유 없이 질투가 나더라. 이제 너무 늦은 게 아닐까 싶기도 하고." 나는 솔직하게 털어놓았다.

"너무 늦은 때라는 건 없어요. 난임 프로그램이나 입양도 있으니까요." 앤은 응원하듯 미소 지었다.

"늦어 버리기를 바라자고요." 매튜가 비꼬는 투로 말했다.

나는 그만하라는 뜻으로 매튜를 노려보았고, 앤은 다소 굳은 표정으로 그를 응시했다.

"내 나이 서른셋이야. 엄마 노릇을 할 에너지가 남아 있을까?"

"농담이죠? 에너자이저 광고 속 토끼처럼 기운이 넘치는걸요. 일하고 또 일하고. 거의 매일 아침 7시 전에 출근해서 저녁 6시 이후에 퇴근하고 가끔은 더 늦게 퇴근하잖아요. 앞으로 태어날 그 운 좋은 아이가 아무리 힘이 넘쳐도 당신을 따라잡지는 못할 거예요."

"앤이 한 말 중 유일하게 공감 가는 말이군. 세라, 넌 힘이 넘쳐." 매튜가 말했다. 나는 두 사람을 향해 미소 지었다.

나는 직업적으로 많은 것을 이루었고 대부분의 사람이 이루지 못할 일들을 해냈다. 이를 위해 정직하지 않은 정치인, 살인자, 돈세탁 사기꾼을 변호했다. 기업 법무팀을 이끌었고 이 회사의 창립 멤버이기도 했다. 하지만 이토록 많은 것을 이루었음에도 엄마가 되는 일만큼은 왠지 두려웠다. 자연스럽게 받아들여야 할 일인데도 쉽지 않았다. "고마워, 앤." 진심이었다. "그리고 매튜, 넌 안 고마워." 내가 쏘아붙였다.

매튜는 과장되게 가슴을 움켜쥐며 상처 입은 체했다.

앤이 물었다. "애덤은 뭐라고 해요?"

"그렇게 행복해하는 모습은 처음 봤어."

"놀랍지 않군." 매튜가 못마땅한 듯 눈을 굴리며 말했다.

"그게 무슨 뜻이야?" 나는 기대고 있던 책상에서 몸을 뗐다.

"음, 애덤의 커리어는 끝난 거나 마찬가지잖아. 그러니까 아이라도 생기면 삶에 다시 의미가 생기는 것 같겠지. 애초에 인류가 멸종하지 않은 유일한 이유가 그거야. 목표 없이 사는 사람들이 계속 번식하는 거지." 매튜는 아무렇지 않게 말했다.

앤은 놀라서 입을 벌렸다.

나는 매튜의 엉뚱한 의견에 매우 익숙했다. 일부러 사람들을 자극하려고 저런 식으로 말하는 게 분명했지만, 나는 절대 반응해주지 않았다.

"워싱턴DC에는 무슨 일로 왔어?" 나는 매튜가 방금 한 말을 무시하고 물었다.

"여기서 6개월짜리 일을 계약했어. 자주 보게 될 거야." 매튜는 윙크했다.

"정말 행운이네요." 앤이 비꼬는 투로 말했다. 언젠가는 앤도 매튜에게 익숙해지겠지.

"물론이죠." 매튜는 책장으로 가더니 아무 책이나 꺼냈다.

앤은 오늘 오전에 열릴 재판 준비가 다 됐는지 확인하겠다고 했다. 지난 1년 동안 세간의 관심이 집중된 이 사건을 처리하느라 밤낮없이 일했다. 이 일이 마무리되면 애덤에게 집중할 수 있기를 바랐다. 앤은 사무실에서 나가며 문을 닫았다.

"드디어 갔군." 매튜가 말했다.

"그러지 마." 나는 책상에서 서류를 꺼내 뒤적거렸다.

"농담이야. 그냥 약 올려봤어." 매튜는 내 책상 맞은편에 앉았다.

"알아. 이게 너지." 나는 피식 웃었다.

"난 언제나 사람들을 시험하잖아. 최악일 때의 날 감당하지 못하면 최고일 때의 날 볼 자격이 없는 거야." 매튜는 턱을 치켜들며 말했다.

"그런데 매튜, 넌 최고일 때가 없잖아."

매튜는 웃음을 터뜨렸다. "그 비밀을 다들 너무 늦게 발견한단 말이지. 그나저나 한동안 여기 있을 텐데, 나한테 시간 좀 내줄 수 있어?" 그는 눈썹을 찡긋거렸다.
"그런 걸 뭘 물어."

6장
애덤 모건

눈을 떠보니 세라는 없었다. 오랜만에 기분 좋게 잠에서 깼다. 모든 일이 잘될 것만 같았다. 마침내 내가 원하는 걸 세라도 원하게 되었다. 가족 말이다. 드디어 우리는 같은 페이지에 도달했다. 지금껏 내가 몇 장 앞서갔는데 이제 세라가 따라잡았다. 나는 세라가 회사 일에서 한발 물러나 가정을 꾸리는 데 집중하기를 바란다. 어젯밤에 우리가 한 일이 효과가 있을 것 같은 예감이 든다. 9개월 뒤면 아기 모건을 세상에 맞이하겠지. 아빠가 되는 것. 이게 바로 내 운명이다.

나는 침대에서 미끄러지듯 내려와 탁자 옆에 구겨져 있던 사각팬티를 입었다. 약간 들뜬 발걸음으로 돌아다니며 이를 닦고 헝클어진 머리를 정리한 다음, 물을 얼굴에 몇 번 끼얹었다. 좋은 하루가 될 것 같았다. 오전 11시 30분이었고 계획보다 약간 늦게 일어났지만 상관없었다. 오늘은 새로운 인생이 시작되는 날이니까.

계단을 내려가는데 뭔가 퍼뜩 떠올랐다. 얼굴을 한 대 맞은 기분이었다. 켈리. 제기랄. 그러는 게 아니었다. 그런 쪽지를 써 놓는 게 아니었다.

어젯밤에 관계를 끝냈어야 했다. 나는 휴대폰을 가지러 계단을 뛰어 올라갔다. 휴대폰을 잡아챈 바로 그 순간, 초인종이 울렸다. 잽싸게 바지와 티셔츠를 입고 휴대폰을 주머니에 넣었다. 초인종이 다시 울렸다.

"빌어먹을. 나가요!"

거세게 현관문 두드리는 소리가 몇 차례 들렸다.

"잠깐만요!" 나는 복도를 지나 계단을 내려가 현관문으로 향했다. 문을 벌컥 열자 똑같은 복장을 한 남자 둘이 서 있었다. 둘 다 작업복처럼 생긴 황갈색 제복에 수납 벨트와 챙 넓은 모자를 갖춘 모습이었다. 표정도 비슷했다. 심각하고 짜증난 표정이랄까? 아니…… 넌더리나고 불만스러운 표정인 것도 같았다. 정확히는 모르겠다. 나는 두 눈을 비볐다. 왼쪽에 서 있던 키 큰 백인 남자가 말문을 열었다. 각진 턱과 날카로운 눈동자가 인상적이었다.

"라이언 스티븐스 보안관*입니다. 애덤 모건 씨입니까?"

나는 고개를 끄덕였다.

오른쪽에 있던, 돌을 깎아 놓은 듯한 얼굴에 어깨가 넓고 키가 더 큰 흑인 남자가 말을 이었다. "마커스 허드슨 부보안관입니다. 어제 저녁 선생님의 행방에 대해 몇 가지 질문이 있습니다."

"무슨 일인가요?" 나는 한 손으로 현관문을 잡고 두 사람과 눈길을 주고받았다. 길가에 경찰차가 두 대 서 있었다.

---

* 미국 경찰 조직에서 관할 지역 내 수사와 치안을 총괄하는 법 집행관. 하위 직책으로는 보안관의 지시에 따라 주요 수사를 담당하는 부보안관, 직책 없이 현장 임무를 수행하는 경관이 있다. 경관은 일반 경찰을 통칭하는 용어로도 쓰인다.

"우리가 묻는 말에 대답만 하면 됩니다." 스티븐스가 한층 더 단호하고 성급한 목소리로 다시 말했다.

나는 현관문을 잡은 채 한 걸음 물러섰다. "도대체 무슨 일인데요?" 혼란스러운 감정이 얼굴에 번지며 미간이 찌푸려졌다. 침착하고 냉정한 태도를 유지하려고 애썼지만 쉽지 않았다. 경찰이 느닷없이 내 집 문을 두드린 데다 그 이유를 모르는 상황에서 침착하기는 힘들었다.

"보안관서에 가서 이야기를 나누는 게 더 편할 듯한데요." 스티븐스가 말했다.

"어떻게 더 편할 수 있다는 겁니까? 도대체 무슨 일이냐니까요? 세라는 괜찮은가요? 세라에게 무슨 일이 있나요?" 늘 그렇듯 세라가 제일 먼저 생각났다. 유명한 변호사인 세라는 직업 특성상 적이 많았다. 예전에는 살해 위협을 받은 적도 있었다. 괴롭힘을 당하기도 했고 한번은 폭행을 당해 몸을 다치기도 했다. 지금 맡은 일도 큰 건이었다. 물어본 적이 없어서 내용은 자세히 모르지만. 물어볼걸.

"모건 씨, 흥분하지 마십시오." 스티븐스가 말했다.

"빌어먹을. 아내에게 전화해야겠어요." 나는 주머니에서 휴대폰을 꺼내며 현관문을 닫으려 했다. 하지만 스티븐스가 발을 밀어 넣어 막더니 허드슨과 함께 안으로 밀고 들어왔다.

"내 집에서 나가!"

제복 입은 두 남자가 앞으로 돌진해 나를 잡았다. 그리고 내 두 팔을 등 뒤로 비틀어 올렸다. 전화를 걸기 직전에 휴대폰이 바닥에 떨어졌다. 나는 몸부림쳤다. 경찰에 저항해 몸부림치는 사람들을 보면 대개 '저런 멍청이를 봤나. 경찰과 싸우면 안 되지. 절대 못 이길 싸움일 텐데'라고 생각할 것이다. 하지만 무슨 일이 벌어지고 있는지, 사랑하는 사람은 괜찮은지, 왜 이런 일이 벌어지는지 모르는 상태에서 그런 상황에 놓이면…… 죽도록 싸우게 된다.

스티븐스를 바닥에 내동댕이치자 한쪽 팔이 자유로워졌다. 그는 낮은 소리로 "제기랄" 비슷한 말을 중얼거리더니 일어나서 내게 달려들었다. 허드슨은 등 뒤로 비틀어 올린 내 한쪽 손을 계속 잡고 있었다.

"좋아. 헛소리 그만하게 해주지." 허드슨이 무릎으로 내 얼굴을 때렸다. 나는 순식간에 바닥에 고꾸라졌다. 코에서 피가 쏟아져 나와 옆쪽 바닥에 고였다. 허드슨이 무릎으로 내 등을 찍어 눌렀고 그사이에 스티븐스가 내게 수갑을 채웠다.

"꼭 그래야 했나?" 스티븐스가 낄낄대며 말했다.

"오랜만에 힘 좀 쓰니까 좋은데요." 허드슨이 대답했다. 그의 얼굴이 보이지는 않았지만 씩 웃는 것 같았다.

허드슨은 일어나서 옷을 털었다. 두 사람은 나를 무릎 꿇려 앉혔다. "이제 보안관서로 갈 준비가 됐냐, 이 쓰레기 같은 자식아?"

나는 그의 발에 피를 뱉었다. "꺼져. 그 말 후회하게 될 테니까." 나는 허드슨을 노려보았다.

"글쎄." 그가 말했다. "자, 당신은 묵비권을 행사할 수 있으며……."

* * *

두 시간 뒤, 나는 작은 조사실에 혼자 있었다. 앞에 놓인 탁자에는 갖다 놓은 지 오래된 커피가 한 잔 있었고 왼쪽 벽에는 큰 단방향 거울이 붙어 있었다. 나는 고개를 숙이고 머리를 감쌌다. 인내심이 바닥나서 발을 쿵쿵 굴렀다.

"전화 좀 합시다." 나는 빈 조사실에서 소리쳤다. "빌어먹을 전화 좀 하자고요!"

문이 열리더니 스티븐스와 허드슨이 커피가 담긴 일회용 컵을 들고 들어왔다.

스티븐스가 내 앞에 물을 한 병 놓았다. "목마릅니까?"

나는 물병을 들고 물을 단숨에 들이켠 다음, 빈 병을 구겨 문 옆 쓰레기통에 던져 넣었다. 스티븐스와 허드슨은 여유를 부리며 맞은편 의자에 앉았다. 그리고 태평하게 커피를 마시며 서로 눈빛을 교환했다. 둘 다 침착해 보이려고 애썼지만, 힘이 잔뜩 들어간 턱과 긴장한 눈빛으로 보아 화가 난 것 같았다.

"전화 좀 합시다." 아직도 내가 왜 여기 있는지 몰랐다. 이 망할 놈들이 나를 때리고 경찰차 뒷자리에 밀어 넣었다. 내겐 아무런 혐의도 없는데 한 시간 넘게 이 방에 앉아 있었다. 세라는 괜찮은지, 내가 이 일에 어떻게 연루되었는지도 알 수 없었다.

"모건 씨, 애덤이라고 불러도 됩니까?" 스티븐스가 물었다. 서로 이름을 불러 친근한 분위기를 조성하려는 수작이었다. 이런 촌놈들. 지쳐버린 나는 도대체 무슨 일이 벌어지고 있는지 알고 싶어서 시큰둥하게 고개를 끄덕였다.

"좋습니다. 그럼 나를 라이언이라고 부르고 이 친구는." 스티븐스가 허드슨의 등을 두드렸다. "마커스라고 부르세요. 이제 몇 가지를 질문할 텐데요, 조사에 협조해 주길 바랍니다. 무슨 말인지 알겠어요?"

나는 숨을 깊이 들이마시고 손으로 이마를 문지르며 두통을 가라앉히려고 애썼다. "네."

"좋습니다. 그럼 어젯밤에 어디에 있었습니까?" 스티븐스가 물었다.

나는 방 안을 살펴보았다. "자정 무렵까지 머내서스 호숫가의 별장에 있었습니다. 운전해서 집으로 돌아갔고요."

두 사람은 고개를 끄덕였다. 허드슨은 셔츠 주머니에서 메모지와 펜을 꺼내 뭔가를 적기 시작했다. "호숫가 별장에는 혼자 있었습니까?"

"아니요."

"누가 같이 있었죠?"

"그게 무슨 상관이죠? 당장 내 변호사를 불러 주세요. 무슨 일이 일어나는 건지, 내가 왜 여기에 있는지 알기 전까지는 아무것도 대답하지 않겠습니다." 내가 의자를 밀며 벌떡 일어나는 바람에 탁자가 흔들려 커피가 넘쳤다. 곧장 다른 부보안관 두 명이 조사실로 들어와 나를 제지했다.

허드슨이 의자를 거칠게 밀며 재빨리 일어나더니 내게 돌진해 멱살을 잡았다. 그는 얼굴을 바싹 들이밀었다. 눈은 금방이라도 튀어나올 듯 부릅떴고, 입술은 못마땅한 듯 오므리고 있었다. "잘 들어, 이 자식아! 켈리 서머스가 네 집 침대에서 칼에 찔려 죽었어. 이제 진짜 무슨 일이 있었는지 털어놓고 싶어질지도 모르겠군. 불리한 증거가 차고 넘쳐 네놈이 버틸 날이 얼마 안 남았으니." 허드슨이 나를 벽으로 밀치자, 스티븐스가 그를 떼어내며 진정하라고 말했다.

"진정이 안 돼요. 켈리는 착한 사람이었어요. 가족 같았다고요. 그런데 펜대나 굴리는 이 망할 놈이 동네에 굴러들어 와서 죽였어요. 빌어먹을 자식." 허드슨은 침을 뱉었다. 그의 이마에는 땀방울이 맺혀 있었다.

"무…… 무슨 말이에요? 켈리가요? 내가 집에서 나올 땐 멀쩡했다고요." 나는 목이 메어 말을 더듬었다. 어떻게? 어떻게 이런 일이? 나는 주저앉았다. 방이 빙빙 돌았다. 스티븐스와 허드슨은 바닥에 주저앉은 나를 그냥 놔둔 채 한 걸음 물러섰다.

누가 켈리를 죽였을까? 켈리의 남편이 보낸 메시지가 떠올랐다. 시간이 갈수록 점점 더 위협적이었고 협박으로 가득했다. "남편이에요. 켈리의 남편이 분명해요. 휴대폰을 확인해 보세요. 메시지 말이에요." 나는 애원하며 퍼즐처럼 흩어진 단서를 맞춰 상황을 이해하려 했다.

"어떻게 감히 남편이라는 말을!" 허드슨이 내 얼굴 정면에 손가락질했다.

스티븐스는 허드슨을 내게서 멀리 떨어뜨린 다음, 고개를 돌려 나를 보며 말했다. "다각도로 조사 중이지만, 부보안관이 말했듯이 상황이 당신에게 유리하지 않아요."

"난 절대 켈리를 죽이지 않았어요. 나…… 난…… 난 그럴 수 없어요. 켈리를 사랑했으니까요." 나는 양손에 얼굴을 묻었다.

"그것 참 다행이군요." 스티븐스가 약간 비꼬는 투로 말했다. "여기 부보안관을 따라가서 아내에게 전화하지 그래요?"

7장
세라 모건

나는 일어나서 재빨리 숨을 고르고 매튜와 앤을 돌아보았다. 두 사람은 맨 앞줄에 앉아서 응원의 미소를 보냈다. 나는 그들을 향해 살짝 고개를 끄덕인 다음, 재킷 옷깃을 매만지고 배심원석을 향해 걸어갔다. 변론을 시작하기 전에 배심원 한 사람 한 사람과 눈을 맞췄다.

"맥캘런 상원 의원은 25년 넘게 공직에서 일했습니다. 그 25년 동안 단 한 번도." 나는 중요한 점을 강조하려고 오른손 손가락을 하나 들어 보였다. "성품이나 전문성이 문제가 된 적은 없습니다. 앞서 여러 증인의 증언도 바로 이 점을 입증합니다. 그는 단 한 번도 돈을 받은 적이 없습니다. 다른 사람을 폄훼한 적도, 자기 이익을 챙기고자 권력을 이용하거나 원칙을 굽힌 적도 없습니다."

나는 피고인의 어깨에 손을 올렸다. "그는 거짓과 부패와 물밑 거래가 판치는 공직 사회에서 보기 힘들게 빛나는 등대 역할을 하는 사람입니다. 이런 그를 오늘날 같은 상황으로 이끈 것 역시 이처럼 한결같이 모범이 되는 봉사 정신이었습니다. 그에게 죄가 있다면 단 하나…… 굽히지 않았다는 것일 테지요." 나는 맥캘런 의원을 향해 안심하라는 표정을 잠시 짓고 배심원석으로 돌아갔다.

"맥캘런 상원 의원은 현재 재생 에너지 소위원회를 이끌고 있으며 전문가와 미국 국민 모두 그의 노력에 찬사를 보내고 있습니다만, 짐작하시다시피 거대 석유 기업에서는 이를 달가워하지 않고 있습니다." 나는 방청석에 앉아 있던 두 남자를 가리켰다. 둘 다 멋진 맞춤 정장을 입고 보석 장식의 화려한 볼로타이*를 맸다.

나는 검사와 피고인 탁자 사이의 여닫이문으로 나가 그들 옆 통로에 섰다. "그 거대 석유 기업이 두려워하는 사람이 바로 맥캘런 상원 의원이었습니다. 아무리 재빨리 돈을 써도 입을 막을 수 없는 사람. 주변을 파헤쳐도, 협박해도 침묵하지 않는 사람."

다시 배심원단을 향해 걸어가다가 검찰 측 탁자에 잠시 멈춰 서서 말했다. "그래서 그들은 어떻게 했을까요? 맥캘런 상원 의원을 자신들의 시나리오에 맞는 사람으로 꾸몄습니다." 나는 천천히 손을 들어 핵심 증인을 가리켰다. 이 모든 일이 저 여자에게서 시작되었다. 이 대목에서는 조심스럽게 접근해야 했다.

"우리는 이 여성의 허위 고발에 분개해서는 안 됩니다. 맥캘런 상원 의원을 진흙탕으로 끌고 가려고 한 이 여성에게 화를 내면 안 됩니다." 나는 그 여자를 동정 어린 표정으로 바라보며 내 말이 진심이라는 것을 전달하려 했다. "저 여성은 게임의 꼭두각시일 뿐, 꼭두각시를 조종하는

---

* bolo tie. 끈이나 가죽 줄에 화려한 금속 펜던트를 끼운 목걸이의 일종

사람이 아니기 때문입니다. 우리는 저 여성이 거대 석유 기업의 고위직과 연관되어 있음을 입증했고, 그녀의 '새로운' 은행 계좌로 '비밀리에' 송금된 돈을 발견했습니다. 존경하는 배심원 여러분, 이것이 중상모략의 대가로 돈을 주는 해묵은 수법이 아니라면 뭐라고 해야 할까요? 물론 우리 모두 그녀에게 진심으로 연민을 느낍니다. 하지만 이 상황을 있는 그대로 보아야 합니다. 이건 가짜이고 순전한 허구입니다. 뜻대로 휘둘리지도 않고 돈으로 매수할 수도 없는 한 사람을 끌어내리겠다는 절박함으로 날조된 허위 고발 사건입니다. 제 의뢰인은 미국 국민을 위해 싸우고, 자신의 말을 지키고, 고귀한 인격을 지니며 살아가는 과정에서 많은 죄를 지었습니다. 그런데 이 젊은 여성을 강간했다고요? 피고는 명백히 무죄입니다. 따라서 배심원 여러분이 사실을 있는 그대로 밝혀주시기를 촉구합니다. 감사합니다."

8장

애덤 모건

스티븐스가 긴 복도 중앙 벽에 걸린 공중전화로 나를 데려갔다. 허드슨은 몇 걸음 뒤에서 내 일거수일투족을 지켜보고 있었다.

"빨리 끝내요." 스티븐스가 복도에 멈춰 선 다음 명령했다.

나는 전화기를 귀에 댄 채 잠시 눈을 감고 심호흡했다. 이 상황을 세라에게 어떻게 설명하지? 내가 어떻게 세라에게 이런 짓을 할 수 있단 말인가?

나는 눈을 뜨고 세라의 휴대폰 번호를 눌렀다.

신호가 몇 번 가더니 세라의 목소리가 들렸다. 음성 사서함이었다. 메시지를 남길까 생각했지만, 바람을 피운 데다 내연녀를 살해한 용의자가 되었다는 말을 음성 사서함에 남길 수는 없었다. 나는 스티븐스와 허드슨을 등지고 섰다. 두 사람은 나를 주시하며 이야기를 나누고 있었다.

"모건 씨, 빨리해요." 허드슨이 말했다.

나는 재촉하지 말라고 손짓했다. 그리고 세라에게 다시 전화를 걸었다. 받지 않았다. 망할. 전화를 끊고서 이번에는 다른 번호를 눌렀다.

"여보세요." 불안한 목소리로 누군가 전화를 받았다.
"엄마……. 문제가 생겼어요. 도움이 필요해요."

9장
세라 모건

나는 힘들었던 재판을 마치고 볼랭저 샴페인을 한 모금 마셨다. 거의 1년 동안 밤이건 주말이건 할 것 없이 일했고 텍사스로 여러 번 출장도 갔다. 앤은 난을 씹어 먹었고 매튜는 기분 좋게 보드카 마티니를 마시고 있었다.

"세라, 이 말은 꼭 해야겠어. 아까 정말 대단했어. 예일대 로스쿨 시절 모의재판 이후로 네가 변론하는 건 처음 봤어." 매튜는 술잔을 들었다. "세라의 예리한 언변을 위하여." 앤과 나는 샴페인 잔을 들었다. 우리는 다 같이 건배하고 술을 마셨다.

"오늘 같은 변론을 지켜보는 게 일하면서 가장 즐거운 부분이에요. 드라마 〈로앤 오더: 범죄 전담반〉의 절정을 보는 기분이죠." 앤은 이렇게 말하고 웃다가 딸꾹질했다. 평소 술을 많이 마시지 않는 그녀는 한두 잔 만으로도 술기운이 올랐다. 앤은 냅킨으로 입가를 톡톡 두드려 닦더니 몸속에 넘치는 알코올을 흡수하려는 듯 다시 난을 먹었다.

"그런데도 꼬마 장식품을 만들어서 법정에서 느끼는 스릴을 포기하겠다고?" 매튜는 밥을 한 입 먹으며 눈을 찡긋거렸다.

"포기하는 게 아니야. 둘 다 할 수 있어." 나는 눈썹을 치켜올리며 그를 보았다.

"확실해?" 매튜도 질세라 눈썹을 슬쩍 올렸다.

"응." 나는 샴페인을 마저 마시고 잔을 다시 채웠다.

매튜는 못마땅한 듯 한숨을 내뱉었다. "좋아. 알았다고. 결국 내가 매튜 삼촌이 될 모양이군. 그래, 애한테 멋있게 사는 법을 가르칠 사람은 있어야지." 매튜는 보드카 마티니를 입가로 가져갔다. "기념으로 축하주를 주문할까?"

"정말 짓궂네요." 앤이 놀리듯이 말했다.

"이런, 매튜는……." 휴대폰이 울리는 바람에 말이 끊어졌다. 휴대폰을 꺼내 발신자를 확인하니, 모두 대문자로 적힌 '엘리너ELEANOR'였다. 그 이름을 보자마자 목구멍 깊은 곳에서 뜨거운 것이 솟구쳤지만, 힘껏 삼켜 억지로 가라앉혔다. 엘리너와 통화하고 싶지 않아서 전화를 피하려 했지만, 왠지 받아야 할 것 같은 직감이 들었다.

"세라 모건입니다." 나는 중요한 일을 하고 있다는 것을 알리려고 일부러 더 사무적인 말투로 전화를 받았다.

"세라, 애덤이 계속 전화했다던데, 왜 전화를 안 받니?" 엘리너의 목소리에서 짜증과 불만이 묻어났다. 새로울 것도 없었다.

"재판 중이었어요."

"아, 그랬구나. 네가 일하고 있단 걸 깜빡했다."

나는 눈을 굴렸다. "깜빡하시다니요? 애덤은 4년 동안 책 한 권도 못

썼어요. 누가 일을 해서……?" 더 이상 말해봤자 소용 없을 것 같아 말을 멈췄다. 엘리너는 내가 일하는 것을 늘 못마땅해 했다. 나에 대한 원망 때문인지, 아니면 그녀가 전통적이고 시대에 뒤떨어진 성 역할을 믿기 때문인지 알 수 없었다.

"그게 중요한 게 아니라. 애덤에게 네가 필요해. 지금 프린스 윌리엄 카운티 보안관서에 있다는데."

앤이 입 모양으로 물었다. "괜찮아요?" 나는 고개를 끄덕였다.

매튜는 웨이트리스가 방금 가져다준 마티니를 홀짝였다.

"잠깐만요, 뭐라고요? 버지니아에 있다고요? 무슨 일로요? 애덤은 괜찮나요?" 생각을 몽땅 믹서기에 던져 넣은 것처럼 머릿속이 뒤섞였다.

"모르겠지만 심각한 상황인 것 같구나. 네가 가봐야겠다. 난 오늘 밤이나 내일 비행기로 갈게."

앤은 포크를 내려놓고 귀 기울였다. 매튜는 몸을 가까이 숙였다.

"알겠어요. 당장 갈게요." 나는 겁에 질려 허둥지둥했다.

전화가 끊어졌다. 순간 뭘 해야 할지 몰라서 얼어붙은 채 가만히 있었다.

"무슨 일이에요?" 앤이 묻는 소리에 나는 정신을 차렸다.

"애덤 어머니 전화야. 애덤에게…… 일이 생겼어. 내가…… 가봐야겠어." 나는 일어나서 검은색 정장 재킷을 입었다.

"같이 가." 매튜가 일어났다.

나는 무심결에 고개를 끄덕였다. 내가 뭘 하고 있는지 모른 채 그냥 움직일 뿐이었다. 나는 휴대폰을 에르메스 토트백에 넣었다. 나가기 전에 점심 식사비 300달러를 식탁 위에 올려놓았다.

"이건 내가 낼게요." 앤은 돈을 돌려주려 했다.

"아니야. 그냥 마저 먹고 사무실로 들어가. 별일 아닐 거야. 다 괜찮을 거야. 몇 시간 뒤엔 사무실에 들어갈 수 있을 거야." 하지만 왠지 불길했다. 모든 것이 달라질지도 모른다는 예감이 들었다.

"알겠어요. 오늘 잡힌 회의는 취소할 테니 사무실 일은 걱정하지 말아요. 무슨 일인지 모르지만 잘 해결하고 계속 소식 전해줘요."

나는 입술을 깨물고 고개를 끄덕였다. 그리고 매튜와 함께 황급히 레스토랑에서 나갔다.

한 시간 뒤, 나는 라이언 스티븐스 보안관이라는 사람과 마주했다. 그는 지구상에 존재하는 수많은 남자들과 다를 바 없는 모습이었다. 전형적인 군인 출신 스타일로 양옆을 짧게 치고 윗부분을 길게 남긴 연갈색 머리카락에 눈동자는 강렬한 녹색이었다. 그의 눈에는 그동안의 삶이 고스란히 담겨 있었는데, 그만큼 지쳐보이기도 했다. 그는 책임감 있고 자기 일을 소중히 여기며 선을 넘는 것을 허용하지 않는 사람이었다. 업무로 인해 권태와 피로가 쌓였을지언정, 나이가 절반밖에 안 되는 부보안관이 쫓아갈 수 없는 기백이 있었다.

나는 좁고 어수선한 사무실에서 스티븐스와 마주 앉았다. 매튜는 안내 데스크에서 기다리기로 했다. 내가 상황을 파악할 때까지 곁에 있어 달라고 부탁했다. 아직 무슨 일인지 알 수 없었고 애덤도 만나지 못했지만, 그가 무사하다는 건 확인했다. 보안관과 사건 이야기를 마친 뒤에는 애덤을 만날 수 있다는 확답을 받았다.

"모건 씨, 양해해 주셔서 감사합니다." 스티븐스가 말했다.

"세라라고 불러 주세요."

"그럼 라이언이라고 해주세요." 스티븐스의 말투는 다소 날카로웠지만 눈빛은 친절했다. 누구에게나 친절한지 나에게만 그런 건지는 모르겠지만.

"무슨 일이죠?" 나는 의자에 기대앉아 다리를 꼬았다.

"애덤을 만나기 전에 몇 가지 질문이 있습니다."

"좋아요."

"어젯밤에 애덤과 함께 있었습니까?"

나는 잠시 어젯밤을 떠올렸다. 앤과 술을 마시고 늦게 귀가했는데, 애덤은 나보다 더 늦게 왔다. 호숫가 별장에서 글을 쓰다가 왔다고 했는데 평소에도 늘 그랬다. 애덤은 글을 쓰러 그곳에 자주 갔고 한번 가면 며칠씩 머물렀다. 우리가 호숫가 별장을 구입한 것도 바로 그 때문이었다. 애덤은 오랜 시간 글을 쓰지 못해 힘들어하고 있었다. 그래서 그가 일하러 갈 수 있을 정도로 가까우면서도 휴가를 보낼 수 있을 정도로 도시에서 떨어진 곳에 별장을 사자고 제안했을 때 나는 곧바로 찬성했다. 완벽한 해결책이었다. 물론 나는 거의 가지 못했지만.

나보다 앤이 그곳에서 시간을 더 많이 보냈다. 지난 여름, 앤은 크리스마스 보너스로 받은 유급 휴가 일주일을 우리의 호숫가 별장에서 보냈다. 앤이 그 별장을 본래 의도한 것처럼 휴식하려는 공간으로 사용할 수 있어 다행이었다. 나는 일에 치여 별장에 자주 가지 못했지만 애덤의 글쓰기에는 변화가 생겼다. 그는 예전보다 훨씬 글을 많이 썼다.

"네, 계속 같이 있었던 건 아니지만요." 마침내 내가 대답했다.

"언제부터 같이 있었습니까?"

나는 잠시 침묵하며 뭐라고 대답할지 신중하게 생각했다.

"음, 먼저 잠이 들었어요. 하지만 새벽 두 시쯤 깼을 때 애덤이 있었죠. 그보다 더 일찍 도착했을 수도 있고요."

스티븐스는 고개를 끄덕이더니 앞에 놓인 종이에 몇 마디 적었다. 그러다가 나를 흘낏 본 다음 다시 몇 자를 추가했다. 그리고 펜끝을 깨물며 나를 다시 바라보더니, 이번에는 내 몸을 훑었다. "워싱턴DC에 있는 자택이었죠? 맞습니까?"

"네."

"애덤이 집에 온 뒤로 무슨 일이 있었습니까?"

"이야기를 나눴어요." 나는 헛기침을 한 다음 말을 이었다. "그리고 섹스를 했고요." 끔찍한 일이 벌어졌다는 걸 알 수 있었다. 지금은 조사 중이므로 어떤 정보든 감추는 것은 도움이 되지 않았다. 애덤이 잘못했을 리는 없으므로 정확히 무슨 일인지는 몰라도 솔직해지는 것만이 이 상황을 해결할 수 있는 유일한 길이었다.

"두 사람 사이에서 흔히 있는 일입니까?"

"남편과 아내가 섹스를 하는 게 흔한 일이냐고 묻는 건가요, 스티븐스 보안관님?"

"아니요, 당신과 애덤 사이에 흔히 있는 일인지 묻는 겁니다."

"그게 지금 이 상황과 무슨 상관이죠?" 나는 짜증이 났다. 이 편협한

보안관과 더 이상 게임을 하고 싶지 않았다. 이런 남자들을 매일 갈기갈기 찢어놓는 것이 내 일이다. 지금은 애덤의 아내 자격으로 이 자리에 와 있지만, 나는 형사 전문 변호사다.

스티븐스는 펜으로 책상을 톡톡 치며 내 대답을 기다리고 있었다. 내 질문에 대답할 생각은 없어 보였다. 왜 우리 부부 사이를 궁금해하는 걸까? 물론 우리의 결혼 생활이 완벽하지는 않다. 하지만 어떤 결혼 생활이 그렇겠는가? 게다가 보안관이 왜 우리의 결혼 생활에 상관한단 말인가?

"우린 아기를 가지려고 노력 중이에요." 나는 그의 질문에 대답하지 않고 돌려 말했다. 스티븐스가 내 질문에 대답하지 않았으니 나도 대답할 생각이 없었다.

"축하합니다." 그의 목소리에서 비꼬는 기색이 느껴졌다.

"끝났나요?"

"아닙니다, 모건 씨. 켈리 서머스를 아십니까?"

"아니요." 나는 한숨을 깊이 내쉬었다. 고개까지 저으며 강조했다.

스티븐스는 고개를 끄덕이더니 메모 어딘가에 밑줄을 그었다. 그리고 종이 더미에서 서류철을 하나 골라 A4용지보다 조금 작은 사진을 하나 꺼내서 내 앞에 놓았다. 긴 갈색 머리에 눈동자가 짙고 또렷한 아름다운 여자의 사진이었다. 사진 속 여자는 웃고 있었다. 나보다 어려 보였는데 아마 20대 후반쯤일 것이다. 여자는 스티븐스와 극명한 대조를 이루었다. 스티븐스가 진지하고 지쳐 있는 데다 사명감 넘치는 사람이라면, 사진 속 여자는 삶이 흘러가는 대로 놔둘 듯한, 근심없는 사람으로 보였다.

"이 사람이 켈리 서머스입니다. 정말 모릅니까?"

나는 사진을 가까이 가져와 몸을 숙이고 아주 자세히 들여다보았다. 정말 매혹적인 미모였다. 콧등을 따라 엷게 퍼진 주근깨, 도톰한 입술, 도드라진 광대뼈가 어우러져 전체적으로 또렷하고 인상적인 얼굴이었다.

"몰라요." 나는 스티븐스 쪽으로 사진을 살짝 밀었다. 스티븐스는 고개를 끄덕이며 사진을 받아 서류철에 넣었다.

"애덤과의 결혼 생활에 문제가 있습니까?" 스티븐스는 손가락으로 책상을 두드렸다.

"스티븐스 보안관님, 지금 일이 우스워지고 있다는 거 아세요? 애덤과 내가 이 켈리라는 여자와 무슨 관계가 있는지 모르겠지만, 난 할 만큼 했어요. 당장 남편을 만나야겠어요." 내가 반쯤 일어서자 스티븐스가 손으로 책상을 내리쳤다.

"앉아요!"

"안 앉으면 어쩌려고요? 날 체포할 건가요? 당장 남편에게 데려다줘요." 나는 스티븐스를 내려다보았다. 체격은 나보다 크지만 내 눈에는 한없이 작아 보였다.

스티븐스는 서류철을 펼치더니 범죄 현장 사진 십여 장을 책상 위에 내던졌다. 나는 사진을 보자마자 모두 호숫가 별장에서 찍은 것임을 알아보았다. 애덤과 내가 쓰려고 산 침대에 피범벅이 된 여자가 누워 있었다. 눈동자는 감정 없이 흐릿했다. 상반신과 가슴은 처참하게 훼손되었고, 피부는 찔리거나 긁힌 자국으로 뒤덮여 있었다. 나는 가방을 떨어뜨린 채 터져 나오려는 비명과 흐느낌을 두 손으로 틀어 막았다.

점심 먹은 것이 올라오려는 바람에 책상 옆에 주저앉았다. 신물에 목이 타는 것 같아 다시 삼키려고 애썼지만, 눈물만 더 차올랐다.

그때 누군가 등을 토닥이는 느낌이 들었다. 스티븐스였다. 그는 나를 진정시키려 했다.

"미안합니다." 그는 내게 휴지를 건네며 계속 등을 토닥여 주었다. 다리가 약간 후들거렸지만 일어나서 그를 마주 보았다. 입을 닦고 눈가를 두드리며 마음을 가라앉히려 애썼다. 이건 나답지 않았다. 나는 무너지지 않는다. 나는 강한 사람이다. 스티븐스가 괜찮은지 묻자 나는 고개를 끄덕였다. 조금 전까지만 해도 내가 왜 여기 있는지 알아내려 애썼다면, 이제부터는 변호사 모드로 전환해야 했다. 겉으로는 친절하고 순박해 보였던 보안관이 알고 보니 상황을 관찰하고 계산하며 일하는 노련한 프로였기 때문이다.

그때 노크 소리가 들렸다. 스티븐스는 계속 내 어깨에 손을 얹은 채 친절한 태도를 유지하려 애쓰고 있었다. 나는 눈을 감고 숨을 깊이 들이마셨다. 호흡을 가다듬고 평정심을 되찾으려 했다.

문이 열리더니 스티븐스와 비슷한 옷을 입은 키 큰 흑인 남자가 들어왔다. 붉게 충혈된 눈에는 서늘한 기운이 감돌았는데, 나와 눈을 마주치지는 않았다. 그 사람이 말했다. "변호사를 불러 달라는데요."

스티븐스는 고개를 끄덕였다. "마커스, 이쪽은 애덤의 아내 세라. 이쪽은 허드슨 부보안관입니다." 나는 허드슨과 악수했다. 허드슨은 나를 흘끗 보고 시선을 피했다. 그의 눈에서 분노가 느껴졌다. "변호사에게 연락하게 할까요?"

스티븐스가 대답하기 전에 내가 끼어들었다. "그럴 필요 없어요."

"왜요?" 두 사람이 일제히 물으며 어리둥절한 표정을 지은 채 서로 쳐다보았다.

"내가 애덤의 변호사예요."

10장
애덤 모건

 범죄 현장 사진을 보았다. 내가 한 짓이라고 생각한다는 걸 안다. 가여운 켈리. 어떻게 이런 일이? 그날 밤 내내 켈리와 함께 호숫가 별장에 있었지만 내가 한 짓은 아니다. 나는 켈리의 남편이 폭력적이라고 몇 번이나 설명했다. 보안관들은 모든 가능성을 염두에 두고 있다고 거듭 말했지만 이미 수사 방향을 정해놓은 것 같았다.

 엄마를 통해 세라에게 연락이 닿기를 바랐다. 세라의 얼굴을 볼 수 있을지 모르겠지만. 우리 사이의 일은 모두 잘 풀리고 있었다. 나는 켈리와의 관계를 완전히 끝낼 생각이었고, 세라에게 걸맞는 좋은 남편이 되려고 했다. 무엇보다 가장 중요한 건 내가 아빠가 될 거라는 사실이다. 이럴 수가. 아기라니. 세라가 이미 임신했으면 어쩌지? 아기가 아빠 없이 자라게 된다면? 그런 일이 일어나게 놔둘 순 없다. 이 상황을 헤쳐 나가야 한다. 내 아이 곁에 있어야 한다.

 허드슨이 한 시간 반 동안 나를 조사했다. 조사받는 동안 다른 경관이 지켜보고 있어서 다행이었다. 허드슨이 나를 죽이거나 최소한 죽이려는 시도라도 할 것이라는 확신이 들었기 때문이다. 정확히 어떤 관계인지는 모르지만, 켈리와 아는 사이인 것은 분명했다. 내가 질문에 더 이상 답변하지 않자 마침내 허드슨은 나를 혼자 두고 서둘러 나갔다. 나는 변호사를 불러달라고 했다. 이곳에 오자마자 요청했어야 했는데.

상황이 좋지 않았다. 정말 안 좋았다. 켈리가 호숫가 별장에서 칼에 찔려 사망한 채 발견되었다. 집 안 구석구석에, 켈리의 몸 구석구석에 내 지문이 있을 것이다. 우리는 격렬한 밤을 보냈고 나는 켈리에게 쪽지를 남겼다……. 이제 와서 생각해 보니 내게 유리한 상황이 아니었다. 전혀 유리하지 않았다. 하지만 켈리의 남편이 메시지를 보낸 것도 부정할 수 없는 사실이었다. 메시지에는 뭔가 있었다. 켈리의 남편도 조사받아야 할 것이다. 내가 저지른 일이라고 믿기는 힘들 테니까. 나는 이런 짓을 할 수 있는 사람도, 할 사람도 아니다. 켈리와 나는 좋은 시간을 보냈고 나는 그녀를 사랑했다. 켈리는 내가 누군가를 필요로 할 때 곁에 있었다. 나는 절대 켈리를 해칠 수 없다. 하지만 켈리의 남편은 이미 그녀에게 상처를 준 적이 있으니 어쩌면 이번 사건의 범인일지도 모른다.

나는 벌떡 일어나서 단방향 거울을 두드렸다. 일그러진 얼굴 위로 눈물이 흘러내렸다.

"빌어먹을 변호사를 불러달라니까!" 나는 거울을 향해 의자를 집어 던졌다. 의자는 튕겨 나와 바닥에 떨어졌다.

11장
세라 모건

 스티븐스는 나를 작은 방으로 안내했다. 그곳에서 단방향 거울을 통해 애덤을 살펴볼 수 있었다. 애덤은 눈에 띄게 떨고 있었다. 앉아서 손가락으로 탁자를 두드리기도 했고 눈물을 애써 참으며 생각에 잠기기도 했다.
 "앉아요." 스티븐스가 의자를 가리키며 말했다.
 방금 전 화장실에서 마음을 추슬렀다. 이제 나는 애덤의 아내가 아니라 그의 변호사다. 최고의 형사 전문 변호사 세라 모건이다. 매 순간 스스로에게 최면을 걸어야 했다. 강하고 노련한 여자가 되어야 했다. 애덤이 그 여자를 죽였을 리 없다는 건 잘 안다. 솔직히 애덤이 사람을 죽이기는커녕 때리는 일도 상상할 수 없다. 하지만 나는 그가 절대 바람 피울 사람이 아니라고도 믿어왔다. 그런데 보안관의 수사에 따르면 애덤은 1년 넘게 이 켈리라는 여자와 만나고 있었다. 나는 생각만 해도 구역질이 나서 고개를 저었다. 믿을 수 없었다. 아직도 믿기지 않았다. 애덤이 직접 인정하기 전까지는 못 믿을 것 같았다. 그는 살인이나 외도 둘 중 어떤 짓도 할 수 없는 사람인데.

나는 가방에서 수첩과 펜을 꺼낸 다음 스티븐스를 보았다. "이 사건과 관련된 사실만 말해 주세요."

"정말 듣고 싶습니까?"

"네. 하나도 빠짐없이요."

스티븐스는 딱하다는 표정으로 나를 보더니 고개를 끄덕였다. 이쯤 되면 분명 내가 누구인지 정확히 알게 되었을 것이다. 아까 화장실에서 나오는 나를 보던 스티븐스는 조금 전과 달리 존경하는 눈빛을 하고 있었다. 구글에서 내 이름을 검색해 보고 내가 평범한 주부가 아니라는 사실을 알게 된 게 틀림없었다. 스티븐스는 연민과 존경이 뒤섞인 표정으로 나를 보았다. 애덤 편에 서는 나를 보며 미쳤다고 생각할지도 몰랐다. 하지만 애덤은 내 남편이다.

"피해자 이름은 켈리 서머스입니다. 스물일곱 살이고요. 오늘 아침 9시 15분경에 소니아라는 이름의 가사도우미가 발견했습니다. 켈리는 애덤의 침대에서 사망한 채 발견되었고……." 그는 기침했다. "그러니까 프린스 윌리엄 카운티의 호숫가 별장에 있던 침대입니다. 목, 가슴, 몸통을 서른일곱 번 찔렸습니다. 살해 방식의 끔찍함을 고려할 때 치정에 의한 범죄로 보입니다. 방어흔이 없는 것으로 보아 사건 발생 당시 잠들어 있었던 것으로 추정되고요. 발견되었을 때 눈을 뜬 상태였는데, 칼에 찔려서 깬 것으로 보입니다. 약물 검사 보고서를 작성 중인데, 체내 약물 때문에 곧바로 깨지 못한 것으로 추정하고 있습니다. 예비 부검 결과 입, 질, 항문에서 정액이 발견되었습니다. 오른쪽 어깨에 멍이 들었으나 최소한 하루나 이틀 전에 생긴 것으로 보입니다. 항문과 질에 약간 찢어진 흔적이 몇 군데 있는데 강간이나 격렬한 성관계에 인한 것으로 추정됩니다. 손톱 밑에서는 피부 조직이 발견되었습니다." 스티븐스는 말을 마쳤다. 그리고 다른 곳으로 시선을 돌렸다가 다시 나를 보았다.

나는 기록을 마치고 그를 보았다. "이게 다인가요?"

"지금으로서는 이게 전부입니다." 눈이 마주치자 그가 나를 안쓰러워하는 게 느껴졌다. 무척 불편해하는 것도 보였다. 도대체 내가 왜 애덤을 변호하는지 궁금해하고 있었다. 나는 강인함과 연약함이 뒤섞인 표정으로 맞섰다. 그때 거울을 세게 두드리는 소리가 나 스티븐스에게서 시선을 돌렸다.

맞은편 방에서 애덤이 단방향 거울을 두드리고 있었다. 잠시 후에는 의자를 집어 던졌다. 의자는 튕겨 나가 바닥에 쿵 떨어졌다. 애덤은 소리를 지르더니 바닥에 주저앉아 괴로움의 구렁텅이에 빠졌다.

나는 다시 스티븐스를 돌아보았다. 놀라서 입이 벌어지고 눈이 휘둥그레졌다. 애덤의 이런 행동은 처음 보았다. 지금껏 애덤이 목소리를 높이는 것 이상으로 화내는 모습을 본 적이 없었다. 이렇게 격분한 모습은 처음이었다.

애덤은 잘못된 상황에 처해 혼란스러워하는 인간이라기보다 궁지에 몰린 야생동물 같았다. 빠져나오려 무엇이든 할퀼 것만 같았다. 애덤의 눈에서 존재하는지도 몰랐던 불길을 보았다. 솔직히, 이 모습을 보기 전까지는 누군가가 애덤이 사람을 죽일 수 있는지 묻는다면 망설임 없이 아니라고 대답했을 것이다. 평소 나는 그가 약간 겁쟁이라고 생각했다.

하지만 그 생각이 틀렸음을 직접 보았다. 애덤의 겉모습 아래에 도사리고 있는 다른 무언가를, 그 이상의 무언가를.

"의뢰인을 만나야겠어요."

스티븐스는 고개를 끄덕였다. "참고로, 방금 가택 수색과 DNA 채취를 위한 영장을 발부받았습니다. 애덤이 협조하면 거짓말 탐지 검사도 시행할 계획입니다. 하지만 그전에 애덤과 이야기할 시간을 좀 드리지요."

"좋아요." 나는 일어나서 소지품을 챙겼다. 문을 열고 나가기 전에 보안관을 돌아보았다. 그는 숨결의 온기가 느껴질 정도로 가까이에 있었다. "고맙습니다, 스티븐스 보안관님."

스티븐스는 고개를 끄덕이며 조사실 밖에 있겠다고, DNA 검사를 위해 20분 뒤에 사람을 보내겠다고 말했다. 나는 눈을 감고 숨을 깊이 들이마시며, 할 수 있다고 스스로를 다독였다.

12장
애덤 모건

　문이 열리자 바닥에서 몸을 일으켜 똑바로 섰다. 세라를 보자마자 다시 주저앉을 뻔했다. 세라는 아름다웠다. 엉덩이가 돋보이는 검정 펜슬 스커트와 몸에 잘 맞는 흰색 블라우스, 그리고 맞춤 재킷을 입고 있었다. 금발 머리카락은 한 올 흐트러짐 없이 목뒤로 말아 올린 채였다. 평소처럼 세라의 도톰한 입술과 초록색 눈동자에 자연스럽게 이끌렸다. 하지만 이번에는 그 눈동자가 나를 무너뜨릴 뻔했다. 그녀의 눈은 충혈되어 있었고 검정 마스카라는 번져 있었다. 울었던 모양이다. 그동안 한 번도 세라가 우는 걸 본 적은 없었다. 내가 무슨 짓을 한 걸까?
　"세라, 정말 미안……."
　세라는 손을 들어 내 말을 막았다. 그리고 사무적인 태도로 자리에 앉으라고 손짓했다. 나는 바닥에 넘어져 있던 의자를 바로 세웠다. 말씨름해봤자 소용없었다. 나는 켈리를 죽이지 않았지만 이 상황을 자초했다. 이 모든 게 나 때문이었다. 나는 자리에 앉아 깍지 낀 양손을 탁자 위에 올리고 고개를 숙였다.

세라는 짧게 숨을 내쉬더니 탁자로 다가왔다. 검정 하이힐이 바닥에 부딪혀 또각또각 소리가 났다. 세라의 행동 하나하나에는 의도가 있었다. 지금 그녀는 마음을 다잡으려 애쓰고 있었다. 세라는 탁자에 가방을 내려놓고 의자를 천천히 당겨 꺼낸 다음 매우 침착하게 자리에 앉았다. 한 손으로 머리를 매만지고 다시 한번 짧게 숨을 내쉬었다. 그녀는 내가 늘 보던 바로 그 눈으로 나를 모르는 사람인 양 보고 있었다. 그녀의 시선이 내 주변을 맴돌았다. 세라는 나를 평가하며 의심하고 있었다. 나를…… 의뢰인으로 대하고 있었다.

"세라." 내 목소리에 살짝 날이 서렸다. 세라가 나를 보는 눈길이 마음에 들지 않았다. 어떻게 내가 이런 짓을 할 거라고 의심할 수 있단 말인가? 어떻게 나를 모르는 사람처럼 대할 수 있단 말인가? 나는 그녀의 남편인데.

세라는 수첩과 펜을 꺼냈다. 그리고 책상 위에 나란히 단정하게 놓았다. 그녀는 양손을 무릎에 둔 채 나를 똑바로 보았다. "애덤." 그리고 잠시 멈추더니 단어를 신중하게 골랐다. 그녀가 왜 편하게 말하지 않는지 알 수 없었다.

"세라. 내가 안 그랬어. 난 그 여자를 죽이지 않았어. 맹세해. 난 그럴 수 있는 사람이 아니야. 그 여자와 자고 있었던 건 맞지만 죽이지는 않았어. 내 말 믿어야 해." 나는 눈물을 삼키며 애원했다.

세라는 꼼짝도 하지 않았다. 아무런 반응도 없었다. "알겠어." 그녀는 단어를 몇 개 적으며 눈물이 차오르자 꿀꺽 삼켰다. 세라는 정말 강한 사람이었다. 그런 그녀를 내가 무너뜨리고 있다. 나는 그녀를 보호해야 하는 사람인데. 세라의 가슴팍이 오르내렸다.

"세라, 사랑해. 정말 사랑해. 이 상황이 빨리 끝나면 좋겠어. 다시 예전으로 돌아가고 싶어. 당신과 가정을 꾸리고 싶다고. 당신과, 오직 당신과 함께하고 싶어. 내가 바보였어. 그러면 안 되는 거였는데. 나도 알아. 이번 일이 해결되는 대로 평생 보답하면서 살 거라고 약속해. 신에게 맹세해." 나는 세라가 일말의 감정을 드러내기를, 나를 사랑해 주기를, 소리 지르거나 나를 때리거나 뭐라도 해주기를 바라는 마음으로 그녀의 손을 잡았다. 세라가 화내기를 바랐다. 울기를 바랐다. 날 사랑한다고 말해 주기를 바랐다. 날 안아주기를 바랐다. 전부 다 괜찮을 거라고 말해 주기를 바랐다.

세라는 잠시 멈칫했다. 그녀의 손은 따뜻했지만 눈빛은 차가웠다. 세라는 상처받았고 그걸 탓할 순 없었다. 세라는 손을 뺐다. "애덤, 당신도 날 이해해줘. 난 여기 당신 아내가 아니라 변호사로 왔어."

나는 믿을 수 없어서 세라를 빤히 보았다. "왜 날 변호하는 건데? 내가 당신에게 그런 짓을 했는데?"

"결혼할 때 '죽음이 갈라놓을 때까지'라고 진심으로 서약했으니까. 그리고 이 상황에서 당신을 구해줄 수 있는 사람은 나뿐이니까." 당연히 세라의 목소리는 얼음장처럼 냉랭했다.

나는 시선을 떨구었다. 세라를 볼 수 없었다. 어쩌자고 이런 짓을 저질렀을까? 어떻게 이 지경까지 왔을까? "미안해." 나는 나지막이 흐느꼈다.

세라는 종이에 펜을 대고 메모할 준비를 마친 채 심각한 표정으로 나를 보았다. "전부 다 말해야 해…… 아주 세세한 것까지. 하나도 빠뜨리지 말고. 무슨 말인지 알지?"

나는 고개를 끄덕였다. 어떻게 해야 할지 몰랐다. 다른 변호사를 선임하겠다고 말해야겠지만 세라의 말이 옳았다. 세라는 최고의 변호사이고 나를 이 상황에서 구해줄 유일한 사람이었다. 허드슨의 말에 따르면 내게 불리한 증거가 많았다. 그는 내가 끝장날 것을 확신한다고, 내가 죗값을 치르는 것을 보아야 직성이 풀리겠다고 했다. 켈리에게서 내 정액이 발견되었다. 켈리의 온몸에서 내 지문과 DNA가 발견되었다. 1년 넘게 주고받은 메시지, 전화 통화, 만남도 곧 드러나겠지.

"둘이 언제 처음 만났어?"

"1년 반 전쯤."

"어떻게 만났어?"

나는 눈을 감고 숨을 깊이 들이마시며 온화했던 여름날을, 켈리가 내 삶에 들어온 날을 떠올렸다.

13장
애덤 모건

 여름이 시작될 무렵이었다. 호숫가 별장을 구입한 지 몇 주밖에 지나지 않았을 때였다. 주말에 세라가 함께 와서 인테리어 마무리를 도와주기로 했지만, 지난 두 번의 주말과 마찬가지로 이번에도 일 때문에 워싱턴DC에 머물러야 했다. 늦은 아침, 서재 짐 정리를 마치고 나니 카페인을 섭취하지 못해 두통이 시작되었다. 집에 커피가 없어서 산책 겸 커피를 사러 나가기로 했다. 아직 마을 사람은 아무도 만나지 못했다. 다들 워싱턴DC에서 교외로 이주한 사람들이라 조용히 지내고 싶어 하는 건가. 나는 노트북과 가방을 챙겨 10분 정도 걸어 마을 중심가로 갔다.
 시내에는 두 가지 상반된 풍경이 뒤섞여 있었다. 버지니아 시골 특유의 소박한 매력이 있는가 하면, 최상류층 사람들을 위한 편의시설도 있었다. 큰 참나무와 향나무가 시내를 둘러싸고 있었는데, 경제 활동 중심지라고 할 만한 곳 이외에는 모두 이 초록 숲의 바다가 펼쳐져 있었다. 그날 아침에는 어찌나 더웠는지, 오래돼 갈라진 아스팔트 도로가 축축해 보일 정도였다.

대조적인 풍경에서는 시적인 슬픔마저 느껴졌다. 작고 고풍스러운 교회에서 한 블록밖에 떨어지지 않은 곳에 프랜차이즈 은행이 있었다. 영세한 가게, 세탁소, 식당, 선물 가게와 나란히 프랜차이즈 피자 가게, 스타벅스, 고급 의류 매장이 있었다. 이곳에서 현대화는 발전이라기보다 마을을 감염시킨 바이러스 같았다.

나는 마침내 세스 커피라는 이름의 작은 카페를 발견했다. 작은 마을 특유의 어설프지만 조화로운 매력을 느낄 수 있는 카페로, 바로 내가 찾던 곳이었다. 마룻바닥이 걸을 때마다 시끄럽게 삐걱댔다. 원목 의자와 유목을 조각해 만든 탁자부터 새빨간 비닐 커버를 씌워 놓은 철제 탁자 의자에 이르기까지, 서로 어울리지 않는 가구가 놓여 있었다. 짝이 맞는 그릇은 하나도 없었고 메뉴는 인근 학교에서 제멋대로 가져온 듯한 카운터 위쪽 낡은 칠판에 적혀 있었다. 알록달록한 분필이 벽 이곳저곳을 장식하고 있는가 하면, 가격표가 붙은 현지 예술가들의 사진, 그림, 조각 같은 것들도 걸려 있었다.

짝을 이루거나 어울리는 것은 아무것도 없었지만, 그렇게 서로 충돌하며 다듬어지지 않는 분위기 속에서 제각기 조화를 이룬 모습이 매우 아름다웠다. 아니, 켈리의 등장으로 공간의 아름다움과 매력이 무색해지기 전까지는 그렇게 생각했다. 켈리는 이내 시선을 사로잡았다. 갓 없이 매달린 전구 때문인지 그녀의 파란 눈동자는 유독 반짝였고, 근심 걱정 없는 편안한 태도는 마치 두 손으로 내 목을 움켜쥔 듯 좀처럼 놓아주지 않았다.

켈리의 담당 구역은 테라스였으므로 나는 그곳에 앉기로 했다. 내 몸의 세포 하나하나가 그녀를 알고 싶어했다. 누구인지, 무엇을 좋아하는지, 그녀를 가장 자신답게 만드는 것은 무엇인지……. 단순히 함께 있고 싶은 것이 아니라 내게는 그녀라는 존재가 필요했다.

나는 노트북을 꺼내 키보드를 두드리기 시작했다. 켈리를 묘사하는 글을 쓰고 있었다. 탁자 사이를 바삐 오가며 모든 손님의 요구 사항을 처리하는 그녀의 일거수일투족을 지켜보았다. 그러면서 내 차례를 기다렸다. 켈리의 모든 면이 나를 사로잡았다. 어쩌면 외로움 때문에 더 매력적으로 보였을 수도 있고, 세라와 닮은 점이 없어서 끌렸는지도 모르겠다.

세라는 철저히 계산적인 완벽주의자다. 그리고 언제 어떻게 옷을 입든, 잠옷을 입든 2천 달러짜리 출근용 정장을 입든, 항상 단정했다. 하지만 켈리는 완벽하지 않은 쪽으로 완벽했다. 켈리의 얼굴에는 주근깨가 흩어져 있었다. 훈훈한 여름 바람이 불면 긴 갈색 머리가 어깨에서 너풀댔다. 이따금 머리카락을 차분하게 정돈하려고 하다가도, 자리를 치우는 등 일할 때는 제멋대로 너풀대도록 두었다. 앞치마는 가는 허리에 아무렇게나 묶여 있었고, 흰색 티셔츠 위로는 브래지어를 하지 않은 풍만한 가슴이 드러났다. 유두가 도드라졌고 약간 비치기까지 했지만 신경 쓰지 않았다. 켈리는 테라스에서 미소 짓거나 소리 내 웃으며 거리낌 없이 행동했다.

마침내 켈리가 내 앞에 와서 섰다. 나는 그녀를 만난 적이 없는데도 이미 알고 있는 기분이었다. 누군가를 잠시 지켜봤다고 이런 기분까지 들다니. 뒤에서 햇살이 내리쬐는 가운데 켈리의 얼굴이 빛났다. 그녀가 엉덩이를 흔들자 짧은 치마가 탁자 옆을 스쳤다.

"안녕하세요, 뭘 드릴까요?" 그녀의 목소리는 밝고 경쾌했다.

나는 켈리의 눈을 가만히 들여다보았다. 바로 그때, 그녀의 두 눈에 나와 같은 슬픔이 담겨 있는 것을 알아차렸다. 나는 언제나 눈은 거짓말을 하지 못한다고 믿었다. 눈에는 말할 수 없거나 말하고 싶지 않은 진실이 담겨 있다. 켈리의 큰 눈에는 고통이 가득했다. 그런데 무엇 때문에 고통스러운 걸까? 내 대답을 기다리는 동안 켈리에게서 미소가 사라졌다. 그녀도 내 눈을 바라보았는데, 마찬가지로 내 상처와 외로움을 알아본 것 같았다.

"조금 더 있다가 올게요." 조금 전과 달리 밝은 기운이 사라진 목소리였다.

"아니, 아니에요." 나는 이제부터 다 괜찮을 것이라고 말하듯 그녀를 향해 미소 지었다. 켈리는 내 미소가 어떤 의미인지 모르는 것 같았지만, 틀림없이 곧 이해하게 될 것이다. 켈리도 나를 향해 미소 지었다.

"커피 한 잔 주세요…… 블랙으로요."

"알겠어요!" 그녀의 목소리가 다시 밝아졌다.

"애덤이라고 해요." 나는 손을 내밀며 악수를 청했다. 켈리는 내 손을 내려다보더니 아주 잠깐 망설인 뒤에 자신의 손을 내밀어 악수했다. 그녀의 약지에 반지가 끼워져 있었다. 켈리도 내 손가락에 끼워진 반지를 알아차렸다. 우리는 잠시 서로의 손을 응시하다가 눈이 마주쳤다. 그 순간 말없이 서로를 이해하고 있다는 감각이 스쳤다.

"켈리예요." 켈리는 더 환하게 웃은 다음 내 커피를 가지러 갔다. 나는 오전 내내 카페에 있었다. 한 시간이 지났을 때 켈리는 내게 무슨 일을 하느냐고 물었다. 나는 쓰고 있는 글에 대해 자세히 말해 주었다. 두 시간이 지났을 때 나는 켈리의 인생, 성장 과정, 희망, 꿈에 대해 알게 되었다. 세 시간이 지나자 켈리의 쉬는 시간이 되었다. 그녀는 나와 함께 앉아 수다를 떨었고 그러던 중 남편 스콧에 대해 이야기했다.

켈리의 설명에는 어둠이 깔려 있었다. 게다가 다른 남자인 나와 함께 앉아 남편 이야기를 하고 있지 않은가. 뭔가 문제가 있는 게 틀림없었다. 하지만 켈리는 두 사람이 어떻게 만났는지에 대한 이야기를 하고 또 했다. 동화처럼 묘사하기까지 했다. 소녀가 소년을 만났다. 둘은 사랑에 빠졌고 어린 나이에 결혼했다. 그리고 계속 행복하게 살았다……. 그런데 어느 날 소녀는 카페에서 만난 정체불명의 남자에게 마음을 터놓는다. 뭔가 앞뒤가 맞지 않았다. 켈리의 갈라진 목소리에서 진실이 드러났다. 스콧이 상처를 준 것이다. 굳이 말하지 않아도 알 수 있었다.

네 시간 뒤 나는 노트북을 챙겼다. 커피를 몇 잔 마셨고 가볍게 점심을 먹었다. 켈리는 여러 번 내 자리로 와서 수다를 떨었다. 우리의 대화 주제는 개인사에서 이 작은 마을, 날씨, 호숫가에서 내가 하는 일로 바뀌었다. 그날 아침에 강하게 느꼈던 둘 사이의 유대감은 오후가 되자 약해졌다. 켈리는 경계심이 생긴 듯했고 나는 카페에서 나갈 준비를 했다. 우리가 서로를 구원한다는 생각에 사로잡힌 내가 어리석었다. 켈리가 지루한 결혼 생활과 무관심한 아내에게서 나를 구해주고, 내가 어떤 식으로든 상처를 준 스콧에게서 켈리를 구해준다는 생각에 빠지다니.

카페에서 나가려는데 켈리가 내 이름을 불렀다. 나는 돌아보았다. 켈리는 앞치마를 풀더니 접어서 가방에 넣었다. 그리고 선글라스를 쓰고 가방을 어깨에 걸쳐 매더니 나를 향해 몇 걸음 다가왔다. "당신이 몇 번이나 이야기한 그 집을 보러 가야 할 것 같아요." 켈리가 나지막이 말했다. 정리가 끝난 테라스는 비어 있었다.

"나도 그렇게 생각해요." 나는 미소 지었다.

켈리가 고개를 살짝 끄덕이며 가자고 하자 나는 걷기 시작했다. 호숫가 별장으로 가는 내내 켈리는 몇 걸음 뒤에서 쫓아왔다. 우리는 마을 사람을 아무도 마주치지 않으며 길을 지났고, 켈리는 호숫가 별장에 도착해 내가 문을 닫기가 무섭게 내 품에 뛰어들었다. 우리는 서로의 옷을 찢고 바로 그곳 거실 바닥에서, 곰 가죽 러그 위에서, 불 꺼진 벽난로 앞에서 섹스했다. 켈리는 나를 끝없이 원했고 나도 마찬가지였다. 그녀는 마약처럼 처음부터 중독성이 있었고 처음부터 절정을 맛보여 주었다. 그리고 나는 오늘까지도 그 절정에서 내려오지 못했다.

14장
세라 모건

 남편이 그 여자와 어떻게 만나서 네 시간 만에 섹스하게 되었는지 자세히 이야기하는 동안, 나는 눈 하나 깜빡하지 않았다. 나는 그의 아내로 이 자리에 있지 않았다. 그를 판단하기 위해서가 아니라 그를 변호하기 위해 여기에 있다. 이 일에 대한 내 반응이 사건에 영향을 주지 않을 때, 그때 반응할 것이다. 지금 당장은 들어야 했다. 나는 메모만 했다. 이따금 애덤과 눈을 마주쳤지만, 애덤은 내 눈을 쳐다보기 힘들어했다. 당연했다. 그는 지난 16개월 동안 내게 거짓말을 했다. 다른 여자와 섹스했다. 이렇게 오랫동안 내게 거짓말할 수 있는 사람이라면, 어쩌면……. 아니, 이런 생각은 그만해야 한다. 그에게 아무 도움이 안 될 테니까.

 "16개월 전에 켈리 서머스가 일하는 세스 커피에서 만났다고?"

 애덤은 고개를 끄덕였다.

 "그리고 만난 첫날 섹스를…… 미안. 잠자리를 했다고?"

 "응." 애덤은 잠시 말을 멈추었다. "세라, 미안해." 그가 손을 잡으려 했지만 나는 뿌리쳤다.

"이럴 때가 아니야." 나는 모서리가 모두 딱 들어맞도록 서류를 정리했다. 뭘 어떻게 해야 할지 모를 때 나는 정리를 한다.

애덤은 의자에 기대더니 두 손으로 얼굴을 쓸어내렸다. 수면 부족, 슬픔, 스트레스로 창백해진 피부가 팽팽히 당겨졌다. 그의 두 눈은 충혈되어 있었고 수염은 거뭇하게 자랐다. 해서는 안 될 짓을 하고 이런 모습으로 있는데도 애덤은 여전히 잘생겼다. 켈리가 그를 거부할 수 없었던 이유를 알 것 같았다. 나 역시 거부할 수 없었을 테니까.

"켈리와 주기적으로 관계를 지속했어?"

"응. 일주일에 몇 번은 만났어. 호숫가 별장에서 자주 자고 갔고." 애덤은 한숨을 길게 내쉬었다.

"켈리의 남편 스콧 이야기를 했잖아. 그 사람에 대해 아는 게 있어?"

애덤은 허리를 세우고 똑바로 앉았다. 희망과 분노가 뒤섞인 눈빛이었다. 애덤이 말을 꺼내기도 전에 나는 그가 켈리의 남편을 싫어한다는 것을, 그 남자가 켈리를 죽였다고 진심으로 믿는다는 것을 알 수 있었다.

"좋은 사람이 아니야. 난 그 사람이 이 사건과 관련되어 있다고 생각해. 폭력적인 사람이거든. 켈리를 협박했어. 켈리에게 상처 주었고. 켈리와 나에 대해 알고 있었던 것 같아." 애덤의 목소리에는 분노가 가득했다.

나는 그의 말에 끼어들었다. "왜 그 남자가 당신과 켈리에 대해 안다고 생각해? 직접 상대한 적이 있어?"

"그날 밤에 온 메시지 때문이야. 그놈은 켈리를 협박했어. 켈리가 거짓말하고 있는 걸 안다고 했고. 켈리를 해치겠다고도 했어."

나는 스콧에 대한 내용을 몇 가지 적었다.

"그 사람이 켈리를 협박했다면 합리적 의심의 근거가 될 수 있고 범인으로 지목할 만해. 폭력적인 남편이라니 딱 들어맞잖아. 그런 사건을 수없이 봤어. 그에게 폭력을 행사할 수단과 기회가 있었다는 걸 밝혀내면 쉽게 이길 수 있겠어."

애덤의 눈빛이 환해졌다. "정말?"

"응, 하지만 너무 앞서가지는 말자. 우리가 추진해 볼 수 있는 한 가지 방법일 뿐이야…… 자, 스콧을 만난 적이 있어?"

"아니, 하지만 안 봐도 어떤 놈인지는 알아." 애덤은 이를 악물고 눈을 부라렸다.

"어떤 사람인데?" 나는 펜 끝을 깨물었다.

"나쁜 놈."

"그럼 당신은 어떤데?" 나는 눈살을 찌푸렸다.

분노만 가득하던 애덤의 표정에 죄책감이 깃들었다.

"미안해. 괜한 말을 했네." 나는 잠시 멈추어 메모를 본 다음 다시 애덤을 보았다. "이건 완벽한 이해 충돌이야. 당신이 이 상황에서 벗어나려면 내가 당신을 변호하는 게 최선이겠지만, 내가 이 사건 때문에 느끼는 고통과 분노를 떨쳐버릴 수 있을지는 모르겠어."

"제발." 애덤은 도와달라고 애원하는 눈빛으로 말했다.

나는 펜 뚜껑 끄트머리를 깨물었다. 여느 결혼 생활이 그렇듯 우리 사이에도 문제가 있다는 건 알았다. 하지만 16개월 동안 나를 속였다니. 그렇다. 내가 무심했다. 딱히 다정한 아내가 아니었던 것도 맞다. 하지만 애덤을 사랑하지 않았던 건 아니다. 그렇다고 해서 한순간도 빠짐없이 사랑했던 건 아니다. 그러나 지금 이 순간에도 나는 애덤을 사랑한다. 그를 미워하지만 사랑한다. 내가 한 모든 일은 우리와 우리의 미래를 위한 일이었다. 매일 하던 야근도 우리가 늘 꿈꾸던 삶을 위한 것이었다. 작가로서 애덤의 경력이 시작부터 쪼그라들지 않았더라면, 내가 우리 둘을 위해 그렇게까지 열심히 일할 필요가 없었을지도 모른다.

우리 결혼 생활의 문제는 내 잘못만큼이나 애덤의 잘못도 컸다. 나는 할 수 있는 모든 일을 했다. 그의 작가 생활을 돕고자 호숫가 별장도 사줬다. 그런데 그는 글을 쓰는 대신 그곳에서 다른 여자와 술을 마시고 밥을 먹고 잠을 잤다. 그만하자. 이렇게 생각하면 안 된다. 이 사건에서 나 자신을 분리할 자신이 없다. 생각할 시간이 필요하다. 한발 물러서야 한다.

나는 소지품을 챙겨 의자를 밀고 일어섰다. 애덤은 뭐 하는 거냐고 물었다. 겁에 질린 그의 눈에 눈물이 차올랐다. 애덤은 내가 우리를, 그를 포기하려 한다고 생각했다. 하지만 아니었다. 나는 아무 말도 하지 않았다. 분노, 배신감, 슬픔, 걱정, 두려움을 비롯한 모든 감정을 억눌렀다. 이 모든 것들을 아래로, 저 아래로 꾹꾹 밀어 넣었다.

한 걸음 물러서려는데 뒤쪽 문이 벌컥 열려 넘어지고 말았다. 탁자 모서리에 머리를 찍혀 피가 얼굴로 흘러내렸다. 나는 비명을 질렀다. 부보안관 제복을 입은 남자가 탁자 너머로 돌진해 애덤을 바닥에 쓰러뜨렸다. 나는 이마의 상처를 만지고는 손끝에 묻은 피를 살펴보았다. 삭발하다시피 짧게 깎은 금발에 어깨가 넓은 그 남자는 바닥에 쓰러진 애덤 위에 올라타 얼굴을 때렸다. 애덤은 도와달라고 소리치려 했지만 계속 두드려 맞는 바람에 입안에 피가 고여 말을 할 수 없었다.

나는 비틀거리며 다가가 그 남자를 애덤에게서 떼어놓으려 했다. 남자의 머리와 귀를 주먹으로 때렸지만 그는 주먹질을 멈추기는커녕 늦추지도 않았다. 애덤의 얼굴은 피투성이가 되었다. 오른쪽 눈은 뜰 수 없을 만큼 부어 있었다. 애덤은 팔을 들어 주먹을 막으려 했지만 분노에 찬 남자의 상대가 되지 못했다. 내가 다시 때리자 이번에는 그가 주먹질을 멈추고 나를 돌아보았다. 새파란 눈동자에 핏발이 서 있었다. 그는 나를 말없이 밀쳐버렸다.

내가 벽에 부딪힌 바로 그 순간 스티븐스와 허드슨이 들이닥쳤다. 두 사람은 바닥에 쓰러져 꼼짝도 하지 못하는 애덤에게서 남자를 떼어놓으며 그만하라고 소리쳤다.

"서머스 부보안관, 당장 멈춰!"

스티븐스가 남자를 구석으로 몰아넣으며 말했다. 허드슨도 함께 옆에서 제지했다. 밖에서 경관 둘이 더 들어와 분노에 사로잡힌 그 남자를 말렸다. 그의 이마와 목에서 정맥이 도드라졌다. 날카로운 두 눈은 분노로 시뻘겠고 이마에서는 땀이 줄줄 흘렀다. 어찌나 숨을 가쁘게 몰아쉬는지 쓰러질 것만 같았다. 이렇게까지 분노한 사람은 본 적이 없었다. 목 깊은 곳에서 신음이 흘러나왔다. 숨을 깊이 들이마시고 입을 꾹 다물었다가 뱉어냈다. 콧구멍은 찢어질 정도로 벌렁거렸다. 그는 잔뜩 일그러진 얼굴로 울부짖었다. 이 남자는 우리 앞에서 무너져 내렸다. 눈물이 쏟아지고 콧물이 줄줄 흘렀다. 잔뜩 긴장했던 몸이 풀렸는지 그야말로 액

체처럼 녹아내렸다. 그를 붙들고 있던 사람들이 결박을 풀었고, 허드슨이 홀로 그를 부축했다.

"스콧, 이 친구야. 괜찮아질 거야. 나라도 그랬을 거야. 실제로 그렇게 하려고 했어." 허드슨은 친구의 어깨를 토닥였다.

나는 벽에 기댔다. 이럴 수가. 저 사람이 켈리의 남편이라니. 경찰이라니.

애덤은 거의 기절 상태로 바닥에 쓰러져 고통으로 몸부림치고 있었다. 허드슨과 경관들은 스콧을 강제로 데리고 나갔다. 스티븐스는 애덤을 보며 고개를 저었고 누군가에게 구급차를 부르라고 외쳤다. 그런 다음 스티븐스의 시선이 나를 향했다. 그제야 내가 여기에 있고 다쳤다는 사실을 알아차린 그는 내게 달려와 한 팔로 나를 감싸 부축하고 내 이마의 상처를 자세히 보았다.

"세라, 미안합니다. 괜찮아요?" 스티븐스의 목소리에는 자신이 관할하는 보안관서에서 발생한 일에 당황한 기색이 역력했다. 다정함도 깃들어 있었다. 내가 다쳐서 걱정하고 있었다. 스티븐스가 상처에 손을 대자 나는 아파서 움찔했다. "미안해요." 그가 다시 사과했다.

"깨끗하게 닦고 자세히 봅시다." 스티븐스는 나를 데리고 나가려 했다. 나는 스티븐스를 뿌리치고 애덤 옆에 무릎 꿇고 앉았다. 다른 경관이 종이 타월로 애덤의 피를 닦아내고 있었다.

나는 애덤의 이마에서 피에 젖은 머리카락을 쓸어 넘겼다. "괜찮아?"

"응." 그가 대답했다. 나는 애덤이 나를 볼 수 있도록 종이 타월로 눈가의 피를 닦아 주었다. 그리고 애덤의 뺨을 어루만지며 내가 이 일을 해결할 것이라고, 곁에 있을 것이라고 안심시켜 주었다.

스티븐스를 돌아보았다. 그는 입을 굳게 다물고 있었다.

"이건 있을 수 없는 일이에요!"

"네, 알고 있습니다. 내가 처리할게요. 현재 스콧은 휴직 중입니다. 여기에 있으면 안 되는 거죠. 여기 오면 안 되는 상황이에요."

"그런데 왜 온 거죠?"

스티븐스는 대답하지 않았다. 할 말이 없을 것이다. 그는 고개만 저었다. 구급대원 두 명이 구급함과 들것을 가져와 재빨리 애덤을 치료했다. 구급대원들이 애덤의 양옆에 쪼그리고 앉아 상태가 어떤지 확인하려고 질문하는 동안 나는 옆으로 밀려났다.

몇 걸음 물러서 있는데 스티븐스가 어깨에 손을 올렸다. "잘 치료해 줄 겁니다. 그러니 당신 이마의 피를 닦는 게 좋겠어요." 제안이라기보다 명령에 가까웠다.

나는 고개를 끄덕이고 스티븐스를 따라 나갔다. 구급대원들은 애덤을 들것으로 옮기고 있었다.

나는 스티븐스의 사무실로 가서 앉았다. 스티븐스가 작은 구급상자를 들고 오더니 책상 뒤에서 내 쪽으로 몸을 숙여 얼굴에 난 상처의 마른 피를 닦아주었다. 여러 번 미안하다고 말했고 그 말은 진심인 것 같았다. 하지만 스콧이 한 짓 때문에 미안하다고 한 건지, 내가 이런 상황에 처하게 되어 미안하다고 한 건지, 둘 다인지는 알 수 없었다.

"꿰맬 정도까지는 아니지만 상처가 꽤 깊군요." 방 안 가득한 침묵을 깨고 스티븐스가 말했다.

나는 아무 말도 하지 않았다. 스티븐스는 내 상처를 계속 살폈는데 마치 나를 자세히 관찰할 시간을 버는 것 같았다. 그의 시선은 내 눈에 계속 고정되어 있었지만 나는 계속 시선을 피했다. 그가 무엇을 알아내려 하는지 알 수 없었다. 왜 내가 애덤 같은 사람과 함께 있는지 알아내려고? 이런 일들에도 불구하고 왜 애덤의 곁에 있는지? 스티븐스는 상처에 연고를 바르고 나비 모양 밴드를 몇 장 붙여 주었다. 그런 다음 구급상자를 닫고 나를 한참 바라보았다. 하고 싶은 말이 있는 듯했다. 나는 궁금한 것은 무엇이든 물어봐도 좋다는 뜻이 담긴 표정을 지었다. 스티븐스가 무슨 생각을 하는지 알아야 했다. 무엇을 알아내려 하는지 알아야 했다. 그의 속을 알 수 없어서 두려웠다. 나는 사람의 속내를 잘 알아차렸지만, 스티븐스의 마음은 알 수 없었다.

"뭐 하나 물어봐도 돼요?"

"네." 나는 밴드가 제대로 붙도록 손으로 눌렀다. 스티븐스는 책상 의자에 앉아서 잠시 머뭇거렸다. 그가 궁금해하는 게 뭔지는 몰라도 그걸 물어볼 것 같지는 않았다. 나는 숨을 짧게 들이마신 다음 긴장을 풀려고 했다. 자세를 약간 고쳐 앉고 다리를 꼬았다. 스티븐스는 손가락으로 책상을 톡톡 두드리며 생각에 잠겼다. 잠시 후 그는 의자 앞쪽으로 몸을 당겨 앉더니 책상에 손을 얹고 몸을 앞으로 기울였다. "애덤이 한 짓 같아요?"

"무슨 질문이 그래요?" 나는 밀려드는 혐오감에 얼굴을 찡그렸다.

"그냥 물어보는 거예요." 스티븐스는 내게 시선을 고정했다.

"부적절한 질문이군요." 내 목소리에 경멸이 묻어났다.

"그렇죠." 스티븐스는 고개를 끄덕였다. 자신의 질문이 부적절했다는 사실에 신경 쓰지 않는 것 같았다. 그제야 나는 그 이유를 깨달았다. 스티븐스는 경계를 늦추고 솔직해지려 한 것이다. 나는 그가 무슨 말을 하고 싶은지 이해할 수 있었다. 스티븐스는 애덤이 범인인지 아닌지 확신하지 못하고 있었다. 물론 모든 증거가 애덤을 가리키지만, 스티븐스는 이 사건이 정말 이렇게 쉬울까 의아해하고 있었다. 애덤이 자기 침대에서 여자를 죽이고 가사도우미가 발견하게 놔둘 정도로 바보인가? 세상은 보이는 게 전부가 아니다.

스티븐스가 애덤에게 죄를 뒤집어씌우고 사건을 끝내려는 건 아닌 것 같았다. 물론 그렇게 하면 무척 쉬워지겠지만. 오히려 그는 진짜 범인을 찾도록 나를 도와주고 싶어하는 것 같았다. 관행에서 벗어나는 일이긴 하지만 어쨌든 내 역할은 애덤을 변호하는 것이고 스티븐스의 역할은 진짜 범인을 찾는 것이다. 그는 이 사건을 빨리 해치워버리기보다 올바르게 마무리하려고 신경 쓰는 듯했다.

"애덤이 한 것 같지는 않아요." 나는 충분히 자신감 있는 목소리였기를 바라며 마침내 이렇게 대답했다.

스티븐스는 고개를 끄덕이더니 다시 의자에 기댔다. "통상적인 수사 방식은 아니지만 같이 현장에 가서 당신이 파악한 것을 알려주면 좋겠어요."

"그거 좋겠네요." 나는 주저 없이 대답했다.

"좋아요."

"들여보내 줘요. 빌어먹을 규정 같은 건 알 바 아니라고요." 매튜가 안내 데스크 직원과 경관을 지나쳐 문을 밀고 들어왔다. 내가 돌아보자 매튜는 내 얼굴의 밴드를 발견하고 모든 게 잘못됐다는 걸 알아차렸다.

"이 사람들이 무슨 짓을 한 거야?" 매튜는 말 그대로 내게 달려왔다. 그리고 내 이마를 자세히 살피더니 험악한 표정으로 스티븐스를 노려보았다. "이 사람은 변호사예요. 당신들을 고소할 겁니다. 그리고 난 이 마을 전체를 무릎 꿇릴만한 사람들을 알고 있어요." 매튜는 눈을 가늘게 뜨더니 다시 나를 보았다. 한결 부드러운 표정이었다.

"난 괜찮아. 무슨 일이 있었는지 얘기해 줄게." 나는 안심하라는 표정으로 말했다. 매튜는 언제나 나를 보호하려 했다.

15장
애덤 모건

눈을 떠보니 병원이었다. 왼손에 수갑이 채워져 침대 난간에 고정되어 있었다. 머리가 쿵쿵 울렸지만 맞았던 기억에 비하면 견딜만했다. 팔에 정맥 주사가 꽂혀 있었다. 아, 그래서였구나. 몸속에 흐르는 피로 진통제가 곧장 주입되고 있어서 두들겨 맞은 여파를 온전히 느끼지 못하는 거였다. 병실에 창문이 하나도 없어서 몇 시인지, 얼마나 오래 의식을 잃었는지 알 수 없었다. 벽과 바닥이 살균한 듯 하얀 이 작은 공간은 전형적인 병실의 모습이었다. 옆에 놓인 심장박동 모니터는 일정한 속도로 박동하며 내가 아직 살아 있음을 알려주었다. 손끝으로 얼굴을 살며시 만져보니 여기저기 울퉁불퉁 부어올라 있었는데, 마치 이목구비가 제자리에 있지 않은 느낌이었다. 왼쪽 눈이 보이지 않아서 손을 갖다대 보니 눈꺼풀이 부어 있었다.

간호사를 부르려던 순간 뭔가 떠올랐다. 내가 조사실 바닥에 쓰러져 고통으로 몸부림치며 의식이 오락가락했을 때, 허드슨의 목소리와 그가 한 말이 생각났다. 그는 나를 덮친 경관을 스콧이라고 불렀다. 켈리의 스콧. 그 사람은 켈리의 남편이었다.

일이 훨씬 더 복잡해졌다. 그 남자가 경찰이라는 걸 어떻게 몰랐지? 켈리는 왜 그 말을 안 했지? 켈리가 겁내는 게 당연했다. 도망칠 수 없다고 느낀 것도. 스콧은 덩치가 엄청나게 컸다. 내 체격이 작은 편이 아닌데도 그 고릴라 같은 주먹에 전혀 맞서지 못했다. 켈리는 무슨 일을 겪었을까? 안 봐도 뻔했다. 불쌍한 켈리. 이건 스콧이 한 짓이었다. 경찰이니 쉽게 일을 저지를 수 있었을 테고 어떻게 처리해야 할지 잘 알았을 것이다. 그렇다. 그는 경찰이다. 실수할 리 없지 않은가? 나는 완전히 망했다.

간호사가 무심하게 들어와 클립보드에 끼워진 서류를 훑어보았다. 그런 다음 나를 보더니 깨어있다는 걸 알아차리고 깜짝 놀랐다. "세상에. 깨어났군요!"

내가 일어나 앉으려 하자 간호사가 달려와 말렸다. 간호사는 내게 연결된 기계를 조정하고 황급히 나갔다.

잠시 후 스티븐스가 들어왔다. 스티븐스는 들어오면서 발을 살짝 걷어찼다. 기분이 좋지 않아 보였지만, 그 불만이 나를 향한 게 아니라는 건 알 수 있었다. "좀 어때요?"

"괜찮은 것 같아요."

"저, 애덤. 이런 일이 생겨서 유감입니다. 옳지 않은 행동이었어요. 스콧은 정직 처분을 받았습니다." 스티븐스는 이렇게 말하며 머리를 쓸어 넘겼다.

"감옥에 있어야죠!"

"그렇게 생각할 줄 알았어요. 하지만 스콧이 아내를 잃은 지 얼마 안

됐다는 사실을 이해해야 합니다. 그의 행동은 무엇으로도 변명할 수 없지만, 적어도 무엇 때문에 그런 행동을 했는지는 이해해주어야지요."

치솟는 분노를 다스리려 하자 심박 모니터 신호음이 급격히 빨라졌다. 하지만 화를 참을 수 없었다. "그 망할 놈이 켈리를 죽였다니까요. 틀림없어요!" 나는 몸을 반쯤 일으켰다. 순식간에 이마 끝에 땀방울이 맺혔다. 심장박동이 빨라지자 호흡이 가빠지고 손이 떨렸다.

"잠깐만요, 모건 씨. 스콧이 켈리 서머스의 죽음에 관련되었다고 생각하는 이유가 뭐죠? 켈리는 스콧의 아내이고 당신 별장의 당신 침대에서 발견되었는데 말입니다." 스티븐스는 내게 따지는 게 아니라 진심으로 궁금해하는 눈치였다. 내 말을 곰곰이 생각하고 있었는데, 조금이라도 내 말을 믿어서인지 그냥 나를 귀찮게 하려는 것인지는 알 수 없었다.

"그 사람은 우리 관계를 알고 있었어요. 불륜 말이에요. 켈리가 죽던 날 밤에 그 사람이 메시지를 보냈어요. 협박이었죠. 켈리에게 폭력을 휘두르기도 했고요. 당신이 그를 어떻게 생각하든, 그는 그런 사람이 아니라고요."

스티븐스는 침대 옆으로 의자를 끌고 와 앉았다. 그러더니 숨을 깊이 들이마시고 나를 아래위로 살펴보았다. 나를 저울질하며 이해하려 애쓰고 있었다. 스티븐스는 진실을 알고 싶어했다. 내가 주장하는 진실이 아니라 진실 그 자체를.

"스콧 서머스가 켈리 서머스뿐만 아니라 이 마을 누구에게도 폭력을 행사한 혐의는 없습니다." 스티븐스가 사무적으로 말했다.

"켈리는 너무 무서워서 나서지 못했어요. 도망치고만 싶어했죠. 이제 그 이유를 알겠네요. 이제야 이해가 돼요."

"뭘 이해한단 말입니까?"

"스콧은 경찰이니까요……. 켈리는 그에게서 도망칠 수 없다는 것과 그가 범죄의 대가를 치르지 않으리라는 걸 알고 있었던 거예요."

"나도 스콧이 마음에 드는 건 아닙니다." 스티븐스가 솔직히 인정했다.

"뭐라고요?" 나는 제대로 들었는지 확인하고 싶었다. 왜 내게 이 얘기를 하는 거지? 스티븐스는 왜 여기 온 거지? 게임이라도 하자는 건가? 아니면 정말 나를 도와주려고 하는 걸까? 나는 지금 무슨 일이 벌어지고 있는지, 왜 내게 이런 일이 일어나고 있는지 전혀 알 수 없었다.

"들은 그대로예요. 이런 말 하면 안 되는 거 압니다. 하지만 내가 볼 때 스콧에게는 언제나 미심쩍은 구석이 있었어요. 예의를 차리고 도덕적이려고 애쓰는 정도가 지나치단 말입니다. 누구에게나 감추고 싶은 비밀이 있고, 겉으론 착해 보이지만 알고 보면 아주 나쁜 사람인 경우도 많잖아요." 스티븐스는 의자에 기댔다.

아무말도 할 수 없었다. 침묵을 이어가다가 문득 세라를 잊고 있었다는 걸 깨달았다. 세라가 다쳤던 것 같은데. 세라의 얼굴에서 피를 본 듯한데, 그게 그녀의 피인지 내 피인지 알 수 없었다. "세라는 어떻습니까? 괜찮나요? 다쳤나요?"

"괜찮습니다. 이마에 약간 상처가 나기는 했지만요. 완전히 투사던걸요. 180센티미터가 넘는 남자도 쓰러뜨리지 못할 것 같아요." 스티븐스가 미소 지으며 말했다.

나는 그 말이 사실이라는 걸 알기에 고개를 끄덕였다. "지금 어디에 있죠? 만나고 싶은데요."

"집에 돌아가서 쉬라고 했습니다. 내일 아침에 올 건데 괜찮죠?"

"물론이죠."

"이제 스콧을 조사할 겁니다. 그게 옳은 일이니까요. 당신이 범인이라는 확신은 없지만 무죄라는 확신도 없습니다." 스티븐스는 일어났다.

"알겠어요." 달리 할 말이 없었다. 스티븐스는 내가 무슨 생각을 하는지 알았고, 나도 여기 가만히 앉아서 내가 범인이 아니라고 설득할 생각은 없었다. 결국 중요한 건 증거다. 세라에게 적어도 이 정도는 배웠다. 나는 세라가 그 증거를 찾아내리라고 믿는다. 그리고 스티븐스가 어쩌면 세라를 도와줄 것 같다는 믿음이 어느 정도 생겼다.

"병실 밖에서 경관이 지키고 있습니다. 내일 아침에 세라와 함께 오겠습니다." 스티븐스는 잠시 머뭇거렸다. "이 사건의 진상을 밝힐 겁니다. 약속해요." 그는 내가 뭐라고 대답하기도 전에 나갔다.

16장
세라 모건

매튜는 곧장 나를 집으로 데려다주었다. 그러고 나서 내가 실수하는 거라고 말하며 이 사건을 맡지 말라고 설득했다. 나는 매튜에게 이 문제에 끼어들지 말라고 답했다.

너무 피곤해서 다시 출근하는 건 무리였다. 앤을 비롯한 다른 사람들에게 내 인생에서 벌어지는 일들을 설명하자니 복잡했다. 다른 사람의 얼굴을 볼 수조차 없을 것 같았다. 분노, 두려움, 슬픔, 걱정 등 설명할 수 없는 여러 감정들이 내 안에서 감당할 수 없을 정도로 소용돌이쳤다.

우리 부부의 호숫가 별장에서 살인 사건이 일어났으며 애덤이 범인으로 지목되었다는 소식은 금세 알려질 것이다. 언론에서 낌새를 챌 것이다. 워싱턴DC에서의 내 입지와 애덤이 소설가라는 사실을 감안했을 때, 사건이 알려지는 것은 시간 문제였다. 앤에게는 뭐라고 하지? 직장 동료들한테는? 의뢰인들에게는? 하지만 지금은 그런 걸 걱정할 때가 아니었다. 사건에 집중해야 했다.

하루 종일 잠들었다가도 깨기를 반복했다. 잠에서 완전히 깬 다음에는 사건에 대해 내가 아는 모든 사실을 곰곰이 떠올려보았다. 애덤은 의심할 여지 없이 가장 확실한 용의자였다. 그에게는 범행 수단, 기회, 동기가 모두 있었다. 그야말로 애덤은 검사의 기소와 판사의 유죄 판결을 받을 만한 조건을 모두 갖추고 있었다. 하지만 스콧도 있다. 스콧이 조사실에서 저지른 폭행은 애덤이 한 말을 뒷받침한다. 스콧은 다혈질이고 그걸 통제하지 못한다는 사실이 분명히 드러났다. 게다가 애덤이 언급했던 스콧의 메시지도 강력한 증거였다. 스콧에게도 범행 수단, 동기가 모두 있었다. 하지만 한 가지 문제가 있었다. 스콧에게도 범행을 저지를 기회가 있었는가? 나는 침대 옆 탁자에서 메모지를 꺼내 몇 가지 적었다. 그리고 '기회'라고 적은 다음 동그라미 쳤다.

또 누가 있을까? 피해자인 켈리는 애덤과 바람을 피우고 있었다. 또 뭘 했을까? 무엇에 관심이 있었을까? 켈리가 죽기를 바란 사람이 또 있을까? 나는 '세스 커피'라고 적었다. 켈리의 동료, 카페 손님들, 그 밖에 그녀와 접촉했을 가능성이 있는 모든 사람과 이야기해봐야 했다.

그때 휴대폰이 울렸다. 밤 9시인데다 모르는 번호라 받지 말까 망설이다가, 애덤이 병원에서 건 전화일지도 몰라 일단 받았다. 병원에 가서 애덤이 어떤지 살펴야 했지만, 스티븐스가 애덤은 걱정하지 말고 집에 가서 쉬라고 했다.

나는 전화를 받았다. "여보세요."

"세라, 스티븐스입니다. 별일 없나 궁금하기도 하고 애덤이 잘 있다고 알려주려고요. 방금 병원에서 나왔는데 애덤이 깨어났습니다."

"의사는 뭐라던가요?" 내 상태를 걱정할 때가 아니었다. 애덤이 걱정이었다.

"타박상에 광대뼈 골절, 가벼운 뇌진탕 증세가 있다고 하더군요. 하지만 회복할 겁니다. 보험 회사에 서류를 제출했으니 비용은 걱정 안 해도 됩니다."

"병원비는 상관없어요. 애덤이 괜찮은지 걱정될 뿐이에요."

"음, 괜찮습니다. 성가시게 해서 미안합니다." 스티븐스는 이렇게 말하고 끊으려 했다.

"잠깐만요." 내 목소리에서 당황한 기색이 느껴졌다. 스티븐스가 전화를 끊는 게 싫었다. 왠지 그와 이야기를 나누고 싶었다. 내가 겪고 있는 일을 이해하는 사람이기 때문일까. 아니면 다른 경찰들과 달리 친절하게 나를 대해주어서였을까. 그가 무슨 생각을 하고 있는지 알 수 없어서, 아니면 내가 그의 도움을 원하기 때문인지도 모르겠다. 사실은 그의 도움이 필요했다.

"네?" 스티븐스는 참을성 있게 내 말을 기다렸다. 내 말 한마디 한마디에 집중하는 것 같았다. 그도 나와 이야기하고 싶어하는 게 분명했다.

"고마워요, 스티븐스 보안……"

스티븐스는 내 말을 끊었다. "라이언. 라이언이라고 불러요."

"라이언, 퉁명스럽고 심술궂게 굴어서 미안해요. 이 일이 당신 잘못이 아니고 당신은 그저 도와주려 한다는 걸 알아요. 난 무너지지 않으려 애쓰고 있어요. 당신에게 화풀이하려던 건 아니에요."

스티븐스의 한숨 소리가 들렸다. 안도의 한숨인지 불만의 한숨인지는 알 수 없었다. "세라, 당신을 그렇게 잘 아는 건 아니지만…… 애덤이 범인이든 아니든 난 진실을 알아내고 정의를 실현하기 위해 똑같이 할 겁니다. 내가 당신을 도와주는 건 그게 내 일이기 때문이기도 하지만 인간적으로 친절을 베풀고 싶어서기도 해요. 그러니까 내 말은, 우리가 함께 알아내게 될 진실이 무엇이든 간에 당신을 도와 진실을 찾겠다는 거예요."

그제야 나는 스티븐스라는 사람과 그의 생각을 이해할 수 있을 것 같았다. 그는 보안관으로서는 부적절한데다 내가 좋아하지도 않을 말을 했지만, 우쭐한 기분이 드는 건 사실이었다. 스티븐스의 말이 잘못됐다고 화내고 싶었지만 내겐 그가 필요했다. "고마워요, 스티븐스 보안관님." 스티븐스는 내가 부른 이름을 정정하지 않았다. 내가 무슨 말을 하려고 하는지 정확히 이해한 것 같았다.

"푹 쉬세요, 모건 씨. 예정대로 내일 오전 11시에 뵙죠."

"안녕히 계세요." 나는 전화를 끊었다. 휴대폰을 침대 옆 탁자에 올려놓으려는데 메시지 도착을 알리는 진동이 울렸다. 매튜였다.

아까 한 말 미안해. 네가 옳아. 내가 상관할 바는 아니지. 그래도 내가 필요하면 옆에 있을게. 며칠은 바쁘겠지만 최대한 빨리 보러 갈게.

나는 메시지를 꾹 눌러 하트 표시를 남겼다. 휴대폰을 내려놓고 잠들 수 있기를 바라며 눈을 감았지만 잠이 오지 않으리란 걸 알았다.

17장
애덤 모건

스티븐스가 떠나고 나서 세라에게 전화할까 했지만 아직은 그럴 수 없었다. 세라의 몸은 괜찮다는 걸 알았으나, 정신적으로나 감정적으로 내가 그녀에게 무슨 짓을 저지르고 있는지는 상상하기 힘들었다. 세라는 내가 아는 가장 강한 사람이지만, 어쨌든 사람이기에 감당하는 데 한계가 있을 것이다. 세라에게 이 사건을 포기하고 다른 변호사를 고용하자고 말하고 싶었다. 세라는 이런 일을 당해야 할 사람이 아니니까. 내가 저지른 난장판을 세라가 치울 필요는 없었다.

물론 내가 켈리를 죽이지 않았다는 건 분명했지만, 나는 바람을 피웠다. 그 일이 아니었다면 지금 같은 상황은 절대 벌어지지 않았을 것이다. 적어도 내 생각에는 그렇다. 바람을 피우지 않았더라도 스콧이 켈리를 죽였을지 모르지만, 내 집에서 사건이 벌어지지는 않았을 테고 내가 연루되지도 않았을 것이다.

틀림없이 스콧이 범인이다. 그가 오늘 벌인 쇼 때문에, 나를 흠씬 두들겨 팼다는 사실 때문에 그러는 건 아니다. 그냥 그가 범인이라는 걸 알 수 있다. 세라와 스티븐스가 이 사실을 증명할 수 있기를 바랄 뿐이다.

   눈을 감고 잠을 청하려 했지만, 오늘 사건을 비롯해 지난 16개월 동안 있었던 일들이 자꾸 떠올랐다. 켈리와 함께 한 모든 시간이 떠올랐다. 그러지 않으려 했지만 생각났다. 나는 아내를 사랑하지만 켈리도 사랑했다. 눈물이 몇 방울 흘러내렸다. 눈물이 얼굴 옆으로 흘러내려 베개에 떨어지도록 그냥 두었다. 내가 무슨 짓을 한 거지?

18장
애덤 모건
2주 전

오늘치 원고를 다 썼다. 하루 종일 빈 컴퓨터 화면 앞에 앉아 위스키를 홀짝였다는 뜻이다. 하얀 워드 프로그램 창을 들여다보느라 눈이 피곤했지만, 위스키 덕분에 다른 모든 것에는 무감각해질 수 있었다.

켈리가 이번 주에만 세 번째 약속을 취소했다. 워싱턴DC의 집으로 돌아갈 생각이었지만 운전할 만한 상태가 아니었기에 아침에 새로운 기분으로 출발하기로 했다. 노트북을 덮고 크리스털 술잔을 휘휘 돌리며 거실로 갔다. 벽난로를 피우고 클래식 음악을 틀었다. 책상에서 저녁에 읽을 책을 고르려는데 현관문 두드리는 소리가 들렸다. 세라의 깜짝 방문일지도 모른다. 켈리가 약속을 취소해서 다행이다.

하지만 문밖에는 누군가에게 맞아 엉망이 된 켈리가 있었다. 눈물이 얼굴을 타고 줄줄 흘러내려 코와 입술에 말라붙은 피를 적셨다. 오른쪽 눈은 검푸르게 멍들어 있었고 머리카락은 엉망친창으로 엉켜 있었다. 나는 놀라서 숨을 들이켰고, 켈리는 쓰러지듯 내 품에 안겼다. 나는 켈리를 거실로 데리고 들어가 차디찬 몸에 담요를 둘러주었다.

"켈리, 누가 이런 짓을 한 거야?" 찜질용 얼음과 수건을 가지러 주방으로 달려가던 나는 화가 치밀어 소리 지르다시피 했다. 켈리는 더 심하게 울었다.

"경찰을 부를까?" 나는 켈리의 눈에 얼음 팩을 대고 수건으로 코와 입술에 묻은 피를 닦아냈다.

"아니…… 안 돼. 그러지 마." 켈리가 애원했다. 나는 조심스럽게 피를 계속 닦아냈다. 한참을 그렇게 앉아 있었다. 마침내 켈리의 울음이 잦아들고 말할 만한 상태가 되자, 그녀에게 위스키를 한 잔 가져다 주고 내 잔도 채웠다. 긴 밤이 될 것 같았다. 나는 켈리를 끌어안은 채 전부 다 괜찮을 거라고 안심시키려 애썼다.

"그 사람, 멈추지 않을 거야." 마침내 켈리가 침묵을 가르고 말을 꺼냈다.

"누구?"

"스콧 말이야…… 내 남편."

나는 켈리를 조금 더 바싹 끌어안았다. 켈리가 결혼했다는 건 알고 있었지만, 나와 마찬가지로 꺼져버린 불꽃처럼 사랑 없이 지루하고 무관심한 상태일거라고만 생각했다. 이럴 줄은 몰랐다. 내 상황이 나쁘다고 생각했지만 켈리의 상황은 훨씬 심했다. 나는 그저 지루할 뿐이었지만 켈리는 위험했다.

"경찰서에는 가봤어?" 나는 위스키를 한 모금 마셨다.

"못 가." 켈리는 고개를 저었다.

"왜?"

"아무튼 못 가." 켈리는 잔뜩 화난 목소리로 답하고는 위스키를 다 마셨다. 이제 그만하라는 표정이었기에 나는 더 이상 캐묻지 않았다.

"내가 할 수 있는 일이 없을까?" 내가 물었다. 일어서서 술잔 두 개를 다시 채우고 탁자 위에 내려놓았다. 소파에 앉아 켈리를 무릎에 눕히고 그녀의 머리카락과 옆얼굴을 쓰다듬었다. 지난 1년 동안 켈리를 만나왔다. 나는 이 여자에게 마음이 쓰였다. 이 여자를 사랑했다. 이 여자를 구해주고 싶었다. 이런 식으로 삶이 흘러가도록 보고만 있을 수는 없었다. 그럴 수 없었다.

"당신이 할 수 있는 일은 하나도 없어. 그 사람은 절대 멈추지 않을 거야." 켈리의 눈에 눈물이 그렁그렁했다. 희망이라고는 찾아볼 수 없는 눈이었다. 켈리는 정말 그렇게 믿고 있었다.

하지만 켈리가 포기하게 둘 수는 없었다. "벗어날 수 있도록 도와줄게."

"도망칠 수 없어. 그 사람은 언제든 날 찾아낼 거야."

"같이 도망가자…… 우리 둘이." 진심이었다.

"가끔은 그 사람에게서 벗어나려면 죽는 것 말고는 방법이 없다는 생각이 들어."

"그런 말 하지 마. 왜 그런 말을 해?"

"나에 대해 당신이 모르는 게 있어." 켈리는 나를 가만히 쳐다보더니 후회하듯 시선을 피했다.

"내가 모르는 게 뭔데? 켈리, 난 당신을 사랑해. 내가 알아야 하는 건 그뿐이야. 당신을 사랑하고 돕고 싶어. 내가 어떻게 도와야 할지 알려줘."

"날 도울 수 없을 거야. 스콧이 날 움켜쥐고 있으니까."

"뭐 때문인데? 말해줘." 나는 켈리의 손을 꼭 잡았다.

켈리는 숨을 깊이 들이마시더니 일어나 앉았다. 술잔을 집어 들고 단숨에 다 마셔버렸다. 그리고 나에게 전부 털어놓았다. 스콧이 어떤 식으로 그녀를 움켜쥐고 있는지 전부 다.

"난 전에도 결혼한 적이 있어. 그때 남편과 나는 서로를 사랑했지만 항상 좋지는 않았어. 그리고 내 이름은 켈리 서머스가 아니라 제나 웨이였어. 그 일이 있고 나서, 그러니까 첫 번째 남편을 죽였다는 혐의를 받고 나서 이름을 바꾼 거야. 난 남편을 죽이지 않았어." 켈리는 잠시 말을 끊었다. 내가 손을 가볍게 잡자, 켈리는 나를 보고 말을 이었다. "남편과 나는 그 전날 다퉜는데, 흔히 있는 일이었어. 우리는 좋은 쪽으로든 나쁜 쪽으로든 열정이 넘치는 관계였거든. 그런데 밤늦게 집에 가보니 남편이 죽어 있었어. 내가 가장 유력한 용의자였지. 하지만 맹세컨대 내가 죽이지 않았어. 나는 남편을 사랑했지만 그를 살해한 혐의로 기소되었어. 재판 과정에서 일부 증거가 사라지는 바람에 공소가 기각되었고, 그때 스콧이 내가 자유로워지도록 도와줬어. 하지만 지금은 스콧이 나를 소유하고 있으니 사실상 난 자유롭지 않은 셈이지. 난 아직도 저지르지 않은 죄의 대가를 치르고 있어. 아직 형을 살고 있다고. 감옥에서가 아니라 스콧과 함께. 그 끝이 내게 좋지 않으리라는 걸 알아. 자유로워지려면 스콧에게서 벗어나는 방법뿐이라는 것도 알고." 켈리는 고개를 숙였다.

나는 침착하게 켈리가 털어놓은 이야기를 이해하려 했다. 무슨 말을 해야 할지 몰랐다. 뭘 물어봐야 할지도 몰랐고, 내가 말을 덧붙여도 되는

지조차 알 수 없었다. 상상도 못한 이야기였다. 켈리의 내면에는 내가 이해할 수 없는 어둠이 있었다. 나는 그녀를 안다고 생각했지만, 실상 본명조차 모르고 있었다. 이 여자는 누구일까? 정말 남편을 죽였을까?

내가 곧장 대답하지 않자 켈리는 초조해 보였다. 괜히 거실을 두리번거리다가 다시 나를 보았다. 안절부절못하며 다리를 움직이다가 자세를 가다듬기도 했다. "난 나쁜 사람이 아니야."

켈리는 숨을 깊이 들이마시더니 자리에서 일어났다. 떠나려는 줄 알았다. 켈리가 해준 이야기에도 불구하고 나는 그녀를 떠나보내기 싫었다. 그녀를 이해하고 싶었다.

"잠깐." 내가 이렇게 말하며 소파에서 일어나자 켈리는 동작을 멈추었다. 나는 그녀에게 다가갔다. 갈 곳 없는 자신을 쫓아내지 않을 거라는 생각이 들었는지 켈리의 눈빛이 조금 밝아졌다. 나는 가까이 가서 머리카락을 귀 뒤로 넘겨주었다.

"난 당신을 제나가 아닌 켈리로 알고 있어."

"알아. 미안해." 켈리가 말을 잘랐다. 나는 말하지 말라는 뜻으로 손가락을 그녀의 입술에 갖다 댔다. 내 마음을 솔직히 전하고 싶었다. 켈리는 순순히 응했다.

"나는 제나가 아니라 켈리와 사랑에 빠졌어. 과거에 당신이 어떤 사람이었는지는 중요하지 않아. 과거에 당신이 한 일 때문에 내 감정이 바뀌지도 않을 거고. 지난 1년은 내 생애 최고의 시간이었어. 당신 덕분이지. 당신이 겪는 일을 나도 겪을 거야. 당신에게 필요한 건 내게도 필요한 거야. 켈리, 약속할게. 다시는 스콧이 당신을 해치지 못하게 할 거야."

나는 켈리의 이마에 가볍게 입 맞췄다. 나를 올려다보는 켈리의 눈동자에는 희망이 보였다. 그녀가 몸을 숙여 키스하자 나도 응했다. 켈리는 상처 때문에 약간 움찔했지만 입술을 떼지 않았다. 때로 고통을 감수할 만한 즐거움도 있는 법이다.

19장
세라 모건

엘리베이터 문이 닫히자 나는 잠시 눈을 감고 내 안 깊은 곳에 있는 힘까지 전부 끌어모았다. 그리고 다시 차분하고 절제된 표정을 지었다. 비싼 치마와 몸에 딱 맞는 블라우스, 맞춤 재킷을 입고 검은색 루부탱 하이힐을 신었다. 머리는 뒤로 넘겨 높이 묶었고 아침에는 동네 단골 미용실에서 메이크업도 받았다. 덕분에 이마의 멍은 가려졌지만 상처에는 계속 밴드를 붙이고 있었다. 나답게 보여야 했다. 강해 보여야 했다.

엘리베이터 문이 열리자, 앤이 안타까움과 응원이 섞인 미소를 지으며 커피를 든 채 기다리고 있었다. "무슨 일이에요? 괜찮아요?" 앤이 이마의 밴드를 곧바로 쳐다보았다.

"괜찮아. 가면서 이야기하자." 나는 커피를 받아들고 앤을 재빨리 지나쳤다. 앤은 나를 도와주고 싶어 하면서도 무슨 일인지 궁금해하며 따라왔다.

나는 앤에게 무슨 일이 일어나고 있는지 알려주었다. 회사의 자원을 활용해 켈리와 스콧의 신원 조회를 서둘러 시작하도록 지시하기 위해서였다. 유리한 고지를 선점하고 싶었다. 나는 모든 것을 알아야 했다. 앤과 함께 사무실로 걸어가는데 동료들이 수군거리는 소리가 들려왔다. 아직 뉴스에 보도되지 않아 자세한 내용은 아무도 모르지만, 소문까지 막을 수는 없었다. 나는 평소 회의를 취소하거나 재판 일정을 놓치거나 사무실에서 사라지는 일이 없었다. 그러니 사람들이 떠들어대는 건 당연했다.

사무실로 들어가자 앤은 문을 닫았고 나는 소파에 앉았다.

"정말 괜찮아요?"

"응. 부탁인데 다시 묻지 말아줘." 내가 퉁명스레 말했다.

"미안해요. 켈리와 스콧 서머스에 대한 신원 조회 자료는 오늘 중으로 줄게요." 앤은 커피 탁자 옆에 쪼그리고 앉아서 서류를 서류철에 정리하기 시작했다.

"다들 뭐래?"

"정신적으로 무너졌을 거라고요. 남편이 바람을 피웠다고."

"하나는 맞췄네." 나는 눈을 굴렸다. "밥이 주변에서 어슬렁대진 않았고?"

"아직은요. 밥은 주말 내내 여행 갔다가 월요일 아침에 도착했어요. 아직 그동안의 일을 파악하는 중이에요."

"다행이네."

"정말 애덤이 했다고 생각해요?" 앤이 재빨리 물었다.

"음…… 모르겠어."

앤은 두려움에 찬 표정이었다. 질문하자마자 후회하고 있었다. "미안해요."

"괜찮아, 앤. 정말로. 이 상황이 믿기지 않을 뿐이야. 우리 둘이 즐거운 시간을 보내고 집에 갔을 뿐인데 남편이 살인을 저질렀다는 말을 듣다니."

"나도 믿기지 않아요. 잠시만요, 그날 밤에 애덤이 늦게 집에 왔다고 했잖아요. 그러고서…… 그러니까 아기를 가지려고 했다면서요. 이게 알리바이가 되지 않을까요?"

"예비 보고서에 따르면 켈리는 밤 11시 30분에서 새벽 12시 15분 사이에 살해되었어. 내가 잠에서 깬 시간은 새벽 2시였기 때문에 애덤이 언제 집에 왔는지 알 수 없고."

"우리가 밖에서 술을 마신 시간이……." 앤은 생각에 잠겼다.

"자정 좀 지나서까지였어. 좀 더 늦었던 것 같기도 하고."

"아, 맞아요." 앤은 그대로 앉아 계속 생각에 잠겼다. 도와주고 싶어 하는 게 보였다.

"앤, 걱정하지 마. 이건 네 문제가 아니야. 이미 생각하는 것보다 훨씬 많이 도움을 주었어." 나는 앤을 보며 미소 지었다.

앤은 약간 눈물을 보였다. 그리고 일어나서 손으로 부채질하며 눈물을 말리려 했다. 그러더니 다가와 소파 옆자리에 앉아 나를 끌어안았다. "걱정하지 말란 말은 하지 말아요. 가장 친한 친구 일이잖아요. 뭐든지 도울 거예요. 내가 옆에 있다는 걸 잊지 말아요." 앤이 귓가에 속삭였다. 나는 앤을 약간 힘주어 끌어안았고 앤도 나를 안았다.

"고마워, 앤. 넌 정말 특별한 사람이야." 나는 앤 뒤쪽의 벽시계를 흘끗 보고 가야 할 시간이라는 걸 알았다. 우리는 포옹을 풀고 무슨 일이 있어도 곁에 있을 것이고 다 괜찮을 거라는 듯 서로를 바라보았다.

"스티븐스 보안관을 만나러 가야 해." 나는 일어나서 소지품을 챙겼다. 그때 사무실 문이 열린 듯 공기가 달라진 느낌이 들었다. 새로운 손님이 온 모양이었다. 나는 누구인지 보려고 천천히 몸을 돌렸는데, 어쩐지 이미 알고 있는 기분이었다.

먼저, 향기였다. 지나치게 전형적이고 뻔한 샤넬 넘버 파이브 특유의 향이 노골적으로 퍼졌다. 잘 관리된 몸에 걸친 모노톤 의상과 어울리는 냄새였다. 개성이라고는 찾아볼 수 없는 겉모습만으로도 그녀에 대한 모든 것을 짐작할 수 있었다. 딱딱한 느낌을 주는 이목구비는 정기적으로 성형외과를 찾는 탓에 늘 그대로였고, 아주 노련한 사람만이 100퍼센트 자연산 피부가 아니라는 것을 알아차릴 정도였다. (빨간색은 대놓고 자랑하는 것 같다고 생각하는 사람이라 루부탱일 리는 없고) 검은색 마놀로 블라닉 하이힐이 또각대는 소리가 뚝 멈춘 걸 보니, 사무실 안으로 들어온 게 분명했다. '내가 여기에 왔고 내게 걸맞은 관심을 받을 준비가 됐다'라고 알리는 그녀만의 방식이었는데, 지금까지 살펴본 바에 따르면 그녀는 언제나 이렇게 모든 시선을 독차지하곤 했다.

"안녕, 세라." 엘리너는 인사를 건네며 막무가내로 다가왔다. "이렇게 만나니 반갑구나." 엘리너는 다가오며 두 팔을 벌렸다. 우리는 포옹하듯 서로를 안았지만 실제로는 몸을 거의 맞대지 않았다.

"빨리 오셨네요." 내가 말했다. 너무 빨랐다. 하루 이틀쯤 뒤에 나타나기를 바랐건만.

"당연하지. 아들 일인데." 엘리너는 고개를 꼿꼿하게 든 채 검은색 클래식 샤넬 가방을 몸에 딱 붙이고 내 책상 앞쪽에 앉았다. 그리고 사무실을 둘러보며 말했다. "사무실이 귀엽네." 아무리 좋게 생각하려 해도 거들먹거리는 말이었다. 나는 책상으로 가서 앉았다.

문간에 있던 앤은 나를 보며 눈썹을 치켜올리더니 사무실 밖으로 나갔다. 엘리너는 앤에게 아는 체할 생각이 전혀 없어 보였다.

"자, 애덤에게 무슨 일이 벌어지고 있는지 말해 보렴." 엘리너는 다리를 꼬고 양손을 무릎에 내려놓았다.

엘리너가 좋아할만한 이야기는 아니었다. 애덤은 완벽히 모범적인 아들이었으니까. 죽은 남편과의 유일한 연결고리이기도 했다. 헤지펀드 매니저였던 애덤의 아버지는 5년 전에 심장마비로 갑작스레 사망했다. 사람들은 나쁜 식습관과 업무 스트레스 때문이라고 했지만 내 생각에는 엘리너의 역할이 컸던 것 같다. 그녀는 정말 까다로웠다. 하지만 이 사건을 위해서라면, 우리가 맞지 않는다는 사실을 제쳐두는 것은 물론이고 툭툭 던지는 말이나 모욕, 잘난체도 계속 참아줄 생각이었다.

"애덤이 살인 사건 용의자로……."

"말도 안 돼." 엘리너가 끼어들었다. "우리 애가 그럴 리 없어!"

말씨름해봤자 소용없었다. 부모는 대부분 자식에 대해서라면 망상에 빠져 있으니까. 연쇄살인마 테드 번디와 제프리 다머의 부모조차도 자식 내면의 악을 인식하지 못하고 사랑을 주었다.

"내연녀를 살해한 혐의예요." 내가 하는 말을 엘리너가 제대로 알아듣고 애덤이 생각과 달리 흠잡을 데 없는 아들이 아니라는 걸 깨닫기를 바라며 그녀의 눈을 계속 냉정하게 쳐다보았다. 어쩌면 엘리너가 이 일을 똑바로 볼 수 있을지도 모른다.

엘리너는 잠시 인상을 찡그렸다가 풀었다. "애덤이 바람을 피웠다고?" 오해의 여지가 없는데도 엘리너는 내 목소리로 듣고 싶은 게 분명했다.

나는 고개를 끄덕였다.

엘리너는 턱을 치켜든 채 고개를 돌렸다. 코를 치켜들었다고 말하고 싶지만, 그녀의 코는 성형 수술 때문에 영원히 올라간 상태였으니까. 엘리너는 한숨을 쉬었다. "음, 애덤을 만나고 싶구나. 그 애에게서 전부 들어야겠어." 그녀는 나를 돌아보았다.

나는 다시 고개를 끄덕였다. "지금 프린스 윌리엄 카운티의 병원에 있어요."

"뭐라고? 왜?"

"어젯밤에 보안관서에서 싸움에 휘말려서요." 나는 더 자세히 말하지 않았다.

"가여운 내 아들. 왜 처음부터 이 얘길 안 했니?"

앤이 고개를 들이밀었다. "스티븐스 보안관과 약속에 늦지 않으려면 지금 나가야 해요."

"스티븐스 보안관? 애덤을 보러 가는 게 아니고?" 엘리너가 물었다.

내가 자리에서 일어나자 엘리너도 덩달아 일어나며 과장된 동작으로 가방을 어깨에 멨다.

"전 사건 현장을 살펴보러 가야 해요. 하지만 그 후에 애덤을 보러 갈 거예요." 나는 물건을 다 챙겼다.

"나도 같이 가자." 제안이 아니라 요구였다.

"안 돼요. 사건 현장을 보러 간다니까요. 어머님은 어디 가서 뭐 좀 드시고 계세요. 이따가 메시지 드릴게요." 나는 토트백을 어깨에 멨다. "앤이 도와드릴 거예요."

"도움 같은 건 필요 없다." 엘리너는 단호하게 거절했다.

"알겠어요. 전 가야 해요. 나중에 연락드릴게요." 나는 재빨리 사무실에서 나왔다. 그리고 지나가면서 앤에게 말했다. "오늘 다시 들어올 수 있을지 모르겠어. 혹시 못 오게 되면 전화할게."

"네. 어서 가요. 나머지는 내가 다 알아서 할 테니." 앤이 말했다.

"세라, 이따 보자." 엘리너가 뒤에서 외쳤다. 잠시 후 하이힐 또각대는 소리만 들렸다.

한 시간 뒤, 호숫가 별장에 차를 세웠다. 차고 진입로에 스티븐스의 차가 세워져 있었고, 그는 보안관 제복 상의와 청바지를 입고 차 옆에 기대어 있었다. 선글라스를 끼고 서류철을 들고 있던 스티븐스는 내 차를 보자 마자 미소 지었다. 나는 그의 차 뒤에 주차하고 내렸다.

"어서오세요, 모건 씨." 오늘 스티븐스는 무척 정중했다. 나는 여전히 그가 나에게 왜 이렇게 친절한지 궁금했다. 애덤이 무죄라고 생각해서? 나에게 미안해서? 아니면 다른 이유가 있는 걸까?

"안녕하세요, 스티븐스 보안관님." 우리는 악수했다. 그는 날이 서늘한데도 땀을 흘렸다. 무엇 때문에 긴장한 거지? 뭔가를 알고 있나?

"같이 한번 둘러볼 텐데요. 뭔가 평소와 다른 걸 발견하면 알려줘요."
스티븐스가 앞장서며 말했다. 나는 약간 불안해하며 따라갔다. 이곳에 온 적이 거의 없어서 무언가가 평소와 다르다고 해도 알아차리지 못할 것 같았다. 이곳은 사실상 애덤의 집이었다. 하지만 아무 말도 하지 않았다. 분명 경찰이 놓친 게 있을 테니 적어도 그걸 알아내는 데에는 도움이 될 거라 확신했다.

스티븐스는 나를 돌아보더니 들고 있던 서류철을 건넸다.

"깜빡할 뻔했군요. 부검과 DNA 검사 결과입니다. 통화 기록은 아직 조회 중이고 이곳에서 수집한 몇 가지 증거에 추가 검사를 진행 중입니다."

나는 고개를 끄덕인 다음 걸어가면서 서류철을 열었다. 고개를 숙인 채 부검 결과서를 보느라 테라스로 올라가는 첫 번째 계단에서 발을 헛디뎠다. 스티븐스가 나를 잡아 일으켜 세웠다. 우리는 아주 가까이에서 서로의 눈을 마주보았다. 호흡이 약간 빨라졌다. 스티븐스는 침착했다. 그가 괜찮냐고 물었고 나는 괜찮다고 답했다. 나는 그에게서 물러나 스커트를 매만졌고 그는 허리를 숙여 서류를 주웠다.

"앉아서 읽고 들어갈래요?" 스티븐스가 테라스의 벤치를 가리키며 물었다. 나는 사건 현장을 조사하기 전에 서류를 봐야할 것 같아서 고개를 끄덕였다. 그리고 벤치에 앉아서 서류를 넘기기 시작했다.

"켈리 서머스의 체내에서 로히프놀*이 검출되었다고요?"

---

* Rohypnol, 불면증 치료제이지만 성범죄에 자주 악용되는 약물

"네." 스티븐스는 가만히 앉아 있지 못하고 테라스에서 서성댔다.

"이상하군요. 애덤은요?" 나는 스티븐스를 쳐다보며 물었다. "애덤에게서도 같은 약물이 검출 되었나요?"

"아니요." 스티븐스는 머뭇거리지 않고 대답했다.

"검사를 하긴 했나요?"

"그럴 겁니다만 분석실에 다시 확인해 보지요."

나는 서류를 몇 장 더 넘기다가 눈길을 사로잡는 대목을 발견했다. 그 부분을 재빨리 읽고 답답해져서 한숨을 내쉬었다.

"켈리가 임신한 상태였다고요?" 나는 스티븐스를 보았다. 그는 발을 이리저리 움직이고 있었는데 화가 난 게 눈에 보일 정도였다. 그러다가 곧 괴로워하는 게 티날 것 같았는지 재빨리 평정을 찾았다. 뱃속에 아이를 품은 여자가 살해당했으니 누구라도 마음 아파할 만했다. 마침내 스티븐스는 고개를 끄덕였다.

"8주쯤으로 추정됩니다. 현재 담당 지방 검사는 이 사건을 이중 살인으로 보고 있고, 범행의 잔혹함을 고려할 때 사형을 구형할 듯합니다." 스티븐스는 뜻밖의 소식을 전하고 있다고 생각하겠지만 유능한 형사 전문 변호사라면 누구나 짐작할 수 있는 사실이었다.

"애덤이 아버지인가요?"

스티븐스는 시선을 피했다. 대답하고 싶지 않은 기색이었지만 이미 한 것과 다름 없었다.

"네." 그는 뭔가 덧붙이려다 입을 다물더니 다시 서성이기 시작했다. 지금 당장 이곳을 벗어나고 싶어하는 듯했다. 이 여자가 애덤의 아이를 가졌다니 믿기지 않았다. 애덤은 알까? 알면서 내게 숨기는 걸까? 켈리가 애덤에게 돈을 요구했나? 애덤은 내게 말하려 했을까? 애덤이 범인일 리 없다고 확신하면서도 어느 순간에는 자신이 없어졌다. 도대체 애덤은 무슨 생각이었을까?

스티븐스는 걸음을 멈추더니 한 손으로 베란다 기둥을 잡고 기댔다. 그가 나를 바라보는 것이 느껴졌다. "내가 빨리 가서 커피를 사 올 테니, 마음을 가라앉히고 서류를 마저 읽는 게 좋겠어요. 커피 마실래요?"

나는 그를 보지 않고 서류를 계속 읽었다. "네, 블랙으로 부탁해요." 나는 손에 쥔 서류에 온전히 집중하고 있었다.

"알겠어요. 금방 다녀 올게요. 혼자 집 안에 들어가지 말고요."

"내 집인데요?" 나는 약간 따져 묻는 말투로 말했다.

스티븐스는 한숨을 쉬면서 테라스 계단을 내려갔다. 나는 고개를 들고 그가 걸어가는 모습을 바라보았다. 전에는 그가 이렇게 잘생겼는지 몰랐다. 큰 키와 넓은 어깨, 갓 다림질해 빳빳한 갈색 보안관 셔츠. 물론 그에게도 단점이 있었고 얼굴이 지쳐보이기도 했지만, 확실히 사람을 끄는 매력이 있었다.

"기다릴게요."

내가 덧붙이자 스티븐스는 돌아보며 살짝 웃었다. 대화에 깃든 불편함을 없애보려고 억지로 애쓰는 듯했다. "좋아요. 당신까지 체포하고 싶지는 않아요. 아무리 부부가 닮는다지만 감옥까지 같이 갈 생각은 아니겠죠?" 그는 잠시 킥킥하다가 자신의 어설픈 농담에 머쓱해진 듯 고개를 저었다. 나는 그에게 못마땅한 표정을 지은 뒤에 계속 서류를 살펴보았다.

스티븐스는 20분이 채 안 돼서 돌아왔다. 그가 돌아왔을 때, 나는 이미 검사지에 적힌 모든 정보를 파악한 뒤였다. 켈리 서머스는 칼에 찔려 사망했다. 로히프놀이 검출되었고 혈중알코올농도는 0.16퍼센트로, 법에서 정한 음주운전 기준치보다 두 배 높았다. 등, 어깨, 엉덩이에 입은 타박상은 살해되기 최소 24시간 전에 발생했다. 손톱 및 피부 조직은 애덤의 것이었다. 질, 항문, 입에서 정액이 발견되었고 DNA 검사 결과에 따르면 이 역시 애덤의 것이었다. 하지만 켈리의 질에서 애덤이 아닌 다른 두 사람의 DNA가 추가로 발견되었다.

스티븐스는 걸어와서 커피를 건넸다. 그리고 벤치 옆자리에 앉아 태평하게 커피를 홀짝였다. 그는 테라스에서 경치를 감상하며 이리저리 뛰어다니는 다람쥐와 곧 떨어질 것 같은 풍성한 단풍잎을 바라보았다.

"뭐 좀 알아냈어요?" 그는 커피를 또 한 모금 마셨다.

나는 서류철을 덮어 옆에 내려놓고 커피를 마셨다. "두 사람의 DNA가 추가로 발견되었더군요. 누구의 DNA인지 알아냈나요?"

"오늘 오후에 스콧의 DNA를 채취할 겁니다. 둘 중 하나는 스콧의 것으로 추정되지만, 그래봤자 그가 아내와 관계했다는 증거일 뿐이겠지요."

"다른 DNA는요?"

"통화 기록에서 실마리를 찾길 바라고 있어요. 다른 사람을 만나고 있었을 수도 있겠죠. 강간당했을 수도 있고, 그랬다면 그 사람이 진짜 범인일지도 모르고요. 아직 확실한 건 없습니다."

"다른 사람을 만났을 수도 있다고요?"

"세 번째 DNA가 검출되었다는 결과에 우리도 놀랐습니다." 스티븐스는 나를 보며 한쪽 눈썹을 치켜올렸다.

"어떻게 생각하세요?" 나는 벤치 뒤로 기대며 물었다.

스티븐스도 비스듬히 앉아 좀 더 편안한 자세를 취했다. "음…… 세 번째 DNA가 검출되었다는 소식을 듣기 전까지는 애덤이 범인일 수도 있겠다고 생각했어요. 하지만 지금은 그가 범인이라는 게 앞뒤가 맞지 않아 보여요. 솔직히 DNA 검사 결과가 나오기 전부터도 말이 안 되는 부분이 있었지만요."

"왜요?"

"너무 간단하잖아요."

"간단하다는 게 무슨 뜻이죠?"

"그냥 너무 간단하다고요. 배울 만큼 배우고 이름이 알려진 작가인 애덤이 자기 집에서 불륜 상대를 살해했다는 게 말이 안 되잖아요. 물론 우발적이었을 수도 있겠지요. 하지만 우발적으로 누군가를 서른일곱 번이나 찌를 수 있는 사람이 있을지 모르겠어요."

"나도 애덤이 범인이라고 생각하진 않아요." 나는 진지한 표정으로 스티븐스를 보았다. "물론 마음 깊은 곳에서는 확신이 들지 않지만요." 이렇게 말하고 한숨을 쉬었다.

스티븐스는 인상을 썼다. "확신이 들지 않다니요?"

"방금 말했듯이 애덤이 우발적으로 범행을 저지른 다음, 다른 사람이 저지른 살인 사건으로 포장해 자기 죄를 은폐하려 한 것이라면요? 아니면 술에 취한 상태에서 저지르고 기억하지 못하는 것이라면요?"

"그럴 가능성도 있겠군요." 스티븐스는 턱을 문질렀다.

"애덤을 만나서 그날 밤 일을 자세히 들어봐야겠어요. 요전에는 스콧 때문에 소동이 일어나 대화를 길게 못 했거든요. 지금 내가 아는 것이라고는 이 사건에서 범행 수단, 동기, 기회 모두 확실한 사람이 애덤뿐이라는 거예요. 켈리가 내게 불륜 사실을 알리겠다고 협박했거나, 애덤을 떠나겠다거나, 아기를 지우겠다고 했다면 그게 범행 동기가 되었을지도 모르죠."

경찰차 한 대가 차고 진입로에 들어서자 낙엽과 마른 흙이 타이어에 밟혀 바스락 소리가 났다. 차는 영역 표시라도 하듯 스티븐스 옆 잔디 위에 멈춰 섰다. 차에서 내린 사람은 허드슨이었다. 제복을 입고 선글라스를 낀 그는 지 아이 조 피규어 같은 모습이었다.

"허드슨 부보안관, 여기는 어쩐 일인가?" 스티븐스는 그를 향해 외치더니 벤치에서 일어나 테라스 계단을 내려갔다. 허드슨은 몇 걸음 다가와 마치 경찰로서 시민을 보호하고 사회에 봉사하러 왔다는 듯이 팔짱을 끼고 섰다. 누굴 보호하겠다는 건지는 모르겠지만.

"도와드릴 일이 없나 보려고 왔습니다." 허드슨은 태연하게 주위를 둘러보다가 다시 스티븐스를 보았다.

"필요 없어." 스티븐스가 단호하게 말했다.

"그럼 전 밖에서 기다릴까요?" 허드슨이 타고 온 차의 보닛에 기대며 물었다.

"그러든가 마음대로 해." 스티븐스는 내 쪽으로 왔고 허드슨은 선글라스를 벗더니 눈을 가늘게 떴는데…… 나를 보는 것 같았다.

"들어갈 준비됐나요?" 스티븐스가 물었다. 나는 고개를 끄덕였고 스티븐스는 벤치에서 일어나는 나를 잡아주었다.

우리는 몸을 숙여 경찰 통제선 아래를 지나 현관문으로 들어갔다. 집 안에는 적막이 흘렀다. 수많은 물건이 여기저기 흩어져 있었는데, 경찰의 수색 때문이 분명했다.

나는 주방으로 가서 커피와 서류철을 내려놓았다. 그리고 뭔가 이상한 게 없는지 열심히 살폈다. 찬장과 서랍장이 몇 군데 열려 있는 것만 빼면 잘 정리되어 있었다.

거실에 가보니 곰 가죽 러그가 뒤집혀 있었다. 장식용 소파 쿠션과 담요도 바닥에 널브러져 있었지만, 맞춤 제작한 책장을 비롯해 다른 모든 것들은 제자리에 있었다. 책도 전부 제대로 꽂혀 있었다. 바 테이블을 살펴보니 뚜껑이 열린 위스키 디캔터가 있었다.

나는 그걸 가리켰다. "저것도 검사했나요?"

주방에 있던 스티븐스가 거실 쪽으로 몇 걸음 걸어 나왔다.

"내가 알기론 안 했습니다. 왜 검사가 필요하죠?" 그는 몇 걸음 더 걸어와 내 옆에 섰다.

"켈리에게서 로히프놀이 검출되었다면 가장 유력한 경로일 것 같아서요." 나는 디캔터 뚜껑을 닫았다. 스티븐스는 턱을 문질렀다.

"좋은 지적이군요. 다 살펴보고 나면 허드슨에게 다시 검사하라고 지시하지요." 스티븐스는 주머니에서 펜과 작은 수첩을 꺼내 몇 가지 적었다.

나는 침실로 갔다. 침대는 정리되지 않은 상태였다. 한때 새하얗던 시트가 붉은색과 갈색으로 얼룩졌다. 매트리스까지 피에 젖어있었고, 바로 옆 바닥에는 피 웅덩이가 말라 있었다. 철 냄새와 악취가 얼굴을 강타하는 듯했다. 나는 코를 틀어막고 입으로 숨 쉬며 몇 걸음 더 들어가 침대 바로 앞에 섰다.

스티븐스는 내 뒤에 서 있었다. 목덜미에서 그의 숨결이 느껴졌다.
"괜찮아요?"

나는 고개를 끄덕였지만, 괜찮지 않아서 설득력은 없었다. 이런 상황에 괜찮은 사람은 없을 것이다. 어떻게 애덤이 내게 이런 짓을 할 수 있지? 무슨 생각이었을까? 날 떠날 계획이었을까? 켈리가 살아 있다면 나를 떠났을까? 나를 사로잡은 분노가 눈물이 되어 터져 나왔다. 나는 슬플 때 울지 않는다. 화날 때 우는 사람이다. 고개를 돌려 스티븐스를 보았다. 내 눈물을 본 그는 곧바로 나를 안고 위로해 주었다. 한 손으로 내 등을 문지르며 다른 한 손으로는 뒤통수를 토닥였다. 우리는 그렇게 몇 분 동안 서 있었다. 스티븐스 덕분에 화가 약간 누그러졌다. 지금 이 순간만큼은 전부 다 괜찮을 것이고 앞으로 더 나아질 거라는 생각이 들었다. 비록 잠깐이었지만 내 처지를 잊게 해준 그에게 고마웠다.

"갑시다." 스티븐스는 나를 데리고 침실에서 나갔다.

거실로 나가서 다시 주위를 살피다가 애덤이 글을 쓰는 책상에 시선이 머물렀다. 책상 위는 너저분했다. 서랍은 열려 있었고 의자는 뒤집혀 있었다. 나는 체리나무 책상을 살며시 만졌다. 이걸 애덤에게 깜짝 선물로 준 날은 애덤이 첫 번째 책을 계약한 직후였다. 애덤이 몹시 자랑스러웠고 그가 그렇게 행복해하는 모습을 본 적이 없었다. 그때 기억이 떠오르자 미소가 번졌고, 이런 상황이 벌어지기 전의 우리가 생각났다. 그리고 잠시 후 내가 왜 이 책상을 마음에 들어 했는지, 무엇 때문에 이걸 골랐는지 떠올랐다. 책상 위를 지나 오른쪽 면에 연결된 판을 누르자 딸깍 소리가 나며 숨어 있던 서랍이 열렸다. 그 안에는 권총과 마닐라지 봉투가 들어 있었다. 여기에 총이 있다는 걸 알고 있었기에 놀라지는 않았다. 애덤이 호숫가 별장을 구입한 직후에 산 총이었다. 총은 호신용이었으나 제 역할을 하지 못한 게 분명했다. 하지만 정작 나를 불안하게 한 것은 마닐라지 봉투였다.

"이런 제길. 이런 게 있는 줄은 몰랐군요." 뒤에서 스티븐스가 말했다.

나는 마닐라지 봉투를 집으려 했다.

"잠깐만요." 스티븐스가 막았다. 그는 장갑을 꺼내서 내게 건넸다. 내가 장갑을 끼자 그는 고개를 끄덕이며 허락했다. 나는 마닐라지 봉투를 집어 들고 천천히 열어 A4 용지의 절반보다 약간 커 보이는 사진을 꺼냈다. 애덤과 켈리의 사진인데, 뒤로는 호숫가 별장이, 앞에는 호수가 자리하고 있었다. 애덤은 팬티만 입고 있었고, 켈리도 끈 팬티만 입고 상의를 벗고 있었다. 애덤에게 바싹 달라붙은 바람에 그녀의 가슴은 보이지 않았다, 켈리의 두 다리가 애덤을 감싸고 있었고, 애덤은 손으로 그녀의 엉덩이를 감싸 쥐고 있었다. 켈리는 그의 목에 팔을 두른 채였다. 두 사람은 열정적으로 키스하고 있었다. 행복해 보였다.

스티븐스는 어색하게 기침하더니 증거 보관 봉투를 꺼내 조심스레 권총을 넣었다. 나는 사진을 다시 마닐라지 봉투에 집어넣으려다가 본

능적으로 멈췄다. 이 사진은 누군가가 찍은 것이었다. 그리고 사진 속 애덤과 켈리는 사진을 찍히고 있는지 모르는 듯했다.

사진을 뒤집어 보니 '끝내지 않으면 내가 끝내주지'라고 쓰여 있었다. 나는 놀라서 커진 눈으로 스티븐스를 보았다.

스티븐스는 괴로운 듯 신음했다. "상황이 훨씬 더 복잡해졌군요." 그는 고개를 저었다.

"누군가가 켈리와 애덤의 관계를 알고 있었어요. 이건 협박이에요. 애덤이 범인이 아니라는 증거이고요." 나는 열심히 설명했다. "이건 엄청난 전환점이에요. 합리적 의심을 제기할 수 있고요."

"너무 앞서가지는 맙시다. 하지만 애덤에게 좋은 일이라는 건 인정할게요."

나는 사진을 마닐라지 봉투에 넣었다. 스티븐스는 그것을 받아 증거 보관 봉투에 넣었다. "지문 감식을 해봐야겠군요."

"필적 감정은요?"

"그러려면 대조할 손글씨가 필요할 겁니다." 스티븐스가 눈썹을 치켜올리며 말했다.

"당연하죠." 나는 앞서가고 있었다. 천천히 침착하게 생각해야 했다. 하지만 잠깐. 이 봉투가 숨겨져 있었다는 건…… 애덤이 이걸 알고 있다는 뜻이다. 틀림없이 애덤이 넣어놓았을 테니까.

"갈까요?" 스티븐스는 현관문 쪽으로 갔다. 나는 고개를 끄덕였고 나가는 길에 주방 조리대에 두었던 서류철을 챙겼다.

밖에 나가니 허드슨이 아직도 차에 기대서 있었다.

스티븐스는 현관문을 닫고 돌아서서 안타까워하는 표정으로 나를 보았다. 나는 턱을 약간 내렸다. 켈리와 함께 행복해하는 애덤을 보기 힘들었다. 그는 다른 여자가 아니라 나와 행복해야 한다. 스티븐스는 내 어깨에 손을 얹고 팔 옆을 쓰다듬었다. 매우 부적절한 행동이었지만 기분이 좋았다. 위로받는 느낌이 들 정도였다.

"고생했어요. 여기로 사람을 보내서 아까 그 위스키 샘플을 채취하라고 할게요. 그리고 분석실에 사진을······."

"아니, 두 사람 무슨 일이에요? 우리가 알아야 할 또 다른 불륜이라도 있는 겁니까?" 허드슨이 차에서 웃으며 외쳤다. 말끝마다 몹시 불쾌하게 껌을 질겅질겅 씹는 소리가 끼어들었다.

그 말에 나는 정신을 차리고 현실로 돌아왔다. 그러자 수많은 의문이 물밀듯이 밀려왔다. 감정은 사라지고 직업적 전문성이 되살아났다. 우리는 다시 본래의 역할로 돌아갔다. 나는 형사 전문 변호사, 그는 변호사를 방해하는 보안관.

"자네가 여기 왜 있는지 모르겠군, 허드슨 부보안관. 내가 부르지도 않았는데 여기에 있는 자네야말로 의심스러운 행동을 하고 있네. 차 타고 관할 부서 순찰이나 계속하도록." 스티븐스는 발뒤꿈치에 힘을 주며 말했다.

"살해 도구는요?" 나는 허드슨을 무시하고 이렇게 물었다. 다시 사건에 집중했다.

"못 찾았어요. 집과 인근 숲을 모두 수색했지만 아무것도 없었어요." 스티븐스는 어떻게 대화를 마무리해야 할지 모르겠다는 듯 차렷 자세로 어색하게 몸을 움직이며 말했다.

"뭔지는 알아냈나요?"

"작은 식칼이나 주머니칼, 심지어 편지칼일 수도 있다고 추정하고 있어요. 범위를 좁히려고 추가 검사를 시행하는 중인데 찾지 못할 가능성이 높습니다."

나는 고개를 살짝 끄덕이고 몸을 약간 움직였다. 애덤과 이야기해야 했다. 애덤은 켈리가 임신했다는 걸 알까? 처음부터 알고 있었을까?

"음, 난 가 봐야 할 것 같아요. 병원에 들러서 애덤이 어떤지 봐야 해요." 나는 스티븐스에게서 떨어져 내 차로 걸어가며 허드슨을 홀끗 보았다.

허드슨은 미소 지으며 나를 향해 고개를 까딱했다. "또 뵙죠." 친근한 말투였지만 협박처럼 들렸다.

나는 프로다운 모습으로 살짝 퉁명스럽게 미소 지었다.

"세라." 스티븐스가 불렀다. 나는 돌아서서 그를 보았다. 그는 차로 가려고 테라스 계단을 내려가다 말고 서 있었다. "애덤이 행정 절차를 밟으러 교도소로 이송 중이라는군요." 그는 차 문을 열었다. "괜찮으면 내 차를 따라와요."

20장
애덤 모건

나는 일반 수감자들이 입는 주황색 면바지와 상의를 입고 감방 침상 위에 누워 있었다. 오늘 아침에 의사가 날 퇴원시켰다. 병원에서는 젊은 여성을 살해한 혐의가 있는 환자를 그리 친절하게 대하지 않았다. 그들은 재빨리 붕대를 감아주고 하룻밤 지켜본 뒤에 나를 이곳으로 보냈다. 트윈 사이즈 침상, 변기, 세면대가 있는 이 작은 방은 콘크리트 블록과 철근으로 둘러싸여 있다. 난 여기 있으면 안 된다. 여긴 내가 있을 곳이 아니다.

교도관이 경찰봉으로 창살을 두드리며 휴게실로 나오라고 했다. 문이 열리자 교도관을 따라 복도를 내려갔다. 탁자와 의자가 몇 개 놓여 있고 구석에 텔레비전이 있는 방으로 들어갔다. 작은 마을의 교도소인데다 시설도 협소해서 나를 제외한 수감자는 몇 명 뿐이었다.

두 사람은 탁자에서 카드 게임을 하고 있었고 나머지 한 사람은 다른 탁자에서 혼자 책을 읽고 있었다. 내가 들어가자 카드를 하고 있던 둘이 흘끗 보고 수군댔다. 다른 한 사람은 쳐다보지도 않았다. 책이 재미있는 모양이었다. 내 책은 아닐 테지.

나는 텔레비전과 가장 가까운 탁자에 자리 잡고 앉았다. 낮에 방영되는 재미없는 텔레비전 쇼라도 보며 이 상황을 잠시 잊을 수 있기를 빌었다. 하지만 그런 행운은 찾아오지 않았다. 뉴스 특보가 나왔기 때문이다. 기자는 내 호숫가 별장 앞에 서서 마이크에 대고 이야기했다. "잔혹한 살인 사건이 작은 마을 브렌츠빌을 뒤흔들었습니다. 어제 아침 일찍, 현지 주민인 27세 여성 켈리 서머스가 잔인하게 살해된 채 발견되었습니다. 발견한 사람은 가사도우미 소니아 구티에레스입니다. 켈리 서머스는 현지 보안관서 부보안관 스콧 서머스의 아내입니다. 발표에 따르면 피해자는 칼에 잔혹하게 찔렸습니다. 경찰은 수사가 진행 중이라는 이유로 주요 용의자의 이름을 밝히지 않고 있습니다. 켈리 서머스의 죽음에 대해 제보할 사항이 있다면 현지 보안관서에 연락 바랍니다."

나는 수치심과 당혹감에 고개를 숙였다. 내 집 앞에 서 있으면서 용의자의 이름을 밝히지 않는다고? 장난하나? 주요 용의자는 내가 아니라 스콧이어야 한다. 어떤 증거가 나오든 내가 저지른 일이 아니다. 나는 절대 하지 않았다. 왜 아무도 내 말을 믿지 않을까?

"모건." 교도관이 뒤에서 불렀다. "면회."

나는 침상에서 일어난 다음 발을 끌며 교도관을 따라갔다. 교도관이 열어준 문을 지나 안으로 들어가자 작은 방 탁자에 세라가 앉아 있었다. 그녀 앞에는 노트북과 서류가 펼쳐져 있었다. 교도관은 문을 닫았.

"세라, 당신 얼굴 보니까 살겠다. 여긴 악몽 같아." 나는 세라를 안고 싶었다. 그녀에게 키스하고 싶었다.

세라는 나를 보더니 희미하게 미소 지었다. 나는 그 신호를 알아차리고 세라의 맞은편에 앉았다. 세라는 뭔가를 적고 서류를 이리저리 넘겼다. "퇴원했다는 소식 들었어."

"응." 세라가 이보다 긴 대답을 듣고 싶어 하지 않는다는 걸 알았다.

"켈리가 살해된 날 밤에 대해 이야기해야 해." 세라는 수첩을 새로운 페이지로 넘긴 다음, 종이 위에 펜을 댔다. 나를 다시 본 그녀는 그제야 스콧에게 구타당해 엉망이 된 내 얼굴을 알아챘다. 오른쪽 눈은 거의 감겨 있었고, 피부는 멍이 들어 보라색, 검은색, 노란색, 빨간색으로 울긋불긋했다. 부어오른 왼쪽 뺨에는 꿰맨 자국이 잔뜩 있었다. 입술은 여러 군데 터져 있었고, 입에 고인 피 때문에 치아는 와인이라도 한 병 마신 듯 물들어 있었다.

세라의 눈빛에 연민의 기색이 스쳤다. 잠시 마음 한구석에서 '불쌍한 내 남편'이라고 생각한 게 분명했다. 하지만 연민은 이내 사라지고 그녀의 눈은 나를 꿰뚫듯 바라보았다.

세라는 무슨 생각을 하는 걸까? 왜 날 돕는 걸까?

"뭘 알고 싶은데?" 나는 의자에 기댔다.

"전부 다." 세라는 미간을 찡그렸다. 변호사로서 모든 걸 알고 싶겠지만, 아내로서 조금도 들어서는 안 되는 이야기였다. 하지만 세라는 내가 얼마나 역겨운 인간인지 알고 싶어 하는 것 같았다.

"괜찮겠어?" 이게 좋은 생각인지 더 이상 확신이 들지 않았다.

세라는 펜을 소리 나게 내려놓더니 나를 노려보았다. "애덤, 어제 말했잖아. 나에게 100퍼센트 솔직해야 해. 당신이 불륜을 저지른 것도, 내게 한 짓도 상관 없으니 전부 다."

"알겠어. 난 그냥 당신에게 상처 주고 싶지 않아서." 나는 손을 뻗어 세라의 손을 잡으려 했다.

"상처는 이미 줬어." 세라는 내 손을 뿌리치며 대꾸했다. 그녀는 펜을 들고 종이에 날짜와 시간을 적었다. "켈리 서머스가 호숫가 별장에 도착한 시간은 몇 시야?"

"오후 5시 넘어서."

"도착하고 나서 있었던 일을 빠짐없이 말해줘."

나는 모두 다 말했다. 위스키를 마신 일, 여러 번의 섹스, 내가 켈리를 얼마나 거칠게 대했는지, 그게 얼마나 좋았는지, 켈리는 그걸 얼마나 좋아했는지, 켈리가 말 한마디 하지 않고 더 해달라고 졸랐던 일, 밤중에 그녀를 두고 집으로 가려고 한 일, 내가 남긴 쪽지까지 전부 다.

세라는 나 때문에 얼마나 기분이 나쁜지, 나를 얼마나 증오하는지 표현하지 않는다. 몸짓, 소리, 말 전부 그대로였다. 그러자 문득 궁금해졌다. 신경 쓰기는 하는 걸까? 내가 바람피웠다는 사실이 신경 쓰이기는 하는 걸까? 아니면 강해 보이려고 애쓰는 걸까? 단지 변호사로서 프로답게 행동하려고? 세라의 속을 도무지 알 수 없었다. 내 아내인데도 지금은 모르는 사람 같았다. 그녀는 차가운 표정으로 거리를 둔 채 나를 바라보았다. 거의 로봇처럼 움직였다. 눈빛은 투명하고 계산적이었다.

"잠깐만." 세라는 적은 내용에 동그라미를 치며 생각에 빠진 나를 끌어냈다. "두 사람, 몇 시에 잠들었어?"

"모르겠어." 나는 그때를 생각하며 시간을 떠올리려 했으나 잠을 잤는지도, 심지어 피곤했는지도 기억나지 않았다. 내 머릿속 마지막 장면은 켈리와의 섹스였다.

"몇 시에 잤는지 모른다고?" 세라가 다시 물었다.

"둘 다 그냥 기절했거든." 이보다 마땅한 답이 생각나지 않았다. 정말 몰랐으니까.

"그날 밤에 기억나지 않는 시간이 있다는 거네?" 세라는 의아한 표정이었다.

"아마도." 나는 어깨를 으쓱했다.

"아마도? 당신 지금 살인죄로 기소되었어. 그런데 '아마도'라고?" 세라는 펜을 내려놓고 손가락 끝으로 관자놀이를 눌렀다.

"대체 무슨 말을 듣고 싶은데?"

"모르겠어. 하지만 그날 밤에 당신이 기억하지 못하는 시간이 있다는 게 불리해 보여. 검찰은 당신이 방금 한 진술을 쉽게 바꿀 거야. '음, 몇 시에 잤는지 기억나지 않는다면 살해한 것 역시 기억하지 못하는 것일 수 있겠군요'라고. 기억해 내야 해. 확실히 알아야 한다고." 세라는 평소답지 않게 좌절한 기색이었다. 언제나 차분하고 정돈된 그녀인데.

"자동차 문 닫는 소리를 들었던 건 기억나. 그 소리에 깼거든."

"확실해?" 세라는 약간 의심스러운 표정이었다. "나뭇가지가 부러지거나 지붕에 도토리 떨어지는 소리가 아니고? 숲에서는 온갖 소리가 나잖아."

"응…… 적어도 내 생각엔 확실해." 나는 이마를 문질렀다. 그렇게 하면 잃어버린 기억이 갑자기 또렷해지기라도 하는 것처럼.

세라는 기가 찬 듯 숨을 내쉬더니 수첩에 뭐라고 적었다. "그럼 사진은?"

"무슨 사진?" 나는 세라를 보다가 먼 곳을 보며 기억을 더듬었다. 젠장. 생각났다. 내 눈이 커졌다. 어떻게 그걸 잊고 있었지? 이렇게 엄청난 일이 벌어진 와중에 내 결백을 증명할 만큼 중요한 걸 잊고 있었다니.

"그 사진은 언제 받았어?"

"몇 주 전에. 호숫가 별장 우편함에 있었어. 누가 직접 넣고 간 거야. 우체국 소인 같은 건 없었거든." 세라는 받아 적었다. "누군가 내게 죄를 뒤집어씌우려 하고 있어. 모르겠어?"

나는 세라의 눈을 바라보았다.

세라는 숨을 깊이 들이마셨다. 시선은 내게 고정되어 있었다. "애덤, 내가 도와주려고 하는 거잖아. 나한테 전부 다 말해야 해. 모두 기억해 내야 한다고. 내가 그 봉투를 찾아서 다행인 줄 알아. 엄청난 전환점이 되었어. 하지만 누가 그 사진을 찍고 당신을 협박했는지 알아내야 해." 세라는 시선을 거두고 수첩을 넘겼다.

세라가 옳다. 지금 나는 도움이 안 되고 있다. 모든 걸 샅샅이 살펴야 한다. 책을 쓰고 나서 퇴고할 때처럼 점검해야 한다. 플롯에 허점이 어디에 있지? 구체화되지 않은 인물은 누구지? 실제로 이야기를 끌고 나가는 인물은 누구지? 왜 그렇지?

"켈리에게서 세 사람의 DNA가 검출되었어." 세라는 몹시 짜증을 내며 주제를 돌렸다.

처음에는 세라의 말을 이해하지 못했다. 눈이 다시 휘둥그레지고 입이 반쯤 벌어졌다.

"한 사람은 당신이야. 또 한 사람은 스콧이고. 그런데 세 번째가 누구인지 몰라."

"무슨 말이야?"

"세라가 바람피운 사람이 당신 말고 또 있다고. 당신은 특별하지 않았다고. 켈리가 몸을 막 굴렸다고 이야기하는 거야." 세라는 이렇게 내뱉고 거의 나만큼 놀란 표정이었다.

"세상에, 세라!"

"미안해. 난 그냥. 아직…… 이 모든 일을 받아들이는 중이야." 세라는 감정을 내보인 사실이 창피한 듯 나를 외면했다. 나는 괜찮다고 말했다. 사실은 그렇지 않았다. 지금 이 상황에서 괜찮은 건 아무것도 없었다.

"켈리가 강간당했을 수도 있지 않을까?" 내가 물었다.

"그럴지도."

"그 세 번째가 켈리를 죽였을지도 모르겠군." 나는 이 상황을 이해하려 애썼지만 전혀 앞뒤가 맞지 않았다. 어떻게 켈리가 다른 사람을 만날 수 있지? 왜 그랬지? 나로는 부족했나? 날 사랑하지 않았던 걸까? 난 그녀를 사랑했는데.

"스콧이 범인이라고 확신하지 않았어?" 세라가 몇 가지를 적으며 물었다.

"그놈이라고 생각했어. 아니, 지금도 그렇게 생각해. 그놈이 아닐 리가 없어. 켈리를 폭행했거든. 당신도 봤잖아. 그놈은 날 두들겨 팼고 당신까지 다치게 했어. 켈리에게 무슨 짓을 했을지 뻔하다고." 나는 세라를 설득하려 애쓰면서, 동시에 나 자신도 이해하려 노력했다. 스콧이어야만 했다. 이 세 번째 남자는 원나잇 상대일 수도 있고 성폭행범일 수도 있다. 정기적으로 만나는 다른 사람이 있었다는 건 믿을 수 없었다. 켈리가 그런 짓을 했을 리 없다. 켈리는 나를 사랑했고 나도 그녀를 사랑했다. 우리 관계는 뭔가 특별했다.

"음, 전부 다 사실일 수도 있어. 하지만 스콧을 가리키는 증거는 없어. 그 사람이 폭력을 행사했을지는 모르지만 그게 켈리를 죽였다는 뜻은 아니니까. 게다가 켈리와 스콧 사이에 가정 폭력이 있었다고 신고된 적도 없어."

"경찰에 신고할 순 없었겠지. 그놈이 경찰이니까. 켈리는 겁에 질렸었다고."

"이해는 하지만 증거가 없으니 법정에서 인정받지 못 할 거야. 스콧이 켈리에게 보낸 메시지가 당신에게 도움은 되겠지만, 그에게 알리바이가 있다면 중요한 문제는 아니야. 부부간에는 싸우기도 하니까. 지금 상황은, 당신이 범죄 현장에 있었고 살아 있는 켈리를 마지막으로 본 사람인데다 켈리의 온몸에서 당신 DNA가 발견되었다는 거야. 게다가 이······." 세라는 서류철에서 종이를 한 장 꺼내 들이밀었다. 내 손글씨였다. 켈리가 죽던 날 밤에 내가 남긴 쪽지, 내가 켈리에게 남긴 마지막 말이었다. 켈리는 읽지 못했지만. 내가 이걸 쓸 때 켈리는 이미 죽어 있었다.

나는 쪽지를 다시 읽었다.

켈리.

내겐 당신뿐이야. 지금까지는 아니었을지 몰라도 앞으로는 언제나 그럴 거야. 당신은 내가 평생 쓰고 싶었던 이야기의 단어야. 오늘 밤에 난 그 이야기의 결말을 정했어.

– 당신을 사랑하고 당신이 사랑하는 애덤

추신. 아침 9시에 청소 도우미가 올 거야. 그전에 가야 해.

"당신이 정한 결말이 뭐였는데?" 세라는 눈물이 글썽글썽했다.

세라에게 사실대로 말하고 싶지 않았기에 더듬거리며 할 말을 찾았다. 하지만 사실대로 말해야 했다. 세라가 나를 도울 방법은 그뿐이었다. "당신을 떠나서 켈리와 함께하기로 정했어."

세라의 표정은 바뀌지 않았다. 그녀는 나를 보다가 수첩으로 시선을 떨어뜨렸다. 입술이 아주 미세하게 떨렸고 눈에 힘이 들어갔다. 세라는 몇 가지를 적었다.

"하지만 마음을 바꿨어. 당신이 아기를 낳고 싶다고, 나와 가정을 꾸리고 싶다고 했을 때 켈리와 관계를 끝내기로, 오직 당신과 우리 가정에만 충실하기로 마음먹었어."

"켈리에게 사랑을 맹세한 쪽지를 남긴 지 두 시간 만에 그렇게 결심했다고?"

나는 고개를 끄덕였다. 나는 바보였다. 어쩌다가 이렇게까지 엉망진창이 됐지?

"이 쪽지를 읽은 배심원단은 방금 당신이 말한 대로 이해할 수도 있지만, 좋지 않은 쪽으로 받아들일 수도 있어. 쪽지에서 당신이 말한 결말을 켈리의 죽음으로 받아들일 수도 있다는 거야. 이 쪽지를 쓸 때 켈리가 아직 살아 있는 것처럼 보이게 하려고 마지막에 짧게 추신을 남겼다고 받아들일 수도 있어. 물론 난 당신 말을 믿어. 바보가 아니고서야 살인을 은폐하려고 쪽지를 쓰는 사람은 없을 테니까."

"거짓말이 아니야." 내가 힘주어 말했다.

"내가 아기를 갖고 싶다고 말하고 나서 생각을 바꿨다고 했지?"

"응. 당연하지. 내가 원한 건 당신과 가정을 꾸리는 것뿐이었으니까. 세라, 당신을 정말 사랑해. 이런 짓 저질러서 미안해. 모든 걸 되돌리고 싶지만 그럴 수 없다는 걸 알아. 남은 생을 다 바쳐서 갚을게. 이것만은 알아줘. 당신은 내 아내야. 내 전부고 내 영원이야."

"켈리는 임신한 상태였어." 세라가 불쑥 말했다.

나는 입이 떡 벌어졌다.

"8주 정도 됐어." 세라의 목소리에서 감정이라고는 조금도 느껴지지 않았다. 목록에 적힌 무언가를 읽는 듯 건조한 목소리였다. "DNA 검사에 따르면 당신이 아버지야."

이 말은 내 배를 찌르고 심장을 난도질했다. 나는 "뭐?"라고 입을 벙긋거렸지만 소리는 나오지 않았다. 의자에서 벌떡 일어났다. 그러자 의자가 쿵 하고 바닥에 넘어졌다. 나는 양손으로 머리를 감싸고 머리카락을 잡아당기며 큰 소리로 울부짖었다. 태어나지 못한 아이 때문에 울었다. 이 모습이 어떻게 보일지 알고 있다. 내연녀가 임신한 채 사망하다니.

"알고 있었어?" 세라가 나를 보며 물었다.

"알았을 것 같아? 어떻게 내가 알았을 거라고 생각할 수 있어?" 나는 두 손을 번쩍 든 채 이리저리 서성댔다. "어떻게 그런 생각을 해?" 더욱 분노에 찬 목소리로 다시 물었다.

"그럼 난 당신이 날 사랑했다는 걸, 당신에게 나뿐이었다는 걸 어떻게 믿을 수 있을까? 결혼 서약이 진심이었다는 걸 어떻게 믿을 수 있을까? 어떻게 당신과 평생 함께한다는 생각을 할 수 있을까? 나는 당신이 나 몰래 다른 여자와 아이를 가질 줄 알았을까? 애덤, 내가 어떻게 그런 생각을 할 수 있겠어?"

절규를 마친 세라는 반쯤 일어나 있었다. 잠시 동안 내게 달려 들거라고 생각했지만 그러지는 않았다. 세라는 재킷을 매만지고 다시 의자에 앉았다.

나도 다시 세라의 맞은편에 앉았다. 그녀가 옳았다. 세라가 내가 켈리의 임신을 알고 있었다고 생각했더라도, 그걸로 그녀를 탓할 수는 없었다. 세라와 내가 이 상황을 어떻게 헤쳐 나갈 수 있을지 모르겠다. 헤쳐 나간다 해도 끝까지 함께할 수 있을지 확신이 들지 않았다. "이제 어쩌지?" 내가 물었다.

"스콧을 조사할 거야. 그리고 당신에게 사진을 보낸 사람이 누구인지, 세 번째 DNA가 누구 것인지 알아봐야지. 당신이 이야기를 똑바로 해줘야 해."

"이야기가 아니라 사실을 말해야지."

"무슨 뜻인지 알잖아." 세라는 화가 나서 한숨을 내뱉었다.

내가 세라의 손을 잡으려 하자 이번에는 그녀가 허락해 주었다. 세라에게 다시 한번 미안하다고 했지만, 이 문제를 해결하고 내가 한 짓을 바로잡는 데에는 세상의 그 어떤 사과도 충분하지 않았다. 세라는 내 손을 꼭 잡더니 소지품을 챙겼다.

나는 세라에게 사랑한다고 했다.

"당신 어머니가 워싱턴DC에 오셨어. 오늘 아침에 사무실에 들르셨어." 세라가 대답했다. "나도 사랑해"라는 대답이 아니었지만, 그녀를 원망할 수 없었다.

"그래? 어떠셔?"

"당신…… 어머니잖아."

세라는 돌아서서 나가려다 말고 나를 돌아보았다. "기소되면 검사는 버지니아 연방에서 이중 살인에 구형할 수 있는 최대 형량을 구형할 거야." 세라의 목소리가 떨렸다.

"그게 뭔데?"

"사형."

21장
세라 모건

검은색 펜슬 스커트를 입고 머리를 깔끔하게 뒤로 넘겨 묶은 앤이 사무실로 들어왔다. 앤은 날이 갈수록 나를 닮아갔다. 양손에 스타벅스 아메리카노 그란데 사이즈 두 잔을 들고 왼쪽 팔 밑에는 서류철을 끼고 있었다. 앤은 사무실 문을 닫고 재빨리 다가와 내 책상 위에 커피 두 잔을 올려 둔 다음 내 맞은편에 앉아 서류철을 무릎 위에 내려놓았다.

어제 애덤을 만난 뒤 사무실에 올 생각이었으나 그럴 수 없었다. 이 모든 일을 받아들일 혼자만의 시간이 필요했다. 앤에게는 교도소에서 있었던 일, 부검 결과나 DNA 검사 결과, 애덤이 켈리 뱃속 아기의 아버지라는 사실, 애덤이 받은 협박 메모와 사진에 대한 이야기는 하지 않았다. 분명 앤은 내 말을 듣고 싶어서 안달 나 있겠지.

"시어머니는 여전하세요?" 앤이 분위기를 가볍게 하려고 애쓰며 물었다.

"말도 마." 나는 고개를 저으며 커피를 마셨다. "어제 오지도 못하고 전화도 못 해서 미안해. 상황이 너무 정신없고 버거워서 어떻게 해야 할지 모르겠더라고. 회사 일 잘 수습해 줘서 고마워."

"무슨 일이 있었는데요?" 앤의 표정에 걱정과 안타까움이 스쳤다. 그녀는 몸을 앞으로 기울이며 집중했다.

"켈리의 체내에서 세 명의 DNA가 발견되었어."

"셋이라고요?" 앤이 손가락 세 개를 들어 보이며 물었다. 정말 궁금해서 묻는 게 아니라 자기가 들은 게 맞는지 확인하려는 듯했다.

나는 고개를 끄덕이고 커피를 마셨다. "응, 셋. 한 사람은 애덤이고 다른 한 사람은 스콧이야. 나머지 한 사람은 아직 몰라."

"세 남자랑 잤다고요?"

"그런 것 같아."

"세상에…… 이 남자 저 남자 만난 모양이네요. 혹시 그 세 번째 DNA가 이번 사건과 관련되어 있지는 않을까요……?"

"애덤도 그렇게 말했어."

"이 세 번째 남자는 누굴까요? 켈리가 스콧이나 애덤이 아닌 다른 사람과 같이 있는 걸 본 사람이 있나요?"

"현재로선 없어." 나는 커피를 마시고는 펜으로 책상을 두드렸다. "누군가가 애덤에게 협박 메모를 적은 사진을 보냈어. 애덤과 켈리가 함께 찍힌 사진인데, '끝내지 않으면 내가 끝내주지'라고 적혀 있었어. 두 사람 관계를 누가 알았다는 건데……." 나는 펜끝을 잠시 깨물었다.

앤의 눈이 휘둥그레졌다. 그녀는 뭐라고 말할 것처럼 입을 벌렸다가 다물었다. 무슨 말을 해야 할지 말문이 막힌 것 같았다. 그러더니 침을 꿀꺽 삼키고 커피를 한 모금 마셨다. "DNA 검사는 진행 중인가요?" 앤은 다리를 꼬며 무릎에 올려둔 서류철을 책상에 놓았다.

"누구를 검사하겠어? 세 번째 DNA가 누구 것인지 모른다고 해서 아무 남자나 무작위로 검사할 수는 없잖아. 명분이 있어야지."

"나도 알아요. 그러니까 내 말은 다른 의심 가는 사람이 있느냐는 말이었어요. 그 여자와 바람피웠을 법한 사람이 또 없나요? 함께 일한 동료라든지 친구라든지 옛날 애인이라든지?"

"스티븐스는 직장에서 의심할 만한 사람은 없어 보인다는데, 그 사람의 수사를 얼마나 믿을 수 있을지. 스티븐스나 스콧이 알고 있는 친구나 옛날 애인도 없대. 아, 물론 내 남편 말고." 자학 개그를 시도했지만 실패했다. 앤은 딱하다는 표정으로 나를 보았고, 나는 괜찮다는 뜻으로 희미하게 미소 지었다. 진짜 괜찮은지는 나도 잘 모르겠지만.

"그런데 '그 사람의 수사를 얼마나 믿을 수 있을지'는 무슨 뜻이에요? 뭐가 이상한가요?" 앤은 언제나 아주 사소한 말까지 놓치지 않았다. 그러니 내 비서 역할을 훌륭하게 해내는 거겠지.

"모르겠어. 그냥 좀 지나치게 친절해."

"지나치게 친절하다고요?"

"뭐라고 설명해야 할지 모르겠네. 뭐랄까. 이 사건에 필요 이상으로 관심을 갖는 것 같아."

"그 사람이 켈리와 아는 사이였던 걸까요?" 앤은 흥미로워하며 의자에 기댔다.

"아니. 음, 응. 켈리의 남편이 경찰이고 거긴 작은 마을이니까 켈리를 알았겠지. 근데 내 생각엔 스티븐스가 나한테 작업을 거는 것 같아. 애덤이 범인이든 아니든 나를 도와 진실을 찾겠다고 말하질 않나…… 날 보는 눈빛도 그렇고." 어쩌면 지금 나에게는 그런 게 필요할지도 모르겠다. 정말 그런 것 같았다. 스티븐스는 내가 생각하는 것 이상으로 지금 내게 필요한 사람인지도 몰랐다.

"그건 좀 이상한데요." 앤은 코를 찡그렸다.

"그래? 걱정해야 하는 건가? 아닌가?"

"음, 스티븐스는 보안관이고 당신은 마을 주민을 살해한 것으로 추정되는 남자의 아내예요. 그리고 그 남자의 변호사이기도 하고요. 스티븐스는 당신을 변호사가 아니라 살인자의 아내로, 그러니까 피해자로 보는 것 같은데요. 그래서 당신이 지금 겪고 있는 일과 이 사건을 둘러싼 상황이 안타까운 거죠."

"그 사람도 애덤이 범인이 아니라고 생각하는 것 같았어. 애덤의 변호사인 내게 그런 말을 했다는 게 이상하지 않아?"

"변호사에게 한 말이라고 생각하면 이상하죠. 하지만 용의자의 아내에게 한 말이라고 생각하면 말이 돼요. 지금 상황에서는 스티븐스가 적절한 행동과 그렇지 않은 행동의 경계를 구분하지 못하고 있는 걸 수도 있어요. 이 상황이 정말 특이하잖아요."

"그건 그래. 가끔은 나도 내가 옳은 일을 하고 있는 건가 싶어."

"뭐가요?"

"내 편에 서지 않은 남편을 편 들어주는 것 말이야."

"옳은 일이죠. 당신은 좋은 사람이니까요. 남편이 나쁜 짓을 했다고 해서 똑같이 나쁜 짓을 해야 하는 건 아니에요. 스스로에게 진실했다는 게 중요하죠. 애덤이 여생을 감옥에서 보내든 아니든 결국 자신이 저지른 일을 후회할 거예요. 그건 분명해요."

나는 입을 꼭 다물고 눈썹을 치켜올린 채 고개를 살짝 끄덕였다.

"아, 그나저나 켈리와 스콧의 신원 조회가 끝났어요. 내가 수사 전문가는 아니지만, 정말 이상한 점을 발견했어요. 정확히 뭐가 어떻게 된 건지 이해할 수 없는 부분이 있어요." 앤은 서류를 건넸다.

나는 서류를 넘겨보았다. "어떤 게 이상한데?"

"우선, 켈리 서머스는 본명이 아니에요. 본명은 제나 웨이예요."

"제나 웨이? 왜 개명했지?" 나는 그 이유를 찾으려고 서류를 넘겨보았다. 이게 바로 내 천성이었다. 의문을 품으면 답을 찾아야 했다. 대부분의 경우 사람들이 나에게 정확한 정보를 준다고 믿지 않는다. 애덤만 봐도 그렇다. 그는 켈리가 살해되기 전에 무엇을 하고 있었는지 거의 아무것도 알려주지 않았다. 심지어 자기 목숨이 달린 상황에서도 모든 걸 털어놓지 않았다는 걸 안다.

"음, 그리고 스콧을 만나기 전에 결혼한 적이 있어요. 전 남편은 살해되었고요."

나는 계속 서류를 넘겨보았다. "뭐? 어떻게? 누가?"

"켈리, 아니 제나라고 해야 하나요. 어쨌든 그 여자가 칼로 찔러 죽였어요. 이상한 건, 그냥 풀려났다는 거예요." 앤은 눈썹을 치켜올렸다.

"정말 이상하네. 앞뒤가 맞는 게 하나도 없어. 어떻게 풀려났지?" 나는 서류를 훑어보았다.

"재판 도중 증거가 사라지는 바람에 공소가 기각되었어요. 그런데 당시 사건 현장에서 용의자를 체포하던 경찰 중 한 명이 누구였는지 아세요?"

"누군데?"

"스콧 서머스, 바로 그 사람이에요."

22장
애덤 모건

교도관이 문을 열었고 나는 작은 방으로 들어갔다. 곧바로 엄마가 나를 끌어안았다. 익숙한 향수 냄새가 코끝을 스쳤다. 엄마는 마치 내 장례식에 온 사람처럼 온통 검은 옷을 입고 있었다. 교도관은 10분 뒤에 면회 시간이 끝난다고 알려주며 문을 닫았다.

"내 아들." 엄마는 내 뺨에 입 맞췄다. "대체 저들이 너한테 무슨 짓을 한 거야?" 엄마는 내 얼굴을 살짝 눌러보고 찔러보며 상처가 잘 아물고 있는지 자세히 살폈다. 의사는 아니지만, 의사를 하도 만나서 자기가 뭘 아는 줄 안다.

"별일 아니에요." 나는 엄마를 다시 끌어안았다. 그러면 더 이상 내 얼굴을 이리저리 만지지 못할 테니까.

잠시 후, 엄마를 자리로 안내하고 맞은편에 앉았다. 엄마는 손을 뻗어 내 손을 잡고 나를 가만히 바라보았다. 뭐라고 해야 할지 몰라서 입술을 뗐다가 곧 닫았다.

"왜요, 엄마?"

엄마는 말없이 쳐다보기만 했다.

"내가 진짜 그랬는지 판단하시려는 거예요?"

"아니야." 대답은 단호했다.

"아니에요?" 나는 고개를 갸웃했다.

"넌 내 아들이야. 네가 그런 일을 저지르지 않았단 걸 알아. 내가 널 여기에서 빼낼 거야." 엄마는 내 손을 꼭 잡았다.

"엄마, 난 켈리와 잤어요. 내 침대에서 켈리의 시신이 발견되었어요. 켈리의 온몸에서 내 DNA가 발견되었다고요." 나는 고개를 저었다. 이렇게 소리 내서 말하자 내가 정말 망했다는 게 실감 났다.

"바람피운 게 범죄는 아니잖니." 엄마가 날카롭게 말했다.

"엄마! 빌어먹을 바람피운 게 문제가 아니라, 경찰에서 수집한 증거를 보세요!"

"상관없어. 최고의 형사 전문 변호사를 선임할 거야." 엄마는 이렇게 말하며 고개를 끄덕였다.

"이미 선임했어요."

"누군데?"

"세라요!"

지금껏 엄마는 세라를 부당하게 대했다. 세라는 뭘 하든 엄마의 기대에 부응할 수 없었다. 성공에 대한 두 사람의 시각이 달랐기 때문이다.

"세라? 널 이 지경으로 몰아넣었는데?"

나는 잡고 있던 손을 뺐다. "뭐라고요? 무슨 말씀이세요?"

"세라가 일을 제쳐두고 널 사랑하는 데 집중했다면 애당초 네가 다른 데 빠질 일이 없었겠지. 게다가 네가 아빠가 될 기회도 빼앗고 내가 할머니가 되지도 못하게 했잖니." 엄마는 팔짱을 끼었다.

"엄마, 그건 전부 사실이 아니에요." 나는 화가 나서 씩씩대며 눈을 굴렸다. "세라는 준비가 안 됐던 것뿐이에요. 왜 그런지 아시잖아요. 세라가 어떻게 살았는지도 아시고요." 나는 엄마를 흘겨보았다. 어떻게 엄마가 내 아내를 그런 식으로 말할 수 있지? 세라는 이미 충분히 고생했다. 내 엄마에게서 그런 말을 들어야 할 사람이 아니었다.

"그래, 그래. 애덤, 딱한 사정은 누구에게나 있어."

"엄마, 그만하세요!" 지금껏 엄마에게 이렇게까지 언성을 높인 적은 없었다. 엄마는 미동 없이 눈 하나 꿈쩍하지 않았다. 내가 이 탁자를 방 저편으로 집어 던지고 주먹을 날린다 해도, 엄마는 내가 세상의 중심인 줄 알 것이다.

"이런, 감옥에 있으니 벌써 이렇게 신경질을 부리는구나." 엄마는 탁자 너머로 손을 뻗어 내 뺨을 어루만졌다. "네가 좋아하는 페퍼민트 차를 갖다주마. 어릴 때도 그걸 마시면 차분해졌어." 엄마는 나를 보며 미소 지었다.

나는 한숨을 쉬었다. 문이 열렸고 세라가 문간에 서 있었다. 엄마도 고개를 돌려 바라보았다.

"어머님 오셨어요. 애덤, 나 왔어." 세라가 인사했다.

"세라, 왔구나." 엄마는 늘 그렇듯이 차갑게 대꾸했다.

"애덤은 기소 인부 절차*까지 면회가 금지되어 있어요. 여긴 어떻게 들어오셨죠?" 세라가 물었다.

"나도 나름대로 방법이 있어." 엄마는 비웃는 표정이었다.

"여긴 어쩐 일이야? 좋은 소식이라도 있어?" 내가 물었다.

세라는 방 안으로 몇 걸음 들어와 문을 닫았다. "검찰이 당신을 정식으로 기소한다는 소식을 알리러 왔어. 내일 기소 인부 절차에 출석해서 답변해야 해." 세라는 차분하게 엄마와 나를 번갈아 바라보았다. "그것과 관련된 얘기는 내일 아침에 다시 와서 할게. 오늘은 그냥…… 미리 알려주고 싶어서 왔어."

"정식으로 기소됐다고?" 내가 물었다.

세라는 고개를 끄덕였다.

"세라, 말도 안 돼." 엄마가 의자에서 벌떡 일어났다. "네가 바로잡아야 해." 엄마는 내 아내에게 손가락질했다.

"어머님, 노력하고 있어요. 검사는 합리적 의심을 넘어 애덤의 유죄를 입증할 수 있다고 생각하고 있고, 그대로 진행할 거예요."

"하지만 내가 한 짓이 아닌데!" 눈물이 고이고 목소리가 떨렸다.

"알고 있단다, 애야. 돈이 얼마나 들든 최고의 변호사를 선임해 주마. 그럼 곧 모든 게 끝날 거야." 엄마가 나를 다독였다.

세라는 고개를 저었다. "저는 갈게요." 그녀는 발길을 돌렸다.

교도관이 문을 열고 군인처럼 차렷 자세로 서 있었다. "면회 시간 끝났습니다."

엄마는 황급히 탁자를 빙 둘러와 나를 안았다. "내일 다시 오마, 귀염

* arraignment. 피의자에게 죄명을 알려주고 헌법상 권리를 설명한 뒤에 피의자가 직접 유죄인지 무죄인지 답변하는 미국 법상의 절차

둥이야." 엄마가 귓가에 속삭였다.

"엄마, 그렇게 부르지 마세요. 지금 저는 감옥에 있다고요." 나는 아무도 듣지 못하게 이를 악물고 말했다.

세라는 교도관 옆을 지나 나가려고 했다. 그때 엄마가 포옹을 풀고 휙 돌아보았다. "세라, 잠깐! 같이 저녁 먹으면 좋겠는데. 너도 알다시피 다음 단계를 의논해야지." 엄마가 우겼다.

세라는 걸음을 멈추고 우리를 돌아보았다. "할 일이 너무 많아요. 그리고……."

엄마는 세라의 말을 가로채듯 손을 들어 올렸다. "그런 핑계 나한테는 안 통해. 저녁 먹기로 한 거다."

23장
세라 모건

우리는 엘리너가 정한 파인애플 앤드 펄스 레스토랑에 마주 앉았다. 메뉴가 하나뿐인 곳으로 음식은 분명 훌륭하겠지만 이것도 결국 엘리너가 이 상황을 주도하고 싶어 한다는 걸 보여주는 또 다른 증거일 뿐이다.

"세라, 우리 어디부터 시작할까?" 엘리너가 물었다.

"우리라니요? 우리가 시작할 건 아무것도 없는데요. 어머님은 변호사도 아니고 법 집행 공무원도 아니라서 증거나 범죄 현장을 뒤질 수도 없고 애덤에게 도움을 줄 방법도 없어요. 그냥 제가 제 일을 하도록 놔두시기만 하면 돼요."

나는 직설적으로 말했다. 엘리너가 나의 노골적인 의도를 알아차리고, 나와 힘을 합쳐 아들을 구하겠다는 생각을 버리기를 바랐다.

"나보고 가만히 있으라는 말이니?"

젠장. 당연히 엘리너는 물러서지 않았다.

"뭘요?"

"이 일을 전부 네 손에 맡기는 것 말이다. 네가 최선을 다할 거라고 어떻게 믿을 수 있겠니?" 엘리너는 음료 메뉴판을 훑어보며 대수롭지 않게 말했다. 마치 우리가 날씨 같은 일상적인 이야기를 하고 있다는 듯이.

"뭐라고요?"

엘리너는 나를 쳐다보았다. "일이 이렇게 된 건 네 잘못도 일부 있다는 사실을 인정해야 할 것 같구나. 그렇다면……."

"그렇다면 뭐요?"

"그러니까 내 말은, 일반적으로 남자들은 자신을 사랑해주는 여자를 두고 바람을 피우지 않는다는 소리다."

"정말이지 어처구니가 없네요." 나는 믿기지 않아서 고개를 저었다.

엘리너가 말을 이었다. "게다가 애덤은 늘 아빠가 되고 싶어했어. 난 할머니가 되고 싶었고. 그런데 네가 우리에게서 그 기쁨을 빼앗아 갔잖니."

나는 손을 들어 올렸다. "이쯤에서 그만하시죠……." 식탁 너머로 손을 뻗어 엘리너의 보톡스 가득한 얼굴을 할퀴고 싶었다.

"네 아빠가 죽고 엄마가 약물에 중독되면서 어린 시절을 힘들게 보냈다는 거 안다. 하지만 언제까지 과거에 붙잡혀 살 순 없잖니……." 웨이트리스가 오자 엘리너는 말을 잠시 멈추었다. "맨해튼 칵테일 두 잔 주세요." 그녀는 음료 메뉴판을 덮어 웨이트리스에게 건넸다.

자리를 박차고 뛰쳐나가고 싶었지만 그래봤자 좋을 게 없다는 걸 알았다.

"전 라임을 넣은 티토스 더블 보드카 소다로 할게요." 나는 엘리너의 주문을 정정했다. 웨이트리스는 고개를 끄덕였고 나는 살며시 미소 지었다.

"그래도 맨해튼 두 잔 줘요. 내가 다 마실 거니까." 엘리너가 웨이트리스에게 말했다. "내가 무슨 말을 하고 있었지?"

나는 식탁 아래에서 두 주먹을 불끈 쥐었다. 손톱이 손바닥을 파고들었다. 따뜻하고 축축한 느낌이 드는 걸 보니 살갗이 찍힌 모양이었다.

"아, 그래…… 나도 사람을 떠나보낸 경험이 있어. 남편이 죽었지만, 너도 봤다시피 그렇다고 내가 삶을 포기하지는 않았잖니." 엘리너는 동기 부여 강연이라도 하듯 말하면서 고개를 끄덕였다. 하지만 난 당장 이 식탁을 뒤엎고 나가버리고만 싶었다.

나는 주먹을 펴고 잠시 내려다보았다. 상처 난 양 손바닥에 피가 작은 점처럼 맺혀 있었다. 냅킨을 꼭 쥐고 숨을 깊이 들이마셨다. 더한 일도 견뎌왔으니 헤쳐 나갈 수 있다. 웨이트리스가 보드카 소다와 맨해튼 두 잔을 가지고 왔다. 나는 보드카 소다를 단숨에 털어넣었다. 엘리너는 아직도 내가 인생을 어떻게 살아야 하며 이 일이 왜 애덤 잘못이 아닌지 이야기하고 있었다.

"…… 그리고 너희 집안에는 중독의 피가 흐르는 게 분명해. 넌 일에 중독된 거다. 난 그저 도우려는 것뿐이야. 애덤이 최고의 변호를 받고 있는지 확인하고 싶은 거고." 엘리너는 계속 나를 보며 맨해튼을 천천히 마셨다.

"애덤은 최고의 변호사를 선임했어요. 10년 동안 같이 산 아내가 같은 편일 뿐만 아니라 사건 변호까지 맡고 있다는 건 그에게 좋은 일이에요."

"세라, 네가 그 정도는 해야지. 자, 이제 이 문제에 대해 이야기할 준비가 됐니?" 엘리너는 눈썹을 치켜올리려 했지만 보톡스가 들어찬 얼굴은 순순히 움직이지 않았다.

"준비됐어요."

"네가 일중독인 게 한번은 도움이 되겠구나." 엘리너가 빈정댔다.

나는 눈알이 튀어나올 뻔한 걸 가까스로 참았다. "그렇겠네요."

"이런. 네가 내 아들에게 좀 더 관심을 기울이고 아내로서 의무를 다했다면 얼마나 좋았겠니. 그랬으면 애덤이 이런 곤경에 처하지 않았을 텐데. 정말 딱한 노릇이야." 엘리너는 고개를 저었다.

엘리너는 듣고 싶은 말을 들을 때까지 저녁 내내 이 말을 계속할 것이다. 나는 심호흡을 했다.

"그러게요, 어머님. 제가 애덤에게 더 좋은 아내가 되었어야 했어요. 이제부터라도 더 좋은 아내가 되겠다고 약속할게요. 애덤이 누려 마땅할 정의를 실현할게요." 나는 진지하게 고개를 끄덕이며 말했다.

웨이트리스가 코스의 첫 번째 요리를 갖다주었다.

엘리너는 나를 보며 미소 지었다. "이제야 말이 통하는구나. 자, 맛있게 먹자꾸나."

24장
애덤 모건

또다시 골판지처럼 얇은 매트리스가 깔린 침상 위에 누워있다. 지난 72시간 중 거의 대부분을 이렇게 누워 내가 어쩌다 여기 오게 되었을까 생각했다. 어쩌다 내가 바람을 피워 내연녀 살인 사건의 유력한 용의자가 되었는지 아직도 잘 모르겠다. 어쩌다 여기까지 오게 되었을까?

세라가 내게 더 이상 감정이 없다는 건 알고 있다. 세라를 탓할 수는 없다. 설령 기적이 일어나 세라가 나를 이곳에서 꺼내준다고 해도 전처럼 애틋할 수는 없을 것이다. 애틋하기나 했는지는 모르겠지만. 더 이상 확신이 들지 않았다. 나는 집에 온기를 불어넣어줄 다루기 편한 사람에 불과했을까? 아니, 분명 예전에 세라는 나를 사랑했다. 하지만 지금 세라를 보면…… 내가 돌이킬 수 없을 정도로 상처를 준 것 같다. 세라가 아직 내게 감정이 남았다 해도 그 감정은 증오, 분노, 슬픔, 후회에 짓눌렸을 것이다. 내가 이 상황을 이겨낼 수 있을까? 모르겠다. 우리가 이겨낼 수 있을까? 아닐 것 같다.

어제 세라와의 만남은 끝이 좋지 않았다. 어느 정도 엄마 탓도 있었다. 세라는 내가 정식으로 기소되었다는 말을 한 뒤에 엄마와 저녁을 먹으러 나갔다. 그 자리의 분위기가 좋았을 것 같지는 않다.

교도관이 내 감방 창살을 경찰봉으로 두드렸다. "면회."

나는 일어나서 발을 끌며 걸었다. 누구와도 말하고 싶지 않았지만, 면회와 휴게실에서 보내는 시간만이 이곳에서 유일하게 지루하지 않았다. 교도관을 따라가 조사실 앞에 섰다. 교도관이 문을 열자 금발을 짧게 깎은 남자가 나를 등지고 의자에 앉아 있었다. 나는 새로운 변호사라고 생각했다. 결국 세라는 할 만큼 했다고 생각해 물러났고 엄마가 새 변호사를 선임했는지도 모른다. 맞은편에 앉고 나서야 그가 누구인지 알아챘다. 스콧 서머스였다. 나는 일어나서 나가려고 했다.

"진정해요. 그냥 이야기하러 온 겁니다." 스콧은 해를 입히지 않겠다는 걸 보여주려는 듯 양손을 들어 올렸다. 푹 잠겨 걸걸한 목소리였다. 그가 말을 하는 건 이번이 처음이다. 지난번에는 주먹이 모든 말을 대신했으니까. 나는 교도관과 의자를 번갈아보며 고민했다.

"애덤, 마음대로 해요. 억지로 앉힐 생각은 없으니까." 교도관이 말했다. 우리 셋은 서로 표정을 살폈고, 잠시 후 나는 앉기로 마음먹었다. 어쩌면 스콧이 실수라도 해서 내 사건에 도움이 될 만한 무언가가 나올지도 모른다. 내가 잃을 게 뭐가 있을까? 목숨? 솔직히 지금은 그게 그렇게 큰 손실이라고 생각하지는 않는다.

"고마워." 스콧이 교도관에게 말했다.

"스콧, 말썽 부리지 마. 널 여기 들어오게 하느라 규정을 몇 가지 어겼으니 날 골탕 먹이지 말라고. 난 이 문 밖에 있을 거야. 20분 줄게." 교도관은 이렇게 말하고 밖으로 나가 문을 닫았다.

나는 의자에 기대 앉아 스콧이 말하기를 기다렸다. 그가 왜 왔는지, 왜 나와 이야기하고 싶어 하는지 알 수 없었다. 어쨌든 나를 찾아왔으니 먼저 입을 열겠지.

"말했다시피 이야기 좀 하러 왔습니다. 무슨 일이 있었는지 알고 싶어서. 당신이 알고 있는 걸 나도 알고 싶어서요." 스콧은 눈 밑이 그늘졌고 턱수염이 지저분했다. 체크무늬 셔츠는 구겨져 있었고 머리는 헝클어져 있었다. 자신을 돌보지 않는 게 분명했다.

"경찰에게 전부 다 말했습니다. 진술서에 다 있어요. 그걸 볼 수 있는 걸로 아는데요. 그런데 왜 온 겁니까?"

"그렇죠. 진술서는 읽어봤습니다. 하지만 직접 듣고 싶어요."

"정확히 뭘 알고 싶은 겁니까?"

"켈리가 내 얘기를 한 적이 있습니까? 켈리가 결혼했던 건 알고 있습니까?"

"네. 켈리가 결혼했다는 것도, 당신이 켈리에게 무슨 짓을 했는지도 알고 있습니다." 나는 인상을 썼다. 이 탁자를 넘어가 그가 켈리에게 준 상처를 모두 갚아주고 싶었다.

"내가 켈리에게 무슨 짓을 했다고 생각하는 겁니까?" 스콧은 얼굴을 일그러뜨리며 뒤로 기댔다.

"폭력을 행사했죠. 다치게 했고. 멍들고 피나게 했잖아요. 스스로를 대단한 권력자라고 생각해요? 아내를 때리면 힘센 남자가 된 것 같습니까?" 나는 주먹으로 탁자를 내리쳤다.

"무슨 말이에요? 난 켈리에게 손댄 적 없어요. 켈리가 나에 대해 어떻게 그런 말을 할 수 있죠?" 스콧은 탁자를 주먹으로 두드렸는데, 전혀 도움이 되지 않는 행동이었다.

"켈리의 멍을 봤어요. 눈에 멍이 들고 코피가 나고 입술이 부어오른 걸 봤다고요. 그렇게 앉아서 당신이 한 짓을 부인하지 말아요. 경찰이 당신이 한 짓을 밝혀내고 당신을 핵심 용의자로 지목할까봐 겁이 납니까? 난 켈리를 죽인 게 당신이란 걸 알고 있어요. 다 알고 있다고요." 나는 아플 정도로 이를 악물었다.

"장난합니까? 난 켈리를 사랑했어요. 켈리가 죽기 2주 전쯤, 집에 석고보드를 붙이다가 내 팔꿈치가 실수로 켈리 얼굴에 부딪힌 게 전부입니다. 켈리는 구급상자가 안 보인다면서 이웃집에 가 응급처치를 하고 오겠다며 나갔어요. 그런데 켈리가 당신 집에 가서 내가 고의로 때렸다고 말했다는 겁니까?" 스콧은 화를 냈지만 눈빛이 슬펐다. 연기력이 뛰어나거나 사실을 말하고 있거나 둘 중 하나였다.

"켈리가 울면서 찾아와 당신이 무슨 짓을 했는지, 지난 수년 동안 자신을 어떻게 대했는지 모두 털어놓았어요. 켈리가 멍든 것도 여러 번 봤고요. 켈리가 왜 거짓말을 하겠습니까?"

"그야 모르죠. 동정이나 관심을 받으려고 그랬을수도 있고요. 하지만 한 가지는 분명해요. 내가 위스콘신 애플턴에서 경관으로 근무하던 시절에 켈리는 날 찾아와서 첫 번째 남편에 대해 똑같이 말했어요. 남편이 폭력을 행사한다고요. 난 고의로 켈리를 다치게 한 적은 없어요. 이제 와서 드는 생각이지만 첫 번째 남편도 그랬을지 모르겠군요."

스콧은 퍼즐을 맞춰보려는 듯 사방을 둘러보았다. 하지만 미간의 주름과 휘둥그레진 눈을 보니 이해가 잘 안 되는 모양이었다. 앞뒤가 맞는 게 하나도 없었다. 켈리는 왜 그랬을까?

"켈리가 첫 번째 남편 이야기를 했어요. 그러면서 당신이 그 문제로 켈리를 움켜쥐고 있다고, 마음만 먹으면 그때 일을 들춰 살인으로 유죄판결을 받게 할 수 있다고 말했다더군요. 그래서 당신을 떠날 수 없다고요."

"전부 사실이 아닙니다. 난 첫 번째 남편 이야기를 한 적이 없어요. 과거 일을 들먹인 적도 없고요. 우리는 위스콘신을 떠나면서 인생의 한 장을 그곳에 남겨두고 새 출발을 하기로 했어요."

스콧은 내 눈을 똑바로 보았다. 내가 믿어주기를 바라는 눈빛이었지만 그가 진실을 말하는지 알 수 없었다. 당연하지 않은가? 나는 스콧을 모른다. 내가 그에 대해 아는 것이라고는 켈리가 말해 준 게 전부다.

"왜 켈리가 거짓말을 했겠어요?" 내가 물었다.

"그걸 정말 모르겠어요. 하지만 맹세코 켈리를 때리지 않았습니다."

"켈리가 살해당한 밤에 보낸 메시지는 뭐죠? 켈리를 협박했잖아요!"

"그랬죠. 후회하고 있습니다." 스콧은 나지막이 흐느꼈다. "하지만 난 켈리를 죽이지 않았어요. 동료 마커스와 밤새도록 같이 있었단 말입니다."

"편리한 핑계군요. 그래서 여기 온 건가요? 당신이 이 모든 일에 결백하다는 걸 내게 납득시키려고?"

스콧은 악몽에서 깨어나려는 듯이 양손으로 얼굴을 문질렀다.

"아니요. 당신 눈을 직접 보며 이야기하려고, 당신이 한 짓을 남자답게 인정하는 걸 보려고 왔습니다."

"난 켈리를 죽이지 않았어요. 아니라고요. 난 켈리를 사랑했어요. 남편으로서 듣고 싶지 않은 말이겠지만."

스콧은 고개를 저었다.

그때 문이 벌컥 열렸고, 세라와 앤, 그리고 가는 세로줄 무늬 정장을 입은 남자가 문간에 서 있었다. 그 남자를 알아보는 데 시간이 좀 걸렸다. 매튜였다. 로스쿨에서 세라와 가장 친하게 지낸 친구. 둘은 몇 년 동안 만나지 못했지만 메시지, 전화, 이메일로 계속 연락을 주고받았다. 세라가 그를 만나러 뉴욕에 몇 번 가기도 했다. 세라는 스콧과 나를 번갈아 보았다. 그녀의 표정만 봐도 화가 났다는 걸 알 수 있었다.

"내 의뢰인과 말을 하다니 지금 뭐 하는 거죠?" 세라는 곧장 스콧을 주시하며 소리쳤다.

스콧은 의자에서 일어났다. "가려던 참입니다." 그의 목소리는 침착했다.

"이건 말도 안 되는 일이에요. 스티븐스 보안관은 어디 있죠?"

스콧은 세라를 지나치려 했지만 세라는 작고 가녀린 몸으로 문을 막고 있었다. 그러면서 스콧을 향해 고개를 바짝 들었다.

"말했잖아요. 가려던 참이라고요." 스콧이 말했다.

"그게 문제가 아니잖아요. 당신은 애덤에게 말할 권리가 없다고요!" 세라는 팔짱을 꼈다.

"알고 있어요. 미안합니다."

"세라, 괜찮아. 이야기 끝났으니 보내줘." 내가 말했다.

"둘이 무슨 이야기를 했죠? 애덤의 변호사로서 알 권리가 있어요."

"스콧, 어서 나와." 교도관이 스콧을 데려가려 했다. 세라가 비켜주지 않아 스콧은 몸을 움츠려서 지나가야 했다. 죽일 듯 이글거리는 세라의 눈빛이 나를 향했다. 앤과 매튜도 비슷한 눈빛으로 나를 쳐다봤다. 앤은 세라의 꼭두각시처럼 무엇이든 세라의 명령대로 말하고 행동했다. 나는 항상 두 사람의 관계가 불편했다. 앤은 세라를 우상으로 여겼고, 세라는 그런 관심을 마음껏 즐겼다. 매튜는 언제나 세라의 조수 역할을 자처했는데, 마치 배트맨 곁에 돌아온 로빈 같았다.

"이 재판, 지려고 하는 거야?" 세라는 하이힐로 타일 바닥을 빠르게 두드렸다. 사실상 질문이 아니었기에 나는 그저 어깨를 으쓱였다.

세라는 고개를 저었다. "무슨 일이었는지 말해줄 거지?"

"별일 아니었어. 스콧이 켈리 이야기를 하고 싶다고 해서."

왜 더 이상 말하지 않는지 나도 알 수 없었다. 어쩌면 방금 스콧이 한 말이 재판을 망칠 수 있기 때문인지도 몰랐다. 스콧이 폭력을 행사한 적이 없다면 그가 켈리를 죽였다고 누가 믿겠는가? 게다가 스콧이 밤새도록 허드슨과 함께 있었다면 애초에 켈리를 살해할 수 없었을 것이다. 그런데 함께 일하는 동료를 알리바이로 삼는 것이 뭔가 찜찜했다. 모든 게 너무 딱 들어맞았다.

세라와 앤은 내 맞은편에 앉더니 가방에서 서류철을 꺼냈다. 매튜는 보초를 서듯 뒤쪽 벽에 기대섰다.

"매튜는 여기 어쩐 일이에요?" 내가 물었다.

"일이 있어서 한동안 워싱턴DC에 있습니다. 타이밍이 좋지 않은 것 같지만…… 그러니까 지금 상황이……." 매튜는 이렇게 말하며 주위를 둘러보았다.

"타이밍은 언제나 안 좋았던 것 같은데요." 내가 말했다.

"그건 당신도 마찬가지인 것 같고요." 매튜가 빈정댔다.

"그만 좀 할래?" 세라가 나를 보며 눈을 찡그렸다. "매튜는 당신 재판을 도와주려고 하는 거잖아. 그러니까 예의 좀 지켜줘."

나는 고개를 끄덕이다가 숙였다. 감옥에 있으니 벌써 구제불능 멍청이가 되어가고 있었다. 어쩌면 평생 그랬는지도 모르지만.

세라는 메모를 재빨리 읽고 나를 다시 보았다. "켈리 서머스의 본명이 제나 웨이라는 거 알았어?"

"응. 켈리가 살해되기 2주 전에 과거 이야기를 해줬어."

"그럼 그 정보는 나한테 얘기하지 않기로 했던 거야?"

"깜빡했어."

"당신은 살인 사건 용의자야. 그런데 당신이랑 잤던 여자가 첫 번째 남편을 죽였다는 사실을 깜빡했다고?" 세라는 화난 목소리였다. 이번에도 나는 그녀를 탓할 수 없었다.

"정식으로 기소되진 않았어."

"아니, 기소됐어. 재판 도중에 증거가 사라져서 사건이 종결됐는데, 스콧이 도움을 준 모양이야." 세라는 입을 꼭 다물었다.

앤은 팔짱을 끼고 있었고 매튜는 고개를 가로저었다. 두 사람이 여기 없었으면 했다. 추가로 판단해 줄 사람은 필요 없었다. 나와 세라의 판단만으로도 충분했다.

"켈리는 자기가 죽이지 않았다고 했어." 나는 솔직하게 말했다.

"모든 살인자가 그렇게 말하죠." 앤이 입을 열었다.

"당신도 그렇게 말하지 않았던가요?" 매튜가 비웃듯이 말했다.

세라는 고개를 돌려 매튜를 노려보았다. 세라의 얼굴이 보이지는 않았지만, 매튜가 "그래, 알았어. 그만할게"라고 말한 걸 보면 세라가 내 편을 들었다는 걸 알 수 있었다. 매튜는 언제나 세라를 보호하려 들기에 그가 쏘아붙이는 건 아무렇지 않았지만, 세라가 내 편을 들어줘서 고마웠다.

"한 시간 뒤에 기소 인부 절차가 시작돼요." 앤이 끼어들었다. 그리고 셔츠, 넥타이, 바지, 정장 구두를 가방에서 꺼내 내 쪽으로 밀었다.

"켈리 로즈 서머스와 뱃속 아기를 살해한 혐의로 정식 기소되었기 때문에 답변 절차를 밟아야 해." 세라가 말했다. 그녀의 눈이 내 눈과 마주쳤다. 세라는 표정을 굳게 다잡았지만 결국 눈물을 흘렸다. 그녀는 눈물이 터지기 전에 닦아내고 몇 번 작게 숨을 내쉰 다음, 다시 감정을 밀어 넣었다…… 어쩌면 영원히 꺼내지 않을지도 모르겠다.

나는 고개를 끄덕였다. 어제 세라가 말해주어서 기소 인부 절차를 밟아야 한다는 걸 알고 있었다.

"무죄라고 답변하면 검사는 사형을 구형할 거야. 유죄를 인정한다고 답변하면 가석방 없는 25년 형을 구형할 거야. 어떻게 답변할래?"

"당연히 무죄라고 해야지. 내가 한 게 아니니까." 내 목소리에는 분노가 가득했다.

세라는 고개를 끄덕였다. "알겠어. 한 시간 뒤, 기소 인부 절차 때 다시 만나."

세 사람은 짐을 챙겨서 나갔고 나는 옷가지와 함께 홀로 남았다.

25장
세라 모건

 애덤의 기소 인부 절차가 시작되기까지 30분 정도 남아있었고 나는 앤, 매튜와 함께 길 건너 작은 커피숍으로 향했다. 매튜와 나는 높은 탁자에 자리를 잡았고 앤은 커피를 주문하러 갔다.
 "애덤, 완전 엉망이던데. 그런 모습은 처음 봤어. 시간이 좀 지났는데도 계속 그러네." 매튜가 말했다.
 "잘 어울리던데 뭐." 나는 애덤이 켈리, 아니 제나에 관한 정보를 숨겨서 계속 화가 났다. 어제 그 자리에 엘리너가 없었다면 애덤을 나무랐을 것이다. 그런데 오늘 애덤이 켈리의 남편 스콧 서머스와 이야기하는 걸 봤다. 스콧은 유력한 용의자인데다 그 사람을 변호 전략의 일환으로 활용하려고 했는데 애덤이 다 망쳐놓았다. 앤이 탁자로 와서 앉았다.
 매튜가 미간을 좁히며 물었다. "애덤이 무죄를 주장하는 게 옳은 생각일까? 사형을 구형받을 수도 있는데?"
 "증거를 종합해서 판단하면 좋지 않은 생각이겠지. 하지만 의뢰인을 마음대로 흔들 수는 없어. 난 그저 선택지를 제시할 뿐이야."

바리스타가 커피를 가져왔다.

"하지만 애덤은 네 남편이잖아."

"그전에 내 의뢰인이야."

매튜는 고개를 끄덕이며 더 묻지 않았다. 나는 커피를 마시며 그를 힐끗 보았다. 매튜는 무슨 생각을 하고 있는 걸까?

"이런 아내를 두고 1년 넘게 바람피운 멍청이라는 걸 잊지 말자고요." 앤이 약간 비꼬듯 말했다.

"애덤 어머니 말대로라면 재판 받아야 할 사람은 나야. 전부 나 때문이라고 하더라." 나는 고개를 저었다.

매튜는 커피를 떨어뜨릴 뻔했다.

앤은 눈을 번쩍 떴다. "그런 말을 했다고요?"

"내 책임이라고 하더라고. 남자들은 자신을 사랑해주는 아내를 두고 바람을 피우지 않는다고."

"이런 개 같은……." 앤은 이 말이 나오자마자 손으로 입을 틀어막았다.

"내 말이." 매튜는 웃음을 터뜨렸다. "한동안 여기 있는대?"

"재판이 끝날 때까지 있을 것 같아. 애덤이 이중 사건 피의자가 아니라 브로드웨이 뮤지컬 주연이라도 된 것처럼 굴더라니까."

"방해하지 못하도록 최선을 다해 볼게요." 앤이 말했다.

"고마워. 이제 증인을 찾아야 해. 이 사건에서 우리가 가장 중점에 둬야 할 건, 배심원단에게 애덤이 범인이 아닐지도 모른다는 의심을 심어주는 거야. 켈리는 과거가 뒤틀렸고, 해결되지 않은 과제가 많은 사람이야. 그녀가 죽기를 바랐을 만한 사람들도 꽤 있을 거야. 특히 그녀가 첫 번째 남편을 죽인 게 사실이라면 더더욱. 그 남자에게도 가족과 친구가 있을 테니 켈리가 스콧 덕분에 스콧프리*하게 되었을 때 분명 누구도 기뻐하지 않았을 거야…… 이거 말장난인 거 알지?"

앤은 킥킥대며 수첩을 꺼내 목록을 작성하기 시작했다.

"게다가 협박 메모와 사진이 있지. 누군가가 사진을 찍고 메모를 썼어. 그게 누군지 밝혀야 해." 내가 말했다.

매튜는 고개를 끄덕였다.

"연락해야 할 증인이 있을까요?" 앤은 뭔가를 더 적었다.

"응. 스티븐스 보안관, 스콧 서머스, 허드슨 부보안관을 불러서 첫 번째 남편의 친척이나 켈리에게 원한을 품을 만한 사람이 있는지 알아보자. 켈리의 통화 기록도 확인해야 하고. 세 번째 DNA가 누구 것인지도 알아내야 해." 나는 잠시 말을 멈추고 머릿속을 점검하며 모든 가능성을 탐색했다. "그리고 켈리의 직장 동료들과도 이야기하고 싶어. 켈리의 과거나 무분별한 행동에 대해 더 알고 있는 사람이 있을 수도 있으니까. 그녀에 대해 좀 더 정확히 말해줄 수 있는 사람이 있을지도 모르잖아. 지금으로선 켈리가 누구인지 제대로 아는 사람이 없는 것 같아." 나는 커피를 한 모금 마셨다.

"알겠습니다, 보스." 앤이 말했다.

"통화 내역은 내가 처리할게. 나를 위해 기꺼이 낮은 자리로 내려와

---

* 'go scot-free'라고 하는데, '처벌을 면하다'라는 뜻이다.

일을 처리해 줄 높은 사람들을 좀 알거든." 매튜는 이렇게 말하며 윙크했다.

나는 그에게 살짝 미소 지었다. "고마워, 매튜. 정말 고마워."

"별말씀을. 난 회의 때문에 이만 가야겠다. 전화번호만 보내줘." 매튜는 일어나서 나를 꼭 안았다. "세라, 널 위해서라면 뭐든 할 수 있어." 그는 내 양쪽 뺨에 입 맞추고 작별 인사를 한 다음 카페에서 나갔다.

나는 손목시계를 본 다음 앤을 보았다. "우리도 가야겠는데."

26장
애덤 모건

세라가 가져다준 옷을 입고 수갑을 찬 채 법정 밖에서 기다렸다. 교도관이 옆에 서서 도망치지 못하게 지키고 있었다. 마치 도망칠 곳이 있기나 한 듯이. 나는 무죄를 주장할 것이다. 내가 한 짓이 아니니까. 하지만 이것만으로는 무죄를 입증하지 못하는 경우가 있다는 걸 알고 있다. 내가 바로 그런 경우일 것이다. 내게 불리한 증거가 너무 많았다. 나도 알고 세라도 알고 모두가 안다. 내가 여기에서 빠져나가려면 기적이 필요하다.

엄마가 법원 문을 열고 들어왔다. 자기가 내 수호천사라고 생각하는지 아래위로 하얀 옷을 입었다. 샤넬 선글라스를 벗어 가방에 넣고는 내 앞에 서서 내 옷차림을 살폈다. "우리 아들, 정말 멋있구나." 엄마는 이렇게 말하며 내 양쪽 뺨에 입 맞췄다.

나는 고개를 저었다.

엄마는 내 옆에 선 교도관을 아래위로 훑어보았다. "이거 꼭 해야 하나요?" 엄마는 내 손목의 수갑을 가리켰다.

"이중 살인 혐의로 답변하러 가는 거라…… 필요합니다."

"도대체 누가 이렇게 잘생기고 매력적인 남자가 죄를 지었다고 생각하겠어요?" 엄마는 내 이마에 흘러내린 머리를 다정하게 넘겨주었다.

교도관은 눈을 굴렸다. "접촉은 금지되어 있습니다."

엄마는 교도관을 째려보더니 로비를 둘러보았다. "세라와 그 비서인가 하는 사람은 어디 있니?"

"좀 전에 커피 마시러 갔어요."

"내 아들이 이 지경인데 커피를 마시러 갔다고? 그다지 유능한 변호인단 같지는 않구나."

"엄마, 그만하세요."

"말이 그렇다는 거야." 엄마는 됐다는 듯이 나를 향해 손을 내저었다.

세라와 앤이 양손에 커피와 토트백을 들고 법원으로 들어왔다. 지금 커피를 한 잔 마실 수 있다면 좋겠지만, 욕심을 부려도 된다면 위스키 한 잔이 더 간절했다. 두 사람은 이야기를 나누며 내 쪽으로 왔다. 매튜는 어디 갔는지 궁금했다. 그는 매번 아무 때나 나타났다가 사라졌다. 세라는 중요한 변론이 있을 때면 늘 그렇듯 연회색 치마를 입었다. 앤도 비슷한 스타일로 차려입었지만 가격으로 따지면 세라가 입은 옷값의 십분의 일쯤 될 것이다. 엄마를 보자 세라의 태도가 완전히 바뀌었다.

"왔구나, 세라. 내 아들 변호에는 언제쯤 신경 쓸지 궁금하던 참이다."

세라는 한 걸음 떨어진 곳에 멈추었다. 앤은 어색하게 고개를 끄덕이며 세라 옆에 서 있다가 말했다. "기소 인부 절차는 아직이에요."

세라는 엄마에게서 몸을 돌려 대화하고 싶지 않다는 뜻을 분명히 밝했다. "이렇게 할 거야. 기소 인부 절차 때 당신이 답변하면, 나는 보석으로 풀려나도록 애써볼 거야. 판사가 보석 신청을 승인하거나 기각한 다음에 재판일을 정할 거고. 무슨 말인지 알겠지?"

"응. 보석이 승인될 가능성은 어느 정도야?"

"꽤 높을 것 같아. 범죄 이력이 없고 지금까지 수사에 협조적이었으니까. 하지만 상대측 검사 조시 피터스가 이의를 제기할 거야. 그렇게 해도 놀라울 게 없는 사람이지."

"왜?"

"그러게. 왜 내 아들이 감옥에 있는 걸 보고 싶어 하는 거냐?" 엘리너가 물었다. 세라는 엄마 말을 무시하고 계속 내게 집중했다.

"이건 엄청난 강력 범죄고 검사는 사형을 구형하려고 해. 당신이 도주할 위험이 있다고 보고 있거든." 세라는 커피를 한 모금 마시고 나를 보았다. 한결 부드러운 표정이었다. 그녀는 커피를 들어 내게 마시라고 권했고, 나는 수갑을 내려다보며 으쓱했다. 그러자 세라는 커피를 내 입술로 가져와 마실 수 있게 기울여 주었다. 미지근했지만 감옥에서 먹은 것들 중 가장 맛있었다. 내가 입을 떼자 세라는 살짝 미소 지었다. 아직 날 사랑하는지도 몰랐다.

"고마워."

내 말에 세라는 고개를 끄덕였다.

방금 전 세라가 한 말이 이제야 머리에 들어왔다. "잠깐, 보석이 기각되면 재판 기간 내내 감옥에 있어야 하는 거야?" 답을 알면서도 확인하고 싶었다. 변호사와 의뢰인이 아니라 아내와 남편으로 세라와 이야기하고 싶었다.

"응, 맞아." 세라의 이마에 식은땀이 맺히기 시작하더니 얼굴이 서서히 창백해졌다.

"말도 안 돼. 세라, 네가 해결해야 해." 엄마는 하이힐 굽을 바닥에 딱딱 부딪혔다.

"괜찮아?"

내 물음에 세라는 구역질하더니 앤에게 커피를 건네고 로비에 있던 가까운 쓰레기통으로 달려가 토했다. 앤이 황급히 따라가 등을 문질러 주며 필요한 게 없는지, 기소 인부 절차 일정을 조정해야 할지 물었다. 세라는 고개를 젓고 급히 화장실로 갔다.

"금방 올 거예요." 앤이 내게 오며 말했다.

"괜찮나요? 무슨 일인 거죠?" 나는 아내가 걱정되기도 했고 세라가 기소 인부 절차를 잘 버틸 수 있을지도 걱정됐다.

"세라가 이 사건을 제대로 처리하지 못할 것 같구나. 다른 변호사를 알아보자꾸나." 엄마가 내 귓가에 속삭였다.

"그만하세요, 엄마."

"괜찮을 거예요." 앤이 말했다.

"가서 도와주지 그래요? 혼자서는 감당이 안 되는 것 같은데." 엄마는 이렇게 말하며 앤을 쫓아 보냈다.

27장
세라 모건

화장실 칸에서 나와 얼굴에 물을 약간 뿌렸다. 토트백에서 화장품 파우치를 꺼내 파우더를 두드리고 구강 청결제를 뿌린 뒤, 머리를 매만지고 립글로스를 덧발랐다. 지금은 괜찮아졌지만 갑자기 왜 그랬는지 알 수 없었다. 이 사건 때문에 스트레스를 받아서일까, 잘 안 먹고 잠을 못 자서 그런 걸까, 아니면 엘리너 때문일까.

나는 휴대폰을 꺼내 앤에게 메시지를 보냈다. '난 괜찮아. 몸에 안 받는 걸 먹었나 봐. 곧 갈게.'

거울을 보며 상의와 치마를 매만지고 포니테일을 다시 꽉 묶었다. 가방을 들고 화장실에서 나가는데, 조시 피터스 검사와 부딪혔다. 그가 들고 있던 커피가 우리 둘에게 쏟아졌고 우리는 서로 사과했다.

"세라, 미안합니다." 피터스가 말했다.

"아니에요, 내가 미안해요."

"잠깐만 기다려요." 그는 남자 화장실로 들어갔다. 잠시 뒤 종이 타월 뭉치를 들고 나와 내게 절반을 건넸다. 우리는 커피가 쏟아진 부분을 닦고 두들겼다. 그의 흰 셔츠는 커피로 얼룩졌지만 검은색 바지와 재킷에는 얼룩이 거의 보이지 않았다. 나는 열심히 커피를 닦아내다가 그를 흘끗 올려다봤다. 30대 중반인 피터스 검사는 지방 검사로 일하기에 아까운 인재였다. 기업 법무팀이나 기업 소속 변호사가 될 수도 있었지만, 도덕적 신념 때문에 공공 분야에서 일하고 있었다.

우리는 최대한 커피를 닦아냈다. 피터스는 바닥에 흘린 커피까지 닦은 다음, 커피가 묻은 타월을 모았다. 그리고 다시 화장실로 가더니 잠시 후 서류 가방을 들고 나왔다.

"있잖아요, 우리가 반대편에 서 있다는 것도, 당신 상황이 어떤지도 알아요. 이런 일을 겪다니 정말 안타깝게 생각합니다만 그래도 전 제 할 일을 할 겁니다."

피터스는 반듯한 자세로 서 있었다. 그의 태도에서 연민의 기색이라고는 조금도 느껴지지 않았다.

"피터스 검사님, 애초에 그런 건 기대하지도 않았어요."

"다행이군요. 준비됐나요?"

"사실, 사전 형량 조정에 대해 이야기를 좀 하고 싶은데요."

"그러시죠." 피터스는 다리를 벌리고 서서 양손을 허리에 얹고는 어디 한번 들어보자는 자세로 내 제안을 기다렸다. 이제 내가 말할 차례였다. 그는 어서 말하라는 분위기를 잔뜩 풍겼다.

"기소 인부 절차에서 무죄를 주장할 예정인데, 사형 대신 종신형을 구형하면 안 될까요? 알다시피 사형을 구형하면 배심원들이 평결하기 힘들어하잖아요. 게다가 세 번째 DNA도 발견되었고요. 누구 DNA인지도 아직 모르잖아요." 나는 무언가를 건네주듯 손바닥을 위로 향하여 손을 내밀었다.

"그 DNA가 아니더라도 애덤에게 불리한 증거가 많아요. 알잖아요, 세라." 피터스는 거래가 끝났다는 듯 다시 팔짱을 낀 채 다리를 붙이고 섰다.

"알아요." 패배감이 밀려왔다. 피터스의 말이 옳았다. 주인이 밝혀지지 않는 이상 세 번째 DNA는 아무 의미가 없었다. 켈리는 우리 별장에서 죽은 채 발견되었다. 애덤은 켈리가 살아서 마지막으로 만난 사람이었고 그의 DNA가 켈리의 온몸에서 발견되었다.

"애덤은 거짓말 탐지 검사도 통과하지 못했어요." 피터스가 덧붙였다.

"그렇죠. 그런데 그건 스콧도 마찬가지였어요. 게다가 거짓말 탐지기가 유사 과학에 가깝다는 걸 나만큼이나 잘 알고 있을 텐데요." 나는 눈을 가늘게 뜨고 피터스를 보았다.

"좋아요. 그럼 이렇게 하죠. 유죄라고 답변하면 가석방 없는 25년 형에서 20년 형으로 감형할게요. 하지만 빨리 결정해야 해요."

"의뢰인과 얘기해 볼게요. 고마워요."

애덤은 계속 수갑을 찬 채 법정 문 앞에 서 있었다. 엘리너는 애덤과 진지하게 이야기를 나누고 있었는데 그 대화가 도움이 될 것 같지는 않았다. 교도관은 애덤 가까이 있었지만 별다른 주의를 기울이지 않았고, 앤은 두리번거리며 혼자 벤치에 앉아 있었다.

"나 왔어." 나는 애덤과 엘리너의 대화에 끼어들었다.

앤이 재빨리 일어나 다가왔다.

"괜찮아?" "괜찮아요?" 애덤과 앤이 동시에 말했다. 나는 괜찮다고 대답했다.

"다른 변호사를 선임해야 할 것 같은데." 엘리너가 나를 아래위로 훑어보며 말했다.

"괜찮다고 했잖아요. 검사를 만나 형량을 조정하고 왔어요."

"뭐래?" 애덤이 물었다.

"피터스 검사가 제안하길, 당신이 유죄라고 답변하면 가석방 없는 20년 형을 구형하겠대. 지금 예상되는 형량을 감안하면 괜찮게 조정된 거야. 당신에게 답변을 강요할 순 없지만 이걸 알려주는 게 내 의무야."

애덤은 인상을 찌푸리더니 잠시 눈을 꼭 감았다. 기적을 바라는 그에게 감옥에서의 20년은 너무나 긴 시간이었다. 출소하면 그는 56세가 된다. 하지만 배심원단이 유죄 평결을 내렸을 때 사형을 선고받는 것보다는 나았다. 지금까지 나온 증거만으로도 배심원단이 유죄 평결을 내리는 데 아무 문제가 없을 것이다.

"세라, 형편없는 거래구나. 내 아들은 죄가 없어. 20년이라고? 얘가 나올 때면 난 죽고 없을 거다." 엘리너는 하이힐 신은 발을 굴렀다.

나는 시선을 돌려 애덤에게 계속 집중했다.

애덤은 나를 보았다. "내가 어떻게 하는 게 좋겠어?"

"변호사로서는 조정안을 받아들이라고 말하고 싶어."

"그럼 아내로서는?"

나는 무슨 말을 해야 할지 잠시 생각했다. "당신 아내로서는 죽을 때까지 싸우라고 하고 싶고."

"그럼 됐어. 검사에게 조정안을 수용하지 않겠다고 해." 애덤의 목소리에서 긍정적인 기운이 느껴졌다. 이 사건에 긍정적인 구석이라고는 하나도 없는데 그가 어떤 점을 긍정적으로 생각하는지 알 수 없었다. 나는 애덤을 향해 고개를 끄덕였고 애덤은 나를 보며 희미하게 미소 지었다. 그의 눈빛에서 일말의 희망이 느껴졌다.

그때 피터스 검사가 와서 모두에게 인사했다. "어떻게 하기로 했어요?"

"의뢰인은 무죄를 주장할 거라고 해요."

"당신 실수하는 거예요. 내 아들은 무죄라고요." 엘리너가 팔짱을 끼며 말했다.

"알겠어요." 피터스는 고개를 끄덕이더니 우리를 지나쳐 법정으로 들어갔다. 애덤, 앤, 나도 따라 들어가 탁자 왼쪽에 앉았고 엘리너는 맨 앞줄에 앉았다. 나는 기소 인부 절차가 진행되는 동안 제발 엘리너가 입 다물고 있기를 바랐다. 그러면서도 차라리 입을 열었으면 싶기도 했다. 판사가 법정 모독죄로 쫓아내주면 그걸로 충분히 위로가 될 테니까. 앤은 서류철을 몇 개 꺼내 내 앞에 놓았다.

"모두 일어나십시오! 법정을 개회합니다. 존경하는 디온 판사님이 입장하십니다." 집행관이 외쳤다.

머리가 희끗하고 안경을 코끝에 걸친 노신사 디온 판사가 들어와서 자리에 앉았다. 그는 서류를 몇 장 살펴보더니 피터스와 나를 보며 말했다. "버지니아 연방 대 애덤 모건 사건입니다. 변호인과 검사 측, 출석을 밝혀주세요." 디온 판사가 말했다.

"버지니아 연방을 대표해 연방 검사 조시 피터스 출석했습니다, 판사님."

"애덤 모건을 대리해 변호인 세라 모건 출석했습니다, 판사님."

'모건'이라는 성을 두 번 들은 디온 판사는 눈썹을 치켜올렸다. 이내 우리 둘의 관계를 추측한 듯했다. "흥미롭군요. 피고인, 법정에서 이름 전체를 말하세요."

"애덤 프랜시스 모건입니다."

"피터스 검사, 이 사건의 피고인이 기소된 혐의를 진술해 주겠습니까?" 판사가 요청했다.

"네, 판사님. 주 정부는 켈리 서머스와 태아를 살해한 일급 이중 살인 혐의로 애덤 모건을 기소했습니다."

"연방 정부가 기소한 혐의에 대해 피고인이 무죄를 주장할 것으로 알고 있습니다. 피고인의 답변을 듣기 전에, 피고인이 헌법과 주 법률에 명시된 권리를 이해하는지 확인하겠습니다. 피고인에게는 이 기소 인부 절차에서 변호인을 선임할 권리가 있습니다. 이미 선임한 걸 알겠군요."

"그렇습니다, 판사님." 애덤이 말했다.

"피고인에게는 기소 인부 절차 또는 답변 개시 후 법정 일로 10일 이내에 예비 심문을 받을 권리가 있습니다. 또한 신속히 재판받을 권리가……." 디온 판사는 말을 이어갔다. 나는 수천 번도 넘게 들었던 말이지만 애덤은 처음이었다. 그는 판사에게서 눈을 떼지 않고 계속 집중해서 들었다. 나는 판사의 마지막 말을 듣고서야 내가 졸았다는 사실을 깨달았다. "권리를 이해했습니까?"

"네, 판사님."

"변호인 모건 씨, 이 사건을 의뢰인과 논의할 시간이 충분했다고 생각합니까? 의뢰인의 권리, 앞으로의 변론, 기소 인부 절차의 답변으로 발생할 수 있는 결과에 대해 충분히 논의했습니까? 의뢰인이 이런 내용을 충분히 이해했습니까?" 디온이 물었다.

"네, 판사님."

"피고인 모건 씨, 답변할 준비됐습니까?"

"네, 판사님."

"피고인은 일급 이중 살인 혐의로 기소되었습니다. 이에 대해 어떻게 답변하겠습니까?"

애덤이 일어섰다. "판사님, 저는 죄가 없습니다." 그 어느 때보다 자신감에 찬 말투였다.

"법원은 피고인의 무죄 답변을 수락합니다. 재판은 11월 2일 월요일인 오늘부터 2주 뒤에 시작될 예정입니다. 보석금은 2백만 달러로 책정되었습니다."

"판사님, 주 정부는 애덤 모건을 보석 없이 구금할 것을 권고합니다." 피터스가 말했다.

"판사님, 그건 말도 안 됩니다." 나는 자리에서 일어섰다.

"애덤 모건은 사형을 구형받을 수 있습니다. 도주할 수단도 있습니다. 그에게 도주의 우려가 있다고 생각합니다, 판사님." 피터스가 주장했다.

"애덤 모건이 형사 사건으로 기소된 것은 이번이 처음입니다. 그리고 제 의뢰인은 수사 과정 내내 협조적이었습니다." 내가 주장했다.

"양측 주장 모두 잘 들었습니다. 보석금은 2백만 달러이고, 애덤 모건에게 재판 기간 동안 가택 연금을 명합니다." 디온 판사가 결정했다.

"감사합니다, 판사님." 내가 말했다.

"법정을 해산합니다." 디온 판사는 의사봉을 두드렸다.

"수고했어요. 하지만 재판 내내 이렇게 운이 좋진 않을 겁니다." 피터스가 나와 악수하며 말했다.

"이제 어떻게 되는 거야?" 애덤이 나를 보며 물었다.

"내가 곧바로 보석금을 내면 당신은 전자 발찌를 차고 오늘 오후에 풀려날 거야. 재판 기간 동안 호숫가 별장에 머물러야 해. 어제 스티븐스 보안관이 정리했으니까 범죄 흔적은 더 이상 없을 거야. 재판일에만 집에서 나갈 수 있어. 보석 조건을 위반하면, 그러니까 재판일을 놓치거나 호숫가 별장에서 나오면 다시 수감될 거야. 무슨 말인지 알겠지?"

"응." 애덤은 교도관이 수갑을 다시 채우도록 손을 올렸다.

"난 스티븐스 보안관을 만나서 이야기하고 오늘 오후에 호숫가 별장으로 갈게. 경관이 집에 데려다줄 거야."

"알겠어. 고마워, 세라."

앤은 물건을 챙겨 나를 따라왔다. 엘리너를 지나칠 때 그녀는 내게 고개를 끄덕이며 기쁜 듯 미소 지었다. 엘리너가 나를 보며 미소 지은 건 처음이었다. 나는 억지스럽게 웃음을 지어 보였다.

법정 뒤쪽에서 스티븐스가 서류가 빼곡한 서류철을 몇 개 들고 기다리고 있었다.

"세라." 스티븐스는 〈이유 없는 반항〉의 제임스 딘 흉내라도 내듯 능청스럽게 말했다. 벽에 기대 고개를 살짝 기울인 채 눈을 약간 찡그리고 있었다.

"스티븐스 보안관님, 이쪽은 내 비서 앤이에요. 앤, 스티븐스 보안관님이야." 두 사람은 악수하며 인사를 나누었다.

"위스키병 검사 결과가 나왔는데 병에서 로히프놀이 검출되었어요. 애덤이 체포되던 날 채취한 혈액도 검사했는데 그의 몸에서는 로히프놀이 전혀 검출되지 않았고요."

"말이 안 되는데요. 애덤도 그 위스키를 마셨다면 반드시 로히프놀이 검출되었을 텐데요." 내가 말했다.

"디캔터에 따른 위스키는 마시지 않았는지도 모르죠. 좋은 소식을 전하지 못해 미안합니다." 스티븐스가 말했다.

"세 번째 DNA는 어떻게 됐죠? 범죄자 데이터베이스에서 일치하는 사람을 찾았나요?"

"불행히도 못 찾았어요. 계속 조사 중입니다. 통화 기록도 복원했고요." 스티븐스는 서류철을 건넸다. "켈리의 메시지를 모두 인쇄했어요."

나는 서류철을 앤에게 건넸고 앤은 그걸 토트백에 넣었다. "읽어봤나요? 특이 사항이 있나요?"

"켈리가 만나던 또 다른 남성이 보낸 것으로 보이는 메시지가 있는데, 등록되지 않은 전화번호였어요."

"대포폰 같다는 말인가요?"

"네. 그 남자가 누구인지는 모르지만, 켈리와 연락하는 걸 다른 사람에게 알리고 싶지 않은 거겠죠. 이 사건의 범인일 수도 있고 유부남일 수도 있고요." 스티븐스가 말했다.

"그 번호에 대해 뭐든 정보를 알 수 있을까요?"

"지금으로선 힘들어요. 메시지를 자세히 분석하면 그 사람이 누구인지 단서를 얻을 수 있겠지만, 두 사람이 메시지를 많이 주고받지는 않았거든요. 게다가 법원에 정식 기소된 사건이라 우리 쪽에서는 수사를 종결해야 해요. 우리가 이미 갖고 있는 정보를 제공해 줄 수는 있지만 이 사건에 더 이상 인력을 투입할 수는 없어요."

"그럼 스콧은요? 스콧도 조사했나요?"

"했어요. 켈리가 살해된 날 밤에 알리바이가 있더군요."

"어떤 알리바이요?"

"허드슨과 함께 있었어요." 스티븐스가 말했다.

"그날 밤에 두 사람이 함께 근무했나요?" 나는 방금 들은 정보에 짜증이 나서 발로 바닥을 톡톡 쳤다.

"아니요. 두 사람이 스콧 집에서 어울렸다더군요."

"그렇군요……." 나는 비꼬는 투로 말했다. "협박 메모를 써놓은 사진은 어떻게 됐어요?"

"지문을 채취해서 범죄자 데이터베이스에 조회해 봤어요. 일치하는 사람이 없었고요. 즉, 그 사진을 보낸 사람은 범죄자가 아니란 뜻이죠. 아직은요." 스티븐스는 한쪽 눈썹을 치켜올렸다.

그때 쿵 소리가 나며 앤의 토트백이 바닥에 떨어졌고, 안에 있던 물건들이 거의 다 쏟아져 나왔다. 앤은 황급히 몸을 숙여 흩어진 소지품을 챙겼다. "미안해요." 앤이 말했다. 스티븐스와 나는 쪼그리고 앉아 앤을 도왔다.

뭔가 앞뒤가 맞지 않았다. 수상했다. 애덤에게서 로히프놀이 검출되지 않았는데 디캔터에서는 검출되었다. 그런데 경찰은 디캔터를 확인하는 것조차 잊어버렸다. 스콧의 알리바이는 허드슨이고 두 사람은 밤새 스콧의 집에서 놀았다. 그런데 그걸 본 사람은 없다. 경찰이 게으른 걸까, 아니면 더 나쁜 일이 벌어지고 있는 걸까?

스티븐스와 나는 일어섰고, 앤은 얼마 안 남은 쏟아진 물건을 마저 챙겼다.

"뭐든 필요한 게 있으면 연락해요. 오늘 오후에 애덤을 호숫가 별장으로 데려갈 겁니다. 그때 볼 수 있을지도 모르겠군요." 스티븐스가 말했다.

"네, 아마도요."

스티븐스는 법정에서 나갔다. 돌아보니 앤은 가방을 어깨에 걸치고 있었다.

"이제 우리 둘이 해야 하는 건가요?" 앤이 물었다.

"그런 것 같네."

"그럼 사립 탐정을 고용해서 조사를 진행할까요?"

"아니. 둘이 할 수 있을 것 같아. 예심까지 준비할 시간이 2주 남았어. 사무실로 돌아가서 이 메시지를 검토해 줘. 그걸 애덤이 보낸 메시지와 비교해서 짝이 맞는지 확인해 주고. 난 내일 아침에 사무실로 갈게. 뭔가 알아내면 전화하고."

"알겠어요." 앤은 고개를 끄덕인 다음 문으로 나갔다.

아직 사립 탐정을 고용할 수는 없다. 지금은 애덤의 보석금을 마련하는 게 우선이고, 그렇다고 회사 비용으로 탐정을 고용할 수는 없었다. 금액이 너무 커서 눈에 띨 것이다. 분명 엘리너라면 흔쾌히 돈을 내놓겠지만, 그녀에게 그런 사소한 승리조차 안겨주고 싶지 않다. 이미 그녀는 지나치게 개입하고 있고 결국 사건을 망칠 것이다. 그러니 이 일은 나 혼자 해결해야 한다.

28장
애덤 모건

스티븐스가 차에서 내려 호숫가 별장까지 데려다주었다. 그는 내게 어느 정도 범위까지 외출이 허용되는지 설명했는데, 집에서 사방 20미터 정도를 벗어날 수 없었다. 엄마는 렌트한 캐딜락을 세웠다. 여기 오는 내내 추격전이라도 벌이듯 빨간 등을 깜빡이며 바싹 따라왔다.

"고풍스러운 곳이구나." 엄마가 호숫가 별장을 보며 말했다.

"전자 발찌를 채우고 집 안에 송신기를 설치할 겁니다." 스티븐스가 말했다.

나는 앞장섰다. 스티븐스는 뭔지 알 수 없는 기기를 설치한 다음 내게 소파에 앉으라고 했다. 그러더니 내 옆에 쪼그려 앉아 바지를 걷어 올리고 발찌를 채웠다. 엄마는 집을 둘러보다가 내게 채워진 전자 발찌를 보고 인상을 썼다.

"애덤, 와인 없니?" 엄마가 물었다.

"주방에 있어요." 엄마는 자기 집처럼 편하게 큰 잔에 와인을 따르고 찬장을 뒤졌다. 그러더니 냉장고에서 소시지와 치즈를 꺼내 썰기 시작했다.

"자, 전자 발찌는 방수가 됩니다. 샤워하는 건 문제없어요. 이걸 빼면 우리에게 알림이 옵니다. 허용 구역을 벗어나도 그렇고요. 이렇게 좋은 곳에 있으니 편히 지내면 되겠군요."

"알겠어요." 나는 바지 밑단을 끌어 내렸다. 스티븐스는 일어나서 거실 가운데로 몇 걸음 가더니 집을 둘러보았다. "또 내가 알아야 할 게 있나요?" 내가 물었다.

"없습니다. 그게 다예요. 혹시 켈리가 다른 남자를 만난다고 한 적이 있습니까?"

"켈리에게 다른 남자가 있다는 것조차 몰랐는 걸요."

스티븐스는 흠 소리를 내더니 책장 가까이 갔다. 책 제목을 읽더니 이것저것 꺼내보았다. 주방에서는 엄마가 두 번째 잔을 채우고 있었다.

"다른 사람이 있다는 낌새도 없었나요?" 스티븐스가 물었다.

"없었어요."

"켈리가 말실수하거나 다른 사람 이름을 말한 적도 없고요?"

"없어요. 말했다시피 켈리가 다른 남자를 만나고 있다는 것도 몰랐어요." 내 목소리에 짜증이 묻어났다.

"자, 간식 좀 먹어요." 엄마는 치즈, 소시지, 크래커를 담은 쟁반을 내려놓았다. 스티븐스는 소시지를 한 조각 입에 넣었고, 엄마는 와인 잔을 들고 그 옆에 서 있었다.

"스티븐스 보안관님, 이 살인 사건의 진범을 찾아주실 거죠?" 엄마는 와인을 한 모금 마시고 눈썹을 치켜올렸다.

스티븐스는 어색하게 기침했다.

현관문이 열렸다가 쾅 소리가 나며 닫혔다. 딱딱한 마룻바닥에 세라의 하이힐이 또각또각 부딪히는 소리가 났다.

"아직 여기 있었어요?" 세라가 스티븐스를 보고 말했다.

"네, 사실 막 가려던 참이었어요." 스티븐스는 책장에서 돌아서서 현관문 쪽으로 한 걸음 내디뎠다.

"잡아야 할 범인이 있잖니. 그렇죠, 보안관님?" 엄마가 물었다.

세라는 뭐라고 혼자 중얼거렸는데, 스티븐스가 가서 아쉬워하는 것 같았다. 세라는 왜 스티븐스가 계속 있기를 바라는 걸까? 사건 정보를 더 알아내려고? 아니면 둘 사이에 뭔가 있는 걸까?

"원하시면 조금 더 있어도 되고요." 스티븐스는 목소리를 가다듬었다.

"잘됐네요. 커피 한 잔 드릴게요." 세라는 주방으로 갔다.

"그게 좋은 생각일까?" 엄마는 와인을 꿀꺽꿀꺽 마셨다. "굳이 보안관님을 방해할 필요는 없을 텐데."

나를 포함해 그 누구도 엄마 말에 신경 쓰지 않았다. 뭔가 이상했다. 세라는 왜 스티븐스에게 커피를 권할까? 스티븐스는 왜 내 집에서 편안해 보이는 걸까? 세라는 왜 여기 온 걸까? 날 보려고? 아니면 스티븐스를 보려고? 세라가 스티븐스에게 관심 있는 걸까? 스티븐스는 세라에게 관심 있는 걸까? 내가 화내거나 캐물을 처지는 아니지만 뭔가 아주 이상했다. 하지만 세라를 지금보다 더 멀리 밀어내고 싶지는 않았다. 그러니 그냥 기다려야 했다.

세라는 주방에서 왔다 갔다 하며 커피를 내리고 컵 두 개를 꺼냈다. 별장이 익숙하지 않은 듯 찬장 몇 군데를 열었다 닫았다 했다. 스티븐스는 조리대에 기대서 있었다. 나는 세라를 바라보는 그를 보았다. 그는 세라의 몸을 아래위로 훑어보고 있었다.

나는 일어나 주방으로 가서 스티븐스 바로 옆에 섰다. 조금이라도 커 보일까 싶어 가슴을 쫙 폈다. "나도 한 잔 마실 수 있을까?"

세라는 고개를 돌려 나를 보았다. 고개를 끄덕였지만, 표정은 '빌어먹을 커피는 직접 마시든가'라고 말하는 듯했다. 세라는 머그잔을 하나 더 꺼냈다. 스티븐스가 있어서 예의를 차리는 것인지도 몰랐다. 세라는 나와 아무 상관없는 사람이 되고 싶은 것 같았다. 분명 재판 기간 동안 내가 감방에서 썩기를 바랄 것이다.

세라는 스티븐스와 사건 이야기를 시작했다. 두 사람은 스티븐스가 인터뷰한 증인에 관해 이야기했는데, 그는 스콧은 물론이고 켈리와 함께 일한 거의 모든 사람을 만난 듯했다.

"켈리의 첫 번째 남편을 알아요?" 세라가 물었다.

"몇 가지 들은 건 있어요." 스티븐스가 대답했다.

"그게 뭐죠?" 내가 끼어들었다.

스티븐스는 네가 왜 말을 거냐는 듯한 표정을 지었다. "첫 번째 남편이 살해당했고······."

"네, 켈리가 한 짓이죠." 세라는 약간 짜증 섞인 목소리였다.

"뭐라고요?" 스티븐스의 눈이 커졌다.

"켈리 신원 조회 서류에 있는 내용이에요. 재판 중에 몇 가지 핵심 증거가 사라지면서 소송이 무효가 되었죠. 그런 이야기는 못 들었나요?" 세라가 물었다. 그녀는 커피를 세 잔 따라서 나와 스티븐스에게 한 잔씩 주었다.

"그 여자가 첫 번째 남편을 죽였다면? 그리고 어디까지나 가정이지만 애덤이 그 여자를 죽였다면? 그게 범죄이기나 한 걸까요? 일사부재리 원칙 뭐 그런 건 어떻게 되는 거죠?" 엄마가 거실에서 외쳤다. 와인을 마시고 취한 게 틀림없었다.

"어머님, 사람을 죽이는 건 범죄예요." 세라가 눈을 굴리며 말했다.

엄마는 딸꾹질했다. "다들 궁금할 텐데, 누군가는 제대로 된 질문을 해야 하잖니." 엄마는 딸꾹질을 멈추려고 와인을 더 마셨다.

스티븐스는 급하게 커피를 마시고는 인상을 쓰며 조리대를 주먹으로 쳤다. "이런, 젠장!"

"커피 뜨거워요." 내가 웃으며 말했다. 멍청한 스티븐스. 그는 나를 노려보았다. 세라는 재빨리 그에게 찬물을 갖다주었다. 스티븐스는 단숨에 물을 마시더니 고맙다고 인사했다.

"난 이만 가야겠어요. 가 볼게요." 그는 이렇게 말하더니 작별 인사를 하고 황급히 떠났다. 세라와 나는 각자 주방 끝에 서서 커피잔을 든 채 서로 바라보았다. 세라는 내 머릿속을, 나는 그녀의 머릿속을 읽으려 했다. 스티븐스와 세라 사이에 뭔가 있는 걸까? 왜 스티븐스는 갑자기 가 버렸을까? 내가 둘 사이를 알아차린 걸 눈치챈 걸까? 두 사람은 불륜 관계일까? 만약 그렇다면 내게 화낼 권리가 있나? 물론이다. 세라는 아직 내 아내이고 내 변호사이기도 하다. 그러니 촌구석 보안관이 아니라 내 사건에만 관심을 기울여야 한다. 세라는 조리대에 커피잔을 내려놓고 먼 곳을 바라보았다. 특별히 뭔가를 보는 건 아니었다.

"가야겠어." 세라는 갑자기 현실로 돌아온 듯 불쑥 말했다.

"더 있으면 안 돼?"

"안 돼." 세라는 커피잔을 싱크대에 넣고 다른 말 없이 집에서 나갔다.

"속이 후련하네. 세라가 안 가면 어쩌나 했다." 엄마가 잔을 채우며 말했다.

"세라는 여기 5분 있었는데요." 나는 고개를 저으며 위스키를 따라 소파에 앉았다. "엄마, 부탁인데 날 좀 그만 세우면 안 돼요? 세라는 내 아내이고 날 변호하고 있다고요. 협조하려고 노력하셔야죠."

엄마는 소파에 앉아서 양손으로 와인잔을 쥐었다. "노력해 보마."

29장
세라 모건

세스 커피에 도착해 차를 세우고 손님이 몇 명 드나드는 걸 지켜보았다. 이곳에서 일하는 사람 중 켈리가 애덤이나 스콧이 아닌 다른 남자와 함께 있는 걸 본 사람이 틀림없이 있을 것이다. 세 번째 DNA는 누구의 것일까? 자신의 존재를 숨겨야만 하는 사람이 분명했다. 그 사람은 왜 대포폰을 사용했을까? 나는 차에서 내려 토트백을 들었다. 카페 영업 시간이 한 시간밖에 남지 않아서 서둘러야 했다.

카페에 들어가서 주변을 찬찬히 둘러보았다. 사소한 것도, 누구 하나도 놓치지 않으려 했다. 카페는 작지만 개성 넘치는 가구와 장식품으로 가득했다. 어느 것도 짝이 맞지 않았지만 이상하게 조화로웠다. 여러 종류의 나무 탁자와 색도 재질도 제각각인 의자가 여러 개 놓여 있었다. 커피 탁자 앞에 주황색 소파와 흰색 가죽 의자 두 개를 놓아둔 자리도 있었는데, 모두 아늑한 공간에 잘 어울렸다.

주황색 소파에는 중년 남자가 앉아 있었다. 그의 시선은 카페, 노트북, 다른 손님들, 나를 이리저리 왔다갔다 했다. 혼자 책을 읽는 여자 손님도 있었는데, 그 손님은 책에 얼굴을 바싹 들이댄 채 집중하고 있었다. 카페에는 잔잔한 클래식 음악이 흘렀다. 혼자 일하는 바리스타는 조리대에 기대서서 손톱을 만지작대고 있었다. 젊은 흑인 여성이었는데 숱이 많은 곱슬머리에 눈이 크고 눈동자는 갈색이었다. 켈리와 또래로 보였다. 어쩌면 친구였을지도 몰랐다.

바리스타는 나를 보자 자세를 바로하고 인사했다. 이름표에는 브렌다라고 쓰여 있었다.

"안녕하세요. 블랙커피 스몰 사이즈 주세요." 나는 지갑을 꺼냈다.

"다 되면 뭐라고 불러드릴까요?"

"세라요." 브렌다는 컵에 내 이름을 쓰고 현금출납기의 버튼을 몇 개 눌렀다. 나는 지갑에서 현금을 꺼내 건넸다.

"감사합니다. 곧 준비해 드릴게요." 브렌다가 미소 지으며 말했다.

"브렌다 맞죠?"

"네."

"저, 커피 말고 다른 일로 왔는데요."

"켈리 때문인가요?"

"사실, 맞아요." 나는 브렌다가 알아 봤다는 사실에 약간 놀랐다. 재킷과 치마 정장을 입은 걸 보고 내가 단순히 커피나 마시러 온 게 아니라는 걸 알아차린 게 분명했다.

"얼마 전에 기자가 와서 켈리에 대해 물었어요. 어느 신문사에서 오셨죠?"

나는 애덤의 변호사라고 솔직하게 말할까 잠시 고민했지만, 그녀가 혹시 켈리의 친구였을지도 모른다는 생각이 들었다. 정보를 더 많이 얻기 위해선 그냥 기자라고 하는 것이 나을 것이다.

"〈게인스빌 타임스〉의 세라 스미스라고 해요." 나는 손을 내밀어 악수를 청했다. 브렌다는 악수를 받아주었다. "잠시 이야기할 수 있을까요?"

"15분 뒤에 청소를 시작해야 하는데…… 네, 잠깐이라면요. 커피를 가지고 계신 자리로 갈게요."

나는 고개를 끄덕이고 창가 자리로 갔다. 자리에 앉자 잠시 후에 브렌다가 커피를 두 잔 가지고 와서 맞은편에 앉았다. "뭐가 궁금하신데요?"

내가 주로 상대하는 범죄자나 목격자들은 대개 이렇게 직설적으로 묻지 않는다. 브렌다의 질문에 잠시 긴장을 놓을 뻔했지만, 그녀는 내가 기자라고 믿고 있다는 사실을 다시 되뇌었다. 나는 무늬 없는 수첩과 펜을 꺼냈다.

"켈리를 잘 아시나요?"

"네. 1년 반 동안 같이 일했어요. 동료로서는 켈리를 알지만, 사생활은 잘 몰라요." 브렌다는 커피를 마시며 말했다. 나는 몇 가지를 적었다.

"켈리가 이곳에서 남자와 어울리는 걸 본 적이 있나요?"

"네, 가끔 남편이 왔고 뉴스에 나온 그 애덤이라는 사람도 왔어요. 그 사람은 꽤 자주 왔죠. 둘이 너무 친해 보인다고 늘 생각했어요. 내 생각이 맞았던 것 같고요."

"그러네요…… 다른 사람은요?"

"별로 없었어요."

"켈리가 스콧이나 애덤에 대해 말한 적이 있나요?"

"애덤에 대해 물어볼 때마다 그냥 단골손님이라고 했어요."

"켈리에게 단골손님이 많았나요?"

"음, 애덤이 있었고요. 알고 보니 그냥 단골은 아니었지만요." 브렌다는 빙긋 웃었다. 나는 내 정체를 숨긴 채 분위기를 가볍게 하려고 억지로 웃었다.

"아, 한 명 더 있었어요. 요 며칠 사이에는 못 봤지만 켈리가 계속 일했다면 왔을 거예요." 브렌다는 무심하게 커피를 한 모금 더 마셨다. "혹시 그 사람이 이 사건과 연관되었을 거라고 생각해요?"

"글쎄요. 난 사실만 보도하려고 노력하거든요. 방금 그 사람이 여기 자주 왔다고 했잖아요. 와서 주로 뭘 했죠?"

"책을 읽거나 그림을 그렸어요."

"혹시 켈리가 일할 때마다 그 사람이 와서 이상하다고 생각했나요, 아니면 그냥 그런가 보다 했나요?"

"예전에는 켈리의 근무 일정을 물었는데 얼마 후에는 더 이상 묻지 않더라고요. 켈리의 일정을 외운 것 같았어요. 그 사람은 늘 켈리를 보고 있었어요. 켈리가 그 사람 때문에 불편하다면서 저보고 대신 주문을 받아달라고 부탁했거든요."

"그 사람의 외모를 설명할 수 있나요? 이름을 알고 있다거나?"

"그건 확실히 알려드릴 수 있죠." 브렌다는 일어나서 현금 출납기로 갔다. 그리고 잠시 후 영수증을 가지고 왔다.

브렌다는 영수증을 내밀었다. "제시 후크. 며칠 전에 다녀간 영수증

사본이에요."

"내가 가져가도 될까요?"

"그럼요……. 기사를 쓰려면 내 성도 알아야 하나요?"

"그렇죠." 나는 영수증을 챙기며 말했다.

"존슨. 브렌다 존슨이에요."

"좋아요. 정말 도움이 많이 됐어요." 나는 짐을 챙겼다.

"기사에 쓸 내용이 더 필요하면 언제든 오세요."

나는 브렌다에게 손을 흔들고 재빨리 카페에서 나와 차에 탔다.

제시 후크. 누구일까? 세 번째 DNA의 주인공일까? 우리가 찾고 있는 사람일까?

나는 카페에서 차를 빼기 전에 앤에게 메시지를 보냈다.

제시 후크 신원 조회 좀 해줘. 프린스 윌리엄 카운티 인근에 살 거야.

전송 버튼을 누르고 얼마 지나지 않아 앤에게서 엄지 척 이모티콘이 왔다.

30장
애덤 모건

 어젯밤 세라와 스티븐스 사이에 일어난 일 때문에 여전히 불안했다. 스티븐스는 황급히 가버렸고 잠시 후 세라도 급히 나갔다. 왜 그렇게 서둘렀을까? 따로 만나려고? 생각을 멈춰야 한다. 두 사람 생각에 휩싸여 있다가 잠들었더니 꿈에도 나왔다. 꿈에서 세라와 스티븐스는 불륜 관계였고, 둘은 경찰차 뒷좌석에서 섹스했다. 하지만 세라는 그런 짓을 하지 않을 것이다. 내가 아는 세라는 그런 여자가 아니다.
 낡고 허름한 대학교 지하실에서 세라를 처음 만난 날 밤이 떠올랐다. 세라는 광란의 파티가 벌어지는 데도 지루해했다. 술을 진탕 마시거나 마약을 하는 것에도, 나에게도 관심이 없었다. 다른 사람이 자신을 어떻게 생각하는지 신경 쓰지 않았다. 세라는 그냥 세라였다. 그리고 이제 그녀는 최고의 변호사 세라 모건이 되었다. 내가 사랑에 빠진 그 여자에게 무슨 일이 일어난 걸까? 내가 결혼한 여자에게 무슨 일이 일어난 걸까? 지금 난 세라가 낯설었다. 분명 세라도 나에 대해 똑같이 말하겠지만.
 우리의 결혼 생활은 이렇게 끝인가? 세라는 날 포기한 걸까? 내가 바람을 피우기는 했지만, 다른 사람과 잤다고 해서 아내를 사랑하지 않게 된 건 아니다. 이럴 수가. 내가 무슨 말을 하는 거지? 나는 여전히 좋은 사람이라고 누군가를 설득하려는 걸까? 나는 내가 좋은 사람이 아니란 걸 알고 있다. 분명 다른 사람들도 모두 알고 있을 것이다. 내 아내도 마찬가지고.

나는 소파에서 일어나 잠옷 바지와 흰색 티셔츠 위에 입고 있던 체크 무늬 가운의 끈을 꽉 묶었다. 언제 잠옷으로 갈아입었는지 기억나지 않았다. 엄마가 갈아입힌 걸까 잠시 생각했다가 정말 그랬을 것 같아 눈을 굴렸다. 베이컨 냄새가 금세 코를 파고들었다. 엄마가 싱크대에 서서 팬을 닦고 있었다.

"아들, 일어났구나. 베이컨, 달걀, 토스트, 해시 브라운 담아서 조리대 위에 놔뒀어. 전부 다 네가 좋아하는 아침 식사잖니." 엄마는 미소 지으며 접시를 가리켰다.

나는 터덜터덜 주방으로 가서 포크로 음식을 찔러 입에 밀어 넣었다. 감옥에서는 이런 걸 먹을 수 없었다.

"오늘 쇼핑하러 갈 거야. 가까운 호텔도 알아봐야 하고." 엄마는 수도 꼭지를 잠그고 손을 닦았다. "여기서 너와 함께 있고 싶지만, 저 소파가 나한테 안 맞나 봐. 오늘 척추 지압 좀 받으러 가야겠어." 엄마는 허리를 문지르더니 내 앞에 커피를 한 잔 내려놓았다.

"재판이 길어질 수도 있어요. 그러니 코네티컷으로 돌아가세요, 엄마." 나는 토스트를 한 입 베어 물며 말했다.

"말도 안 돼. 넌 내 아들이야. 그리고 재판은 신속히 진행될 거다. 넌 죄가 없으니까. 무조건 세라가 이 일을 빨리 끝내게 해야지." 엄마는 힘내라는 듯 나를 향해 고개를 끄덕였다.

엄마는 가방을 들고 하이힐을 신었다. "필요한 거 있으면 전화하렴. 이따 밤에 오마." 엄마는 내 뺨에 입 맞췄다. "사랑한다, 귀염둥이야."

"나도 사랑해요, 엄마."

오전 11시가 조금 넘었는데 혼자 뭘 해야 할지 모르겠다. 엄마가 나간 지 고작 두 시간 지났을 뿐인데 벌써 외로웠다. 그때 현관문 두드리는 소리가 들려 화들짝 놀랐다. 외시경으로 보니 새빨간 머리카락에 눈동자는 녹갈색이고 얼굴에 주근깨가 가득한, 체구가 작은 여자가 서 있었다. 어깨에는 노트북 가방을 메고 있었다. 본 적이 있는 것 같기도 했지만 확실하지 않았다. 어쨌든 문을 열었다.

"안녕하세요. 애덤 모건 씨인가요?" 여자는 흐트러진 내 모습을 아래위로 훑어보았다.

"누군데 그러시죠?" 하지만 누가 물어보든 상관없었다. 지금 당장 내 이야기에 귀 기울여 준다면 누구에게든 이야기하고 싶었다.

"레베카 샌퍼드라고 합니다. 〈프린스 윌리엄 타임스〉 기자예요."

"변호사가 기자는 아무도 만나지 말라고 했어요. 미안합니다." 나는 문을 닫으려 했다.

레베카는 발을 밀어 넣어 문을 못 닫게 했다. "알아요. 모건 씨, 전 그냥 당신 작품을 정말 좋아하는 팬이에요. 그래서 당신이 어떤 입장인지 진심으로 들어보고 싶어요."

"내 책을 읽었다고요?"

레베카는 고개를 끄덕였다. "사실 1년 전쯤 지역 전문대학에서 하신 소설 쓰기 수업도 들었어요."

이 호숫가 별장을 구입한 뒤 지역 전문대학에서 글쓰기 강의를 맡아 달라는 제안을 받았다. 처음에는 거절할까 했지만, 쓰고 있던 원고가 가망이 없던 터라 강의를 하면 앞으로 강사 경력을 쌓는 데 도움이 될 것 같았다. 하지만 한 학기만 강의하고 다시 전업 작가로 돌아가기로 마음먹었다. 내가 가르치는 일을 지나치게 낭만적으로 생각하고 있었다는 걸 깨달았기 때문이다. 대부분의 학생들은 강의에 관심이 없었고 나는 그런 학생들이 점점 싫어졌다. 게다가 학생들의 글은 대체로 형편없어서 읽는 게 고역이었다.

"어쩐지 낯이 익다고 생각했어요." 나는 확신이 들지 않았지만 이렇게 말했다.

그리고 레베카를 집에 들이는 걸 보는 사람이 없는지 사방을 둘러보며 확인했다. 세라가 사람을 시켜 나를 감시하고 있을지도 몰랐다. "좋아요, 들어와요." 내가 손목을 휙휙 움직이며 손짓하자 레베카는 집으로 들어왔다. "기자라고 했죠? 내 수업이 도움이 됐나 봐요." 나는 웃으며 말했다.

레베카는 짧게 웃었다.

주방 식탁에 앉으라고 권하자, 레베카는 주방으로 가서 앉았고 수첩과 펜을 꺼냈다. "자, 켈리 서머스와는 얼마 동안 만났나요?" 그녀는 바로 본론으로 들어갔다.

내 이야기를 해주는 대가로 나도 얻는 게 있어야 했다. 나를 도와줘야 한다는 조건을 내걸기로 마음먹었다. 외딴 호숫가 별장에 갇혀 있는 내가 혼자 할 수 있는 일은 많지 않다. "아. 인터뷰는 하겠지만 나도 대가가 필요해요." 이 여자를 믿어도 될지 모르겠고 이게 끔찍한 아이디어일 수도 있었다. 하지만 나는 절박했고, 절박한 사람은······.

"어떻게 도와달라는 거죠? 설마 탈출 같은 거요? 그건 못 해요." 레베카는 인터뷰를 중단하겠다는 듯이 펜뚜껑을 닫았다.

"아니, 탈출을 도와달라는 건 아니에요. 켈리의 과거에 대한 정보를 얻는 걸 도와달라는 거예요. 난 누명을 쓴 것 같아요. 누군가가 켈리를 죽인 다음 내게 뒤집어씌운 것 같은데, 그게 켈리의 과거와 관련된 것 같거든요."

레베카는 펜뚜껑을 다시 열고 받아 적기 시작했다. "왜 켈리의 과거 속 인물이 벌인 일이라고 생각하세요?"

나는 커피를 한 잔 따라 레베카 앞에 놓았다. "켈리가 첫 번째 남편을 죽였으니까요."

레베카는 눈이 휘둥그레져서 재빨리 적었다. "음, 그런데 왜 그 어떤 신문사에서도 그 사실을 알아내지 못했을까요?"

"켈리가 개명하고 결혼했기 때문이죠. 수많은 서류를 추적해서 알아낸 사실이에요. 켈리의 본명은 제나 웨이였어요. 재판 중에 핵심 증거가 사라지는 바람에 사건이 종결되었는데, 켈리의 남편 스콧 서머스가 도와준 것 같아요. 다들 켈리가 첫 남편을 죽였다고 생각했는데, 사실상 절차상 문제로 풀려난 거죠."

"정말 충격적이군요." 레베카는 커피를 마셨다. 이마에 주름이 진 채

먼 곳을 응시하는 걸 보니, 머리를 열심히 굴리고 있는 게 분명했다.

"켈리를 해치고 싶어한 사람이 누굴까요?"

"첫 남편의 가족이나 친구겠죠. 살인을 저지르고 도망친 켈리를 보고 불만을 품을 만한 사람이요. 켈리는 첫 남편이 살해된 방식 그대로 살해당했어요. 범인으로선 정의를 구현한 셈이죠."

"켈리의 남편은요? 그 사람이 연루되었을지도 모른다는 소문을 시내에서 들었어요."

"나도 그렇게 생각해요. 그럴 가능성이 여전히 존재하고요. 켈리는 나와 함께 있을 때 남편에게 폭행당했다고 했는데, 남편은 단호하게 부인하더군요. 그 사람의 이야기를 어디까지 믿어야 할지 모르겠지만 켈리의 남편은 분노 조절 장애가 있는 것 같았고, 틀림없이 켈리가 바람피운다고 의심했어요. 그러니 그 사람도 용의자로 넣어야죠. 문제의 그날 밤에 그가 동료 경관 마커스 허드슨 부보안관과 있었다는 알리바이가 있긴 해요. 하지만 켈리의 과거를 자세히 알아봐야 한다는 직감이 들어요."

"알겠어요." 레베카는 커피를 내려놓고 추가로 메모를 계속했다. "켈리에게서 발견된 세 번째 DNA는 어떻게 된 거죠?"

"그게 이미 알려졌나요?"

"아직 아니지만 나름대로 알아내는 방법이 있어요." 레베카는 수줍게 미소 지었다.

"그게 누구 것인지 정말 모르겠어요. 하룻밤 상대였을까요? 켈리가 나와 남편 말고 다른 남자를 만났다는 사실조차 못 믿겠어요. 내 말이 얼마나 이상하게 들릴지 알아요. 게다가 누군가 날 협박했어요. 켈리와 내가 함께 있는 사진에 '끝내지 않으면 내가 끝내주지'라는 메모를 써서 보냈다고요."

"두 사람 사이를 누가 알았나요?"

"켈리의 남편 스콧이요. 틀림없어요. 스콧의 동료 경관도 알았을지 모르지만, 그건 확실치 않군요."

"내가 뭘 해주길 바라나요?" 레베카가 물었다.

"음. 이것 덕분에." 나는 바짓단을 들어 전자 발찌를 보여주었다. "난 이 집을 떠날 수 없어요. 그래서 이 사건을 조사하기가 힘들죠."

"변호사는 어쩌고요?"

"내 아내 말인가요?"

레베카는 긴장된 웃음을 터뜨렸다.

"정황을 고려할 때, 아내가 온전히 내게만 집중하고 있다고 할 순 없겠네요." 나는 한쪽 눈썹을 치켜올렸다.

"아, 그럴 리가요. 당신을 위해 이 소송에서 이기려고 최선을 다하고 있을 거예요." 레베카는 최대한 긍정적인 목소리로 말하려고 애썼다. 난 그게 이상했다. 레베카는 나도, 내 아내도 잘 모른다. 하지만 나를 위로하려고 한다는 건 알 수 있었다.

"아마도요. 하지만 내 목숨이 달린 일인데 그냥 가만히 앉아서 목숨을 빼앗기진 않으려고요. 진실을 알아내려고 최선을 다해 봐야죠."

"이해해요. 자, 내가 원하는 건 이거예요. 독점 인터뷰와 수고비 5천 달러." 레베카는 거래를 제안하며 손을 내밀었다.

솔직히 나는 레베카에게 현금을 요구할 만큼 배짱이 있을 줄은 몰랐다. 그녀는 당돌하고 용감했다. 협상해 볼까 고민했지만 내겐 다른 선택지가 없었다. 푼돈 때문에 실랑이할 시간도 없었다. "그렇게 합시다." 나는 레베카가 내민 손을 잡고 악수했다.

레베카는 만족스럽게 미소 지었다. "정확히 어떻게 도우면 되죠?" 그녀는 펜을 다시 제대로 쥐고 내 입에서 나오는 말을 빠짐없이 적으려고 준비했다.

"켈리의 첫 번째 남편 이름을 알아낸 다음, 그 사람과 아주 가까운 친구와 가족의 이름, 전화번호가 필요해요. 가능하다면 신원 조회까지도요. 거기서부터 시작하죠. 할 수 있겠어요?"

"문제없을 거예요. 켈리의 본명이 제나 웨이라고 했죠?"

"맞아요. 제나 웨이. 위스콘신 출신이에요."

"알겠어요. 48시간 이내에 전부 다 할 수 있을 거예요. 어디에서 다시 만나야 할지는 굳이 물어보지 않아도 되겠군요. 다시 올게요, 모건 씨."

"고마워요, 레베카. 아, 그리고 잊어버리기 전에……." 나는 찬장에서 커피 통을 꺼냈다. 그리고 뚜껑을 열어서 현금 뭉치를 꺼내 레베카에게 건넸다. "일단 절반이에요. 필요한 정보를 주면 나머지를 줄게요."

"커피 통에 숨겨둔 현금이라…… 너무 뻔한데요." 레베카는 돈을 받아 가방에 넣었다. "곧 봐요." 그녀는 이렇게 말하고 떠났다.

레베카가 나를 돕거나 조사를 진행할 생각도 없이 그냥 돈만 챙긴 건 아니기를 간절히 바랐다. 직접 할 수 있는 일이 거의 없으니 나로서는 어떻게든 기회를 잡아야 했다. 시간이 촉박했다.

31장
세라 모건

출근하자마자 앤이 사무실로 들어가려는 나를 가로막았다.

"켄트가 보자고 하는데요. 급하다고요." 앤의 목소리에서 약간 걱정하는 기색이 느껴졌다.

"이유는 말 안 하고?"

"안 했어요."

"알았어. 자, 내 가방 좀 갖다 놔주고 돌아올 때까지 전화 연결하지 말아줘." 앤은 고개를 끄덕이더니 내 말대로 했다.

켄트는 우리 회사의 또 다른 파트너 변호사다. '윌리엄슨 앤드 모건'의 바로 그 윌리엄슨이 켄트다. 나보다 먼저 회사에서 중요한 역할을 해온 건 켄트였고, 그는 그 사실을 종종 내게 일깨워 주길 좋아했다. 내가 법정에서 떠오르는 신예라면, 켄트는 수십 년 동안 이 일을 해왔고 내가 꿈도 못 꿀 인맥을 가지고 있었다.

켄트의 비서가 "기다리고 계세요"라고 말하며 나를 들여보냈다. 그의 사무실은 회사에서 유일하게 내 사무실을 초라하게 만드는 곳이었다.

영화 세트장 같은 벽은 마호가니 패널로 마감되어 있고 천장에는 큰 샹들리에가 달려 있었다. 벽에는 얼마 전 켄트가 텍사스에서 사냥한 멧돼지 머리가 걸려 있었다. 내가 맥캘런 상원 의원을 변호했더라도, 자신은 여전히 그들 편이라고 안심시켜 주기 위해 거대 석유 기업의 로비스트 친구들과 떠난 사냥 여행이었다. 당연히 나는 초대받지 못했다. 뒤쪽 벽에는 지난 20년 동안 그가 유력 정치인들과 함께 찍은 사진이 걸려 있었다. 부시 부자, 클린턴 부부, 오바마를 비롯해 유명한 사람은 다 있었다.

사무실 벽 두 곳은 켄트의 요청에 따라 특별히 선팅된 통유리였다. 사무실에서 나가는 걸 좋아하지 않는 그를 위해 단순한 디자인의 12인용 회의 탁자도 마련되어 있었다. 탁자 위에는 회의용 전화기도, 컴퓨터 화면을 보여주는 평면 스크린도 없었다. 켄트는 옛날 방식으로 회의를 진행했다. 그는 펜, 종이, 신랄한 언변으로 해결할 수 없는 문제라면 자신이 관여할 가치가 없다고 생각했다.

"켄트, 찾으셨다면서요."

"그래, 세라. 앉게." 그는 책상 앞에 놓인 의자를 가리켰다.

"무슨 일로요?" 나는 그가 싫어하는 걸 알면서도 최대한 격의 없는 말투로 물었다.

"음, 최근 회사에서 자네 행동과 성과가…… 좋게 말하면 평소와 다르더군. 출퇴근 시간도 제멋대로고 전화도 안 받고 회의도 빠지고 말이야. 회사에 이름을 내건 파트너는 한 번에 한 사건만 맡아서 의뢰인 한 명에게만 집중하는 호사 따위는 누릴 수 없다는 걸 잊은 건가?" 켄트는 대답을 바라지 않는 수사적 질문으로 말을 끝맺으면서도 상대가 대답하게 만들었다. 매력적인 습관이었다.

"아니요, 잊지 않았어요. 지금 저는 살인 사건 재판에서 남편을 변호하고 있고 아시다시피……."

"그건 상당한 이해관계 충돌이군. 상황이 꽤 복잡하니 일에 집중하기도 쉽지 않겠는데? 아, 물론 자네 사정은 이해가 되네. 다만 나한테 먼저 알려줬으면 좋았겠다는 아쉬움이 남는군." 켄트는 아버지처럼 말했다.

"계약서에 명시되어 있어서 아시겠지만, 회사에 이익이 되는 일 중 선배님 고객의 이익과 상충하는 문제가 아니라면 사건을 상의할 의무는 없는데요. 이 사건은 회사와 관련된 일이 아니라서 제 판단에 따라 처리하는 게 맞다고 봤습니다."

"맞네. 자네에게 그럴 권리가 있는 건 분명하지. 하지만 그래도 꼭 그렇게 해야 했을까? 이 사건이 나에게도 영향을 미칠 수 있다는 생각은 안 해봤나? 회사에 이름을 내건 다른 한 명이 의무를 저버리는 바람에, 우리 회사가 불안하고 경솔하고 프로답지 못하다는 이야기를 듣고 있네."

"제 의도는 그게 아니라……."

"음, 지금 그런 일이 벌어지고 있네. 자네 의도와 상관없이." 켄트는 말을 멈추고 자리에서 일어나더니 책상 앞으로 나와 모서리에 걸터앉았다. "자, 세라. 질책하려는 게 아니야. 자네는 완숙한 변호사고, 대부분의 일을 하고 싶은 대로 할 자유가 있지. 난 이 문제를 해결하고 싶을 뿐이야. 이것 때문에 우리 회사가 허술해 보이는 건 물론이고 의뢰받은 사건에 집중하지 못한다는 인상을 주고 있네. 그리고 사람들이 그걸 눈치채지 못했을 거라는 생각은 하지 말게.”

"맞는 말씀이세요. 일이…… 생각보다 힘드네요. 전 그저…….”

"그렇다고 누가 자네를 탓할 수 있겠나? 당연히 나도 자네를 탓하는 건 아닐세. 스트레스가 얼마나 심할지 짐작도 안 되는군. 그저 내가 하고 싶은 말은 이거야. 자, 일단 이 말도 안 되는 사건을 계속 맡도록 허락하겠네. 어차피 내가 무슨 말을 해도 그만두지 않을 테니까. 하지만 내 말 끝까지 듣게. 최대한 빨리 끝내야 해. 자네를 위해서. 나를 위해서. 회사를 위해서. 당분간 자네가 맡고 있는 나머지 일을 다른 사람들에게 넘기겠네. 새로운 업무도 맡기지 않을 거고. 단, 이 사건을 반드시 해결해야 해.”

"고맙습니다. 이해해 주셔서 정말 감사해요.” 나는 약간 화가 났지만, 이 논쟁에서 이길 수 없다는 걸 알았다. 켄트의 말이 옳았으니까.

"아, 고마워하긴 일러. 회사 업무를 처리하지 않는 동안에는 매월 수임료를 받지 못하게 될 걸세. 즉, 이 사건이 끝날 때까지는 수익에서 자네 몫을 분배하는 것을 보류하고…….”

"그건 계약서에 없는 내용이잖아요! 그렇게 할 순 없…….”

"아니면 날 고소할 건가? 한번 해 보게. 그게 자네에게 어떻게 돌아갈지 두고 보자고. 자, 이건 자네에게 자극이 될 수도 있어. 이 사건을 빨리 끝내면 수익은 다시 자네에게 돌아갈 걸세. 이해했나?”

나는 활활 타오르는 눈빛으로 켄트를 보았다. 대답하기 싫었고, 솔직히 더 이상 이야기 나누고 싶지도 않았다. 나는 일어나서 문으로 갔다.

"아, 세라. 한 가지 더.”

"뭐죠?”

"비서 팸 말이야."

"앤이에요."

"아, 앤. 앤은 강아지처럼 쫓아다니며 온갖 잡일을 해주는 개인 조수가 아닐세. 회사에서 월급 받는 사람이고 회사의 자산이지. 자네 개인 소유가 아니라고."

"지난번에 확인했을 땐 제 개인 비서로 되어 있던데요. 게다가 급여의 절반을 제가 주기도……."

"맞아. 그리고 나머지 절반은 내가 주지. 그러니 계속 앤에게 일을 시키겠다면 절반만큼만 쓰게. 그게 싫다면 이 정의로운 전쟁을 혼자 치르든지." 켄트는 다시 책상 의자로 돌아가 앉았다.

"개자식." 나는 사무실에서 나오며 이렇게 중얼거렸다.

"좋은 하루 보내요, 세라." 책상 앞을 지나가는 내게 켄트의 비서가 말했다.

"됐어요, 니콜." 나는 쳐다보지도 않았다.

마음이 급해서 서두르다가 누군가와 부딪쳐서 깜짝 놀랐다. 정신을 차리고 고개를 들어보니, 나와 부딪친 남자는 또 다른 남자와 함께 있었다. 둘 다 묘하게 익숙한 얼굴이었지만 누구인지 곧바로 떠오르지 않았다. 너무 화가 나서 기억을 불러오는 데 일시적으로 문제가 생긴 모양이다.

"워, 워. 모건 씨. 그렇게 급하게 어딜 갑니까?" 심한 텍사스 억양이 쏟아져 나왔다. 이제야 기억났다. 맥캘런 상원 의원의 재판을 방청석에서 지켜보던 거대 석유 기업의 임원들이었다.

"안녕하세요." 나는 질문에는 답하지 않고 이렇게 말했다.

"먼저 승소를 축하하는 게 순서인 것 같군요." 둘 중 한 사람이 말했다. 누가 말했는지는 중요하지 않았다. 둘이 똑 닮았기 때문이다.

"진심인지 의심스러운데요."

"공정했던 건 사실이니까요, 모건 씨. 당신이 정정당당하게 이긴 거예요…… 이번에는요." 둘 중 한 명이 내게 말했다. 그의 얼굴에 사악하다고밖에 설명할 수 없는 미소가 번졌다.

"그렇군요……. 어서 켄트의 사무실로 가서 사이좋게 놀지 그래요? 난 진짜 할 일이 있어서요. 나중에 보죠." 나는 불쑥 이렇게 내뱉었다. 순조로운 대화는 아니었지만 이들에게 할애할 시간이 없었다.

사무실로 돌아오자마자 앤이 들어왔다. "무슨 일이에요?"

"별일 아니야." 나는 모니터에서 눈을 떼지 않고 말했다.

"그 정도로 나쁜 일인가요?"

"그냥 커피나 좀 갖다주지?" 나는 발끈했다.

앤은 고개를 끄덕이고 재빨리 나갔다.

나는 늦게 퇴근했다. 점심시간에도 일하고 있음을 알리기 위해 자리를 떠나지 못하는 시간제 노동자처럼 하루 종일 사무실에 있었다. 이 회사에서 내게 의문을 제기할 수 있는 사람이 어디 있단 말인가? 나는 회사의 그 어떤 변호사보다 열심히 일했다. 내게는 마음대로 출퇴근할 권리가 있다.

장바구니를 어깨에 걸치고 레인지로버 트렁크를 닫은 다음, 짐이 가득한 상자를 집어 들었다. 주위가 어두워서 테라스 계단을 올라갈 때 넘어지지 않도록 조심했다. 계단을 오를 때마다 하이힐 또각거리는 소리가 났다. 현관문 앞에 서서 잠시 문을 두드릴까 생각했지만 그냥 문을 열고 안으로 들어갔다.

"누구세요?" 거실에서 애덤이 긴장된 목소리로 외쳤다. "거기 누구냐고요?"

나는 대답하지 않고 주방으로 갔다. 애덤은 추리닝 바지에 흰 티셔츠를 입고 거실 소파에 앉아 위스키를 홀짝이고 있었다. 면도도, 빗질도 하지 않은 모습이었지만 여전히 잘생겼다.

"세라? 여긴 어쩐 일이야?"

나는 상자와 장바구니를 아일랜드 식탁에 내려놓았다. "먹을 것 좀 가져왔어."

"그래?" 애덤은 밝아진 표정으로 소파에서 일어나 느릿느릿 주방으로 왔지만, 여전히 나와 거리를 두었다.

"어머님은?"

"호텔로 가셨어."

"당신, 어머님이 재워주는 줄 알았는데." 나는 비꼬는 투로 말했다.

"하지 마." 애덤은 킥킥댔다. "엄마가 그 정도로 최악은 아니잖아."

나는 희미하게 미소 지으며 눈을 굴렸다.

"한 잔 마실래?"

"응."

애덤은 바 테이블로 가서 10년산 라프로익 싱글 몰트 위스키를 한 잔 따랐다. 그리고 아일랜드 식탁 맞은편으로 와서 내 앞에 잔을 놓았다.

"먹을 게 좀 필요할 것 같아서. 채끝 스테이크, 위스키, 베이글, 훈제 연어, 크림치즈, 달걀, 채소, 마카다미아, 아이스크림을 가져왔어." 나는 이렇게 말하며 물건을 하나씩 꺼내 정리하기 시작했다.

"안 그래도 되는데."

나는 애덤을 보았다. 그는 희망이 담긴 눈빛으로 미소 지었다. "알아."

애덤은 위스키를 한 모금 마셨다. "고마워."

"글 쓸 때 필요한 것도 가져왔어. 종이, 프린터 잉크, 볼펜, 다른 문구류 같은 거." 나는 다른 봉투를 풀었다.

"정말이지 이럴 필요 없어." 애덤은 가까이 와서 내가 꺼내는 물건을 보았다. 그의 눈이 촉촉해졌다.

"안다니까." 나는 애덤이 놓아둔 잔을 집어 들고 위스키를 한 모금 마셨다.

우리는 그렇게 말없이 서서 위스키를 마셨다. 그에게 무슨 말을 해야 할지 떠오르지 않았다. 분명 애덤도 마찬가지였을 것이다. 생각해 보면 한때 우리는 서로의 삶에서 가장 사랑하는 사람이었고 두 인간이 맺을 수 있는 가장 친밀한 관계를 나누었다. 그런데 이제 우리 사이에는 너무 깊고 넓은 틈이 생겨 건너편에 있는 서로를 부를 수조차 없게 되었다.

마침내 애덤이 말문을 열었다. "상자에 있는 건 뭐야?" 그는 종이와 서류철이 가득한 종이 상자를 가리켰다.

나는 상자를 애덤 쪽으로 밀었다. "당신도 뭔가를 돕고 싶을 것 같아서. 그래서 앤에게 중요한 증거를 모두 복사하라고 했어. 여기 다 있으니 직접 살펴봐."

애덤은 상자를 본 다음 나를 보았다. 그의 눈은 재빨리 나를 훑었다.

"내가 이 소송에서 이기려고 최선을 다하고 있다는 걸 알아주면 좋겠어. 날 믿어야 해."

"믿어, 세라."

나는 고개를 끄덕이고 희미하게 미소 지었다. "다행이네. 난 이만 가봐야겠어. 뭔가를 알아내거나 필요한 게 있으면 연락해." 나는 위스키 잔을 내려놓고 현관으로 갔다.

"세라." 애덤의 목소리는 속삭임에 가까울 정도로 나지막했다.

나는 걸음을 멈추고 돌아서서 그를 보았다. "응."

"고마워…… 전부 다. 정말 이렇게까지 하지 않아도 되는데. 난…… 이런 대접을 받을 자격이 없는 놈이야." 애덤의 목소리가 떨렸다.

나도 입술이 떨리기 시작했지만 떨림을 멈추려고 입을 굳게 다물었다. 눈을 잠시 감았다 뜨니 눈가가 촉촉해져 있었다. "아니야. 당신은…… 음…… 이만 갈게."

내가 한 발 더 내딛기 전에 애덤이 다가와 끌어안았다. 나는 그를 막고 싶었다. 하지 말라고 말하고 싶었다. 켈리를 안은 바로 그 팔이었다. 켈리에게 힘내라고 위로하던 그 팔. 나는 애덤이 날 안을 자격이 없다는 걸 알면서도 저항하지 않았다. 그냥 안게 내버려두었다. 그리고 그의 가슴에 얼굴을 묻고 울었다. 그의 품 안에서 그야말로 무너져 내렸다. 애덤도 울었다. 애덤은 내 머리에 입 맞추고 나를 꼭 안았다. 그리고 사랑한다고 몇 번이나 말했다. 나는 애덤을 올려다보았다. 내 뺨은 눈물로 축축

했고 심장은 거세게 요동쳤다. 그의 뺨을 타고 흘러내린 눈물이 내 뺨으로 떨어졌다.

나는 애덤을 끌어당겨 키스했다. 그도 내게 키스했다. 우리의 입술은 자연스럽게 맞물리며 열리고 닫혔다. 애덤은 내 온몸을 어루만지며 나를 안아 올렸고, 나는 다리로 그의 허리를 감쌌다. 애덤은 나를 아일랜드 식탁에 앉히면서 단 한 순간도 입술을 떼지 않았다. 그의 입술은 목선을 지나 쇄골로 향했고, 닿는 곳마다 부드럽게 키스했다.

"세라, 사랑해." 그가 귓가에 속삭였다.

"알아." 나는 멈칫했다. 키스를 멈추고 애덤의 얼굴을 살피며 뭐라고 대답해야 할지 생각했다. 그의 얼굴을 어루만지다가 시선이 마주치자 마침내 나는 이렇게 말했다. "나도 사랑해."

애덤은 미소를 참지 못했다. "정말 사랑해." 떨리는 목소리였다. 나는 격렬하게 키스를 퍼부어 그가 더 이상 말하지 못하게 했다. 애덤의 입술은 부드럽고 뜨거웠다. 그는 내 온몸을 어루만지다가 재킷을 벗기고 가슴을 만졌고 치마를 걷어 올렸다. 애덤의 혀와 입술이 목을 오르내리며 흔적을 남기자 나는 숨이 가빠졌다.

애덤은 바지 지퍼를 내리더니 나를 식탁 가장자리로 더 바싹 끌어당겼다. 그리고 몸을 숙여 내 다리를 벌리고 팬티를 옆으로 들췄다. 그때 갑자기 현실로 돌아온 나는 애덤을 밀어냈다. 다리를 오므리고 식탁에서 내려와 치마를 내리고 재킷을 입었다. 애덤은 균형을 잃고 바닥에 주저앉았지만 재빨리 몸을 일으켰다. 그는 휘둥그레진 눈으로 뭐라고 따질 듯이 입을 벌렸다.

나는 그의 가슴에 손을 댔다. "아직은 안 되겠어……. 아직 당신이 내게 한 모든 일에 화가 나 있어. 어쩔 수 없이 아직도 자꾸 떠올라……." 나는 말끝을 흐렸다. 눈물이 뺨을 타고 흘러내렸다. 나는 눈물을 닦고 애덤을 피해 황급히 집에서 나왔다.

"세라, 잠깐만!" 집 안에서 그의 목소리가 울려 퍼졌다. 하지만 애덤은 갇혀 있었고, 허용 범위 밖으로는 나를 쫓아올 수 없었다.

나는 차에 타고 문을 세게 닫았다. 나는 대체 무슨 짓을 하고 있는 거지? 머리를 맑게 해야 했다. 그리고 여기는 그럴 만한 장소가 아니다.

32장
애덤 모건

소파에 앉아 위스키를 두 잔째 홀짝이며 손으로 채끝 스테이크를 먹는 중이다. 세라는 한 시간 전에 떠났고, 그 후 내 아랫도리에서 그녀의 기억을 지우는 데 15분이 걸렸다. 세라와 다시 가까워져서 기분이 좋았다. 화해할 가능성이 있을 것만 같았다. 그런데 세라가 느닷없이 가버렸다. 그녀는 언제나 그런 식이었다. 엄마에게 안부 확인 전화가 왔다. 원래 이곳에서 함께 저녁을 먹기로 했는데 갑자기 마사지를 예약했다고 한다. 엄마가 무슨 일을 꾸미고 있는 것 같다. 그게 아니라면 하나뿐인 아들과의 저녁 식사를 거절할 리가 없다.

그때 전화가 울렸다. 세라 아니면 엄마겠지. 요즘 내게 전화하는 사람은 두 사람뿐이다. 나는 앉은 자세로 탁자 끝에 있는 유선 전화기를 향해 몸을 움직였다. 발신자 이름이 없었기 때문에 누군지 궁금해서 어쩔 수 없이 전화를 받았다. 추리 소설에 흔히 등장하는 설정처럼.

"여보세요."

"애덤?"

"네, 그런데 누구시죠?"

"나야, 대니얼. 대체 어떻게 지낸 거야?"

아, 나의 오랜 친구 대니얼. 대니얼은 내가 소설가로 첫발을 내디뎠을 때부터 함께한 출판 에이전트였다. 우리가 처음 만났을 때 그에게 나는 도박이었다. 그러다가 내가 인기를 얻자 다른 에이전트들이 대니얼에게서 나를 빼내려고 했지만, 나는 대니얼과 계속 함께했다. 하지만 지금은 내가 아니라 대니얼이 떠나지 않고 옆에 있어 주는 셈이다. 지난 4년간의 공백기 동안 그가 연락하는 횟수가 점점 줄었지만, 그를 탓할 수는 없다. "아, 이런. 대니얼. 난 잘 있어, 잘. 넌?" 나는 소파에 편하게 기댔다.

"내 얘기는 됐고. 살인죄로 재판 중이라고 들었는데 이게 무슨 소리야?"

"아, 재수 없게 그렇게 됐어. 하지만 내가 그런 건 아니야. 이건 전부다······." 나는 위스키를 마셨다.

"잘됐네!"

"뭐라고? 아니, 대니얼. 재판받아야 하는 건 사실이라고."

"아, 그렇게 알아들었어. 오랜만에 듣는 신나는 소식이군."

"뭐라고? 왜?" 나는 제대로 들은 게 맞나 싶어서 전화기를 귀에 바싹 붙였다.

"생각해 봐, 애덤. 이건 살인 사건이야. 넌 작가고. 이 둘을 조합해 봐. 뭐 떠오르는 거 없어? 지금껏 본 적 없는, 진실을 폭로하는 책이 나오는 거지."

"하지만 대니얼, 내가 그런 게 아니······."

"애덤 버전의 《인 콜드 블러드》가 될 거야. 아니 훨씬 낫지. 넌 살인자를 직접 인터뷰할 필요가 없잖아…… 당사자니까!"

"대니얼, 난 빌어먹을 살인을 한 게 아니라……."

나는 이를 악물었다. 대체 왜 이해하질 못하는 거지?

"그림이 그려지는군. 교도소에서 언론 인터뷰를 하고 면회 시간에 사인회를 하는 거야. 음…… 전국 홍보를 위해 잠시 나올 수 있을지는 알아봐야겠지만…… 잠깐…… 이러면 되겠다! 경찰을 비롯해 모든 걸 갖춰서 교도소 차량으로 움직이는 거야. 넌 주황색 죄수복을 입고. 아, 언론에서 미치게 좋아할……."

"대니얼! 내가 한 짓이 아니라고. 젠장, 내 말 좀 들어!"

"이런, 진정하라고. 네가 한 짓이 아니란 거 알아. 네가 가끔 다루기 힘든 사람인 건 알지만, 살인자라고? 넌 파리 한 마리도 못 죽이잖아. 하지만 결론이 뭐든지 간에 사람들이 그걸 알 필요는 없어. 내가 보기에, 네가 그 여자를 죽였다면……."

"내가 안 했다니까." 나는 반복해서 말했다. 이런 사람을 봤나! 지금 같은 상황에서도 온통 돈 벌 생각뿐이라니. 그 덕분에 유능한 에이전트가 됐을지는 몰라도, 인간으로서는 형편없었다. "대니얼, 난 모르겠어. 아무 짓도 하지 않았는데 살인자가 되고 싶지는 않아."

"자, 우리 둘 다 알잖아. 요 몇 년 동안 네겐 자극이 필요했어. 그런데 이제 그게 뻥 터진 거야! 품 안에 곧장 떨어졌지. 내 말은, 이 기회를 외면하지 말라는 거야. 이 사건에 대해 뭐라도 좀 써서 보내주면 읽어볼게. 그게 안 되면…… 네가 지난 5년 동안 귀가 닳게 말한 '차세대 미국 소설'인가 뭔가를 마무리하는 데 다시 집중하면 되잖아. 전적으로 네게 달렸어."

"응, 그래. 봐서."

"바로 그런 마음가짐이 필요해. 그럼 잘 견디고. 조만간 점심이나 먹자." 전화가 끊어졌다.

나는 전화기를 내려놓고 다시 소파에 깊숙이 몸을 묻은 채 위스키를 마셨다. 대니얼이 틀린 말을 한 건 아니었다. 이건 굉장한 이야기다. 그리고 이건, 내가 써야 하는 내 이야기다. 내가 한 짓은 아니지만 누가 그런 짓을 했는지 알아낼 수 있다. 실화 기반 범죄 미스터리를 세상에 선보이는 것이다. 〈뉴욕 타임스〉 베스트셀러는 보장된 것과 다름없다. 그런데 제목을 뭐라고 하지?

《인 웜 블러드…… 내가 저지르지 않은 이야기》

젠장. 머리가 녹슨 모양이다. 나는 커피 탁자에서 종이와 펜을 꺼내서 지금까지 일어난 일을 처음부터 모두 쓰기 시작했다.

33장
세라 모건

사건 서류를 검토하며 앤이 아침을 가져다주기를 기다렸다. 앤이 뭐라도 먹어야 한다고 설득했다. 나는 커피, 물, 술만으로 버티고 있었다. 애덤과 내가 어떤 관계인지 더 이상 모르겠다. 남편과 아내? 변호사와 의뢰인? 연인? 적? 그건 중요하지 않은 것 같다. 중요한 것은 이 사건을 해결하는 것이다. 주말 사이에 사건이 전국에 보도되어 일이 점점 힘들어지고 있었다. 기자들이 쉴 새 없이 사무실로 전화를 걸어댔고, 내 업무용 휴대폰까지 울려댔다. 나는 주말 동안 워싱턴DC의 집과 사무실에 눈에 띄지 않게 틀어박혀 사건 서류를 검토하는 데 집중했다.

앤이 알려준 바에 따르면, 누가 켈리를 죽였는지에 대한 가설이 온라인에 난무하고 있었다. 대다수는 애덤인 것 같다고 생각했고 스콧, 세 번째 DNA의 주인공, 동료, 다른 현직 경찰관이라는 의견도 있었다. 심지어 켈리 전 남편의 망령이라는 설도 있었다. 나는 그런 가설에 그다지 관심을 기울이지 않았다. 대중은 켈리가 첫 남편을 살해한 방식과 똑같은 방식으로 살해당했다는 사실에 주목했다. 대체로 켈리가 그런 죽임을 당해 마땅하다고 생각했지만, 일부는 언론에서 그녀를 잘못된 방식으로 다루고 있다고 주장했다. 이처럼 사건에 대한 의견이 양극단으로 나뉘고 합의가 이루어지지 않는다는 점은 나중에 배심원단의 평결에서 우리에게 유리하게 작용할 수 있었다.

무죄 판결을 받기는 힘들겠지만, 배심원들 간 의견이 엇갈려 평결이 내려지지 않는다면 미결정 심리가 될 수 있었다. 그럴 경우 다시 재판받을 수도 있고 받지 않을 수도 있다. 지금으로서는 재판이 시작되기까지 시간이 많지 않기 때문에 미결정 심리를 기대해보는 게 최선이었다.

문이 벌컥 열리는 바람에 깜짝 놀랐다. 앤이 스무디 두 잔, 근처 카페에서 사 온 음식 봉투, 초콜릿 상자를 들고 급히 들어왔다. 그리고 손에 든 것을 서둘러 책상에 내려놓았다.

"왜 그래?" 내가 물었다.

"밥이 오고 있어요." 앤은 눈이 휘둥그레졌다.

"그런데?"

"잔뜩 화가 났더라고요."

멋진 맞춤 정장을 입은 밥이 사무실 문간에 나타나 인상을 찡그렸다. "이게 대체 무슨 일이야?" 그는 사무실로 성큼성큼 들어와 내 책상 앞에 섰다. 앤은 재빨리 옆으로 비켰다.

"밥, 여기엔 무슨 일로?" 나는 미소 지었다.

"밖에 있는 기자들은 다 뭐지? 아, 그리고 살인 사건 재판에서 남편을 변호한다는 이야기가 들리던데 그건 또 뭐고?" 밥은 잔뜩 인상을 썼다.

"응, 맞아. 남편이 억울하게 기소돼서 무료로 변호하고 있어." 나는 밥을 무시하고 서류를 뒤적였다.

"남편 사건을 무료로 변호하면 안 되잖아!"

"안 되긴 왜 안 돼. 켄트와도 이미 이야기 끝났어."

앤은 소리 내지 않으려고 억지로 참기라도 한 듯이 어색하게 기침을 내뱉었다. 나는 앤을 흘끗 본 다음 밥의 눈을 똑바로 쳐다보았다.

"아, 그래? 나도 켄트와 이 일에 대해 이야기할 참인데. 이런 식으로 언론에 알려지는 게 회사에 얼마나 끔찍한 일인지 설명하려고." 밥은 이렇게 말하며 내게 손가락질했다.

"그렇게 하기만 해. 내가 묻어버릴 거니까." 나는 으름장을 놓았다.

밥은 킬킬대며 웃었다. "하. 어디 한번 보고 싶네." 그는 내 사무실을 둘러보았다. "당신이 해고되고 나서 내가 여길 쓰면 정말 멋있을 텐데."

"지금 쓰는 사무실에서도 별로 안 멋져 보이던데." 나는 다시 서류를 넘기며 사건에 집중했다. 밥의 협박이 껍데기뿐이란 걸 알지만 그가 켄트를 또 흔드는 건 싫었다. 나는 이미 살얼음판을 걷고 있으니까.

"조심하는 게 좋을거야, 세라." 밥은 몇 걸음 물러서더니 몸을 돌려 사무실에서 나갔다. 나는 밥이 마지막 한마디까지 하도록 내버려두었다. 어차피 그가 할 수 있는 건 그정도 뿐이니까. 뜻하지 않은 언론의 관심에 화를 낼 수는 있겠지만, 내가 이 사건을 맡은 것에 화낼 수는 없었다. 나는 이 사건을 맡을 수밖에 없었다. 이 방법뿐이었으니까.

"괜찮아요?" 앤이 앞에 와서 앉으며 물었다.

"응. 밥 일은 걱정하지 마. 회사를 정말 지키고 싶은가 봐." 그때 초콜릿 상자에 붙어 있는 카드가 보였다. "이건 뭐지?"

"출근했는데 도착해 있더라고요."

나는 봉투를 열고 카드를 꺼냈다.

변호사 시험공부하던 때랑 비교는 안 되겠지만, 네가 스트레스받으면 초콜릿을 먹는다는 걸 알고 있지!

– 사랑을 담아, 매튜.

매튜와 함께 공부하면서 초콜릿을 줄곧 먹어대던 기억이 떠올라 살며시 미소 지었다. 나는 상자를 열어 초콜릿 한 조각을 꺼내 입에 넣었다.

"먹을래?"

"좋아요." 앤이 초콜릿을 받아들어 한 입 깨물었다. "누가 보낸 거예요?"

"매튜." 나는 초콜릿을 하나 더 먹었다.

"아무리 봐도 매튜가 당신에게 마음이 있는 것 같아요." 앤은 한쪽 눈썹을 치켜올렸다.

"매튜는 동성애자야."

"네, 하지만 당신에게만 이성애를 느낄지도 모르잖아요." 앤이 입안 가득 초콜릿을 물고 말했다.

"동성애란 게 그런 게 아니야."

"아니면 양성애자일지도요." 앤은 한쪽 입꼬리를 올렸다.

"그런가?" 나는 눈을 굴렸다.

"아, 참. 제시 후크라는 남자, 신원 조회를 해봤어요." 앤은 재빨리 나가서 서류철을 가져왔다. 나는 서류를 건네받아 훑어보았다.

"요점은?"

"32세. 게인스빌에 혼자 살아요. 고등학교를 중퇴했고 직장에 다닌 기록은 없어요. 페이스북 페이지를 보면 프리랜서로 간간히 글을 쓰거나 그림을 그린 것 같고요. 같은 지역에 사는 가족도 없고 어떻게 그곳에 살게 됐는지 확실치 않아요. 결혼한 적도 없고, 자녀도 없고요. 전반적으로, 소름 끼칠 정도의 은둔형 외톨이 같아요."

"전화번호는 등록된 번호야?"

"네. 첫 번째 페이지에 있어요. 켈리의 통화 내역에서 조회된 메시지 한 통과 부재중 전화 수십 통과 일치하는 번호예요. 사건 당일 켈리에게 '미안해'라는 메시지를 보냈고, 사건 며칠 전에는 산발적으로 전화를 걸었어요."

"우리가 찾는 사람일지도 모르겠군." 나는 중얼거렸다.

"적어도 자세히 조사할 가치는 있을 것 같아요."

"난 프린스 윌리엄 카운티로 가야겠어. 스티븐스 보안관에게 전화해서 두 시간쯤 뒤에 세스 커피에서 만나자고 해줄래?"

"네." 앤은 곧바로 일어나서 전화하러 나갔다.

내 휴대폰이 울렸다. 엘리너가 보낸 메시지였다. 참 나.

잠시 마을을 떠났다가 내일 돌아오마. 신경 쓸 것 없다.

나는 눈을 굴렸다. 내가 신경 쓸 일이 아니라면 애당초 왜 메시지를 보낸 걸까? 읙. 못 말리는 사람이었다. 휴대폰을 주머니에 넣고 초콜릿 상자를 닫아 토트백에 넣었다. 사무실에서 나가기 전에 스무디를 몇 모금 마시고 샌드위치도 한 입 먹었다. 워싱턴DC와 프린스 윌리엄 카운티를 오가는 일에 조금씩 지쳐가고 있었지만, 꾸물거릴 시간이 없었다.

이 세 번째 남자가 누구인지 알아내야 했다. 켈리와 그녀의 과거에 대해 누구보다 많이 아는 사람일지도 모른다.

34장
애덤 모건

취재를 부탁한 기자 레베카에게서 생각보다 빨리 연락이 왔다. 사실 연락이 오지 않을 수도 있다고 생각했다. 레베카는 어젯밤 늦게 전화해서 월요일 오후에 오겠다고 했다. 일 처리가 빨랐다. 전화상으로는 내가 요청한 정보를 전부 다 알아냈다고 했다. 어떻게 했는지는 모르겠지만 제대로 된 정보라면, 그리고 내가 이 상황에서 벗어날 수만 있다면 상관없었다. 나는 일어나서 샤워하고 면도하고 옷을 갖춰 입었다. 지난 며칠 동안 게으름뱅이나 다름없었기 때문에 이렇게 하고 나자 꽤 뿌듯했다. 집 안도 정리했다. 허리가 아파서 소파에서는 하루도 더 잘 수 없었다. 물론 감옥 침상보다는 훨씬 나았지만.

쓰던 매트리스는 범죄 현장을 정리하면서 버렸기 때문에 온라인으로 새로 주문했다. 유죄 판결을 받으면 더 이상 쓸 일은 없겠지만, 그동안에라도 쓰려고 가장 비싼 매트리스를 골랐고, 최고급 시트와 베개와 매트리스 패드도 주문했다. 내 침대에서 보내는 마지막 몇 주가 될지도 모르는데 그 시간을 호화롭게 보내고 싶었다. 세라는 금요일 밤에 만난 뒤로 연락이 없었다. 다시 들르지 않을까 기대했지만, 뉴스 기사가 나간 터라 최대한 눈에 띄지 않으려는 듯했다.

나는 낡은 청바지와 플란넬 셔츠를 입고 소파에 앉아서 손때 묻은 《인생 수정》을 뒤적이며, 왜 나는 소설가로서 이 책의 저자처럼 되지 못했을까 고민했다. 하지만 그의 글을 한 페이지만 읽었는데도 곧 그 이유를 알 수 있었다.

그때 전화가 울렸고 나는 몸을 기울여 전화를 받았다. "여보세요"라고 말할 틈도 없었다. "애덤! 나 대니얼이야. 좋은 소식이 있어! 지난번에 말한 책 말이야. 이미 제안을 여러 건 받았어."

"책을 홍보한 거야? 난 쓰겠다고 하지도 않았는데."

"애덤, 우린 같은 부류야. 둘 다 돈을 좋아한다고. 바보처럼 굴지 마. 이건 일생일대의 기회야. 일곱 자리 숫자의 돈, 영화 계약 전부 다 가능하다고." 대니얼은 말을 멈추고 내가 동의하기를 기다렸다. 잔뜩 흥분해서 거칠게 내쉬는 숨소리가 들렸다.

돈, 명예, 권력 같은 걸 생각하자 내 눈이 빛났다. 내 인생이 어떻게 달라질지 상상하자 미소가 번졌고 입 밖으로 나오는 대답을 막을 수 없었다. "좋아. 하지만 난 진실을 쓸 거야. '내가 살인자다' 같은 헛소리가 아니라."

"완벽해. 요즘 사람들은 실화 기반 범죄물을 더 좋아하니까. 그럼 난 출판사끼리 경쟁을 붙일 테니 일단 글을 써. 연락할게, 친구야."

전화가 끊어졌고, 수화기를 내려놓은 나는 잠시 그대로 멍하게 앉아 있었다. 맙소사. 드디어 내 꿈이 모두 실현되는구나. 나는 책상에 앉아 모든 걸 글로 쏟아낼 준비를 마쳤다. 이 이야기는 내 경력을 완전히 바꿔놓을 것이고, 사람들은 애덤 모건이라는 이름을 기억하게 될 것이다. 나는 우두둑 소리를 내며 손가락을 푼 다음, 빈 워드 문서를 열었다. 그리고 이렇게 입력했다. '애덤 모건: 그가 쓴 살인 사건 이야기'

그때 문 두드리는 소리가 들렸다. 의자에 앉은 채로 돌아보고 나서야 퍼뜩 떠올랐다. 이런, 레베카와 진행 중인 조사를 까맣게 잊고 있었다. 진실을 밝히는 게 최우선이었다. 내가 교도소에서 썩거나 죽게 된다면 이 책은 아무 의미가 없을 것이다. 나는 노트북을 닫고 서둘러 문으로 갔다. 레베카는 내가 들어오라고 하기도 전에 안으로 들어왔다. 모자 아래로 심하게 곱슬대는 머리카락이 보였고 양 볼은 장밋빛으로 붉게 물들어 있었다.

"아주 빠르군요." 코트와 모자를 벗고 소파에 앉는 레베카에게 말했다.

"일을 빨리하는 편이에요. 게다가 당신에게는 시간이 별로 없고요." 레베카는 이렇게 말하며 《인생 수정》을 집어 들었다. 책을 흘끗 보더니 커피 탁자 위에 놓았다. "이분에게 글쓰기 수업을 들었더라면 얼마나 좋았을까요." 레베카는 냉소적인 미소를 지었다.

"그러려면 지역 전문대학에 다니면 안 됐겠죠?" 나는 질투가 치밀어 쏘아붙였다. 레베카의 눈빛으로 보아 제대로 한 방 먹은 듯했다. 역시 눈치가 빨랐다. "어쨌든, 내게 시간이 많지 않은 건 맞아요. 뭐 좀 마실래요?"

레베카는 고개를 저었고 나는 소파로 가서 함께 앉았다. 레베카는 서류철을 두 개 꺼내 앞에 내려놓았다. "준비됐어요?"

나는 고개를 끄덕였다.

"좋아요. 켈리, 아니 제나의 첫 남편 이름은 그레그예요. 두 사람은 어릴 때, 그러니까 스무 살 무렵에 결혼해서 1년 반 동안 함께 살았어요. 살인 사건, 사라진 증거, 스콧 서머스의 도움을 받아 이 사건에서 벗어난 일은 잘 알고 있을 테죠. 스콧 서머스와 켈리는 사건이 종료된 뒤에 위스콘신을 떠나서 이곳 버지니아 프린스 윌리엄 카운티에 정착했어요." 레베카는 서류를 넘겨보았다. 나도 여기저기 페이지를 넘기며 읽었는데 대부분 아는 내용이었다.

"새로운 정보는 없어요? 첫 남편의 가족이나 뭐 그런 거?"

"이제 얘기할 참이에요. 그레그의 부모 모두 아직 살아 있어요. 하지만 그 사람들에 대한 정보는 별로 알아내지 못했어요. 아버지는 상업 부동산 쪽에서 일하고 어머니는 자원봉사 활동을 많이 해요. 이 사건과 전혀 관련되지 않은 것 같아요. 둘 다 60대예요. 두 사람을 연관 짓기엔 무리예요."

예순이 넘은 부모가 범죄에 가담했다는 건 억지스러워 보이긴 했다. 우리 엄마가 잔혹한 살인 사건에 연루되었다고는 상상하기 힘드니까. 하지만 '죽음의 박사'라고 알려진 해럴드 시프먼은 50대가 훌쩍 넘어서까지 살인을 저질렀고, 미주리의 부부는 70대의 나이에 떠돌아다니는 사람들을 살해하는 것을 취미로 삼았다. 따라서, 나이가 많다고 배제할 수는 없었다. 다른 무언가가 나타나지 않으면 켈리가 살해당했을 때 이 사람들이 어디에 있었는지 더 자세히 조사해 보라고 할 생각이다.

"그런데 여기. 그레그에게 형제가 있어요. 이름은 니콜라스 밀러고요. 알아낸 정보가 많지는 않지만, 이 지역에 살고 있어요."

나는 눈앞이 환해졌다. 그 사람이 범인인 게 틀림없었다. 아니면 누가 켈리를 죽이고 싶어 했겠는가? "어디 살아요? 직장은 어디고요? 그 사람을 찾아보면 되겠네요." 이거였다. 이게 내 생명줄이고 기적이었다. 전부 다 잘될 것 같았다.

"음, 그런데요. 그 집에 전화를 걸어 어머니와 이야기를 나누었거든요. 부모가 이 사건과 관계없다고 생각하게 된 이유 중 하나가 그 통화였어요. 어머니가 정말 친절하고 다정했거든요. 이야기를 나누는 게 즐거워서 주기적으로 전화하고 싶다는 생각까지 들었어요. 우리 엄마는 엉망진창이거든요."

"알겠고요. 본론으로 들어가죠, 레베카. 당신 가족 문제는 이 일을 해결하고 나서 이야기합시다."

"미안해요. 아무튼 그레그에 대한 정보를 찾다가 형이 있다는 걸 알아내서, 그 어머니와 통화하며 니콜라스에 대해 물어봤어요. 어머니 말에 따르면 니콜라스가 집에 왔다가 얼마 전에 메릴랜드로 돌아갔다고 하더라고요."

"메릴랜드라. 버지니아가 아니잖아요."

"네. 하지만 아주 가깝죠. 여기에서 2시간 거리에 도시와 마을이 아주 많아요. 여기까지 쉽게 올 수 있죠."

"그 사람을 어떻게 찾죠?"

"계속 찾는 중이에요. 니콜라스 밀러를 찾지는 못했지만 성이 같은 사람을 몇 명 찾았어요. 거기에서부터 조사를 시작해 니콜라스를 아는 사람이 있는지 찾아보려고요. 흔한 이름이 아니라서 운 좋게 찾을지도 모르죠."

"어느 정도로 흔하지 않다는 건가요?"

"여기서 두 시간 거리에 사는 사람들 중에 성이 같은 사람 72명의 명단을 뽑아 왔어요. 당신은 그동안 아무것도 안 했으니, 이 중 절반을 맡아주면 좋겠어요." 레베카는 내게 이름, 주소, 전화번호가 잔뜩 적힌 종이를 건넸다.

"내 쪽에 50명이 있는데요. 이건 절반이 아니잖아요."

"알아요. 전화번호가 없는 사람들도 있는데, 그 사람들은 내가 직접 집에 찾아가 보려고요. 나라면 불평하지 않을 거예요. 말 그대로 목숨이 달린 일이잖아요." 레베카가 다시 일깨워 주었다.

"그거야 당연히 나도 알죠." 나는 눈을 굴렸다.

"좋아요. 그럼 이 명단 해결하고요, 난 내일 늦게 다시 올게요. 뭐든 알아내면 전화 줘요."

"마찬가지예요."

"그럴게요." 레베카는 짐을 챙겼다.

나는 나가려는 레베카를 불렀다. 그녀는 돌아서서 나를 보았다.

"몸조심해요."

레베카는 미소 지으며 고개를 끄덕이더니 전화번호가 적힌 종이와 함께 나를 남겨두고 가버렸다. 이 번호 중에 나만의 복권 당첨 번호가 있을지도 몰랐다. 나는 유선 전화기를 들고 전화를 걸기 시작했다.

35장
세라 모건

운전하고 있는데 앤이 연락해 스티븐스가 세스 커피에서 만나자는 제안을 못마땅해한다고 알려주었다. 그의 꿍꿍이가 뭔지는 몰라도 곧 알아낼 것이다. 지금은 그의 장난질에 맞장구칠 시간이 없었다. 무엇이 달라졌는지는 확실하지 않다. 스티븐스는 내게 추파를 던지듯 행동하며 뭐든 도와주겠다고 하더니, 호숫가 별장에서는 갑자기 뛰쳐나갔다. 그러더니 이제는 나를 무시하고 있다. 애덤이 무슨 말이라도 한 걸까? 스티븐스를 협박한 걸까?

스티븐스가 퇴근하기 전에 만나려고 곧장 보안관서로 갔다. 제시 후크를 찾으려면 그의 도움이 필요했다. 게다가 누군가가 애덤에게 보낸 사진도 문제였다. 누가 보냈는지는 몰라도 뭔가 알고 있는 사람이다. 스콧 서머스와 건방진 동료 마커스 허드슨을 인터뷰하고 싶은 마음도 계속 있었다. 둘 다 나를 잘못 건드렸다.

보안관서 주차장에 재빨리 차를 세우고 곧장 정문으로 들어갔다. "스티븐스 보안관님을 만나야 합니다." 안내 데스크에 앉아 있던 여자에게 말했다. 그녀는 멍하고 피곤해 보였다. 초췌하다는 표현이 적절할 것 같다.

"성함이?"

"세라 모건이요."

"죄송합니다. 보안관님은 지금 바쁘세요. 나중에 오시죠."

"이보세요. 지금 여기 오려고 한 시간도 넘게 운전했다고요. 지금 당장 만나야 해요!"

직원이 눈을 굴리며 안 된다거나 기다려야 한다고 다시 한번 말하기 직전, 나는 안내 데스크를 빠르게 지나갔다. 그리고 스티븐스의 사무실 문을 벌컥 열었다. 그는 샌드위치를 먹고 있었다. 나를 보더니 샌드위치를 책상에 내려놓았다.

"젠장, 마지!"

안내 데스크 직원이 뒤에 나타났다. "미안해요. 막무가내로 들어갔어요. 끈질긴 사람이라니까요." 마지는 그러면서 내 팔을 잡으려 했다. 나는 팔꿈치로 마지를 쳤고, 그녀는 고통스러워하며 배를 움켜쥐었다.

"잠깐 시간 좀 내주면 좋겠는데요." 나는 미소 지었다.

스티븐스는 패배를 인정한 듯 마지에게 가 보라고 했다. "무슨 일이에요, 세라?" 그는 의자에 기대앉으며 물었다.

"도움이 필요해요."

"이 사건에 더 이상 인력을 투입할 수 없다고 했잖아요. 이미 기소장이 접수되었다고요."

"무슨 일이 있어도 날 도와주겠다는 말은 어떻게 된 거죠?" 나는 눈을 가늘게 떴다.

"상황이 달라졌어요."

"어떻게요?"

"우선, 새로운 증거를 찾지 못했어요." 그는 두 손을 가슴 앞쪽에 놓고 손가락 끝을 마주 눌렀다.

"안 찾아봤으니까요."

"감히 내 수사에 의문을 제기하지 말아요." 그는 나를 손가락으로 가리켰다. "그리고 어쩌면 애덤이 범인일지도 모른다는 생각이 들어요."

나는 눈이 점점 커졌다. "갑자기 왜 그런 생각이 들어요?"

"그런 생각은 늘 하고 있었어요. 다른 가능성도 염두에 두었을 뿐이죠. 하지만 아무것도 찾지 못했어요. 그래서 사건이 종결된 거고요."

"아무것도 못 찾았다고 해서 그렇게 결론 내면 안 되잖아요."

"솔직히, 모든 사건이 이런 식으로 돌아간다는 걸 누구보다 잘 알 텐데요. 그게 바로 이 나라의 사법 제도죠." 스티븐스는 어깨를 으쓱했다.

나는 그에게 기분 나쁜 티를 내려고 팔짱을 꼈다. 물론 사법 제도가 그렇게 돌아가기는 했다. 굳이 그에게서 듣고 싶지 않았을 뿐. 내가 바라는 건 그가 세 번째 DNA가 누구 것인지 밝혀내고, 이 제시 후크라는 사람이 뭘 더 알고 있는지 조사하는 것이다.

"음, 당신은 운이 좋군요. 당신이 할 일을 내가 하고 있으니 말이에요."

"모건 씨, 이 사건에서 내 역할은 끝났어요. 이제 내 사무실에서 나가주시죠." 스티븐스는 문을 가리켰다.

"그럼 제시 후크는 누군데요? 이 사람을 조사해 봤나요?"

스티븐스는 당황한 표정이었다. "처음 듣는 이름인데요."

"그렇겠죠. 그럴 줄 알았어요. 이 제시 후크라는 남자는 켈리에게 집착한 게 분명해요. 사실상 스토킹했죠. 켈리의 동료 브렌다의 말에 따르면, 켈리를 볼 때마다 제시가 근처에 있었어요. 그날 밤 제시가 켈리와 얼마나 가까이 있었는지, 얼마나 많은 걸 보았는지 궁금하군요. 어쩌면 그가 범인일 수도 있죠. 범인을 보았을 수도 있고요. 제시가 켈리와 만나는 사이가 아니었다면 그 세 번째 남자를 알고 있을지도 모르고요." 나는 한쪽 눈썹을 치켜올렸다.

스티븐스는 말이 없었다. 내 말을 곱씹는다는 걸 알 수 있었다. 나는 제시에 관한 내용이 담긴 서류철을 그의 책상에 던졌다. 스티븐스는 서류를 훑어보았다. 세 번째 페이지에는 옛날 신문에 실린 제시의 사진이 크게 들어가 있었는데, 미술 전시회에서 상을 받고 찍은 사진이었다. 제시는 갈색 머리가 덥수룩했고 눈빛이 차가웠다. 웃고 있지 않지만 자신의 성과에 만족하는 표정이었다.

"이 사람, 동네에서 봤어요." 스티븐스가 말했다.

"그런데요?"

"한번 조사해 보죠." 그는 서류철을 닫았다.

"그때 참관하고 싶어요."

"세라, 당신은 이 보안관서 소속이 아니잖아요."

"상관없어요. 언제쯤 데려올 수 있어요?"

스티븐스는 짜증 난다는 듯 이마를 문질렀다. "알겠어요. 차를 보내도록 하죠. 한 시간 내로 데려올 수 있어요."
"아주 좋아요. 난 대기실에 있을게요. 도착하면 메시지 보내요."
나는 사무실에서 나와 휴대폰을 꺼내 재빨리 앤에게 메시지를 보냈다.

찾았어. 난 오늘 오후 늦게나 들어갈 거야.

36장
애덤 모건

명단의 절반이나 전화를 돌렸지만 행운은 찾아오지 않았다. 니콜라스 밀러라는 이름을 들어본 사람조차 없었다. 무작정 전화 거는 걸 잠시 쉬기로 하고 바 테이블에 가서 위스키를 한 잔 따랐다. 디캔터는 비어 있었지만, 그 옆에 세라가 갖다준 뜯지 않은 위스키가 두 병 있었다. 위스키를 더블로 따라서 단숨에 마시고 한 잔 더 따랐다. 이번에는 벽난로를 피우면서 천천히 마셨다.

밖은 아직 밝았지만 상관없었다. 나는 커튼을 닫고 집을 최대한 어둡게 만들었다. 벽난로에서 나오는 불빛만이 희미하게 공간을 비췄다. 지금 내 기분 같았다. 어둡고 절망적이고 시간이 지나가기만을 기다리는. 천천히 위스키를 마셨다. 술을 천천히 마시면 내게 남은 시간도 조금은 느리게 흘러갈지도 모른다.

그렇게 우울한 생각에 잠겨 족히 20분은 앉아 있었다. 이렇게 끝나는 건가? 한 번의 실수로 인생이 끝나다니. 이게 공평한가? 아니, 지금 일어나는 모든 일 중에 공평한 게 있기는 한가? 물론 내가 감당해야 마땅한 일은 많지만, 그게 교도소나 사형은 아니었다. 어쩌면 이건 내가 선택한 삶인지도 몰랐다. 내가 걸어가기로 정한 길인지도. 그런 거였다.

술기운이 퍼진 뒤에 레베카에게 전화를 걸었지만 음성 사서함으로 연결되었다. 요즘에는 음성 메시지를 남기는 게 촌스럽다지만 어쨌든 남겼다. "레베카, 애덤이에요. 이제 반쯤 했는데 아직 나온 게 없어요. 당신에게는 운이 따르면 좋겠네요. 지금 잠깐 쉬고 있는데 곧 다시 시작하려고요. 혹시 저녁 먹으러 오고 싶으면 편히 와요. 냉장고에 스테이크가 있어요. 어쨌든 나중에 또 얘기해요." 나는 전화를 끊었다. 저녁 먹으러 오라고 한 건 술기운 때문이었다.

다시 전화를 걸었다. 신호가 계속 가다가 세라의 음성 사서함으로 연결되었다. "세라, 나야, 애덤. 계속 당신 생각을 했어. 보고 싶어. 전화해 줘. 세라…… 사랑해……." 나는 말끝을 흐리다가 전화를 끊었다.

세라가 왜 전화도 하지 못할 정도로 바쁜지 모르겠다. 아까도 전화했는데 받지 않았다. 금요일 밤에 상황이 좀 이상해지긴 했지만, 난 분명 우리 사이에 따뜻한 순간이 있었다고 생각했다. 우리가 한 발 나아가고 있는 줄 알았다. 세라가 가져다 준 증거 상자는 아직 손대지 않았다. 나는 여전히 켈리의 과거에 있던 누군가가 살인을 저질렀다고 생각한다. 누군가 내가 사랑하는 사람을 살해했다면 나 역시 절대 그냥 놔두지 않을 테니까. 몇 년이, 아니 평생이 걸리더라도 되갚을 기회를 기다릴 것이다. 나는 그레그의 형이 범인이라고 굳게 믿었다. 그게 유일하게 앞뒤가 맞았다.

그런데 스콧이 범인일 가능성도 여전히 있다. 그와 다시 이야기해야겠다. 지난번에는 무방비 상태였지만 이번에는 준비가 됐다. 스콧을 집으로 부를 수 있는지 알아봐야지. 스콧이 무슨 생각을 하는지 알 수 있도록 세라도 부르는 게 좋을 것 같다. 세라에게는 사람의 속내를 읽는 재능이 있었다. 내가 켈리를 만나는 동안에 그 재능을 발휘하지 못했지만. 어쩌면 감을 잃었는지도 모르겠다.

그리고 그 사진도 있다. 누가 우릴 보았을까? 스콧이었을까? 아니면 그와 가까운 누군가일까?

현관문이 열렸다 닫혔다. 바닥에 하이힐 굽 부딪히는 소리가 나더니 검은색 롱 코트를 입고 하이힐을 신은 엄마가 들어왔다. 엄마는 식탁에 식료품 봉투를 두 개 내려놓았다.

"여긴 왜 이렇게 어둡니?" 엄마는 묻자마자 돌아다니며 커튼을 전부 다 활짝 걷어 빛이 쏟아져 들어오게 했다.

나는 소파에서 일어서며 눈을 가늘게 뜨고 비볐다. "이런, 엄마."

"동굴에서 살 순 없잖니." 엄마는 주방으로 가 봉투에서 물건을 꺼내기 시작했다.

나는 전화번호 목록을 슬며시 서류철에 밀어 넣고 주방으로 갔다. 레베카나 내 나름의 조사를 굳이 설명하고 싶지 않았다. 엄마는 질문을 수백만 개 하며 도와주겠다고 고집부릴 테니까.

"오늘 뭐 하고 있었어?"

"그냥 일 좀 했어요. 뭐 사 오셨어요?"

"네 간식거리 좀 샀어. 런처블*, 스트링 치즈, 구셔**, 짜 먹는 요구르

---

* Lunchables, 크래커와 햄과 치즈를 직접 조합해서 먹는 간식
** Gushers, 젤리와 사탕의 중간 형태인 과일 맛 간식

트. 전부 다 어릴 때 좋아하던 거잖니." 엄마는 나를 보며 미소 지었다.

"오늘은 좋은 소식이 있어요."

엄마는 하던 일을 멈추었다. 눈빛이 반짝였다. "기소를 취하한다니? 아니면 진짜 범인을 찾았대?" 엄마는 펄쩍펄쩍 뛰다시피 했다.

"아니요. 에이전트가 내 책 출간 계약을 하려고 한대요."

흥분이 가라앉은 엄마는 바삐 움직이며 스트링 치즈를 뜯어 내게 건넸다. 그리고 내 어깨를 토닥이며 미소 지었다. 나는 치즈 껍질을 벗기지 않고 끝에서부터 조금씩 베어 물었다. "사건의 진실을 폭로하는 책이에요. 엄청나게 큰 계약이라고요, 엄마. 에이전트가 말하길 일곱 자리 숫자의 돈에 영화 계약도 가능하대요."

"오, 정말 대단하구나. 자랑스러워. 네 아빠도 그럴 테지." 엄마는 나를 꼭 안았다. 지금 내 처지를 감안할 때, 그 말이 진심인지는 알 수 없었다.

"뭐 하셨어요?"

"잡다한 일이 좀 있었어. 변호사도 몇 명 만나서 이야기를 나눴고."

"왜요?" 나는 한쪽 눈썹을 치켜올렸다.

"네게 최고의 변호사를 붙여주려고 그러지. 그런데 만난 변호사마다 세라가 자격이 넘친다고 하더라. 그 말을 믿어야 할지. 요새 '여권 신장'인지 뭔지 엄청나게 떠들어대던데 아마 그 영향이겠지." 비꼬는 말투였다.

"엄마, 그만하세요."

"그런데 좀 놀라긴 했어. 변호사들은 죄다 돈만 보고 사람들의 불행을 쫓는 줄 알았는데. 이 사건을 맡겠다고 관심 보인 사람이 하나도 없었어. 승산이 없다고 생각한 걸까…… 하지만 그건 그 사람들이 내 아들을 몰라서 그런 거지." 엄마는 애정을 담아 내 볼을 꼬집었다.

"퍽이나 안심이 되네요." 내가 냉소적으로 말했다.

"난 네가 결백하다는 걸 알아, 귀염둥이야. 결백한 사람은 감옥에 가지 않지."

"그건 전혀 사실이 아니에요. 오죽하면 억울하게 유죄 판결받은 사람들의 무죄를 밝히는 비영리 단체가 있겠어요."

"그렇더라도 넌 감옥에 안 갈 테니 걱정할 필요 없어. 세라가 최대한 빨리 이 모든 일을 끝내도록 하마." 엄마는 구셔 상자를 열어 내게 건넸다. "마을을 떠나기 전에 장본 걸 갖다주려고 들렀어. 취소할 수 없는 약속이 있어서. 내일 다시 오마."

엄마는 내 뺨에 입 맞추고 나갔다. 나는 사탕을 하나 입에 넣고 깨물었다. 과즙이 흘러나와 새콤달콤한 맛이 미각을 자극했다. 어릴 때 먹던 맛 그대로였다. 나는 사탕을 몽땅 입에 털어 넣고 거실로 가서 전화번호 목록을 집어 들었다. 명단에 있는 번호에 전부 다 전화를 걸어야 한다. 죄 없는 사람들도 감옥에 가지만 나는 그렇게 되지 않을 것이다. 나는 전화기를 들고 숫자를 누르기 시작했다.

37장
세라 모건

약 한 시간 후, 스티븐스가 나를 데리러 왔다. 말투는 여전히 친절했지만 전보다 폐쇄적인 태도였다. 스티븐스는 내 옆에 있을 때 어떻게 행동해야 하는지, 나를 어떻게 대해야 하는지, 내가 그를 어떻게 바라보기를 원하는지를 두고 내면에서 싸움을 벌이는 것만 같았다.

"세라, 준비됐어요." 자판기에서 산 오래된 샌드위치를 베어 물고 있는데 스티븐스가 어깨를 두드렸다. 나는 알겠다고 대답한 다음 남은 샌드위치를 포장지에 쌌다. 그는 나를 다시 '세라'라고 불렀다. 이 남자의 속을 도무지 알 수가 없다. 뭔가를 숨기고 있거나 최소한 내게 진실을 전부 말해주지 않는 것 같았다.

"내가 제시 후크를 조사하는 동안 참관실에서 지켜보도록 해요."

걸어가는 동안 그와 손이 부딪쳤다. 스티븐스는 미안하다고 하며 미소 지었다.

"이쪽으로요." 그는 조사실이 보이는 큰 창이 있는 작은 방으로 안내했다. 스콧이 애덤을 공격한 장소이자 내가 애덤의 불륜과 거짓말을 알게 된 바로 그곳이었다. 그때 애덤이 앉았던 곳에 제시 후크가 앉아 있었다. 과거 사진을 보았을 뿐이지만 그를 알아볼 수 있었다. 제시 후크의 얼굴은 사진보다 약간 꾀죄죄했다. 매우 말랐고, 잿빛이 도는 덥수룩한 갈색 머리카락은 며칠 동안 빗지 않은 듯했다. 헐렁한 후드 집업에 청바지를 입고 겁에 질린 표정을 하고 있었다. 그게 가장 눈에 띄는 점이었다. 그의 눈에 담긴 두려움.

그가 범인일까? 아니면 범인을 알까? 무엇을 두려워하는 걸까? 누구를 두려워하는 걸까? 그는 신경이 과민한 사람같아 보였다. 때로 불안은 두려움으로 읽히지만, 이번 경우는 다른 것 같았다. 어쩌면 내가 그에게서 무언가를 찾고 싶어서, 그가 내가 찾는 답을 내놓기를 바라는 마음에 너무 과하게 해석한 것인지도 몰랐다. 나는 가만히 앉아서 답을 기다리는 사람이 아니다. 답을 찾아 나서는 사람이다. 그래서 이 상황이 싫다. 기다리는 게 싫다. 모르는 게 싫다.

잠시 후 스티븐스가 조사실로 들어가 제시 앞으로 갔다. 그러자 제시의 눈이 커졌다. 그는 불안해하며 의자에서 불편한 듯 몸을 들썩거렸다. 심호흡하느라 가슴팍이 오르내리는 게 보였다. 주위를 두리번거리기도 했다. 스티븐스는 탁자 끝에 있는 녹음 버튼을 누르고 자리에 앉았다. 침착하고 차분한 스티븐스와 달리 제시는 땀을 흘리기 시작했다. 제시는 조사실 곳곳을 두리번거리면서도 스티븐스와 눈을 마주치지 않았다. 단방향 거울을 쳐다보자, 그가 나를 똑바로 보는 기분이 들었다. 거울 반대편에 있는 사람에게 뭔가를 말하려는 듯한 느낌마저 들었.

"세스 커피 직원 브렌다 존슨의 말에 따르면, 피해자 켈리 서머스가 사망하기 몇 달 전까지는 아니더라도 몇 주 혹은 며칠 전부터 켈리를 꽤 자주 찾아왔다면서요. 맞습니까?" 스티븐스가 물었다.

이 질문을 들은 제시는 약간 편안해진 듯 보였다. 그는 자세를 바르게 하고 눈가에 흘러내린 머리카락을 넘긴 다음, 앞쪽 탁자 위에 두 손을 올리고 깍지를 꼈다.

"네. 켈리 서머스를 알고 있습니다. 세스 커피에 자주 가니까요. 서비스가 정말 좋은 직원이었어요." 제시는 차분하게 대답했다.

스티븐스는 제시를 평가하듯이 위아래로 훑어보았다. "서비스가 좋았다고요?"

"네." 제시는 고개를 끄덕였다.

"그게 무슨 뜻입니까?"

"켈리는 친절했어요. 언제나 커피를 리필해 주었죠. 세스 커피에서 나올 때마다 만족스러웠어요."

스티븐스는 제시를 노려보았다. 바로 그때, 나는 제시가 스티븐스와 일종의 게임을 하려는 게 아닐까 의심스러웠다.

"'만족스러웠다'라는 게 구체적으로 무슨 뜻입니까?"

"잘 대접받았다는 거예요." 제시는 재빨리 대답했다. 스티븐스의 괴로운 듯한 신음이 들리는 것만 같았다. 제시는 조금 전과 달리 자신감 있어 보였는데, 무엇이 달라져서 그런지는 알 수 없었다.

"세스 커피에 자주 갔다면, 켈리 서머스가 누구와 함께 이야기를 나누었는지 알겠군요." 스티븐스는 눈을 부릅뜨고 제시를 보았다.

"그럼요." 제시는 팔짱을 꼈다.

"브렌다는 당신이 켈리에게 약간 집착하는 것 같다고 하던데요. 원치 않는 관심을 보인 것 같다고요."

제시는 다시 불편해 보였다. 모래시계에서 모래가 빠져나가듯 몸에서 자신감이 빠져나간 듯했다. "그건 사실이 아닙니다." 그는 얼마 남지 않은 자신감을 모아 말했다.

"뭐가 사실이 아니란 겁니까?" 스티븐스는 넓은 가슴팍 앞쪽으로 팔짱을 끼며 질문에 어울리는 자세를 취했다.

"난 켈리에게 집착하지 않았어요. 우린 친구였다고요."

"음, 당신이 정말 친구였다면 켈리가 당신에게 내버려두라고 말하거나 동료에게 도와달라고 부탁했을까요?"

"무슨 말을 하고 싶은 거예요?" 제시는 눈썹을 모으며 모르겠다는 표정을 지었다.

"듣자 하니 켈리는 당신의 존재를 불편해한 것 같더군요. 당신이 카페에 올 때마다 동료들에게, 특히 브렌다에게 당신을 대신 맡아 달라고 했다던데요. '당신이 불편하게 한다'라는 이유로요. 왜 그랬다고 생각합니까?"

제시는 얼굴이 새빨개졌다. 한숨을 어찌나 크게 내쉬었는지 눈을 가린 머리카락이 흩날리는 게 보였다.

"거짓말이에요. 켈리와 난 친구였어요. 켈리가 전화번호도 알려줬다고요." 제시는 탁자를 주먹으로 내리쳤다.

"알겠습니다. 켈리가 살해된 날 밤에 '미안해요'라고 메시지를 보냈던데요. 뭘 사과한 겁니까?"

"모르겠어요. 켈리가 계속 내 전화를 안 받았어요. 그래서 뭔지는 몰라도 나 때문에 화가 났나 보다 생각했어요." 제시는 평정심을 되찾고 어깨를 으쓱했다.

"두 사람이 진짜 친구는 아니었던 것 같군요."

"아니에요, 친구였어요."

"증명할 수 있나요? 두 사람이 친구였단 걸?"

"네, 할 수 있어요. 난 켈리의 친구가 누구인지도 알고 켈리가 자주 어울리는 사람들이 누구인지 정도는 알아요. 그중에는 경찰도 있었다고요." 제시는 턱을 치켜들고 눈썹을 꿈틀댔다.

"혹시 스콧 서머스 경관을 말하는 겁니까? 켈리의 남편이요?" 스티븐스는 자세를 바꾸어 팔꿈치를 탁자에 올렸다. 조용한 가운데 두 사람은 서로 보기만 했다. 제시는 꼼짝도 하지 않고 스티븐스를 응시하고 있었다. 그때 내 휴대폰이 몇 번이나 울렸다. 나는 제시와 스티븐스에게서 시선을 떼고 휴대폰을 보았다. 앤이 메시지를 네 개 보냈다. 나는 메시지를 확인했다.

애덤에게 빨간 머리 여자 손님이 찾아왔어요. 누구인지 모르지만 알아볼게요.

애덤이 매트리스와 침구를 사는 데 1만 달러를 썼어요.

빨간 머리 여자는 기자예요.

애덤이 24시간 동안 스물두 번 전화를 걸었어요. 전부 다 다른 번호로요.

앤의 메시지를 확인하고 다시 스티븐스와 제시 후크에게 집중하려 했다. 잠시 한눈파는 사이에 분위기가 달라진 것 같았다. 어떻게 달라진 건지는 모르지만 어쨌든 달라졌다.

앤에게 애덤을 계속 지켜보라고 말해두기는 했다. 하지만 전화 통화 횟수도 그렇고 앤이 너무 세세한 것까지 알고 있는 게 불편했다. 물론 앤은 모든 걸 다 알고 싶다고 했지만. 어느 정도까지가 괜찮은 걸까? 그리고 이 빨간 머리 기자는 애덤이 고용한 것 같은데…… 이런. 애덤은 또다시 내게 뭔가를 숨기고 있다. 내 기대치가 높은 걸까? 아니, 전혀 아니다. 바로 이런 이유로 앤에게 애덤을 늘 지켜보라고 했다. 여기 있는 제시 같은 깜짝 선물은 더 이상 필요 없다. 나는 조사실에 집중했다.

"스콧 서머스 경관이 켈리 서머스에게 폭력을 행사하는 장면을 본 적이 있습니까?"

"말로요, 아니면 신체적으로요?"

"둘 다요. 켈리가 스콧 서머스에게 신체적, 언어적 폭력을 당했다고 여러 사람에게 말했습니다. 이를 부인하거나 확인해 줄 수 있습니까?"

제시는 잠시 머뭇거리며 조사실을 둘러보다가 스티븐스를 보았다. "스콧 서머스는 신체적, 언어적 폭력을 행사했습니다. 둘 다 직접 봤어요."

"켈리가 애덤 모건과 함께 있는 것도 봤습니까?"

"네."

그때 내 휴대폰이 또 울렸다. 흘끗 내려다보니 앤이 보낸 또 다른 메시지였다.

밥이 당신을 찾고 있어요. 잔뜩 화가 난 것 같아요…… 늘 그렇지만요.

나는 재빨리 답장을 보냈다.

오늘 오후에 들어간다고 해.

문이 열리는 바람에 주의를 빼앗겼다. 잠시 고개를 들어 허드슨이 들어온 걸 확인하고 조사실에 집중했다. 지금 당장은 그를 상대하고 싶지 않았다. "여기엔 무슨 일로 오셨죠, 부보안관님?" 나는 쳐다보지도 않고 말했다.
"아, 이제 정중하게 인사 나누는 사이가 된 건가요?"
"그만하죠. 여긴 왜 왔어요?"
허드슨은 미소 지었다. "훨씬 낫네요. 아, 잠깐 재미있는 구경이나 할까 해서요."
"재미요?"
"네. 보다시피 스티븐스는 단점도 많지만, 이 분야에서는 능력이 뛰어나거든요. 피의자들이 꿈틀대며 발버둥 치다가 깨지는 걸 보는 게 정말 재미있어요. 예술의 경지죠."
"그럴 수도 있겠네요. 내 말은, 나도 가끔 그런 걸 즐긴다는 거예요. 이번에는 아니지만요. 그런데 이번엔 다른 이유로 온 것 같은데요." 나는 허드슨을 보며 그의 속내를 파악해 보려 했다.
"그래요? 그럼 나도 날 모르는 것 같으니 가르쳐 주시죠, 멋진 변호사님."

"미리 정보를 캐내려고 왔잖아요. 저기서 듣고 싶지 않은 말이 나오더라도 나중에 놀라지 않으려고요. 출구 전략을 짤 시간을 벌기 위해서죠. 무슨 꿍꿍이가 있는지는 몰라도, 당신 상사가 이 일을 하고 있고 대화 전체가 녹화되고 있으니 나중에 언제든 볼 수 있을 텐데요. 그래서 말인데, 다시 물어볼게요. 대체 여긴 왜 왔어요?"

허드슨은 잇몸에 낀 씹는 담배를 혀로 훑으며 나를 물끄러미 보았다. 그의 눈은 내 얼굴을 여기저기 살폈다. 내 생각을 읽으려 하고 있었다. 뭐든 단서를 찾아내 다음 행보를 이어가려 하고 있었다. "어쩌면 그 말이 맞을지도요. 난 언제든 원할 때 이걸 들을 수 있죠. 내가 같이 있는 게 달갑지 않은 게 분명해 보이니 이만 가도록 하죠." 허드슨은 가서 문을 열었다. "좋은 하루 보내세요, 모건 씨." 그는 미소를 띠고 빈정댔다.

나는 작별 선물로 가운뎃손가락을 들어 올렸다. 허드슨에게 무슨 속셈이 있는지 몰라도 수상한 냄새가 났다.

다시 조사실로 눈을 돌렸을 때, 스티븐스는 일어나 자리를 뜨려고 했다. 제시는 안도한 표정이었다. 잠시 후, 스티븐스가 참관실로 들어왔다.

"생각보다 잘 풀렸어요." 스티븐스가 벽에 기대며 말했다.

"저 사람, 집에 보낼 거예요? 이걸로 끝이에요?"

나는 앤의 메시지, 허드슨과의 대화, 스티븐스와 제시의 조사까지 동시에 신경쓰느라 정신이 없었다.

"아니요, DNA를 검사해 보려고요. 우리에겐 명분이 있고 제시는 어차피 여기 와 있으니, 그가 협조만 하면 할 수 있어요."

완전히 만족스러운 대답은 아니었지만 나는 고개를 끄덕였다. 지금으로선 이 정도로 만족해야 했다.

"음, 어떻게 생각해요?" 나는 수첩을 덮고 스티븐스를 뚫어지게 쳐다보았다.

"제시는 아무것도 모르는 것 같아요. 그냥 켈리를 짝사랑한 것뿐인 것 같은데요."

"집착할 정도로요?"

"아마도요."

"쓸만한 얘기가 있나요?"

"별로요. 하지만 세 번째 DNA가 제시의 것이라면 사건을 더 잘 이해하게 될 테고 수사를 이어갈 명분이 되겠죠."

스티븐스의 대답을 듣자 다시 상황이 이해되는 듯했지만 명쾌하지 않았다. 여전히 뭔가 딱 들어맞지 않았다.

"집까지 태워줘요?"

"아니요. DNA 검사 결과가 나오려면 얼마나 걸리죠?"

"분석실에 신속히 보내면 24시간이요."

"곧바로 연락 줄 거죠?"

"당연하죠." 스티븐스는 고개를 끄덕였다.

나는 그의 말을 믿고 참관실에서 나왔다. 이 사건에서 손 뗀 것 같더니 왜 갑자기 나를 도와주기로 했는지 알 수 없었다. 뭐가 달라졌지? 스티븐스는 제시가 켈리의 죽음과 관련되어 있거나 그가 뭔가를 알 수도 있다고 생각하는지도 몰랐다. 제시가 세 번째 DNA의 주인공이어야 했다. 스티븐스와 내가 만나본 증인 중 다른 남자를 언급한 사람은 없었다. 켈리가 세 번째 남자를 완전히 비밀로 숨겨두었다면 모를까. 하지만 그럴 이유가 없지 않았을까? 켈리는 애덤도 딱히 숨기지 않았다. 마을 사람들 중 상당수가 두 사람에 대해 알고 있었다. 나는 세 번째 DNA의 주인공이 제시이기를 바랐다. 답이 없는 상태는 지긋지긋했다. 애덤이 벌인 허튼짓이 무엇이든 간에 이제는 끝내야 했다.

38장
애덤 모건

위스키 때문에 기억나지 않는 부분이 있었다. 전화 통화에서 사건과 관련된 정보를 들은 게 아니어야 할 텐데. 행여 들었더라도 내용을 정확히 기억해낼 수 없을 것 같았다. 나는 마지막으로 전화한 것으로 기억하는 번호 바로 다음부터 다시 전화를 걸기 시작했다.

낮잠을 푹 자기도 했고 샌드위치와 감자칩이 도움이 되었다. 절망적이고 우울한 나로 돌아간 기분이었지만 확실히 술은 깼다. 사형이 눈앞에 닥쳤는데 절망과 우울 말고 뭘 더 느낄 수 있을까. 하지만 당분간은 위스키를 마시지 않을 생각이다.

전화기를 집어 들고 번호를 누르기 시작했다. 신호가 울리고 또 울리다가 음성 사서함으로 연결된 순간, 현관문이 벌컥 열렸다가 닫혔다.

"애덤!" 보지 않아도 세라라는 걸 알 수 있었다. 언제 어디서라도 이렇게 실망한 목소리를 알아들을 수 있다.

나는 재빨리 전화를 끊고 소파에 앉아 아무 일 없었다는 듯이 보이려 애썼다. 세라는 잔뜩 화가 나서 눈을 크게 뜨고 거실로 들어왔다.

이런. 이번엔 내가 또 무슨 짓을 한 걸까? 바람을 피우고 내연녀를 살해한 혐의로 재판받는 것보다 더 나쁜 일은 아니겠지. "여보, 왔네." 약간 빈정대는 말투로 말했다.

세라의 눈빛만 봐도 나를 그저 골칫거리로 대한다는 걸 알 수 있었다. 나는 그녀에게 상대해야 할 의뢰인일 뿐이었다. 금요일 밤에 만났던 그 세라는 어디로 간 걸까? 한때 우리 사이에 존재했던 사랑은 사라진 것 같았다. 물론 세라를 탓할 수는 없다. 지금 내 꼴을 보라지. 꾀죄죄하고 수염이 너저분하게 자란데다, 눈은 잔뜩 충혈됐고 피곤해서 눈 밑이 부어 있었다. 머리는 엉망이었고 아직 잠옷과 가운차림이었다. 게다가 우리가 이런 상황에 처하게 된 건 결국 나 때문이었다.

"나한테 '여보'라고 하지 마." 세라가 나를 가리키며 말했다. "빨간 머리 여자는 누구고, 수십 통의 전화는 또 뭐야? 1만 달러는 대체 왜 쓴 거고?" 세라는 인상을 썼다. 어쩌면 아직 내게 마음이 쓰이는지도 몰랐다. 빨간 머리 여자에 대해 가장 먼저 물었으니까. 질투일까? 세라가 질투하는 걸 본 지 꽤 되었다. 어쨌든 세라는 아직 날 사랑하는지도 몰랐.

"다 설명할게." 나는 양손을 들어 올리며 말했다.

"그럼 해봐." 세라는 2인용 소파에 앉아 다리를 꼬았다.

"그래, 먼저 빨간 머리 여자는 레베카라고 해. 기자이고……."

"기자? 기자를 만나서 얘기했어? 당신이 지금 살인 혐의로 재판 중이고 사형을 선고받을 수 있다는 걸 알기나 하는 거야?"

"세라, 누구보다 잘 알고 있어." 나는 이를 악물었다. 바로 이게 내가 생각하는 세라의 문제점이었다. 그녀는 날 바보 취급했다. 내가 뭐라고 대답하길 기대한 걸까? '이런 제길. 일깨워 줘서 고마워. 내가 재판 때까지 가택 연금 중이라는 걸 까맣게 잊고 있었네.'라고 말했어야 했나?

"제대로 이해하고 있는 거야?" 대답을 원하는 질문은 아니었다.

"레베카는 날 도와주고 있어."

"그 사람, 기자야. 당신은 이야깃감일 뿐이라고. 게다가 그 여자를 잘 알지도 못하잖아. 지금 배심원단을 선정하는 중인데, 그들을 흔들 수 있는 기사가 보도되는 건 내가 가장 원치 않는 일이야. 아직은 언론에서 켈리의 과거를 파헤치는 데 집중하고 있으니 운이 좋은 거라고. 여론이 당신에게 유리하게 작용할 테니까. 하지만 당신을 안 좋은 시각에서 조명한 기사가 하나라도 더 나오면 그걸 다 망칠 거야. 무슨 말인지 이해해?"

"레베카와 계약을 맺었어. 내 편에서 기사를 써주기로 했고, 나는 내 조사를 도와주는 대가로 돈을 줬다고." 나는 몸을 숙여 팔꿈치를 무릎에 댔다.

"내 조사? 도대체 그게 무슨 의미가 있는데? 조사할 건 딱 한 가지뿐이고 이미 진행 중이야. 제시 후크 말이야. 애덤, 지금 대체 뭘 하고 있는지 아는 거야?" 세라는 발을 위아래로 까딱대더니 치마를 매만졌다. 그리고 시뻘게진 얼굴로 분노 가득한 한숨을 내뱉었다. 원래 세라는 자기가 뭐든 가장 잘 안다고 생각하기 때문에 내가 끼어들면 짜증 냈다. 나도 지금까지는 세라가 가장 잘 안다고 생각했지만, 이제는 확신이 들지 않았다.

"제시 후크는 누군데?"

"거 봐. 자기 사건인데도 뭐가 어떻게 되는지 하나도 모르잖아. 그게 문제라니까." 세라의 목소리에 짜증이 묻어났다.

"난 이 집에 갇혀 있어. 여기서 나갈 수 없다고. 그래서 당신이 말해 주지 않으면 아무것도 몰라. 아무것도 모르니까 뭐든 들쑤시는 거야." 나는 눈을 가늘게 뜨고 세라를 보았다.

"지금 협박하는 거야?"

"왜 그렇게 받아들여?" 나는 세라의 질문과 달라진 목소리에 당황했다. 세라는 불편한 듯 자리에서 들썩거렸다.

"아니야. 신경 쓰지 마." 세라는 일어나서 지난번에 가져온 상자를 들고 와 커피 탁자에 내려놓았다. "지금 당신이 집중해야 할 건 이거야."

"제시 후크가 누구냐니까?"

세라는 어이없다는 듯 숨을 내뱉었다. "세스 커피 단골손님이야. 켈리의 동료가 말하기를, 제시 후크는 켈리에게 집착했고 켈리는 그것 때문에 불편해했대. 그래서 그 사람을 조사 중이야."

"그래서?"

"그 사람의 DNA를 검사하는 중이야. 켈리에게서 발견된 세 번째 DNA가 그 사람일 수도 있지. 한 시간 전쯤 스티븐스가 조사했어. 나도 참관했는데 제대로 집중하진 못했고. 조사 녹화 영상을 다시 살펴보려고."

"내 사건을 조사하는 데 제대로 집중하지 못했다니, 그것 참 반가운 얘기네." 내가 비꼬는 투로 말했다.

"당신 때문이었어. 빨간 머리 여자, 돈, 전화 때문에. 이것에 대해 마저 설명해 줄래?" 분노와 짜증이 가득한 목소리였다.

"말했다시피 레베카는 켈리 첫 남편의 가족을 조사하는 걸 돕고 있어. 당시 켈리의 삶이 죽음에 일정 부분 책임이 있다고 생각하거든." 나는 일어나서 위스키를 한 잔 더 따랐다.

"거긴 나올 게 없어." 세라가 단호하게 말했다.

"왜? 조사는 해봤어?"

"경찰이 해봤을 거야. 그리고 켈리의 과거와 관련된 누군가가 나타나서 복수했다는 것 자체가 타당성이 별로 없어."

"경찰이 해봤을 거라고? 내 변호사가 그런 추측을 바탕으로 날 변호하는 게 아니면 좋겠는데." 나는 술잔을 쾅 내려놓았다. 지금은 세라를 상대하고 싶지 않았다. 해봤을 거라니…… 언제부터 그런 추측으로 승소했다고. 내겐 사실과 증거가 필요했다. 도대체 세라는 뭘 하는 걸까?

"애덤, 내 말뜻 알잖아."

"아니, 모르겠는데." 나는 따지듯 말했다. 세라는 날 위해 싸우기나 하는 걸까? 아니면 이게 헛수고라는 걸 아는 걸까? 이 사건을 맡자마자 포기한 걸까? 그 정도로 내게 희망이 없는 걸까?

"스콧이 켈리의 죽음과 관련됐다고 확신하지 않았어? 그런데 이제 와서 켈리의 과거 인물이 죽음과 관련됐다고 확신한다고? 도대체 어느 쪽이야?"

"스콧은 켈리를 절대 해치지 않았다고 했어. 그 말을 믿어도 될 것 같았고. 그러니 스콧이 이 사건과 관계없다고 봐도 되지 않을까?"

"제시 후크는 스콧이 켈리에게 신체 폭력과 언어 폭력을 가하는 걸 봤다고 했어. 왜 제시가 거짓말을 하겠어?"

"잠깐. 제시가 그렇게 말했다고? 하지만 스콧은 아니라고 맹세했는데."

"제정신이라면 누가 죽은 아내에게 폭력을 행사했다고 인정하겠어?"

그 말이 옳았다. 난 바보였다. 스콧은 진실을 말하는 것 같았는데. 그냥…… 나를 돕고 싶어 하는 것 같았고 진짜 도움이 될지도 모른다. 그가 폭력을 행사했다고 해서 켈리를 죽였다고 볼 수는 없지 않은가. 나도 내가 무슨 말을 하는지 알 수 없었다. 물론 스콧이 죽였을 수도 있다. 그는 욱하는 성격이었다. 나쁜 놈이었다. 그러니까 상황을 교묘히 모면했을 수도 있었다. 게다가 그는 경찰이다. 이야기 한 번 나눈 걸로 단정하면 안 될 것 같았다. 모든 게 엉망진창이었다. 내가 사람을 제대로 보고 있는지, 옳은 방향을 보고 있는지조차 모르겠다. 하지만 이대로 포기할 순 없었다. 재판이 시작되기까지는 2주가 채 남지 않았다. 뭔가를 아는 사람이 분명히 있을 것이다.

"이건 다 뭐지?" 세라는 소파 위 내 옆자리에 놓아둔 서류를 가리켰다.

"내 조사 자료야." 나는 서류를 한데 모아 쌓으려 했다. 세라가 이걸 보는 게 싫었다. 날 도와줄 게 아니라면 여기 있을 필요도 없었다. 내겐 해야 할 일이 있다. 세라는 전화번호 목록을 하나하나 짚으며 살펴보고 있었다. 뭘 찾는 걸까? 그냥 날 달래려고 그러는 걸까? 이걸 진지하게 받아들이는 것처럼 보이려고? 세라는 내 예상보다 훨씬 오래 목록을 들여다보았다. 그러다가 마침내 종이를 내려놓았다.

"역시. 시간 낭비하고 있었군." 세라는 잠시 말을 멈추었다. "1만 달러는 어디에 썼어?"

"그게 당신이랑 무슨 상관이지? 그건 내 돈이야. 내 책 선급금이라고." 내가 반항하듯 말했다.

"그래, 알았어. 그럼 연락할게." 세라는 일어나서 현관문 쪽으로 갔다. 레베카와 전화, 돈에 대해 어떻게 알았을까? 세라는 직접 또는 누군가를 시켜서 나를 감시하고 있었다. 하지만 왜? 나를 돕기 위해? 내게 상처 주기 위해? 아니면 나를 가둬두려고?

세라는 나가기 전에 걸음을 멈추고 돌아보았다. "그나저나 교도소에 가게 돼서 책을 마저 쓰지 못하면 그 선급금은 결국 내가 갚아야 하잖아. 그러니까 부탁인데 '내' 돈 좀 그만 써. 멍청이 같으니라고."

"세라, 난 우리 돈이라고 생각했는데? 우린 결혼한 사이잖아. 잊은 건 아니지?"

"아, 당신 거시기가 카페 여직원에게 깊이 빠져 있던 게 결혼이었던가?" 세라는 나를 노려보았다.

나는 잠시 시선을 피했다. 세라가 정곡을 찔렀다.

"그게 맞나 보네." 세라는 발을 굴렀다.

"어쨌든 더 이상 당신 돈 걱정은 안 해도 돼. 이 사건의 진실을 폭로하는 책을 쓸 거야. 이미 입찰 전쟁이 벌어지고 있다고." 나는 히죽히죽 웃었다.

세라는 입이 벌어졌다. "농담이지? 난 이 사건 때문에 뼈 빠지게 일하고 있는데 당신은 이걸 빌어먹을 서커스로 만들고 있다니. 망상에 빠진 당신 어머니와 함께."

세라는 양손을 들어 올렸다. "난 그만할게."
그녀는 발길을 돌려 문을 쾅 닫고 가버렸다.

39장
세라 모건

분노에 휩싸인 채 차를 몰고 워싱턴DC로 향했다. 헤드라이트가 비추는 정면만 주시했다. 머리끝까지 화가 났다. 애덤을 계속 통제해야 한다. 그는 사건을 망치고 있었다. 술도 다시 퍼마시고 있었다. 금요일에 갔을 때만 해도 위스키병이 거의 꽉 차 있었는데.

대체 무슨 짓을 하고 있는 걸까? 기자를 불러 이야기하질 않나. 켈리의 첫 남편과 관련되었을지 모를 모든 사람에게 무작정 전화를 걸어대질 않나. 사건의 진실을 폭로하는 책을 쓰겠다는 건 또 어떻고. 출판 에이전트에게 사건에 대해 이야기했다는데, 그건 하면 안 되는 짓이었다. 애덤은 빌어먹을 모든 걸 위태롭게 하고 있었다.

나는 분노에 못 이겨 핸들을 내리쳤다. "젠장, 젠장, 젠장!" 이렇게 외치고는 핸들을 한 번 더 내리쳤다.

차 안에서 음성 명령으로 앤에게 전화했다. 늘 그렇듯 앤은 첫 번째 신호에 전화를 받았다. "여보세요. 애덤과의 일은 어떻게 됐어요?"

"별로야. 애덤이 기자와 함께 따로 조사를 벌이고 있어. 게다가 사건의 진실을 폭로하는 책을 쓰겠대." 나는 앞에서 너무 느리게 가는 미니 밴 운전자에게 경적을 울렸다. 그리고 옆으로 비켜나 앞지르며 차에 탄 사람들에게 가운뎃손가락을 들어 올렸다. 미니 밴에는 나이 지긋한 남녀가 타고 있었다. 내가 어쩌다 이렇게 이상해진 걸까? 애덤 때문에 지나치게 흥분한 상태였다. 나는 심호흡하며 전부 다 잘될 거라고 되뇌었다.

"왜요?"

"애덤이 내 사건 처리 방식을 믿지 못하는 게 분명해."

"하지만 최선을 다하고 있잖아요. 이 사건은 정말 힘겨운 싸움인걸요."

"애덤이 확인할 수 있도록 증거를 전부 다 복사해서 가져다주기까지 했는데." 나는 괴로운 듯 신음했다.

"정말요?" 앤의 목소리는 온화했다.

"응. 그런데 쳐다보지도 않았어. 애덤이 새로운 시각으로 보면 도움이 되지 않을까 했는데. 게다가 술도 많이 마셔. 호숫가 별장 전화를 끊어줬으면 해. 애덤이 술에 취해 여기저기 전화해서 사건을 망치게 둘 순 없어."

"네, 그럴게요. 그 외에 내가 해야 할 일은요?"

"내일 밥과 미팅 일정을 잡아줘. 회사 일이 다 잘 돌아가는지 확인해야겠어. 켄트의 사무실에 다시 불려 가고 싶진 않으니까."

"네, 알겠어요."

"집에 가야겠어. 사무실엔 내일 아침에 갈게."

"반가운 소식이네요. 세라, 좀 쉬어요. 내일 아침에 만나죠."
휴대폰이 울렸다. 흘끗 보니 매튜가 메시지를 보냈다.

오늘 저녁 먹을래? 7시 30분, 캐피털 그릴 어때?

정장을 입은 웨이터가 레스토랑을 가로질러 매튜가 앉아 있는 자리로 안내했다. 이미 개봉된 샴페인 한 병이 자리에 놓여 있었고, 매튜는 멋진 맞춤 정장을 입고 있었다. 내가 가까이 가자 그는 일어나서 포옹하며 양쪽 뺨에 입 맞췄다.

"늦어서 미안해. 애덤이 장난질한 걸 처리하느라." 나는 자리에 앉았다.

"괜찮아. 애덤은 어떻게 지내?" 매튜는 샴페인을 한 잔 따라 내밀었다.

나는 못마땅한 표정으로 잔을 받아서 단숨에 비웠다.

"술에 취해서 모르는 사람 수십 명에게 무작정 전화를 걸고 있어. 사건의 진실을 알리는 글을 쓰겠대. 게다가 기자와 함께 나름대로 '조사'를 벌이고 있지." 나는 양손의 검지와 중지를 까딱이며 조롱하듯 말했다. 정말 말도 안 되는 짓이기 때문이다.

"애덤은 달라진 게 없네." 매튜는 웃음을 터뜨리더니 샴페인을 한 모금 마셨다.

나는 잔을 채웠다. "무슨 뜻이야?"

"애덤은 늘 극적인 상황을 만들어 내는 재주가 있잖아."

"아니라고는 못 하겠네." 나는 이 레스토랑에 수십 번이나 왔고, 그때마다 15년 숙성 발사믹을 곁들인 포르치니 버섯 립아이 스테이크를 주문했으면서도 습관처럼 메뉴판을 펼쳐서 살펴보았다.

"엘리너는?"

"똑같지 뭐. 성질머리 고약하고 비판적이고 무례한 데다 잘난 체하고……. 내가 성질머리라고 했나?" 말하면서 킥킥 웃었다.

"맞는 말인데 뭐." 매튜가 손을 내저으며 말했다.

"내 부모님까지 들먹였다고!"

매튜는 턱을 치켜들었다. "그건 안 되지. 뭐라고 했는데?"

"그냥 다 잊으래."

매튜는 손을 뻗어 내 손을 잡았다. "무시해. 성질머리 고약한 사람이 한 말일 뿐이야."

나는 희미하게 미소 지었다. 우리는 샴페인 잔을 들고 건배한 다음 마셨다.

매튜는 잠시 멈추고 나를 보았다. "있잖아. 상황이 이 지경인데 네가 왜 애덤을 변호하는지 아직도 이해가 안 돼."

"그거야 남편이니까." 나는 한숨을 내쉬었다. "그리고 애덤 때문에 이런 일을 겪고는 있지만 마음 깊은 곳에선 그 사람을 아직 사랑하니까."

"정말이야?"

"응, 지금은 아주아주 깊은 곳이기는 하지만." 나는 웃음을 터뜨렸다.

"강인한 여성만 할 수 있는 일이지."

"내가 미친 짓을 하는 것 같아?"

매튜는 보고 있던 메뉴판을 닫으며 말했다. "솔직히 말해줘?"

"당연하지."

"응. 네가 이 사건을 꼭 맡아야 하는 건 아니잖아. 게다가 내가 보기엔 너무 사적인 문제가 얽혀서 최적의 판단을 내리지 못하는 것 같아. 애덤이 헛짓거리했다는 건 나도 알지만, 그에게도 제대로 변호받을 권리는 있잖아."

나는 소리 나게 메뉴판을 닫았다. "그게 무슨 말이야? 내가 뭘 잘못 판단했는데?"

"나한테 그렇게 딱딱거리지 마. 그건 내 전문이니까." 매튜는 손가락을 튕겨 딱 소리를 냈다.

나는 눈을 굴렸다.

매튜는 목소리를 가다듬었다. "이어서 말하자면, 넌 재판을 너무 빨리 밀어붙이고 있어. 왜 그러는 거야?"

"나도 나름대로 이유가 있어. 네가 상관할 일은 아니야."

"나도 상관있지. 내가 도와주고 있잖아. 잊었어?"

나는 짜증 섞인 한숨을 내뱉었다. 즐거운 식사 자리가 될 줄 알았다. 매튜는 내 판단을 못 믿겠다는 건가?

"애덤과 엘리너가 신속히 진행하길 원해. 그들의 권리야."

"그러면 안 된다고 조언했어야지." 매튜는 인상을 찡그렸다.

"상사가 이 사건을 빨리 종결하길 원해. 이 일을 맡는 동안 수익 배분을 받지 못하게 됐어." 내가 낮은 목소리로 말했다.

"그건 적절한 핑계가 아닌데. 그럼 애덤에게 다른 변호사를 소개하면 되잖아."

내가 주먹으로 탁자를 내리치는 바람에 탁자 위에 놓인 그릇들이 들썩였다. "이 말도 안 되는 소송에서 승소할 가능성이 있는 변호사는 나뿐이란 걸 알잖아."

매튜는 기대앉았다. "진정해."

"미안." 나는 움직인 그릇을 제자리에 놓았다. "왜 네가 내 일을 걸고 넘어지는지 이해가 안 돼서. 넌 내 친구잖아."

"친구 맞지. 그래서 너한테 쓴소리 하는 거야. 개인적인 관계 때문에 네 판단력이 흐려지는 걸 원치 않으니까. 넌 스타 변호사야. 재판을 서두르는 합당한 이유를 하나라도 얘기해 봐." 매튜는 팔짱을 끼고 고개를 한쪽으로 기울였다.

나는 탁자를 쳐다보다가 레스토랑을 둘러보고는 다시 매튜를 보았다. "음, 켈리의 복잡한 과거가 뉴스를 통해 알려졌어. 그 보도 내용이 사람들 머릿속에 남아 있을 때 배심원단 앞에 설 수 있다면, 애덤에 대한 합리적 의심을 없애는 데 도움이 될 거야."

매튜는 고개를 끄덕였다.

"세 번째 DNA가 누구 것인지 아직 몰라. 그런데 어떤 면에서는 그게 우리에게 유리할 수 있어. 당사자가 밝혀진 뒤에 그 사람에게 확실한 알리바이가 있다는 게 확인되면 사건에 아무 도움이 안 돼."

매튜는 또다시 고개를 끄덕였다.

"협박 메모를 써서 사진을 보낸 사람도 마찬가지야. 지금처럼 그게 누구인지 모르는 상황이라면 그 사람도 잠정적 범인이 될 수 있겠지."

매튜는 미소 지었다. "궁금증이 전부 다 풀렸어. 생각보다 판단력이 또렷한 것 같네. 자, 이제 먹자." 웨이터가 다가오자 매튜가 말했다.

두 시간 뒤, 나는 워싱턴DC의 우리 집, 아니 내 집으로 들어가고 있었다. 남은 음식을 포장해 왔고 집에 오는 길에 와인도 한 병 샀다. 앤이 내일 호숫가 별장 전화를 끊을 수 있기를 바랐다. 애덤이 모든 걸 망치게 둘 수는 없었다. 나는 밤에 와인을 홀짝이며 사건의 사실관계를 모두 다시 살펴보기로 했다. 그러다가 10시쯤 깜빡 졸았다. 내 의지는 아니었고…… 와인 때문인 것 같았다.

한참 뒤, 누군가가 계단 올라오는 소리가 들렸다. 이 시련이 시작된 뒤로 나는 욕구를…… 무언가에 대한 간절한 욕구를 느꼈다. 한동안 욕구 불만이었기 때문에 뭔가, 아니 뭐라도 필요했다. 기압이 약간 달라진 느낌이 들었다. 문이 열려 있는 것 같았고, 이 방에 더 이상 나 혼자가 아닌 듯했다.

나는 천장을 응시했다. 빛이 비치지 않는 천장은 파랗고 시커먼 구름으로 변하기 시작했으며 그 너머에서 뭔가가 소용돌이쳤다. 내 몸이 침대에서 붕 뜨더니 방 안이 따뜻해졌다. 그 어느 때보다 이곳이 친숙하게 느껴졌다. 누가 나를 지켜보는 느낌이 들었다. 어둠 속에서 먹잇감을 노리듯 나를 빙빙 돌았는데, 무섭지 않았다. 오히려 반대였다. 레이스 팬티와 브래지어를 입은 나는 진열용으로 장식된 고깃덩어리 같았다.

그때, 침대 매트리스가 눌리는 듯하더니 내 위로 숨결이 느껴졌다. 부드러운 손길이 배를 어루만지다가 가슴을 마사지했다. 호흡이 가빠졌다. 평생 무언가를 이토록 간절히 원해본 적은 처음이었다. 팬티 속이 점점 끈적해졌다. 신음이 터져 나오자 자극이 더 강하게 밀려들었다. 잠시 후 무언가가 내 안에 들어왔다. 마치 머릿속에 떠오르는 순간 현실이 되듯 욕망이 빠짐없이 충족되었다. 절정에 오르자, 최근 며칠 중 가장 기진맥진한 상태가 되었다. 새로운 갈망을 좇아 붕 떠 있던 몸이 다시 침대로 내려가자 졸음이 엄습했다.

다음 날 아침 눈을 떴을 때, 침대 옆자리는 비어 있었다. 그 빈자리가 영원히 채워질 날을 더는 기다릴 수 없었다. 나는 쉼 없이 흐르는 공허함을 막기 위해 댐을 세웠고, 내 욕망은 모두 그 흐름에 실려갔다. 나는 재판 결과와 상관없이, 모든 일이 끝나면 애덤과 이혼하기로 마음먹었다. 내게 가장 좋은 걸 할 것이다. 이제 그때가 왔다. 애덤이 무죄 판결을 받으면 그에게는 인생을 다시 시작할 기회가 생긴다. 그리고 나는 그의 옆에 없을 것이다.

휴대폰이 울려서 집어 들었다. 앤에게서 온 메시지였는데, 밥이 약속 시간을 오전 8시 30분으로 당겼다는 내용이었다.

나는 그때까지 가겠다고 답장했다. 빌어먹을 밥. 빠르게 준비를 마치고 사무실로 달려갔다. 원래 8시가 훨씬 못 되어 출근하지만, 어젯밤 늦게 찾아온 손님 때문에 오늘 아침에는 조금 늦었다. 엘리베이터 문이 열리기가 무섭게 앤이 커피를 건넸다. 지금 우리가 처한 상황에도 불구하고 앤은 밝고 활기차 보였다. 기자들은 나를 인터뷰하고자 회사 건물 안으로 들어오려 했고 내 사무실로 계속 전화를 걸었다. 앤은 이들을 아주 훌륭하게 쫓아 보냈다.

"어서 와요. 밥이 벌써 사무실에서 기다리고 있어요." 앤은 안타까워하는 표정이었다. 나는 손목시계를 보았다.

"왜? 아직 8시 15분도 안 됐는데."

"모르겠어요. 나중에 오라고 했는데 고집을 부리더라고요. 미안해요."

"네 잘못이 아니야. 밥이…… 밥다운 짓을 한 거지. 밥과 이야기하는 동안 전화 연결하지 마."

밥은 내 사무실 창밖을 보고 있다가 문 열리는 소리에 돌아보았다.

"마침내 왔군."

"15분 일찍 왔네." 나는 책상에 가방을 내려놓고 그를 빙 돌아 의자에 앉았다. "왜 보자고 했어?" 나는 의자에 앉아 서류를 정리하기 시작했다.

"얘기나 좀 하고 싶어서." 밥은 내 책상 앞으로 와서 앉았다.

"밥, 우리 그런 얘기하는 사이 아니잖아." 나는 이렇게 말하고 불만에 차 입술을 오므렸다.

"이제부터 하면 되지. 당신 남편 사건이 어떻게 되어 가고 있는지 궁금해서."

"그건 당신이 상관할 일이 아니야. 다 알아서 하고 있다고." 나는 커피를 한 모금 마셨다.

"내가 도울 일은 없어?"

"당신 도움은 필요 없어. 그나저나 왜 도우려고 하는 거지?"

"돌아가는 모양새가 회사에 안 좋아서. 군더더기 없이 깔끔하게 사건을 종결하고 싶은데."

"내가 하고 있어."

"그럼 왜 기자들이 나한테까지 전화하는 건데?"

나는 책상 위에 놓인 서류를 다시 분류했다. "음, 그거야 당신이 회사 홍보 책임자기 때문이겠지. 하지만 정말 도와주고 싶으면……."

밥의 휴대폰이 울리는 바람에 나는 말을 끊었다. 밥은 손가락을 들어 보인 뒤에 휴대폰을 꺼냈다. 그리고 번호를 확인하더니 이상하다는 듯 갸웃거리면서도 호기심 어린 표정을 지었다. 그는 전화를 받았다.

"밥 밀러입니다." 밥은 상대가 말을 하는지 잠시 듣고 있었다. "전화 잘못 걸었어요." 그는 전화를 끊었다.

"기자?" 내가 물었다.

"비슷해." 밥은 잠시 멈추었다. "자, 무슨 얘길 하고 있었더라?"

"당신이 지역 기자들을 잘 아니까 하는 말인데. 레베카 샌퍼드를 처리해 줘."

"어떻게 처리하란 거지?"

"그 기자가 사건을 방해하고 있어. 그걸 막아야 해. 가능하겠어?"

"가능하겠냐고? 세라, 그런 깜찍한 질문을. 이미 다 된 일이나 다름없어." 밥은 웃음을 터뜨리더니 의자에서 일어났다. "필요하면 언제든 연락해." 그러더니 밥은 사무실에서 나갔다.

밥이 나가자마자 앤이 들어왔다. "무슨 일이에요?"

"아, 그냥 평소처럼 잘난 체하고 갔어."

"그건 그렇고 통신사에서 방금 전화 왔는데 호숫가 별장 전화를 끊었대요."

"잘됐네. 걱정거리 하나 줄었어." 나는 서류를 몇 장 훑어보며 말했다.

"애덤이 누구에게 전화를 걸었는지 알아냈나요?" 앤이 물었다.

"그건 걱정할 필요 없어. 다 해결됐어." 내 생각이 맞기를 바랐다. 지금 상태만으로도 충분히 힘들었다. 앤은 고개를 끄덕였고, 자리에서 전화가 울리는 바람에 나갔다. 잠시 후 앤이 사무실로 전화를 돌려주며 말했다. "1번 라인에 스티븐스 보안관이요."

나는 전화를 받았다.

"세라, 목소리 들으니 반갑군요."

"무슨 일이죠, 스티븐스 보안관님?"

"제시의 DNA 검사 결과가 나와서 알려주려고요. 제시가 아니에요."

빌어먹을. 어떻게 아닐 수가 있지? 제시가 아니라면 누구란 말인가? 이 세 번째 DNA는 사건과 관계없는지도 모른다. 아니, 관계있을 수도 있다. 하지만 내가 그걸 모르고 있다는 사실만큼은 도저히 용납할 수 없었다.

"확실해요?"

"100퍼센트 확실해요."

"이제 어쩌죠?"

"사건이 종결되어서 내가 할 수 있는 일은 많지 않지만, 계속 신경 쓰고 있다가 새로운 소식이 들리면 알려줄게요."

"고마워요." 나는 패배감이 들었다.

"유감이군요, 세라. 지금까지도…… 힘들었을 텐데. 필요한 게 있으면 언제든 알려줘요."

"네, 고마워요."

나는 전화를 끊고 주먹으로 책상을 쳤다. 스티븐스의 의도가 무엇인지 알 수 없었다. 나를 도우려는 걸까, 아니면 자신에게 유리한 쪽으로 판을 짜려는 걸까? 하지만 그를 걱정할 때가 아니었다. 시간이 얼마 남지 않았는데 간절히 원하는 대답에 여전히 다가가지 못했다.

40장
애덤 모건

어젯밤에는 술에 취해 전화를 걸며 대부분의 시간을 보냈다. 그중 일부는 다시 전화를 걸어야 할 정도였다. 대체 난 왜 이 모양일까? 나 하나조차 건사하지 못하다니. 레베카가 오늘 아침에 들르기로 했다. 적어도 내가 기억하는 어젯밤 이야기로는 그랬다. 물론 잘못된 기억일 수도 있다. 어쨌든 이제 다섯 군데만 더 전화하면 되니까 레베카가 오기 전에 최대한 마쳐야겠다.

일어나서 며칠 만에 샤워하고 계속 기르기로 마음먹은 턱수염을 다듬었다. 그런대로 봐줄 만한 옷도 입었다.

첫 번째 번호에 전화를 걸자 그레천이라는 여자 이름의 음성 사서함으로 연결되었다. 나는 목록에서 해당 번호를 지웠다.

두 번째 번호에 전화를 걸자 여자가 받았다. 내가 무슨 말을 하는지 모르겠다고 했다. 그 여자의 번호도 지웠다.

세 번째 번호에 전화를 걸자 남자가 받았다. 그도 내가 뭘 말하는지 알아듣지 못했다. 약간 무례해서 전화를 냉큼 끊어버렸다.

네 번째 번호는 할아버지였는데, 말하는 걸 힘들어했다. 후두 절제술을 받은 사람 같은 목소리였다. 그가 내게 인생사를 들려주려 하는 바람에 얼른 전화를 끊었다. 늙고 외로운 노인은 나와 처지가 비슷한 것 같았다. 즉, 시간이 얼마 남지 않은 듯했다.

다섯 번째이자 마지막 번호는 신호가 가자마자 받았다. 전화 받은 남자는 말이 어찌나 빠르던지 이름을 제대로 듣지 못했다. 롭이라고 한 것 같았지만 확실치 않았다. 그의 말을 알아들을 수 없었기 때문에 재빨리 용건을 말했다.

"안녕하세요. 저는 니콜라스 밀러라는 사람을 찾고 있습니다. 그레그 밀러의 형이자 켈리 서머스의 아주버님이죠. 저는 애덤 모건이라고 합니다. 니콜라스와 해야 할 이야기가 있어서요. 목숨이 달린 문제입니다."

이게 마지막 전화였다. 제발 이 사람이 니콜라스 밀러를 아는 사람이길 신에게 기도했다. 혹시 모른다면, 레베카가 알아보기로 한 연락처도 있으니까. 아니면 내가 술에 취해 전화하는 바람에 놓친 것일 수도 있었다.

"전화 잘못 걸었어요." 남자는 이렇게 말하고 급히 전화를 끊었다.

나는 전화기를 거칠게 내려놓았다. "젠장!" 어떻게 이럴 수가 있지? 레베카가 뭘 좀 알아냈어야 하는데. 분명 뭔가를 찾았을 거다. 나는 다시 한번 전화기를 쾅 내려놓고 커피 탁자를 주먹으로 쳤다. 그리고 일어나 커피를 한 잔 따라서 소파로 돌아왔다. 이게 커피가 아니라 위스키였으면. 식기 전에 마시려고 커피를 한 모금 마셨는데 혀와 목구멍이 타들어가는 듯했다. 물론 위스키를 마셨을 때 같지는 않았다. 이번엔 고통스러웠다. 하지만 살아 있는 느낌이 들었다.

레베카에게 연락해야 했다. 그녀가 여기 와야 했다. 레베카 없이 혼자서는 할 수 없었다. 레베카는 내 마지막 희망이었다. 전화기를 들고 귀에 갖다댔지만, 신호가 들리지 않았다. 전화가 끊긴 것이다. 신호가 들릴까 해서 후크 스위치를 몇 번 눌렀지만 아무 소리도 들리지 않았다. 빌어먹을. 내가 망가뜨렸구나. 나는 소파에 기대앉아 양손으로 얼굴을 감싸며 아래로 쓸어내렸다. 이건 있을 수 없는 일이다. 내 인생이 이럴 리 없다.

그때 문 두드리는 소리가 들렸다. 나는 벌떡 일어나서 달려가 문을 열었다. 레베카였다. 이보다 더 반가울 수 없었다. 나는 레베카를 끌어안았다. 어색했지만 상관없었다. 레베카가 나를 밀어내는 바람에 포옹을 풀었다.

"무슨 일이에요?" 레베카는 나를 뿌리쳐 밀고 지나갔다. 그리고 소파에 가방을 던져놓더니 내가 마시던 커피를 마음대로 마셨다.

"제발 뭐라도 알아냈다고 말해줘요."

"아마도요." 레베카는 자리에 앉았다.

"그게 무슨 뜻이에요?" 나는 거실에서 서성대며 대답을 기다렸다. 올 것이 왔다.

내게는 시간이 얼마 남지 않았고, 세라의 생각이 나와 다르다는 것은 분명했다. 세라는 제시라는 남자를 쫓고 있었고, 내 가설이 완전히 틀렸다고 생각했다. 게다가 전화는 망가졌고 나는 이 저주받은 호숫가 별장을 떠날 수 없었다. 재판까지는 9일밖에 남지 않았다.

레베카는 내 커피를 몇 모금 마시고 컵을 탁자에 내려놓았다. 그리고 가방에서 서류철 뭉치를 꺼낸 다음, 세 개를 골라 커피 탁자에 내려놓았다.

"이 세 사람은 켈리의 과거와 아주 밀접하게 관련되어 있어요. 모두 프린스 윌리엄 카운티에서 반경 250킬로미터 이내에 살고요. 이 서류철에는 기본 정보, 사진, 신원 조회 자료가 있어요. 두 사람은 전과가 있고 한 사람은 없어요. 시간 관계상 이 정도밖에 알아내지 못했지만, 출발이 좋은 것 같아요."

나는 이 셋 중 한 사람을 보고 뭔가 떠올릴 수 있기를 바랐지만, 과연 그럴 수 있을지, 어떤 식으로 가능할지는 알 수 없었다. 내게는 출발이 좋은 것으로는 부족했다. 결승선이 필요했다.

첫 번째 서류철을 펼쳤다. 셰릴이라는 이름의 중년 여성이었다. 이곳에서 남쪽으로 한 시간 30분 떨어진 곳에 살고 있었고 자녀가 둘 있었다. 속도위반으로 몇 번 범칙금을 낸 적이 있고, 질서 방해 행위로 기소당한 적이 한 번 있었다. 입술이 가늘고 코가 뾰족해서, 냉혹하고 엄격해 보였다.

"그레그의 사촌 셰릴이에요." 레베카가 설명했다.

"이 여자는 어떤 것 같아요?"

"친척 관계이기도 하고 범죄를 저지를 가능성이 있을만한 거리에 살지만, 그레그와 그 정도로 가까운 사이는 아닌 것 같아요. 게다가 자기 문제만으로도 버거운 것 같고요."

나는 레베카의 설명에 납득되어 서류철을 닫아 커피 탁자에 내려놓앉다. 그리고 다음 것을 펼쳤다. 까만 눈동자에 어두운 갈색 머리, 잘 매만진 머리를 한 중년 남성의 사진이 나왔다. 맨 처음 든 생각은 '진짜 멍청해 보이는군'이었다. 남자의 이름은 니콜라스 로버트 밀러였다. 전과는 없었고 어딘가 낯이 익지만 정확히 누구인지는 떠오르지 않았다. 어쨌든 본 적 있는 얼굴이었다.

"이 남자의 사연은 뭐죠?"

"그레그의 형이에요. 워싱턴DC에 살고 전과는 없어요. 그레그와 아주 가까웠던 게 틀림없어요. 그래서 분명 범인일 가능성이 있지만, 사건 당일 그의 알리바이를 조사할 시간이 없었어요. 따라서 이 남자가 유력한 용의자일 수도 있단 얘기죠."

"낯이 익어요."

"네?"

"딱 꼬집어 말할 순 없지만 본 적이 있는 사람이에요."

"이 남자가 사건과 관련됐다면 당신과 켈리를 지켜보고 있었을 거예요. 세스 커피 같은 곳에서 그를 보았을 수도 있고요."

"그럴 수도 있겠지만 이 남자와 이야기를 나누었던 것 같아요."

"그랬을지도 모르죠." 레베카는 한쪽 눈썹을 치켜올렸다.

나는 눈을 감고 기억에서 그 순간을 끄집어내려고 애썼다. 이 남자와 이야기한 적이 있는데, 어디였지? 언제 어디에서 이 남자와 대화를 나누었더라? 나는 세스 커피에 앉아서 켈리와 시시덕대고 그녀를 바라보며 퇴근을 기다리던 때를 모두 떠올리려 애썼다. 카페에서 가끔 다른 사람들과 이야기를 나누기도 했었다. 그곳에서 본 사람일까? 이 남자가 내게

다가온 적이 있을까? 나는 잠시 더 서류를 살펴보다가 기억이 나지 않아서 서류철을 탁자에 내려놓았다. 서류철을 덮지 않고 열어두면서 혹시 뭐라도 눈에 띄어 갑자기 기억이 살아나기를 바랐다.

나는 한숨을 깊이 쉬며 다음 서류철을 열었다. 모르는 여자의 사진이 보였다. 매디 번스. 그레그의 전 약혼자로, 아담한 체구와 갈색 긴 머리에 매우 가정적인 느낌이었다.

나는 서류철을 바닥에 던졌다.

"왜요? 뭔데요?" 레베카가 물었다.

"이 빌어먹을 사람들은 아니에요. 날 도와준다면서요." 레베카는 자리에서 벌떡 일어났다. 내가 이성을 잃자 눈이 휘둥그레졌다. 나는 바 테이블로 가서 위스키를 길게 한 모금 들이켰다.

"그러면 세라가 옳은지도 모르죠. 켈리의 과거와 관련된 사람과 관계없을지도요." 레베카가 말했다.

나는 다시 위스키를 길게 한 모금 마셨다. "과거 사람이 한 짓이어야 해요."

"꼭 그럴 필요는 없잖아요. 그런데 이건 뭐예요?" 레베카는 커피 탁자 위의 상자를 가리켰다.

"사건과 관련된 모든 증거예요. 세라가 가져왔어요." 나는 레베카 옆에 앉았다.

"살펴봤어요?" 레베카는 몸을 숙여 상자 속 서류를 꺼냈다.

이대로 끝이었다. 나는 양손에 고개를 파묻었다.

"이거, 전에 말한 협박 메모가 있는 사진 아닌가요?" 레베카가 사진을 들어 보였다. "사건 2주 전에 받았다던 사진 말이에요."

우편함에서 이 사진을 꺼내본 뒤로 처음 보았다.

레베카는 사진을 몇 번이나 뒤집으며 자세히 살펴보았다. "뭔가 있는 게 틀림없어요. 아무것도 아니라기엔 지금 상황에 너무 딱 들어맞는데요."

탁자를 내려다보는데 손글씨로 쓴 또 다른 메모지가 눈에 띄었다. 나는 레베카가 들고 있는 사진 뒷면을 보았다.

"잠깐." 내 말에 레베카는 사진을 가만히 들고 있었다. 나는 사진을 가져와 글씨가 있는 쪽으로 뒤집은 다음, 증거 서류철 하나에 붙어 있는 포스트잇 메모지도 가져왔다. 그리고 두 개를 나란히 들었다.

포스트잇에는 '요청한 사건 서류 사본이에요'라고 쓰여 있었다.

"왜 그래요?" 레베카가 물었다.

"모르겠어요?" 나는 레베카를 본 다음 다시 사진의 손글씨와 메모지의 손글씨를 보았다.

"뭐가요?"

나는 글씨의 곡선을 몇 번이고 눈으로 좇았다. "필체가 같아요."

41장
세라 모건

나는 아직도 세 번째 DNA가 누구 것인지 모른다는 사실을 받아들이기 힘들었다. 이런 상태로 사건을 계속 조사하고 싶지 않았다. 더 이상 놀라고 싶지도 않았다.

어제 밤을 새워 켈리와 관련된 자료와 스티븐스가 제시 후크를 조사한 자료를 모두 검토했다. 제시 후크를 조사하던 당시에 다른 데 정신이 팔려서 뭔가를 놓친 것 같았다. 그때 조사실에서 느껴지던 긴장감과, 팽팽함과 느슨함을 오갔던 분위기가 자꾸 마음에 걸렸다. 제시와 스티븐스가 힘을 겨룬다고 느껴질 정도였는데, 왜 그런지 알 수 없었다. 어쩌면 둘 다 내가 모르는 무언가를 알고 있을지도 몰랐다. 그리고 제시의 말이 계속 머릿속에서 맴돌았다. 내 예감이 맞다면, 켈리가 이 세 번째 남자와 함께 있는 걸 아무도 보지 못한 이유와 이 세 번째 남자가 대포폰을 사용한 이유를 제시의 말이 설명할 수 있을 것이다.

나는 이마를 문지르다가 책상에 놓인 미지근한 커피를 마셨다.

"앤!"

펜슬 스커트를 입고 머리를 낮게 말아 올린 앤이 들어왔다. "네, 커피 더 마실래요?"

"응, 그것도 좋겠네." 나는 반쯤 빈 컵을 보았다. "그리고 스티븐스 보안관과 전화 연결해줘." 앤은 고개를 끄덕이고 나갔다. 나는 잠시 기다렸다가 전화를 받았다.

"스티븐스 보안관입니다."

"세라예요."

"무슨 일인가요? 전화를 다 하시고요." 스티븐스의 목소리에서 아주 약간이지만 추파를 던지는 기색이 느껴졌다.

"세 번째 DNA에 대한 단서를 찾았어요."

스티븐스는 기침했다. 잠시 나는 전화가 끊어진 줄 알았다.

"세라, 말했잖아요. 도와주고 싶지만 이 사건은 수사가 종결되었다고요. 내가 할 수 있는 게 없어요."

"그럼 내가 직접 조사해 보는 수밖에 없겠네요." 나는 전화를 끊을 준비를 하며 말했다.

"그러든지요. 그런데 단서가 뭔데요?"

"당신이 제시를 조사한 자료를 살펴보다가, 제시가 켈리를 볼 때마다 항상 경찰과 함께 있었다고 말한 걸 발견했어요."

"네, 그거야 켈리의 남편 스콧이 경찰이니까요." 스티븐스가 끼어들었다.

"맞아요. 나도 제시가 스콧을 두고 말하는 줄 알았어요. 하지만 그 경찰이 스콧이 아니었다면요? 켈리가 스콧의 동료 허드슨과 바람을 피우고 있었다면요?"

"세라, 말이 심하군요. 증거 있어요?" 스티븐스의 목소리에 짜증이 묻어났다. 그럴 만했다. 지난주에는 부보안관 한 명이 아내를 때렸다고 비난당했는데, 이제는 다른 부보안관이 동료의 아내와 불륜 관계였고 살인까지 저질렀을지도 모른다고 비난당하다니. 작은 마을의 보안관서에 어울리는 아름다운 모습은 아니었다.

"아니요. 하지만 켈리는 허드슨을 잘 아는 것 같았어요. 두 사람은 쉽게 가까워질 수 있었겠죠. 세 번째 인물이 대포폰으로 켈리에게 문자를 한 이유나 사람들 앞에서 켈리와 함께 있는 모습을 공공연히 보이지 않은 이유도 설명돼요. 숨기고 싶었을 테니까요."

"아무 증거도 없이 허드슨을 조사하거나 그의 DNA를 검사할 순 없어요. 세라, 이건 말도 안 돼요."

"그럼 제시를 다시 불러요. 구체적으로 설명하라고 해보죠."

"세라, 조사는 끝났어요. 해보고 말고 할 것도 없어요. 이건 내 담당이고 이미 종결됐어요." 스티븐스는 전화를 끊었다.

앤이 걱정스러운 표정으로 들어왔다.

나는 양손에 고개를 파묻고 신음했다.

"괜찮아요?"

나는 앤을 보았다. "아니. 괜찮지 않아."

앤이 급히 다가와 의자에 앉았다. "뭐가 문제인데요?"

"전부 다. 내 결혼 생활도 끝났고. 남편은 살인 혐의로 재판을 받을 거야. 프린스 윌리엄 카운티 보안관서에서는 아무것도 도와주지 않아. 막

다른 길에 몰렸어."

앤은 고개를 기울이며 두 손으로 내 손을 감쌌다. "결국 다 잘될 거예요. 장담해요." 나는 앤이 진심이라고 생각했다. 적어도 앤 스스로는 그렇게 믿고 싶어하는 것 같았다.

나는 한숨을 길게 내쉬고 말했다. "세 번째 DNA가 누구 것인지 알아내고야 말겠어."

"스티븐스는 왜 그걸 조사하지 않는 거죠?" 앤은 내 손을 놓았고 우리는 각자 의자에 기대앉았다.

"사건이 종결됐대."

"그런데 그 DNA가 누구 것인지 모른다는 사실이 오히려 우리에게 유리하게 작용하지 않을까요? 수수께끼로 남는 거잖아요. 배심원들은 세 번째 DNA의 주인공이 범인일 수도 있다고 생각할 테니까요. 합리적 의심의 여지가 생기는 거죠."

"그럴 수도 있지만 위험 부담이 커. 세 번째 DNA가 누구 것인지 알면 그 사람에게 혐의를 제기하는 쪽으로 사건을 전개할 수 있을 텐데. 그런데 단서를 찾은 것 같아."

"누군데요?"

"스콧의 동료 허드슨 부보안관. 어쩌면 둘이 같이 켈리를 죽였을 수도 있어. 어쨌든 서로 알리바이가 되어주고 있으니까. 하지만 내 생각엔 켈리가 허드슨과 잔 것 같아."

앤은 눈이 커졌다. "왜 그렇게 생각하는데요?"

"제시가 한 말과 누구도 켈리와 이 세 번째 남자가 함께 있는 걸 본 적이 없다는 게 수상해. 허드슨이라면 완벽하게 비밀로 했을 것 같아. 대포폰을 쓴 것도 설명이 되고."

"혹시 세 번째 DNA가 허드슨 것이라는 걸 증명할 수 없고 스티븐스 보안관이 협조하지 않는다면, 켈리의 남편 스콧에게 의혹을 제기할 순 없나요? 사건 당일 밤에 스콧이 보낸 메시지도 꽤 충격적이잖아요." 앤은 턱을 문질렀다.

"그것도 생각해 봤지만, 검찰은 스콧을 법정에 세워 슬픔에 잠긴 영웅으로 그리려 할 거야. 그럼 배심원단이 그에게 연민을 느낄 가능성이 크겠지."

"스콧이 범인일 가능성이 있나요?" 앤은 눈썹을 치켜올렸다.

"내가 보기엔 누구든 가능성이 있어. 앤도 마찬가지고." 나는 가벼운 농담조로 말했다.

앤은 긴장된 웃음을 터뜨렸다. "왜…… 음…… 피터스 검사에게 이야기하지 않아요? 알고 싶어 하지 않을까요?"

"나쁘지 않은 생각이야. 증거 자료 공개 때 허드슨에 대한 이야기도 슬쩍 흘려야겠어. 그를 반드시 증인 명단에 올릴 거야. 그걸 보면 피터스는 내게 증거가 있다고 생각할 테고, 결국 알아서 움직이게 될 거야."

"정말 훌륭해요."

"피터스가 증거 자료 공개를 요청하기 전에 미리 만나서 상황을 파악해야겠어. 오늘 오후에 만날 수 있는지 일정 좀 확인해 줄래?"

"네."

앤은 무엇이든 돕고 싶고 그럴 준비가 되었다는 듯이 의자에서 일어났다. 내가 늘 의지하고 믿을 수 있는 유일한 사람이었다.

42장
애덤 모건

나는 머리카락을 움켜쥐고 거실을 서성대며 화풀이용으로 집어 던질 만한 물건이 있는지 살펴보았다. 어떻게 이걸 몰랐지? 어떻게 더 빨리 보지 못했지?

"이걸 쓴 사람이 누구인지 알아요?" 레베카가 열 번째로 물었다.

"나한테 끝내주게 좋은 생각이 있어요." 나는 주먹으로 뭐라도 쳐서 위안을 얻고 싶었다.

"알겠어요, 그러니까 누군데 그러냐고요? 우린 방금 엄청난 단서를 찾았어요. 이건 좋은 소식이잖아요!" 레베카는 나를 진정시키려 했지만 소용없었다. 나는 너무 화가 났다. 그녀가 거짓말을 해서 내 인생을 망치고 있었다. 날 무너뜨리려 했다. 날 협박했다. 이럴 수가. 아마 켈리도 죽였겠지. 지금 이 순간에도 증거를 조작하고 있을 것이다. 레베카는 눈을 크게 뜨고 애원하는 표정을 지으며 답을 알아내려고 안간힘을 썼다.

"세라의 비서 앤이에요." 마침내 내가 말했다.

"젠장……." 레베카는 사진과 포스트잇의 글씨를 확인하고 다시 나를 보았다. "확실해요?"

"필체를 봐요. 당연히 확실하죠." 나는 사진과 포스트잇을 레베카의 코앞에 들이밀었다.

레베카는 그것들을 찰싹 쳐내며 말했다. "진정해요. 난 당신 편이란 걸 잊지 말고요."

나는 숨을 깊이 들이마시고 물러섰다.

레베카는 나를 아래위로 살펴보았다. "그 여자가 협박 메모를 보냈군요. 그런데 앤이 켈리를 죽였다면 동기가 뭐였을까요?"

"그걸 내가 어떻게 알겠어요. 난 살인자가 아닌데. 잊었어요?" 나는 양손을 들어 올렸다.

"자…… 생각해 봐요." 레베카가 밀어붙였다. "화내고만 있을 때가 아니에요."

나는 답이 떠오르길 바라며 머리를 문질렀다. "앤은 세라에게 집착했어요. 날 좋아하지도 않았죠. 세라를 독차지하고 싶었는지도 몰라요."

"앤이 세라에게 집착했다면, 세라가 시키는 일은 뭐든 했겠죠. 바람피우는 남편의 내연녀를 죽인다던가?" 레베카는 한쪽 눈썹을 치켜올렸다.

"어떻게 그런 말을! 세라는 그럴 사람이 아니에요." 나는 레베카에게 손가락질하며 인상을 썼다. 그야말로 레베카를 때릴 수도 있을 것 같았다. 레베카는 불안한 표정이었다. 지금의 나는 이대로 거실을 가로질러 레베카를 바닥에 때려눕힐 수도 있었다. 그녀의 목을 조르고 엄지손가락으로 기도를 짓이기며 눈에 피가 차오르고 생명이 서서히 떠나가는 것을 지켜볼 수도 있었다. 그런 상상을 하다가 마침내 자제력을 되찾았다. 그제야 레베카의 겁에 질린 얼굴이 눈에 들어왔다.

레베카는 떨리는 목소리로 말했다. "저, 애덤. 그런 뜻이 아니었어요. 가끔은 묻기 힘든 걸 물어야 하는 게 내 일이라서요. 특히 당신에게 도움이 되려면요."

나는 웃지 않았지만 더 이상 레베카를 노려보지 않았다. 레베카는 적이 아니라고 거듭 되뇌었다. 그저 나를 도와주려는 것뿐이라고. 상황을 이해하려는 것뿐이라고. 하지만 내겐 그녀를 이해시킬 시간이 없었다. 이렇게 여기 가만히 앉아 있을 시간이 없었다. 앤을 직접 만나야 했다. 범행을 자백받아야 했다. 이 모든 일을 끝내야 했다.

"이제 어쩐다?" 나는 성급하게 행동하지 않으려고 애썼다. 레베카에게 집중하자. 그녀의 말을 듣자. 여기에 그녀와 함께 있자. 그러면 다 해결될 거야. 레베카는 이미 나를 많이 도와줬으니까. 나는 서성대다 말고 거실 한가운데에 시간이 멈춘 듯이 우뚝 서 있었다. 이제 레베카는 걱정스러워 보였다. 그녀는 나를 흘끗 본 다음, 탁자 위에 놓아둔 자기 가방과 그 옆에 있는 열쇠 꾸러미를 보았다. 나는 레베카의 시선을 따라갔다. 지금 떠나려는 걸까? 내가 해코지할 거라고 생각하는 걸까?

"이걸 전부 다 경찰서로 가지고 가야겠어요. 그럼 분명 수사를 재개할 거예요." 레베카는 희망에 찬 눈빛이었다.

그 희망이 그녀를 위한 것인지 나를 위한 것인지는 알 수 없었다. "하지만 사건은 종결됐잖아요." 내가 말했다.

"네, 하지만 아직 유죄 판결을 받은 건 아니잖아요. 경찰에겐 사건의 모든 용의자를 조사할 책임이 있다고요."

"하지만 그렇게 하지 않으면요? 거절하면 어쩌죠? 너무 늦은 거라면 말이에요."

"그럼 변호사가 재판에서 사용할 수 있겠죠. 배심원단이 합리적 의심을 품게 하는 데 확실히 효과적일 거예요."

변호사? 내 아내를 말하는 건가? 세라는 협박 메모를 보낸 사람이 앤이라는 걸 알까? 혹시 세라도 관련되었을까? 나는 다시 거실을 빠르게 왔다 갔다 하기 시작했다. 세라가 알았을 리 없다. 그렇지 않은가? 더는 견딜 수 없었다. 서성대는 동안 레베카의 열쇠 꾸러미가 자꾸 눈에 들어왔다. 작은 희망의 빛 같았다. 그 순간, 아무 생각도 들지 않았다. 그냥 하자. 뒤돌아보지 말자. 나는 열쇠를 집어 들고 집 밖으로 나가 레베카의 쉐보레 크루즈에 올라탔다.

레베카가 뒤쫓아왔다. "애덤, 지금 뭐 하는 거예요? 가택 연금 중이잖아요. 가면 안 돼요. 잠깐만요!"

가속 페달을 밟자, 타이어가 회전하며 흙과 나뭇잎을 파헤쳤다. 잠시 후 나는 집에서 멀어지고 있었다. 전자 발찌가 진동하며 깜빡이기 시작했다.

43장
세라 모건

나는 윌리엄슨 앤드 모건의 여러 회의실 중 한 곳에 앉아 있었다. 앤이 피터스 검사와 약속을 잡았고 매튜가 함께 하기로 했다. 탁자 한쪽에는 상자가 쌓여 있었다. 내가 공개할 증거 자료인데, 사실상 별 내용은 없었다. 보안관서가 더 이상 협조하지 않아서 내가 알아내지 못한 것들을 검찰이 대신 조사하게 해줄 자료이기도 했다. 매튜와 앤, 그리고 나는 함께 신중하게 자료를 선별했다. 우리가 할 고생을 피터스 검사에게 떠넘기기 위해서였다.

피터스가 곧 와야 할 텐데. 이 자리의 목적은 그를 뒤흔드는 데 있다. 피터스는 이미 승소를 확신하고 있었고, 실제로 그럴 가능성이 높았다. 하지만 피터스로 하여금 검찰이 패소할 가능성이 있다고 생각하게 만들어야 했다. 내가 뭔가 숨겨둔 게 있다고 생각하게 만들어야 했다.

매튜가 회의 책상 상석에 앉았다. "내가 악역을 맡으면 되는 건가?" 그는 살짝 웃었다.

"늘 그렇듯이."

"그런데 지금 검사를 가지고 놀아도 되는 거야?" 매튜는 눈썹을 치켜 올렸다.

"매튜, 또 내 전략을 의심하는 거야?"

"그냥 네 판단력을 확인하는 거지."

그때 노크 소리가 들렸다. 앤이 쟁반 가득 간식과 음료수, 물을 가지고 들어왔다. "이쪽으로 오세요." 앤은 뒤에 따라오던 피터스에게 말했다.

"이분은 누구시죠?" 피터스가 매튜에게 손짓했다. "증거 자료 공개는 관련자들끼리만 할 수 있잖아요."

"이쪽은 매튜예요. 이 사건에 도움을 주고 있어요."

메튜는 일어나서 손을 내밀었다. "도움 이상의 일을 하고 있죠."

"법학 학위가 있기나 한 겁니까?" 피터스는 매튜가 회의실에 없는 듯이 물었다.

"네. 저와 예일대에서 같이 공부했어요."

"그래서 난 지금 잘 나가는 로비스트고, 당신은 조지 워싱턴 야간 대학교를 나온 지방 검사인 거겠죠." 매튜는 능글맞게 웃으며 자리에 앉았다.

피터스는 매튜의 도발에 반응하지 않았다. 자리에 앉아 내게만 주의를 집중했다.

"아무튼 급하게 연락했는데 이렇게 와줘서 고마워요." 내가 말했다.

피터스는 고개를 끄덕였다. "당연히 와야죠. 뭘 의논하고 싶은 건가요? 다시 한번 말하지만, 형량 조정은 논의 대상이 아닙니다."

앤이 회의실 밖으로 나가며 조용히 문을 닫았다.

"논의 대상이라고 해도 언급할 생각 없습니다." 매튜가 단호한 표정으로 말했다.

"좋습니다. 그럼 뭐 때문에 그러는 거죠?" 피터스는 두 손을 맞잡았다.

나는 상자 더미를 가리킨 다음, 서류철을 몇 개 내밀었다. "지금까지 조사한 증거 자료예요. 앞으로 더 있을 거고요."

피터스는 상자를 흘끗 본 다음 서류철을 집어 들고 재빨리 훑어보았다. 그리고 다시 덮은 다음 나를 보았다.

"자세히 살펴보는 게 좋을 겁니다. 야간 대학에서 이런 걸 배웠는지 모르겠지만 증거는 소송에서 가장 중요한 부분이잖아요." 매튜가 쏘아붙였다.

피터스는 눈을 굴리며 못마땅한 표정을 지었지만, 악역을 맡은 매튜의 말에 신경 쓰지 않았다. "이건 내 사무실로 보내면 되는 거잖아요. 여기까지 날 부를 게 아니라."

"알아요. 그냥 호의를 베풀고 싶어서요." 나는 빙긋 웃었다.

"무슨 호의요? 결과는 이미 뻔하지 않습니까."

"정말 그럴까요? 내가 알아낸 바에 따르면 그렇지 않은데요. 그래서 호의를 베풀고 싶어졌어요. 당신은 내게 잘해줬으니까요. 법정에서 당신을 당혹스럽게 만들지 않으려고 특별히 우리의 증거 자료를 거의 다 미리 주는 거예요."

피터스는 상자를 다시 보고 나서 앞에 놓인 서류철을 보았다. 그의 눈빛에 의심이 스며들기 시작했다. 당혹스러워서인지 의심스러워서인지는 알 수 없었다. 그는 고개를 갸웃했다. 물론 충분히 예상한 반응이었다. 나라도 그랬을 테니까. 나는 재빨리 말을 이으며 서류철을 하나 더 내밀었다. "아, 깜빡할 뻔했네요." 제시 후크와 스티븐스의 대화 녹취록이었다. 피터스가 봤으면 하는 부분을 강조해서 표시해 두었다. 그가 제시 후크와 직접 이야기하고 싶어지게 만들어야 했다. 제시 후크에게서 더 많은 정보를 얻어내도록 유도해야 했다.

피터스는 서류철을 펼쳐 훑어보았다. "제시 후크는 누구죠?"

"바로 그겁니다. 생각만큼 뻔하지 않죠?" 매튜가 말했다.

"제시 후크는……." 내가 말을 시작했다. 그때 회의실 밖에서 비명이 들렸다.

44장
애덤 모건

한 시간 전, 나는 차를 타고 나와 쉬지 않고 달렸다. 주변은 눈에 들어오지 않고 머릿속엔 오직 앤을 찾아내야 한다는 생각 뿐이었다. 나는 분노로 가득 찼다. 창밖 풍경이 빠르게 스쳐 지나갔지만 내게 보이는 것이라고는 다양한 색조의 진홍색과 주홍색뿐이었다. 마치 내가 보는 모든 사물이 혈관에서 끓어오른 피에 물든 듯했다. 호숫가 별장을 떠나면 결과가 어떻게 될지 알았지만 신경 쓰이지 않았다. 나는 이 사건을 끝까지 파헤쳐야 한다. 이 모든 것의 진상을 파악해야 한다. 내게는 시간이 없었고 이건 마지막 기회였다. 그날 밤 호숫가 별장에서 어떤 일이 일어났는지, 켈리를 죽인 범인이 누구인지 알아볼 마지막 기회이자, 이 악몽에서 벗어날 마지막 기회였다.

몇 걸음만 더 가면 문을 박차고 들어가 앤과 마주할 수 있다. 몇 년 동안이나 알고 지낸 여자. 나를 협박한 여자. 켈리를 죽였을 가능성이 가장 높은 여자. 내게 누명을 씌우려는 여자. 어떻게 그럴 수 있었을까? 어떻게 나 모르게 그렇게 가까이 올 수 있었지? 왜 우리 호숫가 별장에 있었던 걸까? 예전에 세라가 앤에게 호숫가 별장에서 휴가를 보내라고 한 적이 있다는 건 알고 있다. 하지만 왜 하필 그때였을까?

나는 앤에게 특별히 관심을 둔 적이 한 번도 없었다. 이제는 순진해 보이는 겉모습 뒤에 숨겨진 균열이 보였다. 그녀의 본모습은 복수심에 불타는 괴물이었다. 돌이켜보니, 조용한 성격은 음모를 꾸미기 때문이었고, 예의 바른 태도는 교활하기 때문이었다. 좋은 사람인 척했던 건 결국 그녀의 진정한 본성, 최악의 나쁜 년이라는 것을 감추기 위해서였다.

나는 사진과 포스트잇 메모지를 움켜쥐었다. 문을 벌컥 열고 사무실을 둘러보자 몇 사람이 고개를 들어 나를 보았다. 겁에 질린 사람도 있었고 흐트러진 내 모습에 동요하지 않는 사람도 있었다. 사무실 안쪽으로 들어갔다. 나는 오직 한 사람을 찾고 있었다. 그 여자가 어디에 있을지 잘 알았다. 늘 있는 곳이겠지. 그곳에 앉아 음모를 꾸미면서 기다리고 있겠지. 모퉁이를 돌자 비어있는 앤의 책상이 보였다.

잠시 후, 앤이 서류철 무더기를 들고 어떤 남자와 나란히 이야기하며 내 쪽으로 걸어왔다. 앤은 나를 알아보지 못했다.

그녀와 함께 걷는 남자가 눈에 들어왔다. 전에 본 적 있는 얼굴이었다. 분명 비교적 최근에 본 적이 있었다. 앤은 고개를 들어 불과 3미터 거리에 서 있는 나를 발견하고는 시속 100킬로미터로 굴러오는 1톤짜리 쇳덩어리를 마주한 사슴처럼 눈이 커졌다. 함께 걷던 남자는 앤이 걸음을 멈추자 그녀의 시선을 따라가다가 나를 보았다. 그는 인상을 찡그렸다. 그는 나를 알아보았다. 그리고 나도 그를 알아보았지만, 그 순간 눈앞의 악마 같은 여자에게, 내 목숨을 앗아가려 하는 여자에게, 켈리를 죽인 여자에게 관심이 쏠려 잊고 말았다.

"애덤, 괘…… 괜찮아요?" 앤은 말을 더듬었다.

"너!" 나는 앤을 손가락으로 가리키며 다가갔다. 앤을 붙잡으려는 건지, 때리려는 건지, 사실 나도 내가 뭘 하려는 건지 몰랐다. 앤은 비명을 질렀다. 날카로운 소리가 탁한 사무실 공기를 갈랐다.

"네가 켈리를 죽이고 내게 누명을 씌웠지. 다 알아, 이 나쁜 년!" 앤에게 손이 닿으려는 순간, 나는 바닥에 쓰러졌다. 얼굴 옆쪽을 주먹으로 한 대 얻어맞고 완전히 나가떨어졌다. 앤은 내게 주먹을 날린 남자 뒤에 서서 울고 있었다.

"대체 무슨 일이에요?" 세라가 뛰어나왔다. 그 뒤에는 매튜와 다른 남자가 있었는데, 재판에서 만난 피터스 검사라는 걸 알아볼 수 있었다.

"밥, 무슨 짓을 한 거야?" 세라가 바닥에 쓰러져 괴로워하는 나를 보며 물었다.

"저 사람이 앤에게 달려들었어." 밥은 나를 가리켰다. 맞아, 밥이었다. 내가 아는 사람이었다. 지난 몇 년 동안 세라를 괴롭히고 세라의 자리를 호시탐탐 노리던 사람이었다. 나쁜 놈이었다. 나는 세라와 밥 사이에 문제가 생기기 전부터 그가 마음에 들지 않았다. 세라에게 이끌려 회사 파티에 갈 때마다 자기 자랑을 해대던 사람이었다.

"애덤, 뭐야? 지금 뭐 하는 거야?" 세라는 이를 악물고 입술을 거의 움직이지 않으며 말했다. 앤은 교활한 년답게 울고 있었고, 밥과 매튜가 그년을 달래고 있었다. 피터스는 여전히 상황을 파악하려고 애쓰는 중이었는데, 표정이 묘하게 의기양양했다. 이 상황이 자신의 승소에 유리하기 때문이었다. 물론 내가 이 모든 일의 배후에 앤이 있다는 걸 증명할 수 없을 때의 얘기지만.

"저 사람이." 나는 앤을 가리키며 말했다. 다들 앤을 보았다. 앤은 '누구요? 나요?'라는 표정을 지었다. "사진을 보냈어. 협박 메모도 썼고. 저 여자가 켈리를 죽였다고!" 나는 사진과 포스트잇 메모지를 세라의 발치에 던졌다. 세라는 몸을 숙여 집어 든 다음, 눈앞으로 가져갔다. 그러더니 눈이 휘둥그레지고 입이 벌어졌다. 내가 제기한 혐의에 모두 놀랐다. 잠시 침묵이 흘렀다. 앤은 팔을 긁적이며 불편한 듯 몸을 움직였다. 세라는 앤을 똑바로 쳐다보았다.

"이거 진짜야?" 세라는 사진과 메모지를 들어 보였다.

앤은 어쩔 줄 몰라서 발을 꼼지락대며 바닥을 보았다.

"네. 호숫가 별장에 사진을 찍으러 갔었어요. 전에 보여준 풍경 사진 같은 거요. 그런데 거기서 켈리와 애덤이…… 같이 있는 걸 봤어요."

"맙소사." 세라는 기가 찬 듯 숨을 내쉬었다.

"하지만 켈리를 죽이지 않았어요. 절대 아니에요. 그리고 제가 본 걸 알리고 싶었지만 그럴 수 없었어요. 그래서…… 협박 메모를 보낸 거예요. 애덤이 세라에게 솔직히 털어놓기를 바라면서요." 앤은 고개를 저으며 이 말이 진실이라고 우리를, 특히 세라를 설득하려 애썼다. 하지만 나는 1초도 믿을 수 없었다.

"세라, 저 여자는 위험해. 내 목숨과 켈리의 목숨을 위협했어. 모르겠어? 이 모든 일의 배후에 저 여자가 있다고." 내가 애원하다시피 말했다.

"아니에요……." 앤은 세라를 바라보았다. "죽이겠다는 협박이 아니라 '직접 털어놓지 않으면 내가 세라에게 알리겠다'라는 협박이었어요."

"앤, 그런데 나한테 말하지 않았잖아." 세라는 독기를 뿜어냈다. 그녀는 화가 나 있었다. 배신감이 얼굴에 고스란히 드러났다. 앤이 내 불륜에 대해 알고 있었다는 걸 세라가 몰랐음이 분명해졌다. 앤은 고개를 숙이고 더 심하게 울었다.

"앤, 어떻게 나한테 말을 안 할 수가 있어? 넌 내 비서잖아. 내 친구고. 사실상 가족이나 마찬가지인데." 세라의 목소리가 떨렸다.

"나, 나, 난……." 앤은 말을 더듬었다.

"다들 꼼짝 마!" 스티븐스가 총을 뽑았다. 허드슨과 스콧도 양옆에 서서 총을 뽑아 들었다.

"젠장." 나는 양손을 들었다. 세라는 밥만큼이나 짜증 난 것 같았다. 이런, 내가 밥을 또 어디서 봤더라? 나는 기억을 떠올리려고 머리를 쥐어짰다. 세라는 한동안 나를 회사 파티에 데려가지 않았다. 법원에서 봤던가? 아니면 이 사건에 대해 인터뷰한 걸 신문이나 뉴스에서 봤던가?

"애덤 모건, 보석 조건 위반으로 당신을 체포합니다." 스티븐스의 말에 허드슨과 스콧이 바닥에서 나를 일으켜 수갑을 채우려 했다.

"잠깐! 앤이, 앤이 협박 메모를 보냈다고요. 저 여자가 켈리를 죽였어요. 저 여자를 체포해요." 나는 아직 자유로운 한 손으로 앤을 가리켰다.

스티븐스가 세라, 그리고 스콧과 눈빛을 주고받았다. 스콧은 이내 얼굴이 시뻘게지더니 아무것도 묻지 않은 채 앤을 거칠게 밀고 있었다. 앤은 스콧이 수갑을 채우려 하자 비명을 질렀다.

"잠깐! 지금 뭐 하는 겁니까?" 밥이 외쳤다.

"방금 들었잖아요. 이 여자가 내 아내의 살인과 관련되었다고요. 우리와 함께 보안관서로 갈 겁니다." 스콧이 말했다.

"이대로 그냥 체포할 순 없어요." 세라가 끼어들었다. 매튜와 피터스 검사도 같은 입장이었다.

"세라, 앤은 당신에게 거짓말을 했다고." 나는 믿기지 않아서 눈이 커졌다.

"내가 진상을 알아볼게. 어쨌든 앤에게는 보장된 권리가 있어."

세라는 고개를 저었다. 앤은 그녀에게 감사를 표했다.

"나한테 말 걸지 마." 세라가 경고했다.

그러자 앤은 몸을 움츠리고 고개를 숙였다.

"보안관님, 어떻게 할까요?" 허드슨이 내게 수갑을 마저 채우며 물었다.

"끔찍한 상황이군. 앤을 경찰서로 이송해 조사해야겠어. 이송에 응하지 않으면 영장을 청구하도록 하지." 스티븐스가 말했다.

앤은 고개를 들었다. "갈게요. 숨길 것도 없어요."

"그러시겠지, 거짓말쟁이." 나는 숨죽여 말했지만, 모두에게 들릴 만큼 소리가 컸다.

"그만해요." 밥이 외쳤다.

바로 그때, 나는 가장 최근에 밥을 어디에서 보았는지 떠올랐다. 지금 그의 표정을 보자 어떤 이미지가 떠올랐다. 나는 입이 떡 벌어진 채 밥의 잘난 척하는 얼굴을 가리켰다. "당신이지!"

"내가…… 뭘요?" 밥이 물었다.

"당신이야. 당신이 니콜라스 로버트 밀러야. 켈리 전 남편의 형."

아직 가라앉지 않은 스콧의 분노는 매 순간 더욱 거세졌다.

"난 이 사건과 관계없어요." 밥이 단호하게 말했다.

"네가 켈리를 죽였어. 맞지?"

"더 이상 이런 헛소리는 듣지 않겠습니다." 밥의 표정이 굳었다.

"사실인가요? 당신이 켈리 전 남편의 형이라는 게?" 세라가 물었다.

밥은 고개를 숙였다. "맞아요. 하지만 난 이 일과 무관해요."

세라는 헉 소리를 냈다.

"이럴 수가. 이 사건은 끝난 줄 알았는데." 스티븐스가 분노에 차서 말했다. 스콧은 숨을 거칠게 쉬더니 순식간에 달려들어 밥을 때렸다. 스티븐스와 허드슨이 그만하라고 외치며 스콧을 떼어냈다. 고함과 서로 뒤엉키고 풀리는 난장판이 한바탕 지나자, 헐떡이는 소리만 가득했다.

"내가 경찰 옷 벗게 해주지, 이 개돼지 같은 자식아!" 밥이 스콧에게 소리쳤다. 밥의 입에서 피가 튀었다. 일대일로 싸우면 밥이 질 것 같았지만, 표정으로만 보면 스콧은 이미 세상을 떠난 아내와 함께 있어야 할 것 같았다.

피터스가 세라를 돌아보았다. "증거 자료 공개는 보류할게요. 제출할 증거가 더 있는 것 같으니까. 준비 끝나면 내 사무실로 전화해요. 직원을 시켜서 가져갈 테니." 그는 재빨리 자리에서 빠져나갔다. 이 난장판에 휘말리고 싶지 않은 것 같았다.

세라는 걸어가는 피터스를 보면서 고개를 끄덕였다. 매튜는 세라의 어깨를 토닥이며 위로했다. 지금 세라의 옆에 있어야 할 사람은 매튜가 아니라 나인데.

"좋습니다. 다들 보안관서로 갑시다!" 스티븐스가 명령했다.

결국 나는 예전에 있던 곳으로 돌아가는 모양이었다.

45장
애덤 모건

난동을 부리기 전부터 끝이 좋지 않으리라는 걸 알았다. 나는 바보였다. 분명 세라는 이 일을 잊지 않고 두고두고 날 바보 취급할 게 뻔했다. 하지만 지금 당장은 꽉 조여진 수갑이 손목을 비트는 바람에 살갗이 연필깎이로 깎은 연필 부스러기처럼 쓸려 나가 몹시 아프다는 것이 가장 큰 걱정거리였다.

"이렇게 꽉 조일 것까진 없잖아요." 나는 스티븐스에게 애원했다.

"모건 씨, 안타깝게도 당신은 지금 뭐가 가장 좋은지 아닌지 결정할 수 있는 위치가 아니에요. 그러니 부탁인데 그놈의 입 좀 다물고 중앙 조사실로 가면 정말 고맙겠군요." 스티븐스의 목소리는 정말이지 가장 까다로운 고객마저 겸손하게 만들 정도로 정중했다.

그에게 기발한 농담으로 받아치고 싶었지만 내 상황에 별 도움이 되지는 않을 것 같았다. 그래서 그냥 시키는 대로 했다. 적어도 두들겨 맞은 밥보다는 내 몰골이 낫다는 생각이 들자, 얼굴에 희미하게 미소가 번졌다.

"모건 씨, 상당히 익숙한 과정일 겁니다. 하지만 지난번처럼 급하게 퇴원시키진 않을 거예요. 하루나 이틀 밤 정도는 입원하게 될 겁니다. 한동안 병원에 있을 수도 있고요. 하지만 내가 뭘 알겠어요? 난 법을 만드는 사람이 아니라 그냥 나쁜 놈들을 잡아들이는 사람일 뿐이니까요." 스티븐스가 말했다.

이유는 알 수 없었지만, 스티븐스가 나를 '애덤'이 아니라 '모건 씨'라고 부를 때 더 모욕적인 기분이 들었다. 마치 나 같은 '쓰레기'에게는 친근하게 이름을 부르는 걸 허락할 수 없다는 듯이.

"슬프게도 이제 이 과정이 익숙하네요." 내가 말했다. 오늘 밤이 빨리 끝나면 좋겠다는 생각뿐이었기 때문에 비꼬는 말을 자제하려고 애썼다.

"어느 쪽으로 결론이 나든, 이렇게 우리와 함께하는 건 마지막이길 바랍니다." 친절로 받아들일 수도, 악의로 받아들일 수도 있는 말이었는데 어느 쪽으로 생각해야 할지 알 수 없었다. 공황 발작이 일어날 것 같았지만 천천히 숨을 들이마시며 마음을 가다듬었다. 지금 여기서는 아무것도 해결할 수 없다는 걸 받아들이고 서서히 현실로 되돌아왔다.

"잠시 이 사람들과 함께 있어요." 스티븐스는 파란색 제복을 입고 기분 나쁜 표정을 짓고 있는 두 남자에게 고개를 까딱해 인사했다. "그런데 하나만 물어봅시다…… 왜 그랬어요? 전자 발찌를 차고 있다는 걸 알잖아요. 우리가 찾아낼 거란 걸 알잖아요. 상황이 더 나빠질 뿐이란 걸 알잖아요. 그런데 왜?"

"내가 범인이 아니니까요. 그리고 아무도 내 말을 들어주지 않으니까요."

"그렇군요." 스티븐스는 잠시 꼼짝하지 않고 서서 바닥을 내려다보았다. 거친 콘크리트 바닥 위 벗겨진 회색 페인트 자국 사이에 무언가 해답이라도 숨어 있는 것처럼. 잠시 후 그는 고개를 들어 나를 보고 뭐라고 말하려고 입을 벌렸지만, 한숨을 내쉬기만 했다. 그러더니 이내 입을 다물고 고개를 저으며 보안관서 입구로 걸어갔다.

"애덤 모건 씨 맞죠?" 부보안관 한 명이 물었다.

"네, 맞습니다."

"쉽게 갈까요, 아니면 내가 그 망할 수갑을 끌고 가야 하나요? 난 어느 쪽이든 상관없습니다. 그런데 내가 보기엔 '도주의 우려'가 있는 것 같군요." 부보안관은 이를 드러내며 환하게 웃었고, 일부러 시끄럽게 소리내어 껌을 씹었다.

"오늘 저녁엔 더 이상 문제를 일으키지 않을 겁니다." 나는 너무 지쳐서 더 이상 싸울 수 없었다.

"현명한 결정이군요."

나는 세라가 이 모든 걸 어떻게 생각할지 궁금했다. 겉으로 드러난 감정들은 나도 알고 있다. 내 어리석음에 대한 분노, 실망, 충격 같은 것 말이다. 하지만 내가 한 말은 어떻게 생각할까? 분명 마음 깊은 곳에서는 내가 다칠 걸 알면서도 왜 그럴 수밖에 없었는지 알고 있을 것이다. 난 그저 누군가 단 한 명이라도 내 말에 귀 기울이기를 바랐다.

지금 내 인생은 어느 정도로 망가진 걸까?

답을 알고 싶은지조차 모르겠다.

46장
세라 모건

매튜와 함께 경찰서에 도착했을 때 주차장은 거의 비어 있었다. 매튜는 문을 잡아주며 힘내라는 표정으로 고개를 끄덕였다.

"넌 할 수 있어."

"고마워." 나는 긴장된 입술로 희미하게 미소 지었다.

어깨를 펴고 고개를 꼿꼿하게 든 다음 대기실로 들어갔다. 오늘 저녁을 버티려면 힘과 자신감이 모두 필요했다.

"어떻게 오셨어요?" 마지가 방탄 유리 너머에서 물었다.

"그냥 기다리는 거예요."

"출입 기록부를 작성해야 해요." 마지는 유리 아래로 클립보드를 내밀었다.

우리는 출입 기록부를 작성하고 안내 데스크 근처에 앉아서 밥과 앤이 오기를 기다렸다. 두 사람의 조사 내용을 들은 뒤에 애덤을 만날 생각이었다.

"둘 다 나올까?" 매튜가 물었다.

"죄가 없다면 나오겠지." 나는 그렇게 말했지만, 두 사람이 여기 나타난다고 해도 무죄라고 확신할 수는 없었다. 하지만 죄 없는 사람들은 도망치지 않는다는 말도 있지 않은가.

20분이 채 못 되어 밥과 앤이 나타났다. 대기실로 온 두 사람은 우리 맞은편에 앉았다. 밥은 관자놀이를 문지르며 먼 곳을 응시했고, 앤은 아직도 이따금 울음을 터뜨렸다. 내 얼굴은 혐오가 분명히 드러날 만큼 일그러져 있었다. 두 사람을 노려보고 있자니 머릿속에 같은 질문만 맴돌았다. '이 사람들은 누구지?'

우리 넷이 연옥을 떠도는 동안 시간은 천천히 녹아내렸다. 우리가 받은 벌이라고는 서로 함께 있는 것뿐이었다. 상황의 어색함과 앤의 수치심, 밥의 분노가 뒤섞여 또렷하게 드러났고, 그 때문에 시간은 더 느리게 흘러갔다.

이보다 더 최악은 없다고 생각하고 있는데, 보안관서 앞문이 열리더니 저승사자처럼 온통 까만 옷을 입은 엘리너가 들어왔다. 나는 그녀가 없는 동안 벌어진 일을 전부 다 알려주려고 일어났다. 하지만 가식적인 환영 인사조차 하기 전에 엘리너는 필러가 새어 나올 정도로 입술을 꽉 다문 채 내 앞에 와서 섰다.

"어떻게 이런 일이 생기게 놔둘 수 있니? 내가 고작 하루 비웠는데!" 엘리너는 내 얼굴에 침을 뱉다시피 했다.

"어머님. 어머님 아들은 서른여섯 살이에요. 다 큰 성인이고 자기 행동에 책임이 있죠. 24시간 내내 지켜볼 순 없어요."

"그래, 넌 절대 그렇게 못 하겠지. 그래서 그 애가 널 두고 한눈을 팔았나 보다." 엘리너는 턱을 치켜들었다.

나는 짧게 한숨을 내쉬었다. 때리지 말자. 때리지 말자. 때리지 말자.
"그건 말도 안 돼요. 전 이 사건을 위해 최선을 다하고 있다고요." 나는 엘리너보다 커 보이려고 허리를 더 곧게 세웠다.

"애당초 이런 사건 자체가 벌어지지 말았어야지. 애덤은 결백해. 하지만 네가 잘 챙기지 못해서 이제 폭행과 보석 조건 위반으로 기소되게 생겼구나."

"어머님, 그만하세요. 말도 안 되는 말씀이세요." 나는 고개를 저었다.

"내가? 넌 네 어머니도 제대로 보살피지 못했잖니…… 그래서 무슨 일이 일어났는지 봐라." 엘리너는 이 말이 흡족한 듯 입꼬리를 올리며 씩 웃었다.

앤이 헉 소리를 냈다. 밥은 불편한 듯 몸을 들썩였다. 매튜는 반쯤 일어섰다. 나는 엘리너의 머리통을 땅에 내던져 뇌가 보일 때까지 박살 내고 싶었다. 뇌가 있는지 없는지는 모르겠지만. 하지만 살인죄로 스스로를 변호할 일을 만들 필요는 없었다. 엘리너가 이 사건에, 내 인생에 더 이상 끼어들지 못하도록 해야 했다. 그리고 나는 무슨 말을 해야 할지 알았다. 나는 심호흡을 했다.

"어머님 아들은 거짓말쟁이에 바람을 피웠고 살인자일 수도 있어요. 어머님이 지나치게 애지중지하면서 감싸고 도는 바람에 애덤이 이 지경으로 망가졌다고요. 어머니로서 진짜 도움이 되고 싶으시다면, 저희 어머니처럼 스스로 목숨을 끊으시는 건 어때요?"

엘리너의 눈이 전에 없이 커지고 입이 떡 벌어졌다. 엘리너는 손을 올려 내 뺨을 세게 때렸다. "나쁜 년, 넌 엄마의 사랑이 어떤 건지 몰라."

뺨이 얼얼해서 손을 갖다댔다. 손을 떼어보니 엘리너의 반지가 뺨에 상처를 내서 피가 묻어났다.

엘리너는 한 걸음 물러섰다. 이를 악물었고 눈은 여전히 이글거렸다.

매튜가 나를 감싸고 얼굴을 살피더니 엘리너에게 돌아서서 침착하게 말했다. "가세요. 어쨌든 오늘 밤에는 애덤을 못 볼 겁니다."

그때 안내 데스크 옆쪽 보안 문에서 삑 소리가 나더니 커다란 형체가 문턱을 넘어 나왔다. "도대체 무슨 일입니까?" 스티븐스는 나와 엘리너를 흘끗 보았다. 엘리너는 몸을 곧게 펴고 고개를 기울이더니 180도 달라진 태도로 황급히 밖으로 나갔다. 어딘지는 몰라도 머물고 있는 오성급 쥐구멍으로 도망치는 것 같았다.

"별일 아니에요. 조사나 빨리 끝내죠." 나는 얼굴에서 손을 떼며 말했다.

"괜찮겠어요? 상처가 심한 것 같은데요."

나는 고개를 끄덕였다.

"마지, 다들 출입 기록부는 작성했겠죠?" 스티븐스가 안내 데스크 직원에게 물었다.

"네." 마지는 작성하던 서류에서 눈을 떼지 않고 대답했다.

"좋습니다. 그럼 같이 가지요." 스티븐스는 팔을 뻗어 안내했다.

우리는 그를 따라 페인트칠한 좁은 콘크리트 복도를 걸어 내려갔다. 매튜와 나는 나란히 걸었고 밥과 앤은 우리 뒤에서 쫓아왔다. 벽은 위쪽은 흰색이고 아래쪽은 빨간색이었는데, 강한 색의 대비감이 눈에 거슬렸다. 자포자기한 채 조사실로 호송되는 사람들에게 시각적 충격을 주기 위해 의도한 것 같았다.

스티븐스는 우리를 어느 방으로 데려갔는데, 누구에게도 앉으라고 권하지 않고 자신도 계속 서서 말을 시작했다. "우선, 수사 진행을 돕고자 자발적으로 시간을 내준 여러분께 프린스 윌리엄 카운티 보안관서를 대표해 감사드립니다. 다시 말하지만, 여러분 모두 체포된 상태가 아니며, 어떤 상황에서도 진술을 거부할 수 있습니다. 그렇지만 자발적으로 공유한 정보는 기록되어 수사 과정에 사용될 수 있습니다. 계속 진행하기를 원합니까?"

방 안에 있는 사람 모두 고개를 끄덕여 대답했다.

"좋습니다. 다시 한번 정말 감사합니다. 시작하기 전에 말씀드릴 게 있습니다. 밀러씨, 당신은 오늘 스콧 서머스 부보안관의 경악스러운 행동 때문에 부상을 당했습니다. 그가 얼마나 극심한 스트레스와 압박을 받고 있는지 짐작하리라 믿습니다. 하지만 그의 행동은 용납될 수 없고, 어떤 이유로도 정당화될 수 없습니다. 스콧은 무급 정직 처분을 받은 바 있으며 현재 내부 조사를 받고 있습니다. 이렇게 말씀드리는 이유는 저희가 이번 일을 매우 심각하게 받아들이고 있다는 점을 알려드리고 싶어서입니다." 스티븐스는 밥을 보며 물었다. "밀러 씨, 정당한 권리에 따라 서머스 부보안관을 고소하겠습니까?"

"아니요, 하지 않겠습니다." 밥이 힘주어 대답했다. "지금 서머스 부보안관이 힘든 시간을 보내고 있다는 걸 알고 있습니다. 모건 씨가 나를 비난하는 걸 보고 화도 났을 테고요."

"그렇게 말해 주니 정말 다행입니다. 스콧이 가끔 돌발 행동을 할 때도 있지만 알고 보면 훌륭한 부보안관입니다."

밥은 이 일을 빨리 끝내고 싶은 듯이 고개를 끄덕이기만 했다.

"좋습니다. 그럼 두 분은 따로 조사하겠습니다." 스티븐스는 밥과 앤을 가리켰다. "두 경관이 별도의 조사실로 안내할 겁니다." 경관 둘이 들어왔다. "자, 따라가시죠." 스티븐스는 '최후의 만찬' 그림에서 식탁 중앙에 있는 예수 그리스도처럼 양팔을 벌렸다.

앤은 나를 재빨리 보았다. 나는 입을 굳게 다문 채 앤에게 지시를 내리지도, 뭔가를 말하지도 않았다. 밥은 턱을 약간 들고 걸어갔다.

두 사람이 나가고 매튜와 나, 그리고 스티븐스가 서로 마주보았다.

"그게……." 스티븐스가 말문을 열었다. "오늘 윗선에서 아주 난리가 났어요."

"그랬겠죠." 내가 대답했다.

"살인 혐의로 기소된 남자가 지정 구역을 벗어나 시속 160킬로미터로 질주한다는 경보가 울렸을 때, 경관 몇 명이라도 빨리 대응했다면 이런 일은 생기지 않았을지도 모르죠. 하지만 뭐, 도넛 씹는 소리가 너무 커서 경보음이 안 들릴 수도 있으니까요." 매튜가 비꼬았다.

"누구시죠?" 스티븐스 보안관이 물었다.

"매튜 래차우입니다." 매튜는 기선 제압을 위해 먼저 손을 내밀어 악수를 청했다.

스티븐스는 악수하지 않고 팔짱을 꼈다. "우리 경관들은 최선을 다해 절차를 따랐고 모건 씨보다 불과 몇 분 늦게 현장에 도착했습니다. 실제로 경관들의 빠른 대응에 두 분 모두 고마워해야 합니다. 안 그랬으면 훨씬 더 끔찍한 상황이 펼쳐졌을 테니까요." 스티븐스는 진지한 말투였다.

"아마도요. 하지만 스콧 서머스가 출동하지 않았다면 밥은 오늘 저녁에 평소처럼 걸을 수 있었겠죠." 내가 끼어들었다.

"서머스 부보안관의 행동은…… 말했듯이 유감입니다. 그의 행동에 대해서는 따로 처분이 있을 겁니다."

"앞으로 어떻게 되는 거죠?" 나는 빨리 진행하고 싶은 마음에 재촉했다. 뺨이 화끈거려서 차가운 걸 마시고 싶었다.

"밥과 앤 둘 다 조사해야죠. 사실 우리 쪽에서는 이미 종결된 사건이라서 세부 사항을 정리하는 정도겠지만요."

"이 사건의 묘한 연결고리를 인정해야 할 거예요. 밥에게는 동기가 있고 앤은 애덤을 협박했죠. 그러니까 세부 사항을 정리하는 것 이상을 해주면 고맙겠어요. 그리고 메모가 앤의 필체와 일치하는지 필적 감정도 해주면 좋겠고요." 내가 단호하게 말했다.

"맞는 말이에요. 분명 수상하죠. 둘 중 한 사람이 연루되었는지 확인해야죠." 스티븐스는 내 목소리에 맞게 진지해지려고 애썼다. "하지만 필적 감정은 필요 없습니다. 앤이 이미 자신이 썼다고 인정했으니까요."

"허위 자백이라고 들어봤나요? 필적 감정이 필요해요." 스티븐스의 경찰 업무는 아무리 좋게 말해도 엉성하다고밖에 할 수 없었다. 몰라서 그런 건지 일부러 그런 건지는 모르겠지만.

스티븐스는 입을 굳게 다문 채 고개를 끄덕였다.

"두 사람의 조사를 참관해도 될까요?" 내가 물었다. "그들의 증언이 결국 내 사건과 연관될 테니까요."

"그럼요. 안 될 거 없죠."

스티븐스가 호의를 베푸는 것인지 그냥 동의해도 상관 없어서 그러는지는 알 수 없었다. "그럼 조사 시간을 다르게 하면 안 될까요? 둘 다 보고 싶은데요."

내 말에 스티븐스는 눈썹을 치켜올렸다. "가능할 것 같긴 한데요." 그는 말끝을 높였다. "그러면 여기 있는 시간이 아주 길어질 거라는 건 알고 있죠?"

"당연하죠." 매튜가 못마땅한 듯 말했다.

"알고 있어요." 나는 자신 있는 목소리로 대답했다.

"그럼 좋아요…… 그렇게 하죠. 부보안관들에게 전달할게요. 먼저 조사했으면 하는 사람이 있나요?"

"앤부터 하죠."

47장
애덤 모건

도대체 왜 이렇게 오래 걸리는 거지? 엄마는 또 어디에 있고?

나는 조사를 마치자마자 엄마에게 전화했다. 지난 2주 사이에 제법 익숙해진 조사실 안을 서성였다. 나를 붙잡고 있을 게 아니라 밥이나 앤에게서 뭔가를 알아내는 게 나을 텐데. 이건 내 마지막 희망이다. 세라와 스티븐스가 나를 믿어주기를 바랐다. 내가 저지른 일이 아니라는 걸 믿고 밥과 앤을 철저히 조사할 정도만 되면 좋겠다.

문이 벌컥 열렸다. 어찌나 세게 열렸는지 콘크리트 벽에 부딪혔다가 다시 튕겨 나가 스콧에게 부딪혔다. 그는 아파서 움찔하고는 안으로 들어왔다. 시뻘건 얼굴에 충혈된 눈으로 입술을 굳게 다물고 거칠게 숨 쉬는 그는 야생동물 같았다. "얘기 좀 합시다." 그가 근엄하게 말했다.

나는 싸움은 싫다는 뜻으로 양손을 들어 올렸다.

"진정해요. 때리진 않을 거니까."

나는 팔짱을 끼고 스콧의 말을 기다렸다.

"시간이 많지 않아요. 난 여기 들어오면 안 되거든요. 밥과 앤에 대해 알고 있는 걸 전부 말해줘요." 스콧은 나를 슬쩍 보았다.

"이러면 안 되잖아요. 나도 안 되고요."

"당신 의견 같은 건 상관없어요. 그냥 사실만 말해줘요!" 스콧은 몇 걸음 다가왔다. 이를 악물고 있었다.

"알겠어요. 알았다고요." 나는 그에게 전부 다 말했다. 밥, 앤, 켈리에 대해 내가 아는 걸 전부 다.

"이걸 어떻게 알아낸 거죠?"

"정보원에 대해선 말할 수 없어요."

"정보원 보호 따위는 내가 알 바 아니고요. 당신은 오늘 한 짓거리 때문에 재판이 열릴 때까지 갇혀 있을 겁니다. 당신에겐 나뿐이에요. 이 엉망진창에서 벗어나고 싶다면 누군지 말해요." 스콧의 인내심이 사라지고 있었다. 그는 땀을 뻘뻘 흘리며 문과 단방향 거울을 자꾸 힐끔거렸다. 여기 오면 안 되는 게 분명했다. 보안관서에서 스콧이 이 근처에 얼씬대게 놔둘 리 없었다. 그는 워싱턴DC 최고의 변호사를 공격했으니까. 아내가 살해당했더라도 그냥 넘어갈 수 없는 일이다.

"알겠어요. 정보원은 레베카 샌퍼드예요. 〈프린스 윌리엄 타임스〉 기자고요." 나는 스콧이 켈리 살인 사건에 연루되지 않았다는 말이 진실이기를 간절히 바랐다. 그게 아니라면 내가 유죄 판결을 받는 데 결정적 역할을 할 증거를 내어주는 셈이니까. 레베카가 아니었다면 이 상황에서 벗어날 가능성이 없었을 것이다. 세라가 내 사건을 다른 각도에서 접근한다면 모를까.

스콧은 고개를 끄덕이고는 연락하겠다고 했다. 그 말을 믿어도 될지 모르겠지만 내게 희망이 생겼다. 삶에 남은 게 아무것도 없을 때도 희망만은 결코 빼앗길 수 없다. 스콧은 다른 말은 하지 않고 나갔다. 나는 의자에 앉아서 기다렸다. 이제 기다리는 일엔 제법 익숙해졌다.

48장
세라 모건

화장실에 들러 세수하고 앤의 조사를 참관하러 조사실로 갔다. 혼자 앉아 있는 앤은 겁에 질리고 긴장돼 보였다. 죄책감을 느끼는지도 모르겠다. 앤은 손가락으로 탁자를 톡톡 두드리더니 치맛단을 만지작거리다가 머리카락을 꼬았다. 몸을 어떻게 해야 할지 모르는 듯했다. 매튜는 내 뒤에서 벽에 기대 나와 앤을 보고 있었다. 나는 매튜에게 이제 가도 된다고 했다. 이건 그가 책임질 일이 아니니까. 하지만 그는 끝까지 남아서 나를 도와주겠다고 고집부렸다.

"밖에서 엘리너와 있었던 일 말이야. 완전 엉망진창이더라."

"응, 그랬지."

"엄마로서 해줄 수 있는 최선이 자살이라고 말하다니, 좀 심했어. 정말 냉정하던데."

나는 몸을 돌려 매튜를 보았다. "어머님이 나를 때릴 정도로 자극적인 말이 필요했어. 가식적으로 주고 받는 건 끝내고 싶었거든. 정말 진빠져. 사건에 도움도 안 되고."

"그러니까 그게 사건 해결에 도움이 되는 행동이라는 거야?" 매튜는 다리를 꼬았다.

나는 다시 단방향 거울을 보았다. "그런 셈이지."

엘리너가 아픈 데를 찌르고 모욕하고 거들먹거리는 걸 10년 넘게 상대했다. 그녀가 자제력을 잃고 딱 한 번이라도 현실을 깨닫는 걸 보니 기분이 좋았다. 뺨을 내어줄 가치가 있었다.

스티븐스가 조사실로 들어가 앤 맞은편에 앉았다. 그는 앤에게 물을 권했고 앤은 거절했다. 뒤이어 그가 앤에게 권리를 설명하자 앤이 고개를 끄덕였다. 스티븐스는 이 대화가 녹화될 것이고 증거로 사용될 수 있다고 알려주었다. 앤은 그를 멍하니 바라보았고, 잠시 후 스티븐스는 조사를 시작했다.

"10월 15일 밤에 어디에 있었습니까?"

"상사인 세라 모건과 함께 술을 마셨어요."

"흔히 있는 일입니까?"

"네, 세라와 난 친구니까요······ 적어도 얼마 전까지는 그랬죠." 앤은 멋쩍어했다.

앤의 말이 맞았다. 친구라면 남편이 바람피우는 걸 알려줬겠지.

"켈리 서머스를 어떻게 알게 됐습니까?" 스티븐스는 의자에 기댔다.

"모르는데요."

"켈리가 살해되기 전에 이미 알고 있었던 것 아닙니까?" 스티븐스는 손가락으로 탁자를 두드렸다.

앤은 침을 꿀꺽 삼키고 고개를 끄덕였다. "이름이나 다른 정보는 몰랐지만, 애덤과 함께 있는 걸 보기는 했어요."

"모건 부부의 호숫가 별장 근처에서 뭘 하고 있었습니까?" 스티븐스는 고개를 갸웃했다.

"전에 여름휴가차 간 적이 있는데 풍경이 정말 아름다워서 사진 찍기 좋았거든요. 가을에는 더 아름다울 것 같아서 다시 간 거예요. 그런 장면을 보게 될 줄은 몰랐지만요. 난 그냥 사진을 찍으러 갔어요. 정말 아무 잘못이 없다고요."

"잘못이 없다고요?"

"음, 그때는요."

"하지만 그때 얻은 정보로 애덤을 협박하기로 마음먹었잖아요?"

"잘못된 판단이었죠." 앤은 얼굴을 찡그렸다. "직접 세라에게 말하고 싶지 않았어요. 상처 주기 싫었거든요." 앤은 손톱을 만지작거렸다.

"'끝내지 않으면 내가 끝내주지'는 죽이겠다는 협박처럼 들리는데요. 동의합니까?"

앤은 고개를 숙였다. "지금 들으니 그러네요. 하지만 그런 의도는 아니었어요. 애덤이 그 관계를 끝내거나 세라에게 직접 말하지 않으면 내가 알릴 생각이었어요."

"켈리가 애덤이 아닌 다른 사람과 같이 있는 걸 본 적 있습니까?"

앤은 조사실을 둘러보았다.

"질문이 이상한데." 내 뒤에서 매튜가 말했다.

"그러네. 이상한 거 맞지?" 나는 매튜를 흘끗 돌아본 다음, 다시 앤과 스티븐스에게 집중했다. 스티븐스는 뭘 하려는 걸까? 무슨 생각일까?

"아니요." 앤의 이마에 주름이 잡혔다.

"10월 15일 일요일 저녁에 어디에 있었습니까?"

"말했다시피 세라 모건과 자정 무렵까지 술을 마셨어요."

"앤은 살인 사건이 벌어지기 몇 주 전부터 애덤이 바람피우는 걸 알았으면서도 아무 말도 안 했어. 앤이 내게 솔직히 말했더라면 이런 일은 벌어지지 않았을지도 몰라. 켈리는 아직 살아 있을거고, 난 애덤에게 따졌을 거야. 우리가 다시 잘 지내려고 노력했든 이혼을 준비했든 애덤이 살인 혐의로 재판받는 일은 없었겠지." 나는 잠시 고개를 돌려 매튜를 보며 말했다.

매튜는 고개를 끄덕였다. "다 끝난 일이야."

나는 한숨을 쉬고 다시 앤에게 집중했다. 단방향 거울 뒤에서 앤을 노려보았다. 내게 말하지 않다니 믿을 수 없었다. 머리 한구석에서 당장 앤에게 소리를 지르라고 말했다. 그 생각을 가라앉히기도 전에, 나는 이미 문을 박차고 조사실 안으로 들어서고 있었다.

"세라, 제발……." 하지만 앤의 말은 내가 탁자를 가로질러 돌진해 그녀를 바닥에 쓰러뜨리는 순간 끊어졌다. 나는 앤을 때리기 시작했다. 평생 나를 엿 먹인 모든 사람이 앤의 모습으로 나타나기라도 한 듯이. 내 손가락 관절과 반지가 앤의 살갗을 파고들었다. 스티븐스는 나를 떼어내려고 하다가 내 팔꿈치에 코를 얻어맞고 휘청댔다. 앤이 비틀거리며 일어나 도와달라고 외치려 했지만, 입안 가득 고인 피 때문에 그녀의 흐느낌은 분홍빛 피거품과 함께 허공에 흩어졌다. 나는 앤의 머리채를 잡고 빙빙 돌린 다음, 단방향 거울을 향해 내던졌다. 깨진 유리 파편이 사방에 튀었다. 나는 앤에게 계속 난동을 부리며 유독 뾰족한 유리 파편을 집어 들었다…….

나는 눈을 계속 깜빡여 현실로 돌아왔다. 조사실에 앉아 있는 앤과 스티븐스가 보였다. 이 지긋지긋한 상황에서 벗어나야 했다. 머릿속에 구름이 잔뜩 낀 것 같았다. 믿을 수 있다고 생각한 모든 사람이 사실은 하나같이 믿을 수 없는 사람이었다니. 어떤 감정을 느껴야 할지도 모르겠고, 지금으로서는 그저 신선한 공기를 마시는 게 최선이라는 생각이 들었다.

매튜가 괜찮은지 물었다. 나는 고개를 끄덕이고 복도로 나가 아직도 코를 박고 서류 작업을 하는 마지에게 갔다.

"실례합니다. 마지, 맞죠? 잠깐 나가서 바람 좀 쐬고 와도 될까요?"

"여긴 유치원이 아니에요. 건물을 드나들 때 허락받을 필요 없어요." 마지는 하던 일에서 눈을 떼지 않고 대답했다.

"그냥 내 생각에는……. 아니에요." 나는 밖으로 나갔다.

바깥으로 나가니 마치 차가운 수영장에 뛰어든 것 같았다. 나는 눈을 감고 숨을 깊이 들이마셨다가 힘껏 내뱉으며 머릿속을 비우려고 애썼다. 아무런 법률 용어도 쓰여 있지 않은 빈 워드 문서나 청소를 방금 끝낸 워싱턴DC의 여러 기념비를 떠올리려고 했다. 머리를 비워보려 했지만 정작 내 앞에 떠오른 것은 온통 '만약'과 '왜'로 가득 찬 시커먼 웅덩이였다.

심장이 빠르게 뛰기 시작했다. 혼란 속에서 빠져나와 이렇게 잠시 쉬는 건 휴식이 아니었다. 나는 고개를 들어 까만 밤하늘을 가로질러 끝없이 그려진 수많은 점을 보았다. 별의 고독이 부러웠다. "적어도 괴롭히는 사람은 없겠네." 이렇게 소리 내어 말하자 눈가에 눈물이 고였다. 하지만 울면 안 된다. 나는 이 사건, 그리고 내 경력과 결혼을 위해 둑을 쌓아 감정을 막아냈다. 더 버텨야 한다…… 적어도 조금만 더.

나는 눈물을 닦고 안으로 들어가려고 돌아섰다.

매튜가 입구에 서 있었다. "어디 갔나 했어."

"그냥 잠시 시간이 필요……."

매튜는 다가와 내 어깨를 감쌌다.

"넌 사람을 잘 안다고 생각하지?" 나는 고개를 저으며 말했다.

"있지, 이건 내 생각일 뿐인데, 앤은 진심이었던 것 같아."

"하지 마!" 나는 경고했다. 앤의 의도가 어땠는지 듣고 싶지 않았다. 나는 인생의 거의 모든 사람에게 배신당했다.

매튜는 짧게 한숨을 내쉬고 말을 이었다. 그만둘 사람이 아니었다. "말했듯이, 앤은…… 이걸 어떻게 설명하지? 앤은 강한 사람이 아니야. 리더가 아니라 추종자지. 세라, 앤이 널 얼마나 우상으로 여기는지 모를 거야. 그래서 네 세상을 뒤집어 놓는 짓은, 그냥…… 할 수 없었을 거야. 좋지 않은 소식을 전했는데 네가 그걸 받아들이지 않고 자기를 외면할까 봐 두려웠던 거라고. 사람들은 엄청난 압박을 받으면 바보 같은 짓을 많이 해. 거짓말이라면 바로 알아차리는 내가 말할 수 있는 건, 저 안에 있는 여자는 절대 널 해칠 의도가 아니었다는 거야."

매튜의 말이 옳다는 걸 나도 안다. 앤은 내게 여동생 같았고 우리의 관계는 부하 직원과 상사 이상이었다. 월급을 받는 사람과 주는 사람 이상이었다. 야심찬 젊은 여성과 그녀가 성공을 위해 밟고 올라갈 사다리 이상이었다.

"나도 알아." 나는 마지못해 이렇게 말했다.

"여기 있었군요." 스티븐스가 문을 열고 나왔다. "앤 조사가 끝났어요. 필적 감정이 아직 남았지만, 초기 조사 내용으로 볼 때 앤은 깨끗한 것 같아요."

매튜는 내 어깨에 두른 팔을 내렸고 우리는 스티븐스 쪽으로 몇 걸음 옮겼다.

"앤에게 정말 화가 나지만 동의할 수밖에 없군요." 내가 솔직히 말했다. 앤에게 정말 화를 내고 싶고 여전히 분노에 차 있지만, 매튜와 스티븐스의 말이 옳았다. 앤이 이 사건과 연관되었을 리 없었다.

"그럼 이제 밥에게 가볼까요?"

매튜와 나는 고개를 끄덕이고 스티븐스를 따라 보안관서로 들어갔다.

49장
애덤 모건

스콧은 나를 돕고 싶어 했다. 한편으로는 놀랄 일도 아니었다. 내가 켈리를 죽이지 않았다는 사실을 정말 믿는다면 (내가 죽이지 않았으니 이건 당연했다), 가장 사랑하는 이를 잃은 사람으로서 진짜 범인을 반드시 밝혀내고 싶어하는 게 당연하다.

하지만…… 한편으로 스콧은 성질을 이기지 못하고 화를 잘 내기로 유명한 나쁜 놈이다. 이런 놈이니 마치 내 말을 믿는 척하면서, 실은 보안관서에서 자신의 입지를 회복하려고 나를 배신한다고 해도 이상할 게 없다. 어쩌면 내 머리를 더 깊이 짓밟아 물속에 처박을지도 모른다. 더 거지 같은 현실은, 지금 당장 내게는 선택권이 없고 스콧이 유일한 희망이라는 사실이다.

하지만 정말 이렇게까지 해야 할까? 두 가지 모순된 생각을 동시에 품은 내 머릿속은 마치 깨달음의 경지에라도 다다를 듯했다.

한편, 희망은 내가 매달릴 수 있는 유일한 것이자 누구도 내게서 앗아갈 수 없는 유일한 것이다. 그러니 필사적으로 붙잡아야 하지 않을까?

하지만 나는 그렇게 순진하지 않았다. 잘될 가능성이 매우 희박하거나 아예 없다는 걸 잘 알았다.

또 다른 가능성이 머릿속을 스쳤다. 만약 스콧이 진짜 범인이라면? 돌발 행동과 아내 잃은 남편 행세 모두 진실을 감추기 위한 연막이고, 내면의 두려움이나 '우리에 갇힌 동물' 같은 감정을 발산하기 위한 수단이라면? 그렇다면 그에게 나를 상대로 쓸 탄약을 더 많이 쥐여 준 셈이다. 그뿐만 아니라 바깥세상에서 내가 진실을 밝히는 데 기꺼이 도움을 준 단 한 사람을 스콧에게 직통으로 연결해 준 셈이다. 나는 이렇게 갇혀 있고 레베카를 지켜보는 사람은 아무도 없을 테니, 스콧은 레베카를 찾아 내 켈리에게 그랬듯이 쉽게 처리할 수 있을 것이다. 사실 이쯤 되면 기적이 일어나지 않는 한 어느 쪽이든 나는 망한 것이었다. 그러니 밖에서 무슨 일이 벌어지든 상관할 바 없었다. 지금 내가 할 수 있는 건 그저 앉아서 기다리는 것뿐이다…….

그게 다는 아닐 수도 있지만.

50장
세라 모건

나와 매튜는 스티븐스와 함께 안으로 들어갔다. 화가 완전히 풀리지는 않았지만 일을 처리하려고 노력할 수 있을 정도는 되었다. 앤이 내게 정보를 숨긴 일로 화를 낼 수는 있지만, 앤이 애덤을 부추긴 것도 아니고, 켈리의 죽음도 당연히 앤 때문이 아니었다. 잘못 판단했을 뿐, 앤의 동기에 악의는 없었다. 이 정도면 치솟은 혈압이 정상 범위로 낮아지기에 충분했다. 하지만 나는 순진한 사람이 아니었다. 이제 밥의 말을 들을 차례였으므로 잠재적 폭탄에 계속 대비하고 있어야 했다.

스티븐스가 건물 안으로 들어가자, 마지의 태도가 아까와 완전히 달라졌다.

"어서 오세요. '던전'으로 돌아가시나요? 안내해 드릴까요?" 마지는 미소 지으며 말했다. 방금 한 말에 무척 즐거워하며 훌륭한 보안관을 도울 기회가 생겨 기뻐하는 듯했다.

"아니, 괜찮아요. 알아서 할게요. 그리고 내가 그렇게 부르지 말라고 몇 번이나 부탁했잖아요. 특히 방문객 앞에서는요." 스티븐스는 진짜 화난 게 아니라 단순히 질책하는 걸 보여주려는 듯 엄한 말투를 흉내 냈다.

"죄송해요. 앞으로는 기억하도록 노력할게요." 마지의 얼굴에 능글맞은 미소가 번졌다.

스티븐스는 그녀에게 살짝 윙크했는데, 내 착각인 것 같기도 했다.

그는 출입증으로 문을 열어 우리를 조사실로 안내했다. 우리는 강렬한 색감의 벽을 지나 싸구려 바닥을 발맞추어 걸었다. 하지만 이번에는 갈라진 길에서 오른쪽이 아니라 왼쪽으로 방향을 틀었다.

단방향 거울 너머에 밥이 앉아 있었다. 오래 기다려서 무척 불안해하는 듯했다. 그는 좌절감을 토로할 사람이나 물건을 찾는 듯이 주위를 열심히 살폈다. 다리를 떨며 몹시 안절부절못했고 이마와 머리카락 경계에 땀이 맺혀 있었다. 조사실이 익숙하지 않은 모양이었다.

스티븐스는 조사실로 들어가기 전에 잠시 물었다. "준비됐어요? 좀 더 기다려도 돼요. 밥에게 땀 좀 더 흘리라고 하죠." 그는 내 경계심을 누그러뜨리려는 듯 미소 지었다.

"아니에요. 괜찮아요. 얼른 끝내고 싶어요." 내가 대답했다. 진이 빠지기도 했고 얼른 여길 떠나고 싶어서 초조하기도 했다. 밤이 되자 자신감 있는 변호사 세라 모건은 사라졌다. 집에 가서 쉬고 싶었다. 나는 보호막도 없이 취약한 상태였고, 스티븐스는 이럴 때 곁에 두기에 적절한 사람이 아니었다. 매튜가 같이 있어서 다행이었다.

"좋습니다, 그럼." 스티븐스는 고개를 끄덕이며 조사실로 들어갔다.

밥은 이내 고개를 번쩍 들고 문을 쳐다보았다. 그러더니 인상을 찡그리며 다리 떠는 것을 즉시 멈추었다. 밥은 깨어 있는 시간의 대부분 허풍과 잘난 체가 심했지만, 훌륭한 변호사이자 무자비할 정도로 꼬치꼬치 캐묻는 사람이었다. 그는 만족스러울 정도로 싸우기 전에는 조사실을 떠날 생각이 없어 보였다.

"안녕하세요, 밀러 씨. 오래 기다리게 해서 미안합니다. 마실 것 좀 드릴까요? 물? 커피?" 스티븐스는 앤에게 그랬듯 딱딱하게 굴어봤자 밥에게 통하지 않는다는 것을 알았다. 처음부터 좋은 사람인 척하며 정중하게 접근하려는 듯했다.

"사과도 됐고 그런 예의 차린 말도 됐어요. 마실 건 필요 없고요. 이런 걸 한두 번 본 것도 아닌데 헛소리는 건너뜁시다."

예의는 여기까지였다.

"그럼 좋습니다." 스티븐스는 밥의 허세가 재미있는지 자리에 앉으며 조용히 킥킥댔다. "먼저 켈리 서머스에 대해 뭘 알고 있는지부터 시작할까요?"

"구체적으로 어떤 걸 말하는 거죠, 보안관님?" 밥은 법정에서 경찰이 사용할 수 있는 것과 없는 것을 잘 알았다. 유도 신문이나 추측과 실제 증거의 차이에 대해서도 빠삭했다. 스티븐스가 빈틈없이 날카롭게 질문하지 않으면 조사가 밤새 이어질지도 몰랐다.

"미안합니다. 당신이 변호사라는 걸 잠시 깜빡했군요. 그럼 쓸데없는 질문은 하지 않겠습니다. 이 사건이 발생하기 전에 피해자 켈리 서머스와 어떤 식으로든 아는 사이였습니까?"

"네."

과장이나 추측이 없는 답변이었다. 그때 참관실 문이 열리더니 마커스 허드슨이 언제나처럼 거들먹거리며 들어왔다. 어깨는 한껏 올라간 채였고 입가에는 비열한 미소가 떠올라 있었다.

"여긴 어쩐 일이에요?" 내가 물었다.

"조사를 참관하러 왔죠. 그럴 권리가 있으니까요." 허드슨은 뒤쪽에 서서 매튜와 나를 내려다보았다.

"권리는 있지만 이유는 없을 텐데……." 매튜가 비웃었다. "수상하군요."

허드슨은 웃음을 터뜨렸다. "그렇다고 해도 난 여기에서 근무하는 경관이에요."

"일하게 입 좀 다물어요. 증인으로 세우면 법정에 출석할 준비나 하고요." 나는 돌아보지도 않고 말했다.

허드슨은 끙 소리를 냈다. 그의 발걸음 소리가 멀어지더니 주변 공기가 한결 나아졌다.

나는 다시 조사실에 집중했다.

"켈리 서머스를 어떻게 알게 되었는지 설명해 주겠습니까? 아니, 제나 웨이라고 해야 할까요?"

"내 동생과 결혼한 사이였습니다." 밥이 대답했다.

"위스콘신에 살았던 동생 말입니까?"

"맞습니다."

"켈리가 살해한?"

"그렇게 말하지는 않았는데요. 켈리는 살해 혐의로 유죄 판결을 받은 적이 없잖아요. 그러니 그런 결론에 이르는 진술은 모두 온전한 추측일 뿐이죠." 밥의 목소리에서 경멸이 느껴졌다. 스티븐스가 버튼을 제대로 누른 것 같았다.

"미안합니다. 그럼 다시 말하죠. 켈리와 결혼한 당신의 동생은 살해당했고, 그 후 켈리는 위스콘신에서 도망쳐 아무도 찾지 못하는 곳으로 갔습니다." 스티븐스는 '죽은 동생'이라는 커다란 빨간 버튼을 더 세게 누르며 밥을 괴롭혔다.

"네, 켈리는 동생과 결혼한 사이였습니다. 동생이 살해당한 것도 맞고요. 켈리가 일반적인 상황에서 위스콘신을 떠났다고 하지 않고 도망쳤다고 말한 것은 마찬가지로 추측이고요." 밥의 불만이 더 커졌다.

"이런, 알겠어요, 알았다고요. 동생과 관련된 혐의로 기소된 사람이 있습니까?" 스티븐스는 손가락으로 목을 자르는 시늉을 하며 동생의 죽음에 관한 질문임을 알렸다.

"아니요. 기소된 사람은 없습니다. 동생의……." 밥이 스티븐스의 손짓을 따라 하며 대답했다. 악문 이 사이로 침이 튀었다.

"그것 참 이상하지 않아요? 동생의 목숨이 그냥 불이 꺼지듯 꺼져버린 거잖아요. 휙. 그리고 누군지는 몰라도 범인은 멀쩡히 돌아다니고 있으니 정말 화나는 일이죠. 당신처럼 사법 체계를 꿰뚫고 있는 변호사에게는 더욱 그럴 거고요. 그런데 한편으로는 바로 이런 사람들을 변호하는 게 당신 일이잖아요? 그러니까 내 말은, 어쩌면 당신이 바로 그 범인을 도와줬을지도 모른다는 거예요. 범인이 누군지 알 수 없으니 그럴 수도 있는 거잖아요? 통계적으로 가능한 일이고요. 그렇죠?" 스티븐스는 맡끝을 끌어올리며 고개를 갸웃거리고는 대답을 기다렸다.

밥의 얼굴은 소방차나 화산 내부에서나 볼 법한 붉은색이 되어 있었다. 그는 한참 동안 말없이 앉아있었고, 서서히 다리를 다시 떨기 시작했다. 조사실 안 공기는 눈이 내리기 직전의 밤공기처럼 무겁고 텁텁했다. 마침내 밥이 길게 숨을 내쉬었다. 그의 왼쪽 눈에는 눈물이 고여 있었고 이마의 핏줄은 곧 터질 것 같았다.

"보안관님……. 난 당신에게 조사받으려고 자발적으로 온 사람입니다. 체포된 사람도, 죄를 지어 기소된 사람도 아니에요. 따라서 모든 질문에 답변을 거부할 수 있고 내 의지로 이곳을 떠날 수 있으며, 내 의지에 반해 구속되거나 구금되지 않을 권리가 있습니다. 물론 난 합법적으로 정의를 추구하는 데 도움이 될 수 있다면 어떤 방식으로든 법 집행 기관을 기꺼이 따르고 그들에게 협조할 겁니다. 그러므로 추가 질문은 서면으로 사무실로 보내면 성의껏 답변하겠습니다." 밥은 이렇게 말하고 일어나서 스티븐스에게 눈길도 주지 않고 나가버렸다.

"잠시만요, 조사가 아직 끝나지……." 스티븐스가 외쳤지만 이미 문은 닫히고 있었고, 그의 말은 공중에 얼어붙어 있다가 산산이 부서져 바닥에 떨어졌다. 나는 재빨리 일어나 문을 열고 복도로 나갔다.

밥은 나를 지나쳤다. 나를 보았으면서도, 내가 전부 다 지켜봤다는 걸 잘 알면서도 말 한마디 하지 않고 걸어갔다. 밥은 경멸 어린 눈빛으로 나를 보았다. 내게 상처를 입히고 싶어 하는 그 눈빛에 실제 고통이 느껴질 정도였다.

스티븐스가 나오더니 바닥을 내려다보았다. 그는 잠시 그렇게 있다가 나와 눈을 마주쳤다.

"어떻게 된 일이죠?" 내가 물었다.

"밥이 협조하지 않는군요."

"협조했잖아요! 여기 온 것만으로도 협조한 거예요. 당신이 다루기 쉽지 않았다거나 당신을 겁내지 않는다고 해서 아까 같은 짓을 해서는 안 돼요." 나는 밥에게 들리지 않을 정도로 목소리를 낮추면서도 스티븐스에게 분노가 닿을 정도로 크게 말했다.

"밥에게서 뭔가를 알아낼 수 있을 줄 알았어요. 이 사건에 도움을 줄 수 있지 않을까 해서 파악하려던 것뿐이라고요." 스티븐스는 호소하듯이 말했다.

"하지만 결국 아무것도 얻지 못했잖아요. 당신은 죽은 동생 이야기를 꺼내 거의 고문 수준으로 사람을 몰아붙였어요. 상처를 찾아내서 칼을 쑤셔 넣고 천천히 비틀며 즐기기까지 했고요. 밥은 살인 혐의로 재판받으러 여기 온 게 아니에요. 최대한 협조하려고 노력했다고요. 이제 그가 도와주기나 하겠어요?"

"세라, 난 그저……."

"변명하지 마요. 아주 우쭐했겠어요. 터프 가이 흉내 내면서 거만하게 굴지 말고 사건의 진상을 파악하는 게 어떨까요?" 나는 돌아서서 복도를 걸어갔다. 매튜도 몇 걸음 뒤에서 따라왔다. 스티븐스가 뭐라고 말했지만, 나는 완전히 귀를 닫고 있어서 그가 무슨 말을 했는지 짐작도 할 수 없었다.

로비로 나가자 앤이 의자에 앉아서 울고 있었고 밥은 서성대고 있었다. 문이 열리자 둘 다 나를 보았다. 잠시 이 둘을 집에 데려다줘야 하나

고민했지만 둘 다 믿을 수 없었다. 스티븐스는 밥과 관련된 진실을 아무것도 알아내지 못했다. 그리고 앤은 여전히 내 증오의 대상이었다.

"일이 끝나서 공식적으로 가는 거라면 출입 기록부에 서명해야 해요!" 마지가 방탄 유리 아래쪽에 뚫린 작은 구멍 사이로 외쳤다. 나는 잠시 밥과 앤을 보다가 시선을 돌렸다. 지금은 그들을 마주할 수 없었다. 차가운 밤공기 속으로 나간 매튜와 나는 말없이 내 차로 향했다. 집으로 가는 내내 우리는 한 마디도 하지 않았다.

51장
세라 모건

더블 보드카 두 잔을 순식간에 마시고 나서 사건 서류를 다시 검토했다. 술 덕분에 뺨의 얼얼함이 차츰 무뎌졌다. 못돼먹은 시어머니가 제대로 한 방 날린 데다가 그녀가 손가락에 끼고 있던 천박한 반지 때문에 상처가 났다.

엘리너가 내 어머니 이야기를 꺼내는 바람에 깊은 상처를 받았다. 그녀의 말이 틀리지 않았기 때문이다. 나는 어머니에게 사랑을 받아본 기억이 없다. 적어도 아버지가 세상을 떠난 뒤부터는 그랬다. 아버지는 우리 가족을 하나로 묶는 접착제였고, 내게는 삶의 용기를, 어머니에게는 기쁨을 주었다. 전형적인 미국 중산층 가정의 가장으로서 혼자서 생계를 책임지며 우리 가족이 문제없이 굴러가도록 묵묵히 힘썼다. 하지만 이 모든 것이 순식간에 멈춰 버렸다. 단 한 번의 불공평한 사건으로 우리는 모든 걸 잃었다. 아버지이자 어머니의 남편이자 부양자이자 보호자이자 나를 응원해 준 유일한 사람이었다. 어머니가 행복의 고원에서 우울증의 바다로 뛰어들지 않도록 막아준 유일한 사람.

아버지가 세상을 떠나자 어머니와 내겐 아무것도 남지 않았다. 모아둔 돈도, 수입도, 삶의 의욕도 사라졌다. 어머니는 심한 우울증으로 거의 먹지도, 말하지도 않고 하루 종일 잠만 자서 일을 할 수가 없었다. 내 눈에 비친 어머니는 과거의 모습을 거울처럼 비추고 있는 사람일 뿐이었다. 한때 어머니와 아버지의 기쁨의 총체였던 나는 고통과 상실의 상징이 되었다. 이것 때문에 어머니에게 화가 났다. 물론 화나는 이유가 이것뿐만은 아니었다. 어머니는 내게 어머니가 가장 필요할 때 나를 정서적으로 버렸다. 게다가 내가 연민을 느끼다 못해 분노와 당혹감을 느낄 만큼 너무 쉽게 무너졌다. 어머니와 말할 때면 늘 싸움으로 번졌다.

"내 집에서 나가! 더는 못 봐주겠다."

"엄마 집? 엄마 집이라고? 이건 아빠 집이야. 엄마는 평생 단 하루도 일해 본 적이 없잖아. 엄마는 나약하고 한심해. 날 대할 때조차 감정 조절이 안 되잖아. 이 집에서 어른 역할은 엄마가 해야지, 왜 내가 해야 돼?"

"어떻게 감히! 넌 아무것도 몰라. 이게 어떤……."

이런 장면은 계속 반복되었지만, 어머니가 야행성이 되어 슬픔의 동굴 밖으로 나오는 횟수가 줄어들자 차츰 빈도가 줄었다. 냉장고가 비어 가고 연체료 고지서가 날아들기 시작하자, 무언가 불길한 일이 일어나고 있는 게 아닐까 의심이 들었다.

중독자들이 대개 그렇듯, 어머니 역시 처음에는 자기 행동을 아주 잘 숨겼다. 하지만 결국 생명 보험금은 바닥났고 정부 지원금만으로는 점점 심해지는 중독 증세를 감당할 수 없었다. 그러자 집 안에서 물건이 하나씩 사라졌다. 저녁이면 낯선 남자들이 집으로 찾아왔는데, 얼굴은 본 적 없지만 그들의 거친 목소리와 분노와 쾌락이 뒤섞인 신음소리에 친숙해졌다.

열다섯 살 무렵에는 집을 잃고 여성 쉼터와 모텔 방을 전전했다. 아침 일찍 학교에 가기 전과 밤과 주말에 웨이트리스로 일했다. 의식주를 비롯해 생존에 필요한 최소한의 것들을 마련하기 위해서였다. 한편 어머니는 점점 심해지는 중독 증세를 감당하기 위해 몸을 팔았다. 나는 학교에서 말썽을 일으키지 않고 좋은 성적을 유지하며 최대한 눈에 띄지 않으려 했다. 위탁 가정에서 지내는 것보다 혼자 감당하며 사는 게 나았다.

열여섯 번째 생일에는 우리가 지내던 바퀴벌레가 들끓는 모텔 방에서 어머니의 시신을 발견했다. 이제 더 이상 어머니를 부양할 필요가 없어졌다. 우리 둘을 먹이느라 주 40시간씩 일하지 않아도 되고, 어머니가 기절한 뒤 나를 디저트 취급하던 남자들과 싸울 필요도 없어졌다.

나는 어머니의 창백하고 마른 몸을, 생명을 잃고 속이 빈 껍데기를 한 시간 넘게 멍하니 바라보았다. 어머니의 팔에는 빈 주삿바늘이 네 개 꽂혀 있었다. 나는 짐을 챙긴 다음 공중전화로 가서 911에 전화했다. 그게 내가 본 어머니의 마지막 모습이었고, 나는 절대 그렇게 되지 않겠다고 다짐했다.

비록 이런 어머니였지만, 엘리너가 애덤에게 해준 것보다 더 많은 것을 내게 해주었다. 어머니 덕분에 나는 현명하고 독립심 강한 사람이 되었다. 스스로 살아남는 법도 알게 되었다.

엘리너는 애덤을 나약하게 만들었다. 그녀의 사랑은 애덤의 자립 능력을 앗아갔다. 내 어머니와 엘리너는 여느 중독자들이 그렇듯 본질적으로 닮아 있다. 유일한 차이라면 엘리너는 아직 중독에 먹이를 주고 있는 반면, 내 어머니는 오래전에 중독에 잡아먹혔다는 점이다.

52장
애덤 모건

스콧이 조사실에서 황급히 나가고 얼마 지나지 않아, 조사실 문이 약간 열려 있는 걸 알아차렸다. 나는 일어나서 서성대며 복도에 누가 있는지 귀를 쫑긋 세웠다. 누가 나를 지켜보고 있나 해서 커다란 단방향 거울을 두드리기도 했다.

잠시 후, 나는 후회할 게 뻔한 일을 하려고 용기를 냈다. 문을 천천히 열고 복도를 내다보니 적막이 흘렀다. 나는 조사실에서 살금살금 나가 아무도 없는 길을 지나 건물 앞쪽으로 갔다.

로비에 들어서기 전에 안내 데스크에서 서류를 뒤적이며 혼잣말하는 마지를 보았다. 그녀는 커피잔을 들고 옆방으로 사라졌다.

지금이 아니면 기회가 없었다. 나는 소리 내지 않고 빠르게 움직였다. 장애물을 뛰어넘어 로비를 지나 정문으로 나가는 동안 딱 한 번 돌아보았다. 세라의 차가 아직 주차장에 있었다. 나는 오른쪽으로 방향을 틀어 거리를 따라 내려갔다.

지금 내가 어디로 가고 있는지, 무슨 짓을 하고 있는지 몰랐지만 그냥 가만히 있을 수는 없었다. 레베카를 찾아야 했다. 지금 나를 도울 수 있는 사람은 레베카뿐이었다.

53장
세라 모건

어젯밤에 그 난리를 겪은 터라 굳이 알람을 맞추지 않고 저절로 깰 때까지 잤다. 이 사건을 맡은 뒤 처음으로 푹 잤다. 느긋하게 샤워하고 프렌치프레소로 커피를 내려 맛있는 아침을 푸짐하게 먹고 나자, 다시 뭐든 할 수 있을 것 같았다.

밥과 앤 문제를 가장 먼저 처리해야 한다. 하지만 애덤과 그의 말도 안 되는 돌발행동도 문제였다. 그다음으로 세 번째 DNA가 누구 것인지 찾아야 했고, 재판이 시작되기 전에 피터스와 정리해야 할 일들도 아직 많았다. 맙소사, 아직 변호 전략도 세우지 못했다. 그래도 이 일을 해낼 수 있는 사람이 있다면, 그건 바로 나였다. 그러니까, 내가 해내야만 한다.

차를 몰고 사무실로 갔다. 오늘 밥과 앤이 출근할지 확실하지 않았지만, 둘을 잘 아는 사람으로서 판단하건대 나올 확률이 높았다. 앤은 하루 종일 내 발밑에 무릎 꿇고 용서를 구하려 할 테고, 밥은 부하 직원들에게 어떤 식으로든 상처받거나 패배한 모습을 보이고 싶지 않아서 나올 것이다.

분명 언젠가는 켄트가 나를 질책할 것이다. 다행히 어제는 그가 회사에 없었지만, 무슨 일이 있었는지 곧 그에게 전해질 테니까.

사무실에 들어간 지 30초도 지나지 않아 문틀을 두드리는 소리가 희미하게 들렸다. 앤이 사무실 안을 빼꼼 들여다보고 있었다. 내가 화내면 급히 도망쳐야 할 때를 대비해 하반신은 문밖에 있었기 때문에 보이지 않았다.

"세라, 들어가도 될까요?" 앤이 가라앉은 목소리를 떨며 소심하게 물었다. 사자가 아직 먹고 있는데 쓰러진 영양에게 다가가는 하이에나 같았다. 사자가 먹이를 나눠줄 수도 있지만, 아침을 두 번 먹기로 마음먹을 수도 있다.

"응, 들어와." 나는 무미건조한 목소리로 대답했다. 그녀를 신중하게 판단하겠다는 뜻이었다.

"저, 다시 한번 미안하단 말을 하고 싶어요. 애덤과 켈리 이야기를 하지 않아서 미안해요. 믿음을 저버려서 미안하고요. 그저 미안할 뿐이에요. 그만두길 원해도 이해해요. 오늘 안으로 책상 비울 수 있어요."

나는 아무 말도 하지 않고 앤이 진땀을 흘리게 내버려두었다.

앤은 고개 숙여 인사하고 패배감에 빠져 사무실에서 나가려 했다.

"앤, 잠깐." 내 부름에 앤은 고개를 들었다. 눈에서 희망이 엿보였다. 앤을 보내줘야 했다. 스스로 그만두게 놔둬야 했다. 그러면 회사도 비용을 절감하고 나도 머리 아픈 일이 사라질 것이다. 하지만 앤이 좋은 의도였다는 걸 안다. 결론적으로 앤은 내게 충성하고 있다. 그리고 좋든 싫든 내겐 아직 앤이 필요했다. 이 재판을 진행하는 와중에 다른 비서를 찾을 시간이 없었다.

"밥은 출근했나?"

"네. 전화 연결할까요?"

"아니, 아직. 그보다 오늘 오후 늦게 피터스 검사와 약속 좀 잡아줘."

앤은 미소 지으며 고개를 끄덕이더니 돌아서서 문으로 향했다. "그리고, 앤."

"네?" 앤은 명령을 기다리는 강아지처럼 기대로 가득 차 들뜬 목소리였다.

"지금부터 내가 준비될 때까지, 넌 단지 나의 비서일 뿐이야." 나는 이 말이 앤에게 묵직하게 닿도록 놔두고 의자를 돌려 그녀를 등졌다.

"네, 모건 씨." 앤은 이렇게 중얼거리고는 사무실에서 나갔다.

그때 휴대폰이 울려서 보니 엘리너에게 메시지가 와 있었다.

내 아들을 위해 계속 함께 일해야 하겠지만, 당분간은 널 만나고 싶지 않구나. 네가 한 말은 매우 불쾌하고 용납할 수 없어. 하지만 내가 그 말에 휘둘렸던 건 사과하마.

나는 답장하지 않고 책상 위에 휴대폰을 던져 놓았다.

54장
애덤 모건

발이 아파서 죽을 것 같았다. 어젯밤에 보안관서에서 나온 뒤로 최대한 멀리 가야 한다는 생각에 무작정 걸었다. 보안관서와 최대한 멀어지는 것도 중요했지만, 일단 주황색 죄수복을 벗고 들어가 있을 곳을 찾아야 했다. 그러는 내내 큰 도로는 피해서 다녔다.

탈출한 지 몇 시간이 지나자, 당연하다는 듯이 비가 내리기 시작했다. 보안관서가 얼마나 외진 곳에 있는지 과소평가했다. 적어도 8킬로미터는 걸은 것 같았는데 아직 집이나 가게를 보지 못했고, 멈춰 세울 만한 차 한 대도 만나지 못했다.

그때 레베카가 이 지역에 산다고 했던 말이 떠올랐다. 어쨌든 이곳 카운티 신문에 글을 쓰는 기자니까. 지도를 구할 수만 있다면 내가 도대체 어디에 있는지 알 수 있을 텐데.

별빛 하나 없이 비까지 내리는 칠흑 같은 밤이 깊어질 무렵, 나는 이 주변에 가로등이 하나도 없다는 사실을 깨달았다. 내가 어디로 가고 있는지 도무지 알 수가 없었다.

나는 비를 피해 몸을 숨길 곳을 찾으려고 길가에서 벗어나 숲속 깊이 들어갔다. 불과 세 발자국 앞도 보이지 않는 상황에서는 제법 어려운 일이었다. 아마도 한참을 빙빙 돌았을 것이다. 그렇게 15분쯤 지났을까, 엄청나게 큰 나무 두 그루 사이에 낀 채 쓰러진 나무를 발견했다. 당장은 위험해 보이지 않았고 비를 피할 수 있을 것 같아 그 아래에서 야영하기로 했다. 큰 나뭇잎이나 가지를 찾아서 은신처를 보완할 생각은 처음부터 없었다. 어쨌든 나는 베어 그릴스*가 아니니까.

쓰러진 나무 아래에 앉아 있자니, 지금 내 처지가 마침내 중력에 무릎 꿇고 잠든 상태로 썩은 비료 조각이 되어 흙으로 돌아가길 기다리고 있는 것 같았다. 최악의 결말은 아닐지도 몰랐다. 분명 검사는 환호하겠지. 기자회견하는 장면이 눈에 선했다. "네, 사실입니다. 모건 씨는 전날 저녁에 보안관서에서 탈출했지만 멀리 가지 못했고, 결국 자연이 국가를 대신해 정의를 실현했습니다."

엄청난 냉기가 스미기 시작했다. 진흙과 흙으로 벽을 쌓아 물이 들어오는 걸 막아보려 했지만 소용없었다. 혼자 덜덜 떨면서 할 수 있는 것이라고는 내가 어쩌다가 이 지경이 되었는지 생각하는 것뿐이었다.

몇 가지 요인은 분명했다. 그렇다. 나는 부부 침대에서 바람을 피웠다. 그래서 이렇게 끝내주게 좋은 일이 줄줄이 생기는 것이겠지. 하지만 이게 다가 아니었다. 배우자를 두고 바람피우는 사람은 많다. 음…… 아니, 배우자를 두고 바람피우는 사람은 나 말고도 있다. 하지만 대개 밀회

---

* 정글, 사막 등 극한 환경에서 살아남는 법을 보여주는 리얼리티 쇼 진행자이자 생존 전문가

의 결말은 이혼이지 살인이 아니다.

살인을 저지른 사람이 누구든, 분명 나와 켈리를 잘 아는 사람일 것이다. 호숫가 별장에 대해서도 아는 사람이다. 내가 그 집에서 많은 시간을 보내며 방문객이 거의 없다는 것도 알고 있었다. 켈리가 나를 만나러 와서 자주 자고 간다는 것도 알았다. 어떻게 하면 집 안으로 조용히 들어갈 수 있는지, 우리가 어디에 있는지도 알았다. 사실상 모든 것을 알고 있었다. 누구인지는 몰라도 인내심 있고 계산적이며 자기 생각에 확신이 큰 사람이 틀림없었다. 충동적인 범행이 아니라 철저히 시간을 들여 계획된 일이었다.

스콧은 이 모든 걸 해낼 만한 훈련을 받은 데다 지식도 있었다. 어쨌든 그의 직업은 경찰이니까. 그가 수도 없이 지역을 순찰하고 켈리의 직장과 우리 집을 정찰하는 모습이 자연스레 그려졌다. 그런데 난 그를 돕고 있다니.

하지만 이 사건이 그렇게 간단할까? 단순히 거절당한 남편의 복수극일까? 그렇다면 밥과의 연결고리는 어떻게 되는 걸까? 앤이 불륜에 대해 알고 있었다는 사실은? 게다가 밥과 앤은 같은 직장에서 일한다. 그게 우연일 리 없지 않을까? 나는 스콧, 밥, 앤 세 사람이 사건에 어떻게 연결되어 있는지 점을 이어 보려고 애썼다.

어쩌면 애당초 스콧에게 사실을 알린 사람이 앤이었는지도 모른다. 그래야 말이 된다. 앤은 세라에게 직접 말하거나 나를 직접 상대할 수 없었기 때문에 스콧이 켈리와 정면으로 부딪치기를 바랐는지도 모른다. 하지만 스콧이 살인을 저지를 줄은 몰랐겠지. 그렇다면 밥은? 켈리가 죽기를 누구보다 바랐을 사람인데. 켈리가 밥의 동생을 죽였다면⋯⋯.

마비된 감각이 잠깐 풀리자, 얼마나 많은 벌레가 손과 다리로 기어오르고 있는지 느껴졌다. 처음에는 허둥대며 전부 다 털어내려 했다가, 이내 내가 어디에 있는지 떠올랐다. 여기는 내 집이 아니라 그들의 집이다. 벌레 역시 나처럼 온기와 쉴 곳을 찾고 있었을 테니 이들을 탓할 수 없었다. 나는 그들 무리에 속하고 싶었다. 그러면 매일 아침 목적의식이 뚜렷한 상태로 하루를 시작하겠지. 숲속을 다니며 집을 지을 재료와 먹이를 찾아 서식지로 가져가겠지. 친구도 있고 집단에 소속되고 방향 감각도 뚜렷하겠지. 개미로 새로 태어난 애덤. 밤이면 하루 동안 정직하게 일했다는 생각에 편히 쉴 수 있을 테고, 배를 채우고 가끔 여왕개미에게 후손이 될 씨를 전해줄 것이다. 사실 지금 내 삶과 크게 다르지는 않았다. 목적의식이 생기고 마침내 공정한 삶을 살게 된다는 것이 다를 뿐이다.

나는 비를 쫄딱 맞고 추위에 떨며 잠에서 깼다. 평생 이렇게 비에 젖은 채 추위를 느끼기는 처음이었다. 온몸의 근육은 온기가 돌기를 바라며 꼼짝없이 얼어붙어 있었다. 하지만 뇌에서 따뜻해질 일은 없다고 확신하자, 마침내 근육 긴장이 풀렸다. 나는 도로 쪽으로 나가는 방향이라고 생각한 곳으로 걸었다. 내 짐작은 옳았다. 생각보다 숲속 깊이 들어가지는 않았다.

계속 걷다가 손에 묻은 진흙이 굳어있는 것을 알아차렸다. 마른 진흙은 갈라져 나선형을 그리며 바닥으로 천천히 떨어졌다. 더러운 버전의 《헨젤과 그레텔》같았다. 뒤를 돌아보고서야 흙위에 떨어진 진흙은 흔적을 남기지 않는다는 사실을 깨달았다.

이따금 높은 나뭇잎에 고여 있던 큰 물방울이 목덜미에 떨어져서 움찔하기도 했다. 이 물방울은 내가 얼마나 나약하고 춥고 외로운지 잊지 않도록 미묘한 방식으로 일깨워 주었다. 나뭇잎 사이로 하늘을 올려다보며 햇빛과 온기를 찾아보았지만 두텁게 겹친 잎들이 가리고 있었다. 나무는 마치 내게 휴식을 허락하지 않겠다는 듯, 침묵 속에서 가지를 아래로 늘어뜨리며 자신들을 내버려두라고 재촉했다.

평생 가장 외롭고 비참한 길을 걷고 또 걸은 끝에 자동차 소음이 규칙적으로 들리기 시작했다. 20분마다 한 대가 아니라 몇 분마다 한 대가 지나가는 것 같았다. 뭔가 가까워진 게 틀림없었다. 내 몸은 도로로 달려 나가 도움을 청하라고 외쳤지만, 아직 조심해야 했다. 나는 도주 중이고 아직 죄수복을 입고 있었으니까.

계속 걷다 보니 어느새 고속도로 두 개가 교차하는 곳에 이르렀고, 곧 익숙한 풍경이 펼쳐졌다. 주유소, 트럭 휴게소, 패스트푸드점 몇 곳이 보였다. 지금 내 몰골로 보아 트럭 휴게소가 그나마 가장 나은 선택지 같았다. 운이 좋으면 문이 잠기지 않은 트럭이 있을지도 몰랐다. 몰래 문을 열고 들어가 옷을 빌린 다음, 휴게소에서 재빨리 씻을 수 있을지도 몰랐다. 그런 다음에는 마음대로 돌아다닐 수 있었다.

나는 차가 잠시 다니지 않는 틈을 타 트럭 휴게소 주차장을 가로질렀다. 최대한 몸을 숨기려 했지만 훤한 대낮이라 미니어처 빅풋* 처럼 보일 것 같았다.

---

* Bigfoot, 북미에서 발견된다는 미확인 동물로, 원숭이와 비슷하게 생긴 털 많은 거인

보는 사람이 있는지 살핀 뒤에 첫 번째 트럭 문을 열었다. 잠겨 있었다. 그다음, 또 그다음 트럭으로 이동했지만 성과가 없었다. 마침내 네 번째에 문은 잠겨 있지만 창문이 활짝 열린 트럭을 발견했다. 안쪽으로 손을 넣어 잠금장치를 풀고 차 안으로 들어갔다. 앞 좌석 두 개를 넘어 재빨리 뒷좌석으로 갔다. 처음에는 담배 냄새, 퀴퀴한 땀 냄새, 지린내, 돼지 누린내가 생각보다 심하지 않아 놀랐지만, 곧 나에게서 무엇보다 지독한 냄새가 나고 있다는 사실을 깨달았다.

뒷좌석 밑에서 작은 더플백을 발견하고 안쪽으로 손을 뻗었다. 가방에서 속옷, 청바지, 녹색 체크무늬 플란넬 셔츠를 꺼냈다. "이 정도면 됐어."

나는 운전석에서 내려 조용히 문을 닫고 다시 잠갔다. 그런 다음 휴게소 화장실 쪽으로 가려다가, 내 쪽으로 걸어오는 두 남자를 보고 그대로 얼어붙었다. 둘은 담배를 피우며 이야기를 나누고 있었고 아직 나를 보지 못했다. 하지만 나를 발견하는 건 시간문제였다. 돌아보니 주차장 가장자리에는 자갈이 깔려 있었고, 그 너머로 키 큰 부들과 밀싹이 무성한 들판이 있었다. 들판 뒤로는 나무가 우거진 숲이 있었다. 다시 고개를 돌리자, 둘 중 한 사람이 눈을 가늘게 뜬 채 나를 보고 있었다. 그는 어깨가 구부정한 채 고개를 앞으로 빼고 느리지만 일정한 속도로 걸으며 조심스럽게 다가왔다.

"이봐요!" 한 사람이 외쳤다.

"뭐 하는 거요?" 다른 한 사람이 소리쳤다.

나는 당황했다. 그들이 납득할 만한 대답을 할 수 없었다. 특히 지금 같은 몰골로는 더더욱. 내가 할 수 있는 건 딱 하나였다. 나는 들판을 향해 뛰었다.

"이 자식아, 사람이 말을 하잖아!" 첫 번째 트럭 운전사가 외쳤다. 두 사람은 나를 뒤쫓기 시작했다.

그들은 계속 소리 지르며 쫓아왔지만, 당황한데다 두려움에 사로잡힌 나는 머릿속이 흐릿해서 일부만 알아들을 수 있었다. "…… 개자식!" "멈춰……." "죽여버릴 거야!"

길게 자란 풀에 부딪혔지만 멈추지 않았다. 훔친 옷을 손에 들고 있어서 얼굴을 보호할 수 없었기 때문에, 달리면서 풀에 뺨이 긁히고 베었다. 계속 풀에 부딪히자 눈물이 나고 눈이 부었다. 나는 숲속 깊이 들어가 뒤에서 목소리가 들리지 않을 때까지 멈추지 않고 달렸다.

죄수복을 벗고 빼앗아 온 트럭 운전사의 옷을 입고 있는데 맨 등에 물방울이 떨어져 등줄기가 서늘해졌다. 나는 고개를 들어 잎 사이로 불어오는 산들바람에 춤추는 나뭇가지를 보았다. 손을 흔들며 나를 조롱하는 것 같았다. 나뭇가지는 내가 달려온 길로 다시 떠나라고 가리키는 듯했다.

"나도 여기 오고 싶지 않았다고." 나는 하늘을 향해 중얼거렸다.

옷을 다 갈아입고 휴게소로 돌아가 트럭 운전사들이 갔는지 확인했다. 지도를 찾거나 전화를 해야 하는데, 그러려면 밤이 될 때까지 기다려야 할지도 몰랐다.

55장
세라 모건

피터스 검사와 만나기로 한 작은 카페에 일찍 도착했다. 평소 같았으면 내 시간이 더 중요하다는 걸 은근히 드러내기 위해 몇 분 늦게 나타났겠지만, 이번에는 달랐다. 내가 부탁해야 할 처지였기 때문이다. 애덤이 회사에 들이닥쳐 밥과 앤을 공격하기 전까지는 모든 것이 순조롭게 진행되고 있었다. 피터스는 내 손바닥 위에 있었고, 세 번째 DNA의 주인을 밝히는 일까지 거의 대신 해줄 뻔했다. 하지만 이제 일이 훨씬 복잡해졌고 나는 주도권을 잃었다.

손가락으로 카페의 나무 탁자를 두드렸다. 사람들이 웅성대는 소리, 커피 머신 돌아가는 소리, 그릇 부딪치는 소리 덕분에 이 사건을 맡은 뒤로 내 머릿속을 가득 채웠던 소음과 걱정에서 잠시 벗어날 수 있었다. 나는 주문한 복숭아 망고 스무디를 빨대로 저었다. 요즘에는 피곤하면 속이 불편해서 단단한 음식이 잘 넘어가지 않았다. 불안은 최고조에 달했고 인내심은 바닥나기 직전이었다.

카페로 들어오는 피터스를 보았다. 그는 나를 찾아보지 않고 곧장 카운터로 가서 주문했다. 약속 시간에 늦은 걸 알면서도 신경 쓰지 않는 태도였다. 자신이 유리하다는 걸 알고 있었다. 며칠 뒤면 재판이 시작되는데, 이 정도로 준비가 안 된 적은 처음이었다. 이게 다 애덤의 돌발 행동 때문이었다. 앤의 거짓말 때문이었다. 애당초 이 사건을 맡지 말았어야 했나 보다. 나는 최고의 형사 변호사지만 이 사건만큼은 예외일지도 모른다. 애덤을 도울 수 있을 줄 알았는데.

피터스는 계산대 직원에게 완벽한 미소를 지어보이다가 구석에 앉아 있는 나를 발견했다. 그의 표정이 약간 어두워졌지만 내게는 그 정도로도 충분했다. 적어도 도와달라고 설득할 여지가 있는 미소였다. 아니, 그러기를 바랐다. 피터스는 메뉴를 가리키며 필요한 게 없는지 물었다. 나는 고개를 저으며 스무디를 들어 보였다. 그는 고개를 끄덕이더니 영수증을 받고 자리로 왔다.

"모건 씨, 무슨 일로 보자고 했나요?" 그는 정장 재킷 단추를 풀었다.

나는 너무 간절하게 들리진 않길 바라며 말하기 전에 잠시 멈추었다. 이번 게임에서 중요한 건 무심해 보이는 태도였다. 나는 스무디를 마셨다. "그냥 재판 준비는 잘 되고 있나 해서요……."

피터스는 의아한 표정으로 나를 보았다. 내 말을 믿지 않는 눈치였다. "난 준비됐어요. 하지만 그것 때문에 보자고 한 건 아니잖아요, 세라?" 그는 한쪽 눈썹을 치켜올렸다.

나는 의자에 기댔다. 웨이트리스가 와서 감자칩과 샌드위치가 담긴 바구니와 블랙커피를 피터스 앞에 내려놓으며 잠시 대화를 방해했다. 그녀는 그에게 미소 지으며 얼굴을 붉혔다. 피터스는 여자들을 무장해

제 시킬 수 있는 사람이었다. 왜 아니겠는가? 그는 잘생겼다. 그리고 그건 꽤 효과가 있었다. 피터스는 웨이트리스에게 고맙다고 말했다. 그녀는 잠시 머뭇거리다가 그를 다시 보지 않고 자리를 떴다.

"정말 괜찮겠어요?" 피터스는 음식을 가리키며 물었다.

"아, 괜찮아요. 그것 말고 괜찮지 않은 게 너무 많아서 그렇지." 나는 추파를 던지는 말투로 말했다. 피터스는 내가 보낸 신호를 알아차리지 못했거나 일부러 무시하고 있는 것 같았다.

그는 샌드위치를 먹으며 경고하듯 말했다. "이거 다 먹을 때까지만 이야기할 거예요. 그러니까 빨리 털어놓는 게 좋을 겁니다."

나는 기가 막혀서 한숨을 내쉬었다. "알겠어요. 세 번째 DNA에 대해 알아낸 게 있어요?"

"없어요."

"그런데도 신경 쓰이지 않아요?"

"그 세 번째 DNA가 없어도 유죄 판결을 받아낼 수 있으니까요." 피터스가 무미건조하게 말했다.

"하지만……."

"하지만 당신은 세 번째 DNA가 필요하죠." 피터스가 끼어들었다.

"필요 없을 수도 있죠."

"당신도 잘 알잖아요. 배심원단은 밝혀지지 않은 그 세 번째 DNA를 정황증거로 보겠죠. 그러니까 셋 중 하나예요. 피해자가 다른 남자와도 잤다는 건 사실이에요. 그게 누구인지 밝혀지면 당신은 그걸 중심으로 사건을 구성할 수 있을 겁니다. 합리적 의심을 증명할 테고요. 그 사람에게 애덤보다 동기가 더 많았다는 걸 증명하려 하겠죠. 세라, 나도 이게 어떻게 돌아가는지 알아요. 당신은 지금 벼랑 끝에 서 있습니다. 이 재판에서 승소할 수 없다는 사실을 받아들이기 시작했을지도 모르겠군요." 피터스가 차갑게 말했다.

"사건을 파헤치면 언제나 스콧이 있었어요."

"맞아요." 조시는 다른 말은 하지 않았다.

"그 사람이 범인인 것 같아요?" 내가 물었다.

"누구요?"

"스콧 말이에요."

"솔직히, 애덤, 스콧, 밝혀지지 않은 DNA 중 누가 범인인지는 나도 모르겠어요. 다만 지금까지는 애덤이 가장 확실하다는 것만 알고 있을 뿐이죠."

"그러면 무고한 사람을 죽일 수도 있다는 점은 신경 쓰지 않나요?"

"그건 배심원단이 결정하는 거죠." 피터스는 냅킨으로 얼굴을 닦더니 일어나서 재킷 단추를 잠갔다.

"밥과 피해자의 관계는요? 그건 어떻게 생각해요?"

"정황증거죠."

"그럼 이 사건은 정황증거뿐이네요." 나는 이를 악물고 말했다.

"당신 남편의…… 아니 당신과 남편이 함께 쓰는 침대에서 시신이 발견된 건 사실이니 당신이 방금 한 말은 무효죠. 법정에서 봐요, 세라." 피터스는 고개를 꼿꼿하게 들고 카페에서 나갔다.

재수 없는 놈, 잘난 척하기는. 피터스와의 만남이 계획대로 진행되지 않았다. 더 많은 것을 알아내고 싶었는데. 그도 세 번째 DNA가 누구 것인지 모르는 것 같았다. 설령 알아냈다고 해도 그건 내게 유리하게 작용할 테니 증거 자료에 포함하지 않을 것 같다. 나는 메모장을 꺼내 이름을 적어 내려갔다. 켈리와 접촉했거나 그녀와 잤을 가능성이 있는 남자들의 이름을 생각나는 대로 전부 적었다. 그리고 휴대폰으로 명단을 찍은 다음 종이는 구겨서 주머니에 넣었다. 평소 같으면 앤에게 부탁했겠지만 아직은 그녀를 믿을 수 없었다.

카페에서 나가 매튜에게 전화를 걸었다. 매튜는 신호가 울리자마자 받았다.

"여보세요."

"매튜, 부탁이 있어."

"뭐든 말해."

"합법적인 거라고 말하진 못하겠어." 나는 낯선 사람들 사이로 걸으며 조용히 말했다.

"오, 이제야 내 고객 같은 말을 하는군."

매튜의 목소리는 가볍고 경쾌하면서도 단호했다. 매튜 특유의 말투다. "그래도 좋으니 뭐든 말해."

"내가 메시지로 명단을 하나 보낼 거야. 이 남자들의 DNA 샘플이 필요해. 머리카락, 침, 피부…… 뭐든. 어떤 방법을 쓰든 상관하지 않을게. 네가 꼭 해줬으면 좋겠어."

"남자들의 DNA 샘플을 입수해라. 그건 내 전문이지." 매튜는 킥킥 웃었다.

"그런 다음에 그걸 전부 다 분석실로 보내서, 켈리에게서 발견된 세 번째 DNA와 대조해 줘. 이미 널 공동 변호인으로 등록했으니 문제없을 거야." 나는 휴대폰을 귀에 딱 붙이고 속삭였다. "조심하되 서둘러야 해."

"세라, 이게 법정에서 증거로 채택되지 않을 거라는 거 알잖아." 매튜는 진지했다.

"채택되도록 할 거야."

"정말이지, 뭘 하려는 건데?"

매튜는 또다시 날 의심하고 있었다. 앤에게 맡겨야 할 일이었지만 그녀를 믿을 수 없었다. 이제 매튜도 믿을 수 있을지 확신이 들지 않았다.

"그냥 알고 싶어서."

"하지만 이러면 안 되는 거잖아." 매튜가 호소했다.

"젠장, 매튜! 도와줄 거야 말 거야?"

"도와줄 거란 거 알면서. 난 그저 네가 무슨 짓을 하고 있는지 스스로 알기를 바랄 뿐이야."

"잘 알고 있어. 다시 연락할게." 나는 사무실에 도착하자 전화를 끊었다.

56장
애덤 모건

밤이 되자 휴게소에 훨씬 쉽게 들어갈 수 있었다. 나는 잠시 밖에 머물며 낮 동안의 흥분을 가라앉혔다. 트럭 운전사들은 갔고 경찰도 보이지 않았다. 기껏해야 40달러도 안 돼 보이는 옷이니 트럭 운전사들이 굳이 경찰에 신고하진 않았을 것이다.

마침내 나는 휴게소에서 샤워를 했고 뒤쪽 쓰레기통에 버려진 음식도 주워 먹었다. 정말 역겨웠지만 트럭 운전사의 청바지 뒷주머니에 현금이 가득 든 지갑 따위는 없었기 때문에 별 수 없었다.

휴게소 직원은 스마트폰을 보다가 잠시 고개를 들더니 내 존재를 인지했는지 고개를 끄덕한 뒤에 별생각 없이 다시 오락거리에 몰두했다.

요즘에는 공중전화를 찾기 힘들다는 것을 알면서도 제발 있기를 바라며 휴게실로 향했다. 공중전화는 당연히 없었다. 지역 소개 팸플릿, 엽서, 새가 그려진 달력, 그리고 가장 중요한 도로 지도를 진열해 둔 벽걸이 선반으로 갔다. 그곳에서 지도를 하나 꺼내 내 위치를 파악한 다음, 레베카가 어디쯤 산다고 말했는지 떠올리려 애썼다. 호숫가 별장을 기준점 삼아 레베카가 사는 곳을 짚어냈다. 운 좋게도 레베카가 이곳에서 5킬로미터 정도밖에 떨어지지 않은 곳에 산다는 것을 알아냈다. 고속도로에서도 멀지 않았다.

나는 허리춤에 지도를 찔러 넣고 셔츠로 덮었다. 물건을 훔치고 싶지는 않았지만 어쩔 수 없었다. 휴대폰이 없는 탈옥수와 노인 말고 종이 지도가 필요한 사람이 누가 있을까?

레베카에게 전화를 걸어 내가 간다고 알리는 게 현명할 것 같았다. 가장 좋은 시나리오는 레베카가 나를 데리러 와서 몇 시간 동안 걸어야 하는 수고를 덜어주는 것이다. 내가 다가가자 직원이 고개도 들지 않은 채 물었다.

"도와드릴까요?"

"네. 휴대폰을 잃어버렸는데 지금 급하게 전화를 걸어야 해서요. 잠시 휴대폰을 빌릴 수 있을까요?"

"5달러예요." 직원은 계속 휴대폰을 보며 대답했다.

"뭐라고요?"

"5달러라고요. 내 휴대폰을 빌린다면서요. 그게 5달러예요."

"하지만 지금 돈이 없어요."

"그럼 안 되죠. 그런데 휴대폰도, 돈도 없이 여기서 뭘 하는 거죠?"

"음, 길을 잃었는데 여기 공중전화가 있을까 해서요."

직원은 얼굴에 웃음이 번지더니 소리 내 웃기 시작했다.

"공중전화요? 혹시 1997년에서 왔어요?"

나는 이제 어떻게 해야 할지 몰라서 그냥 서 있었다. 그러자 직원이

웃음을 그치더니 휴대폰 메인 화면에서 전화 아이콘을 눌러 내게 건넸다.

"이렇게 웃은 건 오랜만이에요. 빨리 써요. 여기저기 걸지 말고." 이렇게 말하는 직원의 뺨을 타고 눈물이 살짝 흘러내렸다.

"고마워요."

나는 레베카의 전화번호를 기억해 내려고 애썼다. 신호가 네 번 간 뒤에 음성 사서함으로 연결됐다. 다행스러운 점이라면 음성 사서함에 녹음된 목소리는 레베카였다. 역시 내 기억이 맞았다. 나는 메시지를 남기지 않고 다시 전화를 걸었다. 이번에도 받지 않았다.

나는 다른 번호로 전화를 걸며 신호가 가는 동안 직원을 흘끗 보았다. 그는 잡지를 읽느라 정신없었다.

"여보세요."

나는 휴대폰을 귀에 꼭 붙였다. "대니얼, 나 애덤이야."

"오, 애덤. 출간 경쟁은 여전히 치열해. 다음 주에 끝날 건데 괜찮은 제안이 많이 들어왔어. 잠깐만! 보석 기간에 구역을 이탈해서 다시 수감됐다며? 책이 아주 흥미진진하겠는데."

"나 도망쳤어."

"이런, 제길. 그럼 나한테 전화하면 안 되지."

"도움이 필요해."

"애덤, 난 도울 수 없어. 그럼 공범이 되니까. 책 쓸 때 참고하게 기록이나 잘 해둬." 대니얼은 갑자기 전화를 끊었다.

나는 다른 곳에 전화를 걸었다. 첫 번째 신호가 울리자마자 상대가 전화를 받았다.

"엄마, 나 도망쳤어요."

"이런, 세상에. 지금 어디니?" 엄마는 몹시 허둥지둥했다.

"그건 중요한 게 아니고요. 오늘 밤늦게 호텔로 갈게요. 현금이 필요해요."

"그래, 아들. 넌 어차피 그 감옥에 있을 사람도 아닌데."

"세라에게는 말하지 마세요."

"걔한테는 말 걸고 싶은 마음도 없다. 다시 뺨을 때릴 수도 없고."

"'다시'라니요? 엄마, 정말 때린 건 아니죠?"

"이봐요, 왜 이렇게 오래 걸려요?" 직원이 물었다.

"끊어야겠어요." 나는 전화를 끊고 통화 내역을 지운 다음 화면을 껐다.

"미안해요. 도와줘서 고마워요."

"여자가 전화를 안 받았나요, 공중전화 씨?" 직원은 웃으며 말했다.

"비슷해요."

나는 밖으로 나가 길을 떠났다. 고속도로를 길잡이 삼아 도로가 계속 가까이 보이는 길로 걸었다. 몇 시간 뒤, 레베카의 동네라고 어느 정도 확신이 드는 곳에 도착했다. 하지만 휴대폰이 없어서 전화로 주소를 물어볼 수가 없었다. 나는 차고 진입로에서 레베카의 차를 찾아보기로 했다. 레베카가 차고에 주차하지 않는 행운이 따르기를 바라면서.

드디어 행운의 여신이 내 쪽으로 고개를 돌린 것 같았다. 나는 목장식 주택 차고 진입로에서 레베카의 쉐보레 크루즈를 발견했다. 엄밀히 말하면 내가 훔쳤던 차인데, 경찰이 빨리 돌려준 모양이다. 나는 이게 현실이기를, 히스테리와 망상이 시작된 게 아니기를 바랐다. 비틀거리며 레베카의 집으로 가서 열심히 문을 두드렸다. 지금쯤이면 내 소식이 뉴스에 도배되었어야 했다. 하지만 내가 아는 스티븐스라면 나를 찾을 때까지 비밀로 하려고 할 것이다.

여기까지 오는 지옥 같은 여정 동안 주택 앞마당에서 '스티븐스 보안관에게 투표하세요'라고 적은 표지판을 수없이 보았다.* 그걸 보니 스티븐스는 재선에 도전하는 것 같았다. 그는 누구보다 카운티 주민들이 자기를 코앞에서 살인범이나 놓친 사람이라고 생각하길 원치 않을 것이다.

레베카는 불만에 가득 차 문을 열었다. 그제서야 내가 거의 1분 동안 쉬지 않고 문을 두드리고 있었다는 걸 깨달았다. 그녀는 수건을 몸에 두른 채였고 머리카락은 흠뻑 젖어있었다. 나를 보자 눈이 커졌다. "대체 여기서 뭐 하는 거예요?" 레베카는 주위를 살피고 나를 안으로 들였다.

"도움이 필요해요."

레베카는 문을 닫아 잠근 다음 옆쪽 창문으로 다시 한번 밖을 내다보았다. 나보다 훨씬 겁이 많았다. 레베카는 두려움에 사로잡혀 있었다. 그녀의 눈에서, 태도에서, 주근깨 난 피부에 돋은 소름에서 알 수 있었다.

"여기 있으면 안 되잖아요."

"알아요. 하지만 당신이 내 마지막 희망이에요." 나는 애원했다.

---

* 미국에서는 보안관을 투표로 선출하는 경우가 많다.

"다른 사람한테 내 얘기한 적 있어요?"

"아니…… 사실은 있어요."

레베카는 팔을 문질렀다. 안절부절못했다. 그녀의 얼굴이 달아올랐다. "애덤, 대체 뭐예요!"

"미안해요. 어쩔 수 없었어요."

"누구한테 말했어요?"

"켈리의 남편 스콧이요." 나는 고개를 숙였다.

"언제요?"

"어제요."

"누가 날 감시했어요. 미행하기도 했고요." 레베카는 서성댔다.

"그걸 어떻게 알아요?"

"우리 집에도 왔어요. 그리고 전화가 계속 걸려 온다고요."

"내가 도와줄게요." 나는 레베카를 안으려 했다.

하지만 레베카는 나를 어깨로 밀치며 밀어냈다. 눈에서 눈물이 흘렀다. "자기 한 몸도 건사하지 못하잖아요." 그녀가 외쳤다.

"내가 바로잡을게요."

"이 일에 발을 담그는 게 아니었어요. 난 떠나야겠어요. 사라져야겠어요."

"괜찮아요." 나는 레베카의 손목을 잡았다. 레베카는 손을 빼려 했지만 나는 놓아주지 않고 그녀를 끌어당겨 꼭 안았다. 레베카는 더 이상 뿌리치지 않았다.

"나와 같이 경찰서에 가요. 당신이 알아낸 걸 전부 다 말하는 거예요.

당신에게 아무 일도 일어나지 않게 할게요." 나는 레베카의 눈을 보며 안심시키려 했다. 그리고 고개를 숙여 입을 맞췄다. 위로의 키스였다. 적어도 나는 그렇게 생각했다. 그리고 레베카도 그걸 알기를 바랐다. 나는 레베카가 울음을 멈출 때까지 계속 키스했다.

나는 내 덕분에 레베카가 울음을 그쳤다고 생각했다. 하지만 그녀의 얼굴에는 분노가 스쳤다.

레베카는 나를 거세게 떠밀었다. 나는 뒤로 밀려 휘청대다가 넘어지기 직전에 균형을 잡았다. "나가요! 당장 여길 떠나요!"

"제발, 레베카. 내가 도와준다니까요."

"당신은 날 도울 수 없어요. 내 집에서 나가요."

레베카의 얼굴에서 분노가 아닌 두려움이 보였다. 레베카는 겁에 질려 있었다. 나 때문인지 다른 사람 때문인지 알 수 없었다. 레베카의 말이 옳았다. 나는 그녀를 도울 수 없었다. 나 하나도 어쩌지 못하는데.

현관문 앞까지 가기도 전에 앞쪽 유리창 너머로 빨간색과 파란색 불빛이 번쩍이는 게 보였다.

"경찰을 불렀어요?"

"미안해요. 당신인 줄 몰랐어요." 레베카의 뺨을 타고 눈물이 흘렀다.

"그럼 누구인 줄 알고……."

문을 세게 두드리는 소리 때문에 내 말이 끊어졌다.

"경찰이다! 전부 다 손 들고 밖으로 나와!"

나는 현관문을 천천히 열었다. 한 손으로 문손잡이를 돌리고 다른 한 손은 위로 올렸다. 나머지 한 손을 들어 올리기도 전에 경찰이 내 셔츠

깃을 잡고 나를 마당에 내던졌다. 그리고 무릎으로 내 허리를 꽉 누르고 두툼한 손으로 내 손목을 잡더니 수갑을 채웠다. 경찰은 나를 일으켜 경찰차로 끌고 갔다. 그때 레베카의 집 뒤쪽 수풀에서 움직이는 그림자가 얼핏 보였다. 시선을 돌렸다가 뭔가 이상하다는 생각에 다시 고개를 돌렸지만, 그림자는 사라지고 없었다. 불빛이 번쩍이는 데다가 이틀 동안 물을 제대로 마시지 못해서 내가 제대로 본 건지 확신할 수 없었다.

 나는 별다른 저항 없이 순순히 뒷좌석에 앉아 보안관서로 돌아갈 준비를 했다.

57장
세라 모건

매튜가 도와주지 않았다면 나는 망했을 것이다.

어젯밤에 그에게서 '찾았어'라는 메시지를 받았다. 나는 더 이상 묻지 않았다. 내가 부탁한 일이 불법이라서 그 정보가 내게 전달되었다는 흔적을 남기고 싶지 않았다. 기다려야 했다. 인내심을 갖고 명단의 이름 중에 일치하는 사람이 있기를 바랄 뿐이었다. 나는 사무실 소파에 앉아서 창밖의 도시를 바라보았다. 평소에는 이럴 시간이 나지 않지만, 지금은 달랐다.

노크 소리가 들리더니, 내가 들어오라고 말하기도 전에 문이 열리고 밥이 들어왔다. 밥은 들고 있던 서류철 몇 개를 추스르며 문을 닫았다.

나는 괴로움에 신음했다.

"이제 거의 끝나간다고 말해줘." 밥은 허락도 없이 내 옆에 앉았다. 피곤해서 따질 기운도 없었다.

"그래야지. 재판이 월요일에 시작이니까. 매튜에게 뭘 좀 도와달라고 해놓았어."

밥은 고개를 끄덕이더니 서류철을 커피 탁자에 내려놓았다. "스티븐스가 내게 혐의가 없다고 결론 내린 걸 알려줘야 할 것 같아서."

"음, 좋은 소식인 것 같네." 나는 그를 홀끗 본 다음, 다시 창밖으로 시선을 돌렸다.

"그때 난 위스콘신에 있었어. 스티븐스가 내 항공편을 확인했고 내 행방을 확인해 줄 증인도 스무 명이 넘어."

"밥, 날 설득할 필요는 없어."

"그냥 사건과 관련된 사실이니…… 알고 싶어 할 것 같아서."

우리는 잠시 말없이 앉아 있었다.

"앤은?" 마침내 내가 물었다.

"앤도 무혐의인 것 같아."

"그런 것 같다고?"

"응."

나는 더 이상 묻지 않았다. 앤이 이런 짓을 할 리 없었다. 앤은 그럴 수 없는 사람이다. 애덤이 바람피운다는 말조차 꺼내지 못했는데, 어떻게 살인을 저지를 수 있겠는가?

"경찰에서 내가 켈리 살해를 사주했는지 확인하려고 계좌도 조사했어."

나는 고개를 끄덕였다.

"마찬가지로 무혐의고."

"알겠어. 밥, 나한테 이 얘길 하는 이유가 뭐야?"

"그냥 우리가 같은 편이라는 걸 확인하고 싶어서. 세라, 어쨌든 우린

한 팀이잖아. 알고 있지?" 밥의 표정이 부드러워졌다. 회사에서는 절대 볼 수 없는 표정이었다. 평소 그는 항상 딱딱한 표정에, 누군가를 비난하는 눈빛을 하고 있었고, 분노와 불만이라는 가면을 쓰고 있었다.

"알아."

"그리고 이 사건에 대해 켄트와 이야기를 나눴어. 애덤이 사무실에서 저지른 일에 당신 책임이 없다는 걸 켄트도 이해했고."

"고마워. 그렇게까지 할 필요는 없었는데."

밥은 일어나더니 몸을 숙여 내 손을 살짝 토닥였다. 하마터면 뿌리칠 뻔했다. 기분이 이상했지만 묘하게 위로가 되었다.

"전부 다 곧 끝날 거야." 밥은 이렇게 말하고 돌아섰다.

"밥." 나는 나가려던 그를 불러 세웠다.

"응?"

"미안해."

"뭐가?"

"스티븐스 보안관 일 때문에. 며칠 전 밤에 조사받을 때 스티븐스가 했던 질문 말이야. 그가 그런 식으로 질문할 줄은 전혀 몰랐고, 정말 부적절했어." 내 휴대폰이 울리는 바람에 대화가 중단되었다.

"음…… 괜찮아. 어서 전화 받아." 밥이 대답했다.

나는 커피 탁자 위의 휴대폰을 집어 들었다. "세라 모건입니다."

"스티븐스 보안관입니다. 당신 의뢰인이 어제 보안관서에서 탈주했다는 걸 알려주려고요. 지금은 위치를 파악한 것 같아요. 보안관서로 와야겠습니다." 전화가 끊어졌다.

"이 망할 자식!" 나는 휴대폰을 내던지고 책상 위의 커피잔을 들어 벽에 던졌다. 잔이 산산조각 나며 부서졌다.

58장
애덤 모건

보안관서에 돌아오자 익숙한 광경이 펼쳐졌다. 수많은 보안관과 부보안관이 고함을 지르며 손가락질했고, 그들의 침방울이 내게 쏟아졌다. 이들이 나를 점잖게 대했다고 말하기는 어렵지만, 도주했다가 붙잡힌 살인 용의자가 받는 대접이라고 생각하니 불평할 수 없었다.

이전에는 그나마 특별 대우라고 할 만한 것이 있었다. 그래서 이송되는 동안 손에만 수갑을 찼다. 이제 그 시절은 끝났다. 이제 손과 발 모두 쇠고랑이 채워졌고, 그 두 쇠고랑은 서로 연결되어 있었다. 항상 감시당했고 보안관이 질러대는 소리에 대답할 때 말고는 거의 말할 수도 없었다.

재수감된 뒤 그들이 외친 말 중에 몇 가지가 기억에 남았다. "…… 최고 보안 시설로 이송…….","…… 사고를 너무 많이 쳤어!","…… 이송 직전에 변호사가 올 겁니다." 같은 말들이었다. 특히 마지막 말에 실망이 컸다. 또다시 세라에게 문제를 일으킨 모습을 보여야 하기 때문이다.

꽤 오랜 시간 동안, 들어 마땅한 폭언을 견딘 끝에 변호사가 도착했다는 연락을 받았다. 나는 조사실로 이동해 수갑을 탁자에 연결한 채 앉아 있었다.

잠시 후 세라와 스티븐스가 들어왔다.

세라가 탁자에 올려놓은 내 수갑 찬 손을 가리키며 말했다. "꼭 이래야 하나요?" 그게 그녀가 처음 꺼낸 말이었다.

"그 얘긴 꺼내지도 마요." 스티븐스는 온몸으로 분노를 내뿜었다.

"알겠어요." 세라는 한숨을 쉬었다.

"자, 당신을 부른 유일한 이유는 의뢰인의 처우와 권리에 대해 법정에서 문제가 생기지 않도록 하기 위한 겁니다. 당신 의뢰인은 재판 전까지 최고 보안 시설로 이송될 것이며, 도주 혐의가 추가될 겁니다."

"이해해요. 내 의뢰인의 이번 행동은 변명의 여지가 없어요. 켈리 서머스 살해와 관련된 혐의는 계속 무죄라고 주장하지만, 지난 48시간 동안의 행동을 부인할 수는 없으니까요."

두 사람은 내가 옆에 없는 것처럼 이야기했다. 하지만 상황을 고려해보면 그게 최선 같았다.

"좋아요. 잘 알아들었군요." 스티븐스가 말했다. "이제 의뢰인과 이야기 나눠요. 10분 줄게요. 그 후에는 서식스 주립 교도소로 이송될 겁니다. 향후 면회는 그곳 담당자들과 일정을 잡으면 되고요." 스티븐스는 '넌 이제 끝났어, 이 자식아'라는 표정으로 나를 본 다음, 밖으로 나갔다.

문이 닫히자 세라는 나를 보았다.

"도대체 무슨 생각으로 그런 짓을 한 거야?"

"세라, 내가 설명할게······."

세라는 그만하라는 의미로 손가락을 하나 들었다. 그러더니 눈을 감고 고개를 숙인 채 관자놀이를 문질렀다. 나는 그녀가 무슨 생각을 하는지 짐작만 할 뿐이었다.

"당신이 모든 걸 얼마나 망쳤는지 알기나 해? 덕분에 기적적으로 살인 혐의를 벗는다고 해도, 경찰 구금 상태에서 도주하고 경찰을 피해 다닌 죄로 감옥에 가게 될 거야. 몇 년은 있어야 할 거라고. 알고 있어?"

"세라, 당신은 이해 못 할……."

"아니, 애덤! 이해 못 하는 건 당신이야! 일단 사실만 살펴볼까? 당신은 유치장에서 도주했어. 그리고 살인 혐의로 재판을 앞두고 있어. 알지도 못하는 기자의 집으로 찾아갔고."

"아는 기자야. 레베카는 날 도와주고 있다고."

세라는 가방을 내려놓고 그 안에서 서류철을 꺼내더니 탁자에 내려놓고 내 쪽으로 밀었다.

"아니, 당신은 그 사람을 몰라."

나는 서류철을 내려다보았지만, 수갑 찬 손이 탁자에 연결되어 있어서 그걸 펼치려는 모양새가 우스웠다. 힘들어하는 나를 본 세라가 몸을 숙여 대신 서류철을 열어주었다. 왼쪽에는 레베카의 사진이, 오른쪽에는 보고서 같은 것이 있었다.

"이게 뭔데?"

"레베카 샌퍼드. 기자가 아니라 사립 탐정이고 스콧 서머스가 고용한 사람이야."

"뭐라고? 말도 안 돼! 왜 스콧이 그런 짓을 해?" 나는 수갑을 차고 있다는 것도 잊고 손을 위로 올리려 했다.

세라는 주먹으로 탁자를 쳤다.

"애덤, 잘 들어. 레베카는 당신을 돕는 게 아니야. 스콧도 당신만큼이나 보안관서의 이야기를 믿지 않았던 거야. 이해가 안 돼?"

"모르겠어. 레베카가 내 편이라고 생각했는데." 나는 고개를 숙였다.

"당신 편은 나뿐이야."

"알겠어."

"당신이 말도 안 되는 짓을 하는 바람에 검찰은 탄약이 두둑해졌다고. 당신은 스스로를 얼간이처럼 보이게 만들었어. 목적을 이루기 위해 살생은 물론이고 뭐든 하는 야생동물처럼 보이게 만들었다고." 세라는 고개를 저었다.

"어떻게 해야 이걸 바로잡을 수 있을까?" 나는 눈물이 차올랐다. 어떻게 이렇게까지 멍청할까?

"교도소에 가서 재판이 끝날 때까지 아무도 만나지 말고 납작 엎드려 지내." 세라는 가방을 들고 어깨에 멨다.

나는 말없이 고개만 끄덕였다.

세라는 나가려다 말고 나를 돌아보았다.

"애덤."

나는 세라가 다정하게 말해주길 바라며 쳐다보았다. 세라가 나를 용서해 주기를, 비록 멍청한 행동이었지만 내가 왜 그런 짓을 했고 무엇을 하려 했는지 이해해 주기를 바랐다.

"이런 상황에서는 기도해야 한다고 누군가가 조언할 수도 있어. 이 상황에서 벗어나려면 기적이 필요하니까. 하지만 알다시피 난 신을 믿지 않아. 신 같은 건 없으니 당분간 당신 혼자 해결해야 해." 세라는 나갔고 문이 닫혔다.

59장
세라 모건

차 문을 닫고 희미하게 조명이 켜진 회사 건물로 들어갔다. 늦은 시간이었지만 앤이 말하길 아까 매튜가 보낸 택배가 도착했다고 했다. DNA 검사 결과가 책상에서 나를 기다리고 있었다.

진공청소기 소리가 들렸다. 밤 9시가 넘은 이 시간에는 청소 직원들뿐이었다. 재판은 월요일에 시작한다. 나는 엘리베이터를 타고 14층에서 내렸다. 내가 걸어가자 센서 등이 켜졌다.

사무실로 들어가려는데 휴대폰이 울렸다. 가방을 뒤져 휴대폰을 찾은 다음, 소리가 나지 않게 하려고 발신자를 확인하지도 않고 재빨리 전화를 받았다.

"엄마가 감옥에 있는 아들을 면회할 수 없다는 게 말이 되니?" 엘리너가 분노에 차 외쳤다.

전화 받기 전에 발신자를 확인하지 않은 게 후회스러웠다. "애덤이 도주하는 바람에 면회 권한이 취소되었어요."

"말도 안 돼. 난 언제 그 애를 볼 수 있는 거야?"

"재판일에 볼 수 있어요. 하지만 말을 걸 수는 없을 거예요."

"세라, 일을 전부 다 엉망으로 처리하는구나. 어떻게 그 위치까지 올라간 건지 모르겠어! 넌 언제나 일을 망쳐버리지. 널 변호사 협회에 신고할까 생각 중인데 그러면……."

나는 전화를 끊었다. 그리고 발신자 정보에서 엘리너의 번호를 차단했다. 나는 휴대폰을 가방에 넣으며 안도의 한숨을 내쉬었다.

내 책상 위에는 단단히 봉인된 커다란 노란색 봉투가 놓여 있었다. 안에 담긴 내용에 따라 성공과 실패가 결정될 수 있다. 나는 잠시 망설이다가 가방을 바닥에 내려놓고 하이힐을 벗은 다음 책상으로 갔다. 그리고 봉투를 들고 손 안에서 한 바퀴 돌렸다. 이 안에 모든 게 담겨 있었다.

금속 잠금쇠를 당겨서 열고 덮개를 벗겨낸 다음, 얇은 서류 뭉치를 꺼냈다. 서류를 빠르게 훑어보고 넘기기를 반복하다가 어느 대목에서 숨이 턱 막혔다. 나도 모르게 작게 헉 소리가 났다. 입가에는 미소가 번졌다.

"그럴 줄 알았어. 빌어먹을, 이 사람일 줄 알았다고."

60장
애덤 모건

교도관이 나를 법정으로 데려갔다. 멋진 정장을 입고 면도도 깔끔하게 했지만, 수갑 때문에 망쳤다. 이 모든 건 배심원단에게 좋은 인상을 주고 내가 무죄라는 걸 설득하기 위한 것이다. 나는 결백하지만 배심원단도 그렇게 생각해야 하니까.

세라는 탁자 뒤에 서서 미소 짓고 있었다. 오랜만에 보는 미소다. 세라가 나를 구할 무언가를 비밀리에 준비했기를 바랐다. 하지만 뭔가를 찾아냈다 해도 내게는 알리지 않았을 것이다. 그녀의 믿음을 수도 없이 저버린 사람은 나였으니 그녀를 원망할 수는 없었다.

주말 사이에 스콧이 사라졌는데 경찰은 아직 소재를 파악하지 못했다. 어쩌면 세라가 이걸 이용할지도 모르겠다. 스콧과 레베카를 믿는 게 아니었는데. 다시 체포된 날 이후로 레베카에게는 연락이 없다.

매튜도 왔다. 그는 세라 바로 뒤, 맨 앞줄에 앉아 있었다. 엄마는 두 번째 줄에 앉아서 대견함과 다정함이 담긴 눈길로 나를 보고 있었다. 나는 엄마에게 미소 지었다. 돌아서서 자리에 앉기 직전에 뒤쪽에서 파란색 옷을 말쑥하게 차려입은 허드슨을 보았다. 저 사람이 왜 여기 왔지? 세라가 허드슨을 증인으로 부를 작정이거나, 아니면 적어도 그가 증인석에 설 수도 있다고 생각하게 만든 것 같았다. 어쩌면 이게 세라가 숨겨둔 비장의 무기인지도 모르겠다.

밥과 앤도 뒷줄에 있었다. 그들을 보자 분노가 치밀었지만 둘 다 무혐의라는 사실을 떠올리며 마음을 가라앉혔다. 나는 아직도 둘 중 하나는 이 사건에 연관되었다고 생각했다. 피터스 검사는 복도를 사이에 두고 세라와 마주 보는 탁자 뒤에 서 있었는데, 늘 그렇듯 의기양양했다. 그의 태도 때문에 불안했지만 세라가 코를 납작하게 해주리라고 믿었다.

교도관이 내 수갑을 풀었다. 세라와 나는 나란히 앉았지만 잠시뿐이었다.

"모두 일어나십시오. 고등법원 제1부 재판이 시작됩니다. 재판은 디온 판사님이 주재합니다. 모두 자리에 앉아 주십시오." 집행관이 말했다.

"안녕하십니까, 여러분. 버지니아 연방 대 애덤 모건 사건의 재판을 시작합니다. 양측 모두 준비됐습니까?" 디온 판사가 말했다.

"연방 측 검사 준비됐습니다, 재판장님." 피터스가 말했다.

"피고 측 변호인 준비됐습니다, 재판장님." 세라가 말했다.

"서기는 배심원단 앞에서 선서해 주겠습니까?"

이제 시작이다. 내 인생 전체가 여기 달려 있다. 세라의 손, 판사의 손, 배심원단의 손에, 내가 아닌 다른 사람의 손에 내 인생이 달려 있다. 이제 그들 몫이다. 사랑하는 세라, 내가 세상에서 살아남기 위해 안간힘을 쓰는 동안 그녀는 세상과 맞서 싸운다.

이제 세라가 서두 발언을 할 차례였다. 지난 수년 동안 집에서 나와 함께 서두 발언을 연습한 적이 얼마나 많았던가. 그렇기에 나는 세라가 서두 발언을 얼마나 잘하는지, 재판의 분위기를 설정하는 데 이 순간이 얼마나 중요한지 잘 알았다. 이제 세라가 지금껏 보여준 것 중 최고의 활약을 해주기를 바랐다. 내게 필요한 것이니까.

"안녕하십니까, 배심원단 여러분. 저는 세라 모건입니다. 오늘 여러분 앞에서 애덤 모건을 대리해 이 사건을 맡게 되어 영광입니다. 네, 제대로 들으셨습니다. 둘 다 모건입니다."

세라는 내 쪽으로 몸을 돌려 열린 자세를 취하며 손을 펼쳐 나를 가리켰다. "애덤은 단순한 의뢰인이 아닙니다." 세라는 다시 배심원단을 보았다. "제 남편입니다."

배심원단 절반이 방금 알게 된 상황에 깜짝 놀랐다. 이게 우리에게 좋은 일인지 치명적인 실수인지 아직 알 수 없었다.

"방금 검사가 이 소송을 통해 무엇을 입증하려 하는지 설명했습니다. 하지만 검사는 지금 우리가 알고 있는 사실을 전부 다 말하지는 않았습니다. 저는 오늘 여러분 앞에서 그 어떤 허세나 과장도 없이 무죄 판결을 요청할 수 있습니다. 어떻게 그럴 수 있을까요? 저는 애덤 모건이 켈리 서머스를 살해하지 않았다는 사실을 알기 때문입니다." 세라는 배심원석 앞쪽 난간을 주먹으로 두드리며 자신의 진술을 강조하고 배심원단의 주의를 환기했다.

"애덤 모건은 켈리 서머스와 불륜 관계였을까요? 네, 맞습니다. 켈리 서머스를 사랑했을까요? 네. 애덤이 직접 밝힌 내용입니다. 이 두 가지 사실 모두 아내인 저에게 믿기 힘들 정도로 큰 상처를 주었습니다. 저는 믿을 수 없을 정도로 화가 났습니다." 세라는 몸을 돌려 분노와 상처가 뒤섞인 눈빛으로 나를 보았다.

"아내로서 저는 애덤이 자기 죗값을 치르는 걸 보고 싶습니다. 하지만 애덤은 자신이 저지르지 않은 죄가 아니라 저지른 죄의 대가를 치러야 합니다. 그가 외도했습니까? 네, 맞습니다. 아내가 아닌 다른 여자를 사랑했습니까? 네, 그렇습니다. 하지만 그 여자를 살해했습니까? 아니요, 죽이지 않았습니다." 세라의 목소리가 속삭임에 가까울 정도로 작아졌다. 절정에 이르기 전에 목소리가 점점 작아지는 장면을 전에도 본 적이 있었다. 세라는 자기가 원하는 대로 배심원단을 어르고 있었다.

"제 의뢰인이자 남편은 불륜을 저질렀습니다. 하지만 아내가 아닌 다른 사람을 사랑한다고 해서 살인자가 되는 것은 아닙니다. 검찰은." 세라는 피터스를 가리켰다. "애덤을 바람둥이로 그리려 할 겁니다. 그리고 아내로서 저도 그 사실을 알고 있습니다. 그 점을 반박할 생각은 없습니다. 하지만 그것 말고 다른 사실이 있습니다. 검찰이 간과한 사실입니다."

세라는 배심원석 끝으로 걸어가 1번 배심원 앞에 섰다. 그리고 손등이 배심원단을 향하도록 주먹을 들어 올린 다음, 알고 있는 진실을 말할 때마다 손가락을 하나씩 폈다.

"첫째. 켈리가 살해당한 날 밤에 그녀의 남편 스콧은 켈리를 죽이겠다고 협박했습니다."

"둘째. 켈리의 본명은 제나 웨이입니다. 제나 웨이…… 무척 흥미로운 여성이더군요. 제나는 첫 번째 남편 그레그 밀러를 살해한 혐의로 기소되었다가 의문스럽게 위스콘신을 떠났고 마법처럼 버지니아에 정착하게 되었습니다. 이름과 머리색을 비롯해 모든 것을 바꾸고요."

배심원단이 술렁였다. 나는 피터스를 보았다. 그는 못마땅한 듯 눈을 굴리며 몸을 뒤척였다. 이건 그가 원하던 분위기가 아니었다. 검찰 입장에서 확실한 승소로 이어지는 전개가 아니었다.

"셋째. 이 사건에는 수많은 인물이 등장합니다. 그레그를 대신해 정의를 실현하고자 켈리, 아니 제나를 살해할 동기가 있는 그녀의 과거 속 사람들입니다."

"넷째. 켈리는 아주 짧은 기간 동안 최소 세 명의 남자와 잠자리를 했습니다. 그걸 어떻게 알 수 있었을까요? 검시관이 켈리의 질에서 세 사람의 DNA 프로필을 발견했기 때문입니다."

나이 든 여성 배심원 둘이 역겹다는 표정을 지으며 기대앉았다. 켈리가 이렇게 비호감의 대상이 되다니 마음이 아팠다. 배우자에게 충실하지 못하고 거짓말쟁이에 변덕이 심한데다 몸을 막 굴리고 심지어 살인자라는 이야기까지 듣다니. 하지만 이건 해야 하는 일이었다. 배심원단이 죽은 여자, 그러니까 한때 내가 사랑한 여자가 아니라 내게 동정심을 갖게 하려면 세라는 이렇게 해야 했다.

"그리고 다섯째. 제시 후크라는 사람이 켈리를 스토킹했습니다. 켈리를 보려고 그녀가 일하는 곳에 자주 찾아갔죠."

세라는 손을 내리고 내 쪽으로 걸어왔다. 그리고 지금껏 보지 못한 표정으로 나를 보았다. '당신은 이런 변호를 받을 자격이 없어. 나한테 빚진 줄 알아'라고 말하는 듯한 표정이었다. 틀린 말은 아니다.

"검찰은 애덤 모건이 켈리 서머스를 살해했다고 믿습니다. 하지만 믿음은 믿음일 뿐이지요. 우리가 찾는 것은, 이 법정에서 우리에게 필요한 것은 객관적인 사실입니다. 방금 제가 사실로 확인한 다섯 가지를 제시했습니다. 이제 여기에 한 가지를 기꺼이 추가하겠습니다. 여섯째, 애덤 모건은 켈리 서머스를 죽이지 않았습니다. 감사합니다."

61장
세라 모건

워싱턴DC로 돌아가려고 짐을 싸고 있었다. 재판은 어제 끝났고 배심원단의 심의가 시작되었다. 이렇게 사형 선고가 걸린 경우, 평결까지 몇 주가 걸릴 수도 있었다. 그때 호텔 방 문을 미친 듯이 두드리는 소리가 들렸다. 누구인지 확인도 하지 않고 문을 열자, 앤이 시뻘게진 얼굴로 숨을 헐떡이며 서 있었다. 무슨 일로 왔는지, 왜 그렇게 빨개진 얼굴로 숨을 헐떡이는지 묻기도 전에, 앤이 불쑥 말을 꺼냈다.

"평결이 내려졌어요." 앤이 숨을 몰아쉬며 말했다.

"뭐? 벌써?"

앤은 고개를 끄덕였다. "좋은 징조는 아니죠?"

"응. 대개는 그렇지." 나는 재킷과 가방을 든 채 문을 박차고 나가 앤을 지나쳤다. 앤은 차까지 쫓아와 조수석에 탔다. 앤과의 관계는 다시 좋아졌다. 앤을 용서하고 신뢰를 회복하기까지 시간이 좀 걸렸다. 하지만 앤은 해냈다. 이 재판이 진행되는 내내 끝까지 내 옆에 있어 주었다. 그리고 오늘이 바로 재판의 마지막 날이었다.

"괜찮아요?" 앤이 물었다.

나는 손가락 마디가 하얘지도록 핸들을 꽉 잡고 곁눈질로 앤을 보았다. "괜찮을 거야."

"결과가 어떻든 최선을 다했어요."

"그렇게 말해줘서 고마워." 나는 희미하게 미소 지었다.

앤도 미소 지으며 고개를 끄덕였다.

* * *

법원에 들어서자마자 피터스와 마주쳤다. 내가 올 걸 예상한 듯한 태도였다.

"준비됐어요?" 피터스가 물었다. 그렇게까지 자신 있어 보이지는 않았다. 나는 너무 무서웠다. 심의가 빨리 끝난 것이 좋을 수도 있고 나쁠 수도 있었다. 나는 피터스에게 고개만 끄덕이고 법정으로 향했다. 가는 길에 밥과 마주쳤는데, 우리는 서로 공감하는 눈빛을 교환했다. 이번 판결이 어떤 의미인지 밥도 나만큼 잘 알고 있었다.

법정 앞쪽으로 가서 앉았다. 매튜는 이미 맨 앞줄에 앉아 기다리고 있었다. 내가 앉자 그는 내 어깨를 다정하게 감쌌다. 그리고 몸을 숙여 귓가에 속삭였다.

"다 괜찮을 거야. 무슨 일이 있든."

나는 매튜를 바라보려 고개를 돌렸는데 그만 엘리너와 시선이 마주쳤다. 엘리너가 매튜 바로 뒤에 앉아 있었기 때문이다. 엘리너의 전화번호를 차단한 그날 밤 이후로 우리는 서로 연락하지 않았지만 법정에서는 계속 마주쳤다. 엘리너는 재판을 한 번도 빼먹지 않았고 그때마다 리틀 리그 야구 경기를 보러 온 듯이 태연한 표정으로 애덤을 보았다. 엘리너는 나를 흘끗 보더니 곧 아들이 걸어 나올 문에 다시 집중했다.

애덤이 법정으로 들어와 내 옆에 앉았다. 절망한 표정이었다. 내가 전부 다 괜찮을 거라고 말해 주길 바란다는 걸 알지만 그렇게 말할 수 없었다. 모든 게 괜찮을지는 나도 알 수 없었으니까. 하지만 불필요하게 겁줄 생각도 없었다. 나는 잠시 애덤의 손 위에 내 손을 얹으며 결과와 상관없이 내가 마지막으로 건넬 수 있는 작은 위로를 전할 뿐이었다.

디온 판사가 자리에 앉았다. 배심원단이 법정으로 들어왔다.

"배심원단은 만장일치로 평결을 내렸습니까?" 판사가 물었다.

그러자 배심원 대표가 일어나서 대답했다. "네, 판사님."

애덤은 내 손을 꼭 잡았다.

서기가 배심원 대표에게 판결문을 받아 판사에게 전달했다. 판사는 혼자 조용히 판결문을 읽었다.

잡은 손에서 애덤의 심장박동이 느껴졌다. 빠르고 시끄럽고 겁에 질려 허둥대고 있었다.

디온 판사는 판결문을 서기에게 돌려주었다. "피고인, 자리에서 일어나겠습니까?"

애덤이 내 손을 놓고 일어섰다.

배심원 대표가 천천히 목소리를 가다듬었다. "저희 배심원은 피고인에게……."

62장
세라 모건
11년 뒤

여러분이 무슨 생각을 하고 있는지 안다. 나는 애덤을, 우리의 결혼 생활을 망친 남자를 구하려고 최선을 다했는가? 나도 가끔 같은 질문을 스스로 던졌다. 그때마다 떠오른 대답은 단 하나, 나는 살아남기 위해서 해야 할 일을 했다는 것이다.

오늘은 애덤의 사형 집행일이다. 애덤에게 편지를 쓰거나 면회 가는 건 10년 전에 중단했다. 애덤이 정신을 놓기 시작할 무렵이었다. 찾아갈 때마다 애덤이 점점 심하게 폭발했기 때문에 더 이상 견딜 수 없었다. 애덤은 판결 이후 모든 희망을 잃었다. 그리고 희망이 없는 인간은 야생동물이었다. 나는 계속 살아가야 했고, 그렇게 했다. 그동안 애덤이 희망을 포기하지 못했다면, 오늘 그 희망은 강제로 꺾일 것이다.

나는 작별 인사를 하러 왔다. 잘 될지는 모르겠지만, 마음의 정리를 하러 왔다. 애덤은 켈리 서머스를 살해하지 않았을지도 모른다. 하지만 그는 그가 저지른 범죄의 대가를 치르고 있다.

눈앞에는 콘크리트와 벽돌로 지은 커다란 건물이 서 있었다. 나는 고개를 들어 건물을 올려다보았다. 최고 보안 등급의 교도소지만 애덤에게는 관이나 다름없었다. 오늘따라 태양이 밝게 빛났다. 하늘은 맑고 새들이 지저귄다. 나는 조심스레 건물 계단을 올라갔다.

흰색 펜슬 스커트와 재킷을 입은 내 모습은 비천한 곳에 내려온 죽음의 천사 같았다. 빛나는 금발은 길게 늘어뜨렸다. 요즘은 머리를 묶지 않고 자유롭게 놔둔다. 내 인생도 그렇게 무엇에도 구애받지 않고 융통성 있게 살려고 애쓰고 있다. 결국에는 변하는 것도 있는 것 같다.

보안 검색대를 통과하는 데 20분이나 걸렸지만 조금도 신경 쓰이지 않았다. 나는 애덤의 사건 담당 변호사이자 아내이므로 형 집행 전에 이야기를 나눌 수 있었다. 그렇다. 우리는 아직 부부다. 애덤은 이혼 서류에 서명하기를 거부했고 나는 굳이 그 문제로 다투지 않았다. 내가 원하는 것보다 결혼 생활이 길어지더라도, 애덤이 조금이나마 낙관적인 생각을 하도록 돕는 것이 중요하다고 생각했다.

나는 내일 재혼할 예정이다. 오늘이 지나면 남편 없는 여자가 될 테니까. 가까운 친구와 가족을 불러 해변에서 결혼식을 올리기로 했다. 아름다운 결혼식이겠지. 이제부터는 내 인생의 모든 것이 아름다울 것이다.

중앙 로비와 좁은 복도를 지나 대기실로 안내받았다. 곧 애덤이 도착해 이야기를 나눌 예정이다. 대기실은 좁은 콘크리트 방이었는데, 탁자 하나, 의자 두 개, 벽시계 하나, 그리고 위쪽 구석에 달린 CCTV가 전부였다. 단방향 거울조차 없었다. 내게 허락된 시간은 10분이었다. 그정도면 충분했다. 내일 결혼식을 위해 새로 관리받은 긴 붉은 손톱이 깨지지 않도록 조심해서 탁자를 두드렸다.

문이 열리고 애덤이 들어섰다. 그의 몸은 문틀을 거의 꽉 채울 만큼 컸다. 턱수염이 길고 덥수룩했지만 나쁘지 않아 보였다. 머리카락을 짧게 깎아서, 조명 각도에 따라 머리카락이 보였다 안 보였다 했다. 몸이 약간 더 두툼해졌는데, 살이 찐 게 아니라 다부져 보였다. 하지만 눈은 거짓말하지 않았다.

교도소는 그에게 친절하지 않았다. 경찰의 아내를 죽인 살인자로 알려진 것이 교도소 내부 '평판'에 도움이 되었을지도 몰랐다. 하지만 사람들은 여전히 애덤을 과거의 모습으로, 즉 나긋나긋한 예술가로 보았다. 원래 그런 사람이 아닌데 제자리를 벗어나 망가진 남자로, 상어 떼가 원을 그리며 서서히 다가와 포위망을 좁혀 가는 바다의 물고기로 보았다. 애덤이 이곳에서 무슨 일을 겪었는지는 상상하기 힘들었다.

나를 보자 애덤의 표정이 밝아졌다. 이제 그에게는 소년 같은 매력이 전혀 없었다. 그는 10년 동안 짓밟혔다. 나는 희미하게 미소 지었다. 애덤을 만나서 반갑다고 할 수는 없지만 그렇다고 슬프지도 않았다.

"왔네?"

애덤은 대기실 안으로 몇 걸음 들어왔다. 손과 발에 채워진 쇠고랑이 허리에 연결되어 있었기 때문에 보폭이 매우 좁아 발을 끌며 걸었다.

"당연히 와야지."

교도관이 그를 의자로 안내했다. 그리고 오른쪽 손목의 쇠고랑을 탁자에 연결한 다음, 나머지는 모두 풀었다. 애덤은 의자에 앉아 나를 향해 미소 지었다.

"면회 시간은 10분입니다. 수상한 짓 하지 말고요." 교도관이 말했다.

문이 닫히자마자 애덤은 자유로운 한 손을 탁자 위로 올리더니 내가 잡아주기를 바라며 내밀었다. 나는 그의 갈라지고 망가진 손을, 그보다 더 심하게 망가진 얼굴을 보며 잠시 망설이다 잠자코 손을 잡았다. 내 손이 애덤의 손을 감싸자 그는 울기 시작했다. 나는 동물원에서 이질적인 낯선 존재를 관찰하듯 신기하게 바라보았다.

"어떻게 지냈어?" 애덤은 도둑맞은 삶 때문에 북받치는 감정을 모두 삼키며 겨우 말을 꺼냈다.

"잘…… 지냈어."

"편지도 안 쓰고 면회도 안 오더라?"

나는 궁금해서 묻는 것인지 그냥 하는 말인지 몰라서 고개만 끄덕였다. "그래…… 그게…… 너무 힘들어져서."

"이해해." 애덤은 고개를 숙였다.

나는 그의 손을 가볍게 힘주어 잡았다. 애덤은 애정 표현이라고 생각했는지 미소 지었지만, 오래전에 시작된 카운트다운을 끝맺는 행동에 불과했다. 손을 한 번 힘주어 잡을 때마다 애덤을 견뎌야 하는 시간이 1분씩 지나간다. 이렇게 열 번만 하면 끝이었다.

나는 언제나 타이밍을 잘 맞췄다. 법정에서 변론의 시작과 마무리를 완벽하게 하는 것도 타이밍 덕분이었다. 반대 신문 중에 잠시 멈춰서 효과를 극대화하는 것도 타이밍 덕분이었다. 그게 바로 내가 유능한 변호사인 이유였다. 타이밍이 전부였다.

애덤은 내 손을 꼭 잡았다. 나는 애덤과 그 어떤 로맨틱한 행동도 하고 싶지 않았지만, 전에는 이보다 심한 일도…… 훨씬 심한 일도 견뎠으니.

"내 사건에 대해 더 알아낸 건 없어?"

애덤은 아직 희망이 남았을지도 모른다는 미련을 버리지 못한 듯 애원했다.

"애덤." 나는 한숨을 내쉬었다. "그 얘기는 왜 꺼내? 그래봤자 소용없잖아."

"그 일을 다시 살펴볼 만큼 궁금하지도 않았어? 날 구하려는 마음이 없었던 거야?" 애덤의 목소리가 눈썹과 함께 올라갔다.

"노력이야 당연히 했지. 하지만 새로운 증거가 없었어. 이 사건을 재수사할 방법이 없었다고. 당신도 알잖아. 재판이 끝나고 6개월 뒤에 이 얘기를 나눴잖아." 나는 그의 손을 두 번째 꼭 잡았다.

애덤은 다시 패배감에 사로잡혀 고개를 숙였다. 정말 내가 새로운 증거를 가지고 나타나서 마지막 순간에 마법처럼 풀려날 줄 알았던 걸까? 그런 일은 영화에서나 가능하지 현실에서는 일어나지 않는다. 애덤은 몇 차례 어색하게 탁자를 내려다보다가 고개를 들고 나를 보았다. 나는 그의 손을 세 번째 꼭 잡았다. 애덤도 잡은 손에 힘을 주었다. 하지만 나는 애덤이 그러지 않기를 바랐다.

"그럼 세 번째 DNA는?" 애덤의 목소리에서 흥분이 약간 느껴졌다.

"그게 뭐?"

"누구 것인지 찾았어?"

"애덤, 그 얘기도 다 했잖아. 법정에 제출할 증거로는 불충분했다고." 나는 한숨을 쉬었다.

애덤의 얼굴이 일그러지더니 눈빛에 분노가 스몄다. 야수 같은 모습으로 돌아온 것이다. 그는 심호흡하며 표정을 폈다. 마침내 모든 걸 받아들이는 듯했다. 나는 그의 손을 네 번째로 꼭 잡았다. 애덤은 이번에는 손에 힘을 주지 않았다. 대신 묘한 표정으로 나를 보았다.

"저, 난 지난 사건을 되풀이하러 온 게 아니야. 작별 인사를 하고 사랑한다고 말하려고 왔어." 한때 그를 사랑했기 때문에 이제 더 이상 사랑하지 않더라도 그런 말을 흉내 내는 것은 어렵지 않았다.

애덤은 숨을 죽이고 "나도 사랑해, 세라"라고 속삭였다. 그리고 소리 없이 눈물을 흘리기 시작했다. 나는 그의 손을 다섯 번째로 꼭 잡았다.

63장
애덤 모건
11년 뒤

오늘 세라가 날 보러 왔다. 세라를 얼마나 오랫동안 보고 싶어 했는지, 몇 년이나 흘렀는지 세다가 잊어버렸다. 그런데 지금 마침내 세라가 내 눈앞에 있다. 달콤하면서도 쓰디쓴 기분이었다. 세라는 달라진 것 같았다. 적어도 내가 기억하는 모습은 아니었다. 세라는 차갑고 무심했다. 그리고 이유는 모르겠지만 내 손을 계속 꼭 잡았는데, 애정이 아니라 뭔가 다른 게 느껴졌다. 처음에는 나를 위로하려고 그러는 줄 알았다. 물론 그녀 자신을 위한 것인지 날 위한 것인지는 알 수 없었지만. 하지만 손을 꼭 잡는 타이밍이 이상했다. 아니, 사실 타이밍은 초 단위까지 완벽하게 딱 맞았다. 1분에 한 번씩 손을 잡았으니까. 왜 그러는 걸까? 오늘이 쉽지 않은 날이라는 건 누구보다 잘 알고 있다. 하지만…… 세라는 오늘 일에 전혀 신경 쓰지 않는 것만 같았다.

오늘 세라는 아름다웠다. 하지만 지금 내 처지를 생각하면 그런 그녀를 보는 것은 고통에 가까웠다. 세라는 머리를 어깨까지 아무렇게나 늘어뜨렸고 입술과 손톱을 밝은 빨간색으로 칠했다. 아래위로 흰색 옷을 입어서 천사 같았지만, 생각할수록 오늘과는 어울리지 않았다. 세라와 내가 함께 한 시간과 우리가 잃어버린 그 모든 시간을 떠올리자 목이 메었다. 세라가 이 문으로 나가면 다시는 볼 수 없다. 그동안 이런 생각은 하지 않으려 애썼는데. 물론 결국 이런 날이 오리라는 건 알고 있었지만 깊이 생각하고 싶지 않았다. 내가 저지르지도 않은 범죄 때문에 생명을 앗아가는 주사를 맞아야 한다는 점이 가장 마음 아팠다.

내 사건에서 추가 증거가 발견되지 않았기 때문에 내 운명도 달라지지 않았다. 누가 이런 짓을 저질렀는지 몰라도 완전 범죄이자 완벽한 함정이었다. 희망을 버린 지는 오래됐다. 하지만 왠지 오늘은 기적이라도 일어나서, 세라가 엄청난 것을 발견해 진실을 폭로하지 않을까, 빛나는 갑옷을 입은 기사가 나를 구하지 않을까 생각했다. 적어도 세라의 옷만 보면 누군가를 구하러 온 사람 같기는 했다.

이제 그런 일은 일어나지 않으리라는 걸 알았다. 내 인생은 이미 끝났다. 난 그저 죽은 몸으로 시간을 빌려 이 복도를 걷고 있을 뿐이다. 혹시라도 사후세계가 있다면 켈리 서머스에게 일어난 일의 진상을 알게 될 테고, 마침내 이 모든 일에서 벗어나 평화를 얻을 수 있겠지. 물론 진실을 알게 되지 못할 수도 있지만.

세라는 내 손을 다시 꼭 잡았다. 벌써 여섯 번째다. 나는 전부 세고 있었다.

"그래, 당신은 다 잊고 잘 살고 있는 거야?"

나는 용기를 내서 물었다.

"이런 일을 잊고 진정으로 잘 살 수 있는 사람은 없을 거야, 애덤."

세라는 여기 있는 내내 '대답이 아닌 대답'을 애매모호하게 했다. 단 1초도 나를 받아주지 않고 완전히 방어적이었다.
"우리 관계가 달라질 수 있었을 것 같아?" 내가 물었다.
"무슨 뜻이야?"
"재판 결과가 달랐다면 말이야. 진짜 범인을 찾았다면. 우리에게 기회가 있었을까?" 나는 이렇게 물으면서도 절박함을 최대한 드러내지 않으려고 애썼다.
"그렇게 생각하고 싶어." 세라는 고개를 기울인 채 눈을 빠르게 깜빡이며 나와 시선을 맞추었는데, 그게…… 억지스러워 보였다. 내가 듣고 싶어 하는 말을 해주는 것 같았다. 하지만 왜? 나도 모르지만 항상 생각하고 계산하는 게 세라의 특징이었다. 세라에게 숨은 의도나 다른 목적이 없었던 적은 없다. 세라는 언제나 모든 걸…… 통제했다.
"나도 그렇게 생각하고 싶어. 우리가 행복했을 거라고. 마침내 가정을 꾸리게 됐을 거라고." 내 눈에는 희망이 있었지만, 세라의 눈에는 없었다.
세라는 미소 지으며 내 손을 일곱 번째로 꼭 잡았다.
"당신이 한 일을 후회해?"
"무슨 뜻이야?" 나는 질문의 의도를 파악하려고 고개를 번쩍 들고 눈을 가늘게 떴다. 그동안 후회란 후회는 다 했다. 세라가 말하는 후회란 무엇일까?
"켈리와 잔 거? 바람피운 거? 우리 관계를 포기한 거?"
세라는 그렇게 말하고 인상을 찡그리며 뒤로 기대 내게서 멀어졌다.

아, 그런 후회. "난 우리 관계를 포기한 적 없어." 진심이었다. "내가 바람피우긴 했지만 우릴 포기하진 않았다고. 난 당신을 사랑하니까. 늘 사랑했고 앞으로도 사랑할 거니까. 앞으로 사랑할 시간은 얼마 남지 않았지만."

세라는 먼 곳을 바라보듯 나를 물끄러미 보기만 했다. 내 말을 들었지만 제대로 이해하지 못한 것 같았다. 세라는 마치 내가 존재하지 않는 것처럼, 나를 투과해 그 뒤의 벽을 보는 것 같았다. 아니면 이곳에 존재하지 않는 사람은 세라인지도 모른다. 지금 내 눈에 보이는 존재는 세라를 대신해서 온 유령인지도. 오늘만이라도 나타나기를 간절히 바란 사람의 모습이 투영된 것일지도 모른다. 세라는 내 손을 여덟 번째로 꼭 잡았다.

"더 좋은 아내가 되지 못해서 미안해."

나는 꼬리를 무는 생각에서 깨어났다. 이런 말을 왜 하는 거지? 세라는 하나도 잘못이 없었다. 내가 저지른 일이었다. 내가 다 자초했다. 물론 살인을 저지르지는 않았지만 바람피운 건 사실이었다. 우리가 쌓아온 걸 무심코 쓰레기통에 던져버린 건 나였다.

그녀가 모든 걸 자신의 잘못이라 생각하도록 내버려두고 떠날 순 없었다. 세라는 사건을 겪는 내내 유일하게 날 지켜준 사람이었다. 유일하게 나를 진심으로 믿어준 사람이었다. 엄마를 제외하고 지구상에서 마지막까지 날 사랑해 준 사람이었다.

"세라…… 당신 잘못은 하나도 없어. 당신은 훌륭한 아내였어. 열심히 일했고, 유일하게 나를 믿고 변호한 사람이었어. 내가 가장 힘들 때도 날 사랑해 줬어. 당신은 나와 내 일을 위해 최선을 다했어. 당신을 탓할 일은 하나도 없어. 그러니까 당신이 사과할 이유가 없어." 나는 눈물을 삼키려 애썼다. 세라는 내 손을 아홉 번째로 꼭 잡았다. 이번에는 나도 잡은 손에 힘을 주었다.

"내가 좋은 아내였다고 생각해?" 세라의 목소리에서 기이한 경쾌함이 느껴졌다. 운동장에서 장난치다가 놀리는 듯한 말투였다.

"당연하지, 세라. 다른 생각을 너무 깊이 하지 마. 언젠가는 다른 남자를 만나서 행복하게……." 이 대목에서 눈물을 참을 수 없었다. 눈물이 뺨을 타고 흘러내려 거친 철제 탁자 위에 고였다. "이런 말을 하려니 마음이 아프네. 내가 당신 옆에 있는 남자이기를 바랐거든. 지금도 그렇고. 하지만 이젠 안 돼. 내게 남은 시간이 없으니까. 그리고 시간이 있다 해도 난 당신과 함께할 자격이 없지. 한 번도 자격이 있었던 적이 없어. 내가 모든 걸 망쳤어."

"그래." 세라가 날카롭게 말했다.

"알아. 지난 11년 동안 단 하루도 당신 생각을 안 한 적이 없어." 나는 흐느꼈다.

콘크리트 벽에 강철이 쾅 부딪히는 소리가 나더니 교도관이 다시 들어왔다. "시간 다 됐습니다." 그는 큰 소리로 껌을 씹으며 일부러 우리 둘 중 누구도 쳐다보지 않고 무관심한 체했다.

세라는 내 손을 열 번째 꼭 잡았다. 나도 그녀의 손을 꼭 잡았다. 세라는 일어났다. "잘 가, 애덤. 이런 말이 도움이 될지……." 그녀는 탁자를 빙 돌아 내 옆으로 왔다. 그리고 내 뺨에 가볍게 입 맞추고 몸을 기울여 귓가에 속삭였다. "당신이 범인이 아니란 거 알아."

나는 고개를 돌려 세라를 보았다. 세라는 이가 드러나지 않게 미소 짓고 있었다. 그녀의 얼굴에 사악한 기운이 번졌다. 눈에서는 지금껏 본 적 없는, 아니 인간에게서 결코 볼 수 없었던 불길이 타올랐다.

"그게 무슨 뜻이야?" 내 머릿속은 방금 들은 말의 조각을 맞추느라 질주하기 시작했다. "세라, 그게 무슨 말이냐고? 그럼 대체 누군데? 알고 있으면 나한테 말했어야지! 날 여기서 꺼냈어야지! 세라!" 나는 대답해 달라고 부르짖었다. 교도관이 내 어깨를 잡았다.

세라는 알 수 없는 미소를 지은 채 계속 나를 보았다. "애덤, 당신은 아주 짧은 남은 삶 동안 날 생각하겠지만, 난 당신을 다시는 생각하지 않을 거야. 알아둬." 세라는 이 말만 남기고 떠났다. 세라가 떠난 자리에는 증오와 표독스러움이 구름처럼 걸려 있었다.

나는 엄청난 충격에 빠져 그대로 서 있었다. 방에서 나는 모든 소리가 진공청소기에 빨려 들어간 것만 같았다. 교도관이 감방으로 데려간 것조차 기억나지 않았다. 세라가 아직 날 사랑하거나 적어도 날 아끼는 줄 알았다. 예전처럼은 아니더라도 어떤 식으로든 그런 마음이 어딘가에 남아 있을 줄 알았다. 하지만 방금 나와 함께 있던 사람은 대체 누구란 말인가?

나는 내 생각조차 통제할 수 없었다. 브레이크 레버가 고장 난 채 과속하는 화물 열차 같았다. 어쩔 수 없이 무언가와 충돌하기 전까지는 그 무엇도 막을 수 없었다. 머릿속에서 너무 많은 단어가 질주했다. 단어가 반복되고, 뒤섞이고, 재배열되면서 조금씩 이해가 되기 시작했다.

30분쯤 뒤, 교도관이 새로운 방으로 나를 데리고 갔다. 바퀴 달린 갈색 들것과 건강 상태 추적 장치가 몇 개 보였다. 의사와 간호사, 그리고 다른 교도관 두 명이 나를 기다리고 있었다. 내 생애 마지막이자 가장 성대한 깜짝 파티였다. 들것은 단방향 거울을 향해 놓여 있었고, 거울에는 내 모습이 뿌옇게 비쳤다. 거울 반대편에서 사람들이 곧 닥칠 일을 간절히 기다리고 있다는 걸 잘 알고 있다. 그들이 날 보며 분노하는 걸 나무랄 순 없었다. 다만 그 분노의 대상이 잘못되었을 뿐이다. 나는 범인이 아니니까.

들것에 눕자, 교도관들이 나를 묶고 내게 정맥 주사와 심장 모니터 기기를 연결했다. 교도관이 물었다. "마지막 의식을 위해 사제나 랍비 또는 다른 사람을 부를까요?"

"아니요, 필요 없습니다."

"그럼 마지막으로 남길 말이 있습니까?"

용서. 맹세, 부서진 마음. 외도. 켈리. 사실. 살인. 스티븐스. 제나. 밥. 앤. 호숫가 별장. 제시. 레베카. DNA. 종결. 매튜, 허드슨, 스콧, 세라. 세라. 세라.

이런 단어들이 머릿속에서 맴돌았다. 죽기 전에 내가 살아온 삶이나 사랑한 사람들이 떠오르기를 바랐는데. 글 쓴답시고 씨름하던 작가로서 마지막으로 남길 멋진 말 몇 마디도 생각해 내지 못하다니 이것도 어떤 의미에서는 시적이었다. 지금 내 머릿속에서 소용돌이치는 생각이라고는 나의 죽음뿐이었다. 이건 뭔가 잘못됐다. 뭔가 옳지 않다.

그리고 잠시 후 그 일이 벌어졌다. 나는 눈앞의 단방향 거울을 통해 세라를 정면으로 쳐다보는 기분이었다. 그녀의 미소와 눈빛이 보이는 것 같았다. 횟수를 셀 수 있을 만큼 규칙적으로 내 손을 꼭 잡던 일. 세라가 남긴 알쏭달쏭한 작별 인사와 그녀의 냉담함. 그런데 왜 지금일까? 왜 하필 오늘 이런 말을 해야 했던 걸까? 왜 나를 이렇게 대했을까? 이건 마치…… 잠깐. 아니, 그럴 리가 없어…….

처음에는 감각이 마비된 듯 무감각해져서 그대로 잠이 들 것 같았다. 하지만 곧 몸부림치며 꿈틀댔고, 장기가 꿰뚫리는 작열감에 비명을 질렀다. 그러다가 갑자기 멈추었다. 모든 게 중단되었다.

검은색 캔버스에 아주 작은 구멍 여러 개가 뚫려 있는 장면만 보였다. 가운데에서 하얀빛이 퍼져 나가는 모습이 마치 옛날 브라운관 텔레비전 같았다. 그리고 이미지들이 떠오르기 시작했다. 세라의 모습이 보였다. 그녀를 만나고 사랑하고 결혼하고 지켜보는 장면이. 그리고 내가 놓친 모든 것들이 보였다. 영화에서 삭제된 장면을 모아 놓은 것 같았다. 다만 그 장면들을 삭제한 건 내가 아니었다. 아무 관심을 기울이지 않았을 뿐이다. 세라의 계획, 음모, 계산, 나의 죽음.

세라는 나를 포함해 삶의 모든 것을 통제했다.

나는 늘 그랬듯 세라를 과소평가했다. 하지만 이번에는 그 결과가 너무 치명적이었다. 이미지가 눈앞에서 사라지고 마침내 온통 까매졌다. 마지막 순간까지 내 머릿속을 떠나지 않은 것은 세라였다. 세라는 모든 면에서 옳았다…… 하나도 빠짐없이 모든 면에서.

64장
세라 모건
11년 뒤

나는 단방향 거울 너머로 한때 내 남자라고 불렀던, 겁에 질린 남자를 보고 있었다. 이 자리에서 모든 것이 끝나는 순간을 지켜봐야 했다. 익숙한 얼굴이 보여서 약간 놀랐다. 엘리너가 70대의 노익장을 과시하며 소중한 아들의 마지막 순간을 보려고 나타났다. 애덤의 재판이 끝난 뒤로 엘리너를 본 적도, 말 한 마디 섞은 적도 없었다. 예전 같았으면 1초도 같이 있기 싫었겠지만 오늘만큼은 달랐다. 이런 일이 벌어지는 순간에 그녀를 보게 되어 기뻤다. 나는 침착한 얼굴로 그녀에게 향했다. 내 눈가에는 언제든 떨어질 준비가 된 눈물이 고여 있었다.

내가 다가가자 엘리너는 보지도 않고 말했다. "세라."

"앉아도 될까요?" 이번에는 정중하게 물었다. 엘리너는 허락도 거절도 하지 않았다. 그래서 나는 옆에 앉아서 단방향 거울 너머의 방으로 시선을 돌렸다. 그리고 엘리너에게 말을 걸었다. "우리가 결코 가까운 사이가 아니었단 거 알아요. 오늘 일로 과거가 달라지거나 앞으로 서로 연락할 것 같지도 않고요. 하지만 오늘 제가 여기 있었다는 건 기억해 주세요."

엘리너는 뺨을 타고 눈물이 줄줄 흘러내리는 얼굴로 나를 보았다. 눈에는 눈물이 계속 차오르고 있었다. 그녀는 "알았다"라고만 말했다.

사형 절차가 진행되어 마침내 주사를 맞는 순서만 남았다. 엘리너는 주사기를 보았다. 나는 그녀의 온몸이 경직되는 걸 보았다. 지금 엘리너는 무슨 짓을 해도 이 일을 막을 수 없었다. 세상의 어떤 모성애나 돈으로도 아들을 구할 수 없다는 사실에, 엘리너는 마비되고 있었다.

마침내 의사가 애덤에게 뭐라고 말하자 그는 고개를 저었다. 의사가 정맥 주사 관에 바늘을 삽입하자 엘리너는 내 손을 잡았다. 의사가 주사기를 천천히 누르는 동안 엘리너는 서서히 손에 힘을 주었다. 처음에는 조용했다. 번개가 친 다음 천둥소리가 들리기 전까지의 짧은 고요함 같았다. 하지만 잠시 후 일이 벌어졌다. 애덤은 들것 위에서 경련하며 비명을 지르기 시작했다.

엘리너는 "안 돼! 내 새끼!"라고 울부짖으며 몸을 떨었다.

나는 엘리너의 손을 꼭 잡고 머리를 끌어당겨 안았다. "진정하세요. 이제 끝났어요. 다 끝났어요." 나는 이렇게 속삭이며 그녀의 머리를 쓰다듬었다. 얼굴 가득 미소를 머금은 채였다.

마침내 애덤이 축 늘어지자, 나는 엘리너의 머리를 일으켜 세우고 자리에서 일어났다. "그럼, 전 이만 갈게요." 나는 이렇게 말하고 돌아섰다.

"세라, 잠깐." 엘리너가 재빨리 나를 불렀다. 나는 말없이 돌아보았다. "미안하구나…… 전부 다." 엘리너는 계속 통곡하고 있었기에 이 말은 속삭임에 가까웠다.

나는 방금 잡은 작은 쥐를 어떻게 할까 고민하는 고양이처럼 호기심 어린 눈빛으로 엘리너를 보았다. "전 미안하지 않아요." 나는 이렇게 말하고 밖으로 나가려고 돌아섰다.

엘리너는 히스테리 상태에 빠져 내 말을 이해하지 못하고 다시 흐느끼기만 했다.

애덤은 마지막 순간에 나를 생각했다. 그의 멍청한 표정으로 알 수 있었다. 나는 일어서서 켈리의 부모를 따라 나갔다. 그들은 형이 집행되는 내내 눈물을 흘리며 카타르시스를 쏟아냈다. 자기 딸을 살해한 남자가 사형당한 것을 보았으니 비로소 사건이 종결되었다고 생각했을 것이다.

나는 그들을 몇 번 바라보며 동정 어린 눈빛을 주고받았다. 그들은 내가 누구인지 알았다. 그들에게서 많은 것을 빼앗아 간 괴물의 변호사이자 바로 그 괴물의 아내. 하지만 어떤 이유에서인지 그들은 내게 친절했다. 이유는 알 수 없었다. 나를 그들과 같은 처지의 피해자로 보는 것도 같았다. 단방향 거울 반대편에 있는 악의 현신이 남긴 혼돈에 휘말린 피해자라고. 어떤 일은 아무 이유 없이 그냥 일어난다. 검고 끈적한 타르와 진창으로 가득한 악의 구덩이에 빠진 우리는 혼자 힘으로는 그곳에서 벗어날 수 없다. 야수를 죽여야만 벗어날 수 있다.

켈리의 부모는 나를 위해 문을 잡아주었다. 나는 먼저 나가서 긴 복도를 걸어갔다. 뒤에서 속삭이는 소리가 들렸다. "이 일이 끝나서 다행이야." "그놈이 마침내 죗값을 치러서 기뻐." "이제 켈리가 편안하게 쉴 수 있겠어." 나는 웃음을 참느라 혀에 구멍을 낼 뻔했다. 돌아서서 그들의 면전에서 소리 내 웃고 싶은 걸 겨우 참았다.

소지품을 맡겨 둔 중앙 보안 구역의 문을 열었다. 그곳에서 퇴소 절차를 마치고 소지품을 돌려받았다.

매튜에게서 메시지가 와 있었다.

존과 나는 2시간 뒤에 떠나. 어서 내일이 되어 결혼식장에서 널 신랑에게 데려다주고 싶군. 애들도 세라 이모를 만난다고 잔뜩 신났어.

나는 답장을 보냈다.

고마워, 매튜. 어서 만나고 싶어! 모두 사랑해.

회전문을 지나 건물 밖으로 나갔다. 햇살은 모든 것을 꿰뚫을 듯이 밝았다. 태양이 내뿜는 광선 하나하나가 이 세상의 모든 것을 그을리려고 최선을 다하는 것 같았다. 나는 샤넬 선글라스를 쓰고 콘크리트 계단을 내려갔다.

내가 아주 정직한 사람은 아니었을지도 모른다. 애덤, 앤, 매튜, 스티븐스 그 누구에게도 솔직하지 못했지만 적어도 나 자신에게는 진실할 것이다. 타이밍이 전부였고, 나는 모든 타이밍을 완벽히 맞췄다.

애덤은 언제나 자신이 매우 똑똑하다고, 책을 많이 읽어 깊이 있고 자기 성찰에 능하다고 생각했다. 정의와 예술, 그리고 그 사이의 모든 것을 위해 싸우는 전사라고 생각했다. 그 생각은 전부 옳았다. 다만 내가 지켜보고 있다는 걸 몰랐을 뿐이다. 그게 그의 실수였다.

나는 켈리가 숨을 거두기 한참 전부터 그녀와 애덤의 관계를 알고 있었다. 어느 날 밥이 다가와 애덤의 불륜 증거를 내밀었다. 켈리가 그의 불쌍한 동생에게 저지른 일 때문에 그녀의 삶을 망가뜨리려고 기회를 엿보다가 우연히 발견하게 된 것이었다. 밥은 두 마리 토끼를 잡고 싶어 했다. 나를 협박해서 곤란하게 만든 다음 일을 그만두게 하거나, 내가 이것 때문에 일에 집중하지 못하면 내 자리를 꿰찰 생각이었다. 그리고 동시에 켈리를 망가뜨릴 수 있다고 생각했다. 잘못된 생각이었다. 내 반응은 그가 예상한 것과 전혀 달랐다. 오히려 기대 이상이었다.

우리는 켈리를 살해하고 애덤에게 죄를 뒤집어씌우기로 했다. 어쨌든 둘은 그런 일을 당해도 싸니까. 켈리가 살해될 때 밥은 마을을 떠나 있었다. 그와 켈리의 관계가 밝혀질 때를 대비해 알리바이가 필요했기 때문이다. 나는 조금이라도 빈틈이 생기는 건 원치 않았다.

살해 업자를 고용할까 생각했지만, 말했다시피 나는 조금의 빈틈도 싫었다. 내가 믿을 수 있고 이 일을 완벽하게 해낼 수 있는 사람은 한 명뿐이었다……. 그런 말도 있지 않은가. 뭔가를 제대로 하려면 직접…….

앤이 애덤의 외도를 알게 되었다는 점이 마음에 들지 않았다. 애덤의 책상에서 사진을 발견하자마자 뒷면 손글씨가 앤의 필체라는 걸 알아보았다. 내 비서의 필체를 못 알아볼 리 없지 않은가? 하지만 결국 나는 앤을 용서하고 지난 일은 묻어두었다. 어쨌든 우리는 서로에게 알리바이가 되어야 하니까. 우리가 함께 밖에서 술을 마신 날 밤, 앤은 시계도 보지 않고 술을 들이부었다. 왜 그랬을까? 앤은 나를 우상으로 여겼고, 나는 앤이 열망하는 전부였다. 그녀에게 나와 함께 하는 시간은 천금 같았다. 나는 그걸 알았다. 그리고 그 사실을 철저히 이용했다.

나는 애덤의 좋지 않은 습관도 모두 알고 있었다. 어린 여자와 자기혐오 다음으로 애덤이 좋아하는 건 위스키였다. 디캔터에 로히프놀을 몇 알 떨어뜨리는 건 음…… 켈리를 유혹하는 것만큼이나 쉬웠다. 저녁에 둘 다 완전히 의식을 잃고 기억이 일시정지됐을 때, 내가 해야 할 일은 단지 밤 10시에 술집에서 잠시 빠져나와 날카로운 칼을 가지고 재빨리 호숫가 별장에 다녀오는 것뿐이었다. 작은 행동으로 생명을 구할 수 있다. 상자에 든 동물이 숨 쉴 수 있도록 구멍을 뚫어주는 것만으로도 충분하다. 하지만 나는 반대로 움직였다. 손쉽게 생명을 빼앗았다.

애덤은 스스로 똑똑하다고 생각했다. 그는 제시가 진범이라고 믿었다. 나는 제시가 켈리에게 지나치게 집착하는 동네 괴짜일 뿐이라는 걸 알고 있었다. 하지만 제시를 파헤치는 척하면 내가 사건을 해결하려고 애쓰는 것처럼 보일 수 있었다. 제시는 미끼였다. 나는 겉으론 바빠 보였지만 실제로는 미리 설계해둔 판이 계획대로 굴러가기를 기다리고 있었을 뿐이다.

세 번째 DNA 때문에 당황한 건 인정하겠다. 솔직히 누구 것인지 알아낼 수 없어서 진짜로 화가 났다. 나는 누가 애덤과 켈리의 삶에 관련되어 있는지 속속들이 알 만큼 그들을 충분히 파악했다고 생각했다. 밥과 나는 이 둘에 대해 모르는 게 없다고 생각했다. 이 세 번째 DNA의 정체를 모른다는 게 유일한 걱정거리였다. 이 세 번째 남자는 누구일까? 그 사람이 뭔가를 봤을까? 다행히 그 남자는 결국 한심하기 짝이 없는 스티븐스로 밝혀졌다. 바지 속의 거시기를 다스리지 못한 또 다른 남자. 나는 그 사실을 알고 나서 세 번째 DNA를 사건에서 제외했다. 내 계획대로라면 재판과 유죄 평결이 빠르게 진행되어야 했기에 상황이 쓸데없이 복잡해지는 건 원치 않았다.

스티븐스는 엉성하게 일하는 바람에 나를 도와주기는 했다. 틀림없이 애덤도 로히프놀을 복용했다. 내가 켈리를 찔러 죽일 때 단 한 번도 움직이기 않았으니까. 내가 한 번 움직일 때마다 애덤 인생에 새로 찾아온 소중한 사랑이 찢겨나갔다. 혼자 조용히 감상하라고 씌워 놓은 투명 방수포에 그 여자의 피가 튀는데도 애덤은 그냥 누워만 있었다. 그러니까 그 얼빠진 보안관이 애덤의 혈액을 아예 검사하지 않았거나 사건을 빨리 종결하려고 증거를 망가뜨린 것이다. 스티븐스와 켈리의 관계를 생각하면 후자일 것이다. 내가 재판에서 세 번째 DNA 검사 결과를 제외한 것도 그래서였다. 스티븐스가 자신도 모르게 내게 호의를 베풀었으니 나도 똑같이 갚은 것이다.

그렇다면 레베카 샌퍼드는? 애덤이 모든 희망을 걸었던 젊은 기자 지망생 말이다. 레베카가 사립 탐정이었던 것은 맞지만 그녀를 고용한 사람은 스콧이 아니라 밥이었다. 레베카는 임무를 마치고 예정대로 마을을 떠났다. 레베카의 역할은 애덤을 감시하고 우리가 원하는 방향으로 그를 몰고 가는 것이었다. 우리는 애덤이 밥과 켈리 사이의 연결고리를 알아내고 잠시나마 실낱같은 희망을 품기를, 그것 때문에 정신 나간 짓을 하기를 바랐다. 그리고 애덤이 앤과 협박 메모를 연관 지어 생각하기를 바랐다. 이렇게 작은 희망을 또다시 심어주면 애덤은 이성을 잃고 돌발 행동을 할 테니까. 하지만 가장 중요한 건 애덤이 믿을 수 있는 사람은 나뿐이라는 걸 계속 일깨워 주는 것이었다.

공격성이 지나쳐서 뇌가 쪼그라든 유인원 같았던 스콧 서머스는 도망쳤다. '켈리가 첫 남편을 살해한 사건의 증거를 인멸한 사연'이 모든 사람에게 공개되는 것을 원치 않았던 것 같다. 음, 어쩌면 내 생각 만큼 멍청하지는 않은지도 모르겠다.

켈리와 그레그, 켈리와 스콧 사이에 실제로 무슨 일이 있었는지는 나도 모른다. 켈리는 그들과의 관계에서 피해자였을까? 폭행당했을까? 아니면 양치기 소녀였을까? 그건 나도 모르고 그 누구도 알 수 없다. 그런 게 남녀관계다. 당사자가 아니면 둘 사이에 무슨 일이 있는지 알 수 없다. 애덤과 나 사이의 일을 아무도 몰랐듯이. 우리 모두에게는 자기만의 진실이 있고, 그 밖의 모든 것은 그냥 이야기일 뿐이다.

이야기 얘기가 나왔으니 말인데, 애덤은 사건의 진실을 폭로하는 책을 진짜 썼다. 《결백만으로는 부족하다: 애덤 모건 이야기》라는 제목이었다. 물론 애덤이 자기 이름이 제목과 저자 이름으로 표지에 두 번 실릴 기회를 마다할 리 없었다. 책은 엄청나게 성공해 〈뉴욕 타임스〉 베스트셀러가 되었고 40개국에 번역, 출간되었으며 넷플릭스는 이 책을 4부작 실화 범죄 다큐 미니시리즈로 제작했다. 그 덕분에 수백만 달러의 수익이 났지만, 사형수였던 애덤은 자기 몫을 가질 수 없었기 때문에 정의 실현을 목표로 하는 비영리 단체에 전액을 기부했다. 애덤은 그 단체에서 자신의 무죄를 입증해 주기를 바랐다. 하지만 정말 아이러니하게도, 그 단체는 애덤의 소송 내용을 검토한 뒤 사건 수임을 거절했다. 이 얘기를 생각하면 아직도 웃음이 난다.

나는 켈리를 서른일곱 번 찔렀다. 어떻게 다른 여자에게 그런 짓을 할 수 있었는지 궁금할 것이다. 쉽다. 누가 집에 들어와 내 것을 훔쳐 간다면, 당연히 지켜야 하지 않겠는가? 훔쳐 간 사람이 켈리 서머스라고 생각하겠지만, 아니다. 내가 말하는 사람은 애덤이다. 모든 전쟁에는 사상자가 발생하기 마련이다. 켈리는 그저 사상자일 뿐이다.

애덤과 이혼하면 내 재산의 절반을 그에게 줘야 했다. 애덤은 그걸 받을 자격이 없었다. 나를 가질 자격도 없었다. 나는 절대 내 어머니처럼 살지 않겠다고 다짐했다. 어떤 남자든 내가 이뤄낸 것을, 피땀 흘려 벌어들인 것을 가져가게 놔두면 어머니처럼 나약해질 것이다. 결국 애덤은 그의 업보에 걸맞는 최후를 맞이했다.

"어떻게 됐어?" 내가 벤츠 조수석에 타자 밥이 물었다.

"계획대로." 나는 미소 지으며 몸을 기울여 밥의 입술에 키스했다.

"엄마." 뒷좌석에서 서머가 불렀다.

"그래, 우리 아가." 나는 여덟 살 난 예쁜 딸을 돌아보며 미소 지었다.

아이는 밥과 나를 반씩 닮았고 모든 면에서 완벽했다. 임신 사실을 알았을 때, 어머니가 저질렀던 실수를 절대 반복하지 않겠다고 다짐했다. 어머니에게서 나 자신을 구해내야 했던 나와 달리, 서머가 나에게서 스스로를 지켜야 할 일은 없을 것이다.

엄밀히 따지면 어머니는 자살한 게 아니었다. 이미 헤로인에 내성이 생긴 상태였기에 주사 한 방으로는 효과가 없었다. 하지만 내가 그녀의 팔에 꽂아 넣은 나머지 세 방은 효과를 발휘했다. 어머니는 매일 조금씩 자신을 죽이고 있었다. 나는 그 과정을 조금 앞당겼을 뿐이다. 그리고 나는 절대 내 딸을 그런 상황에 내몰지 않을 것이다.

"저 안에는 뭐가 있어요?" 서머는 내가 방금 나온 건물을 가리켰다.

"별거 아니야, 아가…… 정말 아무것도 아니야."

우리는 프린스 윌리엄 카운티의 호숫가 별장으로 향했다. 이제 그곳은 그냥 호숫가 별장이 아니라 우리가 사는 집이었다. 밥과 나는 서머를 워싱턴DC 한복판에서 키우고 싶지 않았다. 그리고 솔직히 말해서 별장은 정말 아름다웠다. 예전에는 애덤처럼 이곳을 아름답다고 느낀 적이 없었다. 언제나 이곳을 애덤과 연관 지어 생각했기 때문인지도 모르겠다. 그의 불안과 불륜이 이 작은 낙원에 오물을 끼얹어 온통 더러운 녹으로 덮어버렸다.

이제 내 삶은 내가 원했던 바로 그 모습으로 돌아왔고…… 나는 앞으로도 계속 이렇게 살 생각이다.

초판 1쇄 인쇄	2025년 7월 14일
초판 1쇄 발행	2025년 7월 21일
지은이	제네바 로즈
옮긴이	박지선
책임편집	이현지
디자인	안단테
책임마케팅	최혜령 박지수 도우리
마케팅	콘텐츠 IP 사업본부
해외사업	한승빈
경영지원	백선희 권영환 이기경 최민선
제작	제이오
펴낸이	서현동
펴낸곳	㈜오팬하우스
출판등록	2024년 5월 16일 제2024-000141호
주소	서울시 강남구 테헤란로 419 11층(삼성동, 강남파이낸스플라자)
이메일	info@ofh.co.kr

ⓒ 제네바 로즈

ISBN 979-11-94930-11-2 (03840)

반타는 ㈜오팬하우스의 출판 브랜드입니다.

* 이 책은 저작권법에 따라 보호받는 저작물이므로 무단전재와 무단복제를 금지하며, 이 책의 내용 전부 또는 일부를 이용하려면 반드시 저작권자와 ㈜오팬하우스의 서면동의를 받아야 합니다.
* 책값은 뒤표지에 표시되어 있습니다.
* 잘못된 책은 구입하신 서점에서 바꿔드립니다.